LA HABITACIÓN DE LOS SUICIDIOS

ACERCA DEL AUTOR

XAVIER VIDAL

Nacido en Barcelona, tras graduarse como médico en la Facultad de Medicina, Xavier ganó una beca Fulbright, y estudio y vivió varios años en Boston (USA), obteniendo dos Masters en la Universidad de Harvard.

Durante 20 años trabajó como Director General en varias multinacionales de biotecnología y agencias internacionales de publicidad.

Xavier ha escrito guiones cinematográficos, obras de teatro, obras de teatro musical (libreto, música y letras), artículos periodísticos, y novelas. Ha escrito artículos sobre temas relativos a Nueva Zelanda como lector corresponsal para la edición digital de La Vanguardia, uno de los principales periódicos de España.

Su novela UXMALA fue seleccionada como Finalista en el VII Premio HISPANIA de Novela Histórica (2019)

Xavier reside en Auckland (Nueva Zelanda) con su familia.

OTRAS NOVELAS por XAVIER VIDAL

Las CRÓNICAS DEL BICICLETA
(Serie SubInspector Morillo)

LA HABITACIÓN DE LOS SUICIDIOS
EL SECRETO DE CHOPIN

Novelas independientes

UXMALA
VOCES DESDE LA ETERNIDAD
LACROIX

Para más información sobre Xavier Vidal y sus libros, visite:

www.xaviervidalworld.com

LA HABITACIÓN DE LOS SUICIDIOS

Xavier Vidal

Publicada por Xavier Vidal

Nueva Zelanda, 2021

LA HABITACIÓN DE LOS SUICIDIOS

Primera Edición. 10 de Octubre, 2021.

Copyright © 2021 Xavier Vidal.

ISBN: 9780473593384

Escrita por Xavier Vidal

Publicada por Xavier Vidal

Nueva Zelanda, 2021

Diseño de libro y portada por Xavier Vidal

A MI PADRE, VICENÇ

Con amor y gratitud.

Siempre una inspiración y un ejemplo de integridad,
bondad, e infinita curiosidad científica,
para guiarme durante toda mi vida.

Hay mucho de él en el subinspector Morillo,
el personaje principal de la novela.

Tan solo espero que también haya mucho de él en mí.

CAPÍTULO 1

Barcelona. 1912

La tupida alfombra ahogaba el sonido de los pasos como si se tratara de un ser vivo que deseara engullir a los incautos que se aventuraban a pisarla.

Los botines del caballero habían visto tiempos mejores, pero conservaban cierto brillo que evocaba épocas más prósperas. Sus suelas de cuero aún se deslizaban suavemente sobre la alfombra, casi patinando sobre ella, y aunque su paso era lento, caminaba con decisión, se diría que con firme resignación.

En el resto del hotel se derrochaba luz eléctrica, pero aquel largo pasillo estaba en permanente penumbra, a pesar de sus lámparas de gas, una hilera de esqueléticos brazos de hierro que surgían de la pared, sosteniendo en sus manos pequeñas bolas de fuego.

La iluminación era cada vez más pobre, y cuando llegó al final del pasillo apenas podía distinguir los trazos de los grandes lienzos que colgaban de las paredes, siéndole difícil adivinar a qué o a quién representaban.

El caballero alzó la vista y se detuvo ante uno de ellos, en el que dos mujeres de vida alegre, sentadas una sobre el regazo de otra en actitud cariñosa, fumaban en unas larguísimas boquillas.

Apoyado en su bastón, contempló el cuadro durante unos segundos e incluso pareció reconocerlo, pues sus labios esbozaron una leve sonrisa.

Era un caballero de mediana edad y porte distinguido. Un largo abrigo negro de franela cubría un traje en que destacaban varios remiendos hechos con habilidad, pero que no hubieran soportado una inspección de cerca. Un sombrero de media copa se balanceaba en su cabeza sin llegar a caer nunca, pues sus manos lo recolocaban automática y nerviosamente varias veces por minuto.

La fisonomía de su rostro respondía al prototipo de hombre urbano de principios de siglo XX, nariz delgada y afilada, bigote bien poblado y una perilla cuidada que apuntaba siempre hacia abajo, dando a su rostro una apariencia un tanto felina.

El botones, un joven de unos trece años de edad que caminaba unos pasos por delante suyo se detuvo a esperarle y emitió un respetuoso carraspeo para llamar su atención.

Cuando el caballero dejó de observar el cuadro y le dirigió la mirada, el muchacho hizo un gesto con la mano, mostrándole el camino a seguir.

—Si el señor es tan amable, es por aquí.

El caballero se colocó el bastón bajo el brazo y le siguió hasta una gruesa puerta de madera de color negro. El botones golpeó con los nudillos sobre un gran círculo de latón adornado con arabescos modernistas, situado en el centro de la puerta, en lo que a buen seguro era una clave acordada previamente.

Los adornos dorados cobraron vida y rotaron unos centímetros, dejando escapar un hilo de luz por la rendija, desde la que un par de ojos estudiaron con detenimiento al caballero. La mirilla se cerró y el sonido de cerrojos descorriéndose dio paso a una cabeza masculina que asomó por la puerta entreabierta.

El rostro impecablemente afeitado de aquel hombre acentuaba aún más el contraste con su abundante cabellera peinada hacia atrás y mantenida en su sitio por una más que generosa cantidad de fijador.

—Yo acompañaré al caballero a partir de aquí, chico —le dijo al botones.

—¿Cómo te llamas, muchacho? —le preguntó el caballero, llevándose la mano al bolsillo en ademán de buscar

2

propina, pero el hombre se lo impidió, sujetándole por la muñeca.

—No es necesario —dijo, para desilusión del chico—. Agustín, vuelve a recepción —ordenó, y el pequeño botones obedeció al instante.

El hombre esperó a que el niño desapareciera, y acabó de abrir la puerta, haciéndose a un lado para dejar pasar al caballero.

El pasillo tras la puerta estaba aún más oscuro, y apenas podía distinguir ni el color de las baldosas del suelo, que tan solo intuía por el sonido de sus tacones al caminar sobre ellas.

Llegaron a una gran puerta de hierro remachada, que solo abría desde el interior, y tras descorrer unos cerrojos el hombre tuvo que empujar con el hombro para conseguir moverla.

El caballero descendió un largo trecho en suave pendiente, sin perder de vista la espalda del hombre que le guiaba. Le sorprendió que no llevara el uniforme de los empleados del hotel, pero no le dio importancia.

Por sus recovecos y curvas, el camino había dejado de ser un pasillo para convertirse en un pasadizo. La pendiente se volvió más pronunciada y sintió un intenso olor a humedad. Apenas pasó frente a ninguna otra puerta durante el largo recorrido, o si lo hizo, no pudo verlas debido a la poca luz.

Tras lo que se le antojaron cinco o diez eternos minutos de caminata, el pasadizo se estrechó y ascendió de nuevo, acabando en un amplio espacio rectangular, en cuyo extremo pudo ver unos toscos escalones tallados en la roca natural y que ascendían por un estrecho pasaje en curva.

—Espéreme aquí, si es tan amable —le dijo el hombre, subiendo por las escaleras. Segundos después volvió a aparecer y le hizo un gesto con la mano invitándole a subir.

El caballero miró a su alrededor, todavía sorprendido por la rápida transición de pasillo de hotel a entorno cavernoso, y subió los escalones, llegando ante una puerta de madera barnizada, decorada con un símbolo de latón.

Era un hermoso arabesco modernista, una enrevesada figura que tanto podía recordar el cuerpo y vestido vaporoso

3

de una ninfa como podía tratarse de unas nubes o las ondulaciones de la cresta de una ola en un mar embravecido.

El hombre hizo girar el pomo de la puerta y la abrió lentamente, invitando con una inclinación de cabeza a que el caballero pasara.

—Espero que encuentre la estancia de su agrado —le dijo, cediéndole el paso. El caballero se detuvo bajo el dintel, y con el sombrero en sus manos dio dos pasos hacia el interior.

El contraste entre el oscuro y húmedo pasadizo y el interior de aquella estancia no podía ser mayor. Sus pies repararon inmediatamente en lo mullido de las gruesas alfombras que cubrían el suelo y se recreó en ellas.

La iluminación que ofrecían dos pequeñas lámparas de gas era suave pero sin resultar insuficiente, dándole a la habitación un aire cálido y anaranjado.

No había ventanas y le sorprendió que las paredes no estuvieran forradas con la tela oscura tan habitual en la época, sino con brillantes baldosas negras barnizadas, que reflejaban los destellos de la llama de gas.

Un modesto mueble librería contenía varios gruesos volúmenes, probablemente enciclopedias, acompañados por libros más pequeños, perfectamente ordenados por altura.

—Si desea colgar su abrigo y su sombrero, puede hacerlo aquí —le dijo el hombre, mostrándole un colgador junto a una gran mesa escritorio con secreter y varios cajones.

—Encontrará todo lo que necesita en el cajón principal —le dijo, abriendo y cerrando rápidamente un cajón grande bajo la mesa—. En esa mesita auxiliar dispone usted de un excelente surtido de brandy y coñac y confiamos en que encuentre todo de su agrado.

—Tómese su tiempo, y en nombre de nuestro establecimiento, permítame darle las gracias por habernos otorgado su confianza. Es un placer haberlo tenido como cliente —y dando media vuelta abandonó la estancia, cerrando la puerta tras de sí.

El caballero dejó el abrigo y el sombrero sobre un mullido sofá junto a la puerta, y se acercó al mueble librería, repasando los lomos de los libros más pequeños. Algunos

4

eran obras clásicas de la literatura, pero abundaban las novelas de reciente publicación, y al comprobarlo no pudo reprimir una sonrisa de aprobación.

Se sentó frente al escritorio y comenzó a abrir el cajón principal, pero se detuvo y lo cerró de golpe, sin atreverse a mirar en su interior.

Respiró profundamente, se volvió a mirar a su alrededor, y apoyó la cabeza en sus manos hasta que un nuevo suspiro de resignación le devolvió al presente.

Alargó el brazo y registró los cajones del secreter, hasta encontrar una hoja de papel con el membrete del establecimiento. La dejó sobre el escritorio con mano temblorosa, a la vez que extraía una pluma estilográfica del bolsillo de su chaqueta.

No tardó en revivir sus sentimientos más profundos, ordenándolos en las temblorosas líneas de una breve carta que releyó varias veces antes de firmarla y sellarla con sus lágrimas, desvaneciendo el trazo de la tinta sobre el papel.

Volvió a guardar la estilográfica en su bolsillo y plegó la carta en pequeños dobleces. Un profundo suspiro acompañó su corto paseo por la estancia, que acabó de nuevo junto a la mesa.

Su determinación crecía con el paso de los minutos, y lentamente volvió a abrir el cajón del escritorio, pero esta vez introdujo la mano en su interior.

El cañón del pequeño revólver Browning 1900 de fabricación belga fue lo primero que vio y lo último que recordaría.

No era un arma nueva, estaba rayada y su empuñadura desgastada delataba las mucha bocas que había silenciado.

Su mano acarició el metal oscuro y la acompañó mientras la llevaba hacia su boca.

Introdujo el cañón hasta casi hacerlo desaparecer en su garganta, cerró los ojos y apretó el gatillo.

CAPÍTULO 2

BARCELONA. Actualidad.

La recepcionista apartó la mirada de la pantalla de su ordenador y le ofreció un vaso de bebida mientras esperaba.

—No te voy a decir que no. He salido de casa sin desayunar y apetece empezar bien el día —Gerard dijo, agradeciéndole el gesto con la mejor de sus sonrisas.

—Muy bien, pues si sale al vestíbulo del ascensor verá una fuente a la derecha, junto a los lavabos. Aquí tiene —le dijo la joven, entregándole un vaso de plástico.

"No esperaba que la oferta del vaso fuera tan literal", pensó Gerard sin exteriorizar sus reflexiones, aunque la joven pareció leer la decepción en su mirada e intentó justificarse.

—Nos roban siempre los vasos, por eso la empresa nos obliga a dosificarlos —dijo ella a modo de disculpa.

Gerard tomó el vaso y se dirigía hacia el vestíbulo, cuando escuchó una voz familiar a su espalda.

—Buenos días, Gerard. Gracias por haber venido tan deprisa —dijo Matías Vendrell, Editor Jefe de la revista de arte contemporáneo "Rompiendo Moldes", acercándose a él con la mano extendida.

—Veo que ya te has servido una bebida, perfecto. Acompáñame a mi despacho, por favor —dijo, tomando el vaso vacío de entre sus manos y devolviéndoselo a la recepcionista, que le dedicó una mirada de resignación.

6

El despacho del editor era de una austeridad espartana. Gerard sabía que en algún lugar había una mesa, por haberla visto en anteriores visitas, pero si era así, debía estar oculta bajo las montañas de revistas y papeles.

Recordó su primer día de trabajo en la revista, un gran alivio tras haber sido despedido del periódico donde trabajaba, por causas nunca suficientemente aclaradas, y tras años como periodista freelance, aceptando cualquier trabajo, por pequeño o peculiar que resultara, siempre que pagaran bien.

A pesar de todo, nunca había estado satisfecho de su colaboración en la revista, en la que trabajaba escribiendo como crítico de inauguraciones de exposiciones en galerías de arte.

No era el periodismo de investigación al que aspiraba, pero el trabajo era cómodo, y le permitía desplazarse por todo el país cubriendo eventos, mantenerse ocupado unos cuantos días al mes, y pagar el alquiler.

Además, las inauguraciones solían ofrecer generosos aperitivos a los asistentes, con lo que su presupuesto de manutención se veía gratamente aliviado.

Matías acercó una silla y se sentó frente a él.

—Te he llamado porque tengo buenas y malas noticias y quería dártelas personalmente.

—Empieza por las malas —dijo Gerard.

—¿Te puedo ofrecer algo para beber? —dijo, levantándose a servirse una lata de refresco que sacó de una pequeña nevera oculta bajo una montaña de revistas.

—Ah no, perdona, olvidaba que ya te lo han ofrecido en recepción —dijo, guardando de nuevo el refresco y cerrando la puerta de la nevera ante la mirada vidriosa y sedienta de Gerard.

—Las ventas no han sido las que esperábamos. La competencia de las revistas digitales es muy fuerte. El papel puede que tenga los días contados, no lo sé, pero en cualquier caso, desde que fuimos absorbidos por la multinacional, los americanos nos exigen resultados inmediatos, y una de sus primeras medidas va a ser pasar de periodicidad mensual a trimestral.

Gerard no acertaba a adivinar a donde quería llegar con aquello, pero escuchaba con atención.

—¿Esa es la mala? ¿Mala para la revista, o también para mí? ¿En qué puede afectarme?

—No, esa es la buena. Buena, porque significa que no van a cerrar la revista y que seguiremos adelante, aunque con una periodicidad más relajada.

—¿Entonces la mala cuál es? —preguntó Gerard, temiéndose lo peor.

Matías se aclaró la garganta antes de continuar.

—Menos números por año, y menor número de páginas, lo que significa que tenemos que ser muy selectivos con lo que publicamos. En definitiva, vamos a tener que eliminar tu sección —dijo, mirándole fijamente a los ojos.

—Secciones como las tuyas, agenda cultural, crítica de exposiciones de arte, ya no tienen sentido en una publicación trimestral. No podemos competir contra la inmediatez de las revistas digitales. Además, seguro que te aburría viajar por todo el país de inauguración en inauguración.

Gerard tenía la mirada perdida. Sus ojos estaban abiertos, pero en su mente perseguía con la mirada a una bandada de canapés y mini bocadillos voladores que se alejaban de él, perdiéndose en el horizonte.

—Tenemos que priorizar otros temas, cambiar nuestro enfoque editorial. Tenemos que centrarnos en reportajes temáticos y de investigación. Tú siempre has defendido esa opción, así que debería ser una buena noticia para ti —dijo Matías, levantándose de la silla, dando la reunión por acabada.

—Pero, ¿seguiré trabajando para vosotros? ¿Tienes algún encargo concreto?

—Bueno, seguro que los habrá, aunque no en este preciso momento.

Gerard dejó escapar un hondo suspiro que no pasó desapercibido al editor.

—Seguimos abiertos a que nos presentes tus ideas y propuestas sobre posibles reportajes. Tráenos información sobre lo que tengas entre manos y valoraremos si puede encajar en nuestra línea editorial —dijo Matías, acercándose hacia la puerta.

8

Gerard captó la indirecta y se levantó.

—¿Tienes alguna buena idea que puedas compartir con nosotros en este momento? —preguntó Matías, estirando el brazo para estrechar su mano en señal de despedida.

—Si..., bueno, tengo un par de temas en los que llevo meses trabajando, sobre descubrimientos arqueológicos en el subsuelo de la ciudad, que son silenciados para no perjudicar a los grandes intereses inmobiliarios o sobre cómo la política y la especulación casi han acabado con el enorme legado modernista de la ciudad, dilapidando su potencial como atractivo cultural y turístico —dijo Gerard.

—Siempre y cuando no te metas en política ni con los poderes fácticos —le interrumpió Matías—, recuerda las malas consecuencias que siempre ha tenido para ti.

No era preciso que se lo recordaran. Su despido del periódico todavía era muy reciente, y Gerard sospechaba que el verdadero motivo estaba relacionado con sus investigaciones sobre la corrupción política del gobierno estatal. Sus artículos habían incomodado a poderosos dirigentes en la capital, quienes movieron algunos hilos, que acabaron enredándose en su cuello y ahogándole.

Gerard estrechó su mano pero no pudo reprimir una mirada despectiva al sentir las palmadas compasivas que Matías le dio en el hombro al acompañarle fuera del despacho.

—Ahora tengo que dejarte, tengo una conferencia telefónica. Estamos en contacto —le dijo, cerrando la puerta de su despacho.

Gerard se quedó inmóvil, intentando asimilar la noticia y las más que posibles nefastas consecuencias para su economía doméstica. Finalmente respiró hondo y se dirigió hacia la puerta.

La recepcionista al verlo levantó el brazo y volvió a ofrecerle un vaso de plástico con una media sonrisa de compromiso.

Gerard declinó la oferta con un leve gesto de cabeza

—No, gracias, no me hará falta. Prefiero beber a morro —dijo, abandonando la oficina.

9

CAPÍTULO 3

Masía "Can Pocapena", Argentona. Actualidad.

La enorme buhardilla ocupaba gran parte del edificio principal y estaba pobremente iluminada. Gerard se preguntó por qué extraño fenómeno todas las buhardillas del mundo tenían que ser siempre lóbregas, oscuras y oler a humedad.

La luz del sol goteaba por rendijas entre las tejas y las enormes vigas de madera que sostenían el tejado de la masía.

El polvo en suspensión permanente hacía visibles aquellos rayos de luz, que de otro modo hubieran permanecido en el anonimato y que ayudaban a orientarse entre aquel amasijo de muebles y bultos viejos amontonados por todas partes y cubiertos con lonas polvorientas.

O al menos así era como él lo recordaba desde que en su infancia subía a jugar con sus primos y se escondía entre los bultos que se almacenaban allí desde fechas inmemoriales, un verdadero almacén de polvorienta memoria familiar.

¿Dónde estaban ahora todos aquellos bultos? Apenas veía algunos muebles con vida; un armario ropero con sus puertas abiertas a modo de enormes brazos pero con sus entrañas vacías, una mecedora sin respaldo, a través de la que probablemente se podía viajar a otra dimensión, los restos mortales de un par de bicicletas pertenecientes a una época indeterminada por carecer de partes suficientes como para poder estimarla y un sinfín de objetos en avanzado estado de desintegración y de difícil catalogación.

—No puedo entender que hayas sido capaz de venderlo todo —exclamó Gerard, dejando caer la taza de café, incapaz de disimular su enojo. La taza golpeó contra el plato derramando parte de su contenido, y Gerard se levantó, acercándose a su tía, de pie junto al fregadero de la enorme cocina de la masía familiar, en la pequeña población de Argentona.

Gerard respiró hondo e intentó controlarse.

Había sido relativamente feliz en aquella masía, una sólida construcción tradicional catalana que había visto pasar los siglos, creciendo y mutando para adaptarse a los distintos estilos arquitectónicos y gustos estéticos imperantes en cada época. Gran parte del edificio principal estaba construido en estilo modernista, con una fachada blanca rematada por almenas y pequeños torreones en las esquinas.

Desde pequeño, Gerard la había visto siempre como su castillo particular, aquel en el que luchaba junto a los numerosos primos con quienes compartía vivienda, enfrentándose a monstruos imaginarios que le acechaban desde el exterior, mientras soñaba que algún día lograría conquistar el mundo con su pluma estilográfica como única arma.

Las dos familias compartieron la enorme finca durante años, pero cuando su padre murió prematuramente, siendo Gerard todavía un niño, la presión y los fantasmas del pasado atormentaron tanto a su madre que decidió abandonar la masía y mudarse a vivir a la cercana Barcelona, dejando a su hermana Carmen y su numerosa prole, a cargo de la mansión familiar, aun teniendo serias dudas al respecto.

Cuando Gerard cumplió veinticinco años, una leucemia aguda acabó con la vida de su madre, sin tan siquiera darle oportunidad de poder luchar. Desde ese momento, la relación de Gerard con su tía Carmen se deterioró rápidamente, pues la mujer dejó claro que su prioridad había pasado a ser la de administrar la casa como si se tratase de su reino privado, preparando el terreno para que sus propios hijos pudieran heredarla.

Gerard sabía que el testamento de su madre especificaba claramente que la masía no podía ser vendida y que seguiría en la familia mientras viviese su hermana Carmen, que podía seguir habitando en ella con su familia hasta el fin de sus días, momento en que pasaría a pertenecer a todos los primos por partes iguales, incluido Gerard.

En los últimos años Gerard había evitado visitar la masía salvo con motivo de la ocasional celebración familiar, pues los únicos recuerdos felices de su infancia en aquella casa solo estaban relacionados con la presencia de su madre en ella.

Gerard era consciente de que estaba perdiendo el respeto a su vieja tía Carmen, que poseía la encomiable virtud de hacerle perder la paciencia con una facilidad sorprendente.

La tía Carmen jamás había sido santo de su devoción, pero por respeto a su madre siempre había tolerado sus impertinencias y su descarado favoritismo hacia sus hijos.

—Te has desecho de casi todo lo que se guardaba en la buhardilla. Eran recuerdos familiares. Al menos teníamos que haber hecho un inventario, para saber a quien pertenecía cada cosa —dijo Gerard.

—¿Acaso no soy de la familia? ¿Estás insinuando que he hecho algo indebido? Te recuerdo que desde que murió tu madre soy la administradora de la casa, tal y como ella dejó escrito, y eso me faculta para decidir qué hago con los trastos viejos que no sirven para nada y que llevan años, o siglos acumulando polvo en el desván —dijo la tía Carmen levantando la voz.

—Si no recuerdo mal había cuadros, y también cajas con vajillas y cuberterías, y qué sé yo cuántas cosas más —dijo Gerard, sin poder evitar dar un manotazo sobre la mesa.

La tía Carmen no pareció inmutarse y mantuvo su tono altanero.

—No había nada de valor, todo era quincalla y cachivaches viejos. ¿Crees que si hubiera algo valioso no lo hubiéramos sabido ya hace muchos años? —dijo Carmen, manteniendo fija su mirada penetrante sobre el rostro furibundo de Gerard.

—Lo que no puedo entender es que vendieras los baúles sin ni siquiera consultármelo —insistió Gerard.

—Eran solo libros viejos, no valían nada. Y si es lo que insinúas, no lo he hecho por dinero, no me dieron casi nada. Era solo por hacer limpieza —se excusó ella.

—Pero allí había libros de mis padres, libros que ahora yo podría necesitar para mi trabajo, y qué sé yo cuántas cosas más que ni siquiera he tenido ocasión de valorar. Además, yo jugaba con esos baúles desde que era pequeño, nadie más se había interesado jamás por ellos.

—Gerard, no quiero discutir más sobre esto. Lo siento, pero eran solo trastos viejos —dijo, zanjando la discusión.

"Qué sabrás tú de libros" pensó Gerard "si lo más parecido a literatura que has leído jamás son las revistas en la sala de espera de tu psiquiatra".

La tía Carmen se dirigió hacia el salón, indicando claramente que daba la conversación por terminada, señal inequívoca con la que le sugería que abandonara la casa.

Mientras caminaba hacia la puerta, Gerard no apartó los ojos de ella, de su inquietante media sonrisa, que estaba seguro ocultaba algo. La mujer también lo siguió con la vista, sin dejar de jugar entre sus manos con la enorme llave de hierro que accionaba la cerradura de la puerta principal de la masía.

Gerard no podía olvidar aquella llave oxidada, tan poco práctica como espectacular, que debía pesar casi un kilogramo, y que había sorprendido a todas las visitas, tanto por su antigüedad como por su enorme tamaño.

—Si tanto los quieres, puedes ir al librero al que se los vendí, tiene un puesto en el Mercado de Sant Antoni. Ya te daré la dirección, pero no me marees más con tus tonterías —le dijo desde la puerta del salón, antes de desaparecer escaleras arriba.

Gerard apretó los puños, intentando controlar su rabia. Todavía podía ver a su madre sonriéndole y deambulando feliz por la casa y esa imagen le hizo reprimir su deseo de responder a la anciana con palabras de las que después pudiera arrepentirse … de no haber pronunciado antes.

En cualquier caso, por respeto a la memoria de su madre decidió zanjar el tema ahí mismo y se propuso seguir la pista de los libros en el Mercado de San Antonio en cuanto encontrara un momento libre.

CAPÍTULO 4

Biblioteca de Sant Pau-Santa Creu. Actualidad.

Cada cinco minutos su mirada se perdía en las alturas y tenía que obligarse a sí mismo a concentrarse. La majestuosidad de aquella enorme sala le distraía. Los enorme arcos ojivales, sosteniendo el entramado de vigas de madera y la calidez de la piedra, le transportaban siempre a épocas pretéritas.

No podía evitar pensar en todos los caballeros medievales y damas en apuros que debieron haber pasado por aquellos salones desde la época en que Cristóbal Colón deambulaba por la ciudad en busca de apoyo financiero para sus singladuras.

Gerard había tenido tiempo para reflexionar sobre su futuro inmediato. Necesitaba proyectos que le reportaran ingresos, pero sin renunciar a sus sueños ni a su compromiso con la verdad, el principal motivo por el que decidió dedicarse al periodismo.

Decidió aprovechar el impasse en que la diosa fortuna le colocaba para retomar el hilo de sus investigaciones sobre los temas que siempre le habían obsesionado, confiando en que si podía acumular suficiente evidencia y escribir sobre ellos, el éxito estaría asegurado y serían los medios de comunicación los que le perseguirían y no viceversa. Pensaba escribir una larga serie de artículos y tal vez publicarlos en una recopilación.

Cerró el libro que tenía abierto y lo colocó junto a la columna de volúmenes que había tomado en préstamo de la biblioteca. Todos versaban sobre el Modernismo en Catalunya, el movimiento cultural, artístico y arquitectónico europeo de finales del siglo XIX, que floreció en Cataluña.

La región recuperaba su identidad histórica y su burguesía disponía de recursos económicos para financiar la construcción de edificios y residencias emblemáticos, realizados por arquitectos que pasarían a la posteridad, como Gaudí, Puig i Cadafalch o Domènech i Montaner.

El legado de tales artistas le parecía asombroso; centenares de edificios gubernamentales, fábricas y residencias privadas, construidos en aquel estilo de caprichosas formas redondeadas y culto desaforado a la naturaleza en todas sus manifestaciones, empleando abundantes motivos florales, animales o mitológicos, de enorme belleza y sensibilidad.

Muchos de aquellos edificios habían sido declarados Patrimonio de la Humanidad por la UNESCO y se habían convertido en una de las mayores atracciones turísticas de Barcelona.

Gerard estaba escandalizado al constatar que, tras la Guerra Civil española, durante los cuarenta años de dictadura de Francisco Franco, la obsesión del dictador por la sistemática eliminación de los símbolos de identidad de la nación catalana acabó con muchas de esas joyas arquitectónicas.

Le enfurecía constatar cómo la especulación inmobiliaria y la corrupción política continuaron haciendo desaparecer de forma vergonzosa innumerables edificios, perdidos para siempre en un turbio y maloliente pasado, privando a las futuras generaciones de un legado de valor incalculable.

Gerard apartó la montaña de libros que tenía frente a él y volvió a las páginas de su libreta de notas. Ese día no había encontrado nada de relevancia, tan solo las habituales menciones a edificios derribados, y algunos nombres de concejales del ayuntamiento que habían intervenido en los procesos.

Depositó los libros en el carrito metálico de devoluciones excepto uno que se llevó en préstamo, y salió a la calle a estirar las piernas y buscar un lugar donde comer algo. La biblioteca estaba situada en la calle Hospital, a pocas manzanas de la famosa avenida de las Ramblas, y cerca de lugares emblemáticos como el Barrio Gótico, la Catedral o el Gran Teatro del Liceo.

En aquellas estrechas calles abundaban las viejas tabernas, tan llenas de carácter y personalidad como de desechos arrojados al suelo, principalmente junto a la barra. Entró en una de ellas y se arriesgó pidiendo el menú del día.

"De algo hay que morir", se dijo, y aquel era tan buen día como cualquiera.

Se sentó en una mesa de mármol blanco muy gastado, y lo más cerca posible de la puerta, para poder recibir algo más de la poca luz natural que conseguía descender hasta aquellas estrechas callejuelas. Mientras esperaba que le sirvieran, se entretuvo hojeando las fotografías del libro que había tomado prestado, una guía ilustrada de la antigua Barcelona modernista.

Disfrutó recorriendo con la mirada aquellas calles en blanco y negro que rezumaban tristeza, siempre repletas de transeúntes, extasiados mirando con semblante serio hacia el objetivo de aquellas antiguas e insólitas cámaras fotográficas que tan pocas veces habían podido contemplar de cerca.

Se detuvo en unas páginas dedicadas al desaparecido Palacio de las Bellas Artes, una magnífica e imponente construcción, mandada derribar por orden del dictador en 1942, por considerarla "un símbolo de catalanismo".

Gerard hubiera sido capaz de verter lágrimas ante tamaña muestra de barbarie e incultura por parte de aquellos viejos fascistas. Pasear la mirada por aquellas fotografías le permitía revivir un pasado perdido para siempre e intentaba imaginar lo que debían sentir los barceloneses de la época que aparecían en todas aquellas fotografías.

Admiró las elegantes lineas de aquel Palacio, que debía haber tenido una altura de seis o siete pisos y una sala principal capaz de acoger a varios miles de personas, bajo unos enormes candelabros. Las grandes vidrieras de su pared

17

frontal filtraban los rayos del sol como si de una catedral urbana se tratara, dando al conjunto un aura onírica y fantasmal.

Bajo las vidrieras se podía adivinar la silueta de un gigantesco órgano musical, lo que reforzaba aún más su percepción de ver aquel lugar como un centro de liturgia pagana. Sus decenas de tubos metálicos de diferentes grosores elevándose hacia las vidrieras parecían emitir luz en vez de sonido, alimentando de reflejos dorados el entorno.

Era una fotografía cautivadora, pero en ella no se veía a nadie, lo cual le sorprendió, algo muy poco habitual para una época en que cualquier fotografía suponía un acontecimiento social que atraía a multitud de curiosos.

El sonido de su teléfono móvil interrumpió sus pensamientos.

—Hola Max —dijo automáticamente al ver el nombre de su amigo en la pantalla.

—¿Por dónde andas? Ya me he enterado de lo de la revista. Son unos ignorantes, se han vendido al capital y ya verás como no van a llegar muy lejos. Pronto lamentarán lo que te han hecho —le dijo su amigo, intentando consolarle.

—Eso suena un poco a amenaza, ¿no? En cualquier caso no importa. La vida me da una oportunidad para pasar página y dedicarme a hacer aquello en lo que creo, con independencia de si me compran el reportaje o no —dijo Gerard.

—Me alegra ver que te lo tomas así. Espero que seas sincero contigo y tú mismo te lo creas —añadió su amigo.

Tras unos minutos de conversación banal, Gerard le puso al corriente sobre su reciente visita a la mansión familiar.

—Por lo que cuentas, esa mujer no estaría fuera de lugar como ama de llaves en una tétrica mansión gótica —dijo Max—, aunque bien pensado, tía Carmen no es precisamente un nombre que inspire terror.

—Prefiero cambiar de tema. ¿Quieres que quedemos este domingo para ir a explorar el Mercado de San Antonio? No quiero dejar pasar mucho tiempo e intentar recuperar los baúles de mi familia.

18

Max mantuvo el suspense durante unos segundos de silencio.

—Está bien, pero primero quedemos para tomar un aperitivo, y después podemos registrar todos los puestos de libros y antiguallas que quieras. Si no lo encuentras allí, es que no existe —sentenció Max.

—Hecho. Pero Max, quedemos a las diez, que te conozco. En fin de semana no te levantas antes de las doce del mediodía.

—¿Lo dices para que cambie mis hábitos y madrugue, acabando con mi fama de trasnochador?

—No, lo que quiero es llegar pronto y tener más tiempo para el aperitivo. Te toca pagar a ti.

CAPÍTULO 5

Mercat de Sant Antoni. Barcelona. Actualidad.

Eran más de las diez de la mañana, y las calles del barrio de Sant Antoni ya estaban llenas de transeúntes yendo a comprar el periódico o el pan, a desayunar, o simplemente dando un paseo.

Que Max no se hubiera presentado no era nada nuevo, lo sorprendente era que se dignara llamar por teléfono para dar alguna explicación.

—¿No has dormido bien esta noche? —preguntó Gerard.

—¿Cómo lo has adivinado? ¿Eres mentalista o algo así? —dijo Max con voz apagada—. No sé qué cené anoche, pero algo me sentó fatal. No he dormido nada. No he parado de levantarme y sentarme. De hecho he estado sentado casi toda la noche, y no precisamente en una silla, tú ya me entiendes.

—Puedo imaginármelo, ahórrame los detalles.

—Con todo el dolor de mi corazón, me temo que tendré que abstenerme de tomar el aperitivo contigo esta mañana, lo siento.

—De lo que son capaces algunos con tal de no pagar cuando les toca hacerlo —bromeó Gerard.

—Tranquilo, me lo apuntas a mi cuenta y a la próxima, lo hacemos doble. De verdad, me encuentro fatal, pero seguro que te apañarás sin mí. Uaghhhhh! tengo que dejarte, es una emergencia, adiós.

20

Con una sonrisa en los labios, Gerard intentó apartar de su mente la grotesca imagen de su amigo y su urgente indisposición. Lo sentía por él, pero no iba a desaprovechar la mañana.

Entró en un bar a desayunar y pronto estuvo de nuevo en la calle, dejándose arrastrar por el flujo de gente que avanzaba en dirección al mercado.

El mercado dominical de Sant Antoni era un feria popular que se instalaba todos los domingos bajo las marquesinas que rodeaban el recinto del mercado de abastecimientos. Había nacido en 1936 como un punto de compra, venta e intercambio de literatura, habiendo contribuido mucho a despertar del amor por la lectura en varias generaciones de niños barceloneses. Durante la dictadura, era el lugar donde podían encontrarse los libros prohibidos por el gobierno del dictador.

Actualmente era un hervidero de gente, principalmente padres e hijos que acudían a intercambiar cromos de todo tipo, y coleccionistas en busca de libros antiguos, películas u objetos curiosos.

Gerard lo había visitado pocas veces, con lo que disfrutó recorriendo todos los puestos, deteniéndose ante los que estaban especializados en libros antiguos o en libros de arte, intentando no verse arrastrado por la riada humana.

No tardó en localizar el puesto del librero que le indicó su tía Carmen. Una desvencijada mesa hecha con un tablón de madera y dos caballetes, tras la que se adivinaban varias estanterías llenas de viejos volúmenes de lomos casi ilegibles y cajas repletas de libros antiguos.

Gerard revolvió entre los montones de libros que había sobre la mesa y encontró un viejo tratado sobre arquitectura modernista que le interesó.

—¿Cuánto pide por este? —preguntó al vendedor.

El anciano, de cabellos de un blanco casi albino, iba vestido con una vieja bata de color azul marino oscuro que parecía tener la misma edad que sus libros, y las arrugas de su rostro no tenían nada que envidiar a las amarillentas páginas de los viejos pergaminos.

—¿Cuánto me ofrece?

21

"Así que hay que regatear", pensó Gerard, quien a pesar de que aquel tipo de transacciones le incomodaba, se consideraba a sí mismo uno de los pocos afortunados en el mundo que habían nacido con el gen del experto negociador en su ADN.

Su estrategia consistía en ocultar sus intenciones de recuperar los baúles de sus padres. Esperaba así poder conseguir un mejor precio cuando llegara el momento de negociar.

—No sé cuanto ofrecerle, pero no mucho. Son libros viejos, y no incunables precisamente. Lo que pasa es que este tema me interesa —dijo Gerard, infringiendo con su admisión una de las principales normas del buen negociador.

El anciano se acercó a él, tomó el libro de sus manos y lo abrió por la primera página.

—¿Así que le interesa el modernismo? Este es un libro de primeros de siglo, del año 1900 aproximadamente.

—Sí, lo sé. Es una época que me interesa mucho. Soy escritor, y estoy recopilando información para un artículo, pero no puedo gastar mucho, aunque el tema me apasiona desde hace años. Dígame por favor cuanto quiere por él y se lo abonaré. No le voy a discutir nada —dijo Gerard, en otra demostración de su brillante técnica de negociación.

El anciano no respondió, pero le contemplaba en silencio mientras daba vueltas al libro en sus manos. —Tengo la sensación de que usted no ha venido aquí solo para comprar este libro.

—¿A qué se refiere? ¿Es tan evidente? —se rindió Gerard— Es cierto, he venido a verle para preguntarle acerca de unos baúles con libros que compró hace unos días en una masía de Argentona.

La sonrisa del anciano desapareció súbitamente.

—Menuda mujer —exclamó, lanzando un suspiro.

—No sé si interpretarlo como un suspiro de admiración o de desesperación, pero esa mujer es mi tía —dijo Gerard, a lo que el anciano solo respondió con un movimiento de cabeza y de ojos.

—Los baúles pertenecían a mis padres, y solo había en ellos libros viejos de mis abuelos, sin valor económico, pero

22

que para mí podrían tener valor sentimental —dijo Gerard, intentando ser persuasivo.

—Aguarde un momento —dijo el anciano, y se agachó para pasar con sorprendente agilidad por debajo de la tabla de madera, acercándose a varios bultos que almacenaba bajo la mesa, cubiertos por una lona.

Al levantarla quedaron a la vista varias cajas de cartón deformadas por el peso de los libros y un baúl de madera de tamaño mediano. Se acercó al baúl y le dio unas palmadas.

—Quiero ayudarle. Si esa mujer es su tía, solo me resta compadecerle. Este baúl es el único que me queda de los que traje. Los otros dos ya los he vendido.

Gerard no pudo reprimir una mirada de enorme decepción.

—Pero este era el más grande, y además lo he acabado de llenar con más libros que le interesarán. Son todos de alrededor del 1900. Hay de todo, arte modernista, arquitectura, diseño, e incluso varios clásicos de la literatura que acababan de publicarse entonces. Los bestsellers de la época, vamos.

—Pero yo solo estoy interesado en los que hubiera originalmente en el baúl. ¿No puedo escoger solo algunos y dejar el resto? —preguntó Gerard.

—No recuerdo cuales son los que añadí. Además, prefiero venderlos en un solo lote, no puedo estar vendiendo piezas sueltas, no ganaría nada. Piense que yo compro bibliotecas enteras que suelen proceder de herencias en que se venden los libros a peso, y los herederos solo buscan ganar algo por todo el lote. Es una pena, pero la historia es siempre la misma.

—No estoy seguro. Sería como comprar a ciegas, pero con el agravante de tener que volver a comprar algo que por derecho pertenece a mi familia, lo cual es el colmo de la estupidez —dijo Gerard, sin darse cuenta que su comentario podía enojar al vendedor y acabar de rematar su clase magistral sobre negociación.

—No se preocupe —dijo el anciano, mostrando una enigmática pero afable sonrisa—, como le he dicho, quiero ayudarle. Me cae usted bien y aunque no sean libros

23

incunables, sé que usted sabrá apreciarlos. Por eso le vendo el baúl y su contenido por solo cincuenta euros.

Gerard seguía dudando. Le enfurecía tener que acabar pagando por algo que tan solo unos días atrás le pertenecía por derecho, aunque si se veía en aquella disyuntiva era por la avaricia desmedida de su tía Carmen, que no había dudado en desprenderse de recuerdos familiares a cambio de dinero.

—Piense que sólo el baúl de madera ya vale más que eso. Es del siglo pasado, y tiene los cantos reforzados con remaches dorados originales. No se arrepentirá, es como una caja sorpresa —le dijo el anciano, presintiendo que estaba a punto de cerrar la venta.

Gerard echó mano a su billetera y sacó un billete de cincuenta euros. No tenía trabajo fijo ni ingresos, ni siquiera buenas perspectivas a corto plazo, pero no podía dejar escapar aquel baúl, o se arriesgaba a perderlo también como los otros dos.

No le dio más vueltas y le entregó el billete al anciano, que sonrió amablemente y se agachó para empujar el baúl hacia fuera y sacarlo de debajo de la mesa.

—Está cerrado con llave. ¿La tiene usted? —dijo Gerard señalando a la gran cerradura exterior—. A ver si va a estar lleno de piedras en vez de libros.

El anciano sonrió de nuevo con cierto nerviosismo.

—Esa es parte de la gracia y de la sorpresa. Creo que perdí la llave y por eso lo vendo barato, pero créame, son libros.

Gerard le estrechó la mano, fría y muy arrugada. Se agachó, y comprobó con alivio que el pesado baúl contaba con unas asas laterales de cuero. Intentó dar varios pasos y cargar con él al hombro, pero no consiguió levantarlo por encima de su cintura. Al no poder llegar muy lejos, lo apoyó en el suelo y se asomó a la calzada para detener un taxi.

Si sumaba el coste del baúl, más el coste del taxi, más el del desayuno, no quería pensar cuanto le iba costar cada libro, si es que al final resultaban ser libros lo que encontrara en su interior, pero al pensar que estaba recuperando libros de sus padres lo daba todo por bien empleado.

Al cerrar la puerta del taxi se volvió hacia el puesto de libros. El anciano seguía allí, contemplándole desde la distancia, con su bata sucia de color azul oscuro, apoyado en la mesa llena de libros y con la misma media sonrisa que no había desaparecido de su boca.

CAPÍTULO 6

Barcelona. 1912.

Las oscuras escaleras eran tan estrechas que solo permitían el paso de una persona. El joven subinspector Morillo había subido tres pisos pero resollaba como si hubiesen sido cuarenta.

El trayecto en bicicleta desde su comisaría de distrito en el Eixample, en la parte alta de Barcelona, hasta la calle Tallers, le había agotado, a pesar de que el camino era bajada en su mayor parte. El tráfico denso y el adoquinado de las calles hacían que cualquier desplazamiento, por corto que fuera, acabase resultando como una sesión de masaje a manos de una apisonadora.

El aviso había llegado esa misma mañana, y esperaba ser de los primeros en personarse en el lugar de los hechos. No quería que la posible evidencia se viera alterada por la intromisión de curiosos.

Un hombre le esperaba en el oscuro rellano del cuarto piso y le hizo señas para que se apresurara.

—Soy el gerente de este establecimiento. Doy gracias al buen Dios de que esté usted aquí —le comentó, tirándole de la manga del abrigo, a lo que él se resistió, queriendo dejar claro quién era la autoridad allí.

Morillo sabía que el piso era un conocido "meublé" de Barcelona, cuya existencia era consentida dada la elevada posición política y social de muchos de sus clientes, pero le sorprendió el contraste entre el lóbrego rellano exterior y la exuberancia del interior.

Se encontraba en un recibidor, donde un pequeño y elegante mostrador de madera oscura y un enorme jarrón de porcelana con motivos orientales daban la discreta bienvenida a los huéspedes.

A continuación caminó por un largo pasillo alfombrado, y con paredes vestidas de tela de color granate oscuro con tacto de terciopelo, lo que averiguó tras no poder resistir pasar sus manos por ella.

Los rostros de varias mujeres con grueso maquillaje y cabello revuelto asomaban por las puertas que daban al pasillo, desapareciendo a medida que él avanzaba y las puertas se cerraban a su paso.

El gerente le hizo una seña y se detuvo frente a una puerta cerrada.

—Es aquí. No hemos tocado nada desde que una de las mujeres encargadas de la limpieza los encontró.

El subinspector Morillo dio un leve respingo al oír que aquel hombre empleaba el plural.

—¿Ha dicho usted, los encontró? ¿Es que acaso hay más de un cadáver? La persona que dio aviso a la comisaría solo habló de una persona, un varón.

El gerente parecía azorado. —Lo ignoro. No fui yo quien dio parte, pero quienquiera que fuera, a buen seguro lo hizo para llamar lo menos posible la atención. Sepa que nuestro establecimiento es una casa de reposo y recuperación, a la que acuden personas muy conocidas y respetables, en busca de discreción y anonimato. Esa ha sido siempre nuestra principal seña de identidad e intentamos preservarla a toda costa.

—¿Reposo y recuperación, dice usted? ¿Una especie de balneario en el que se da prioridad al alivio de los males del alma antes que al de los del cuerpo? —preguntó Morillo sin disimular una leve sonrisa.

—Ehhh, podríamos decir que así es. Aunque tampoco menospreciamos el cuerpo. No en vano se le considera el templo del alma —sentenció el gerente.

—Así que el templo del alma…. Al parecer tiene usted dotes de filósofo —le dijo, y con un pañuelo que sacó de su bolsillo asió el picaporte para abrir la puerta.

—Por amor de Dios. ¿Lo hace usted para no mancharse? Sepa que nuestras habitaciones se asean varias veces al día, todo está impoluto —dijo el gerente, mostrándose ofendido.

—Lo hago para no alterar el dactilograma en caso de que optemos por realizarlo. ¿Ha tocado alguien esta puerta desde que fueron descubiertos los cuerpos?

—Tan solo la empleada de la limpieza y yo mismo, para servirle. Creo que nadie más. Si me permite la pregunta, ¿qué es un dactisama?

—Dactilograma. Una técnica policial patentada hace ya veinte años en Argentina, que nos permite estudiar las impresiones de los dedos de un sujeto para su posterior identificación.

—¿Y no les resultaría mejor estudiar su rostro para reconocerlo? Al fin y al cabo es más fácil reconocer a alguien por su cara que por sus manos, ¿no es así? —dijo el gerente.

El subinspector valoró por un instante si merecía la pena seguir aquella conversación.

—Sí, probablemente tenga usted razón. Aguarde aquí, por favor, y no deje pasar a nadie hasta que yo salga —dijo, entrando a la habitación y cerrando la puerta tras de sí.

En la penumbra de la habitación tan solo podía adivinar un pequeño sofá y un colgador para ropa, del que pendía un abrigo y un sombrero oscuro. La estancia era muy pequeña, pero no tardó en darse cuenta de que no era más que una antesala y que la habitación principal se ocultaba tras unas gruesas cortinas de terciopelo rojo.

Las apartó con una mano, asomando lentamente su cabeza sin saber si iba a encontrarse con la sangrienta estampa de una salvaje carnicería o un escenario más conservador.

La habitación estaba iluminada por una pequeña lámpara eléctrica cubierta por una pantalla de color morado, que teñía todo el entorno de una tonalidad fantasmagórica y un tanto enfermiza.

A su izquierda vio una butaca, sobre la que se amontonaban piezas de ropa masculinas y femeninas, un mueble tocador pegado a la pared y frente a él, una gran cama con un enorme cabezal de madera oscura. Bajo sus sábanas y mantas revueltas se adivinaban algunos bultos.

Se acercó a la cama con cuidado, mirando hacia el suelo para no pisar ninguna posible prueba. Al volver la vista hacia la izquierda su corazón dio un vuelco al encontrarse con un hombre de mediana estatura frente a él.

Rápidamente echó mano al revólver que llevaba escondido bajo el abrigo, lamentando no haber entrado en la habitación con él en la mano.

El hombre no se movió, y aunque algo en él le resultaba familiar, era difícil ver con claridad en aquella penumbra. —¡No se mueva! ¿Quién es usted? —preguntó, apuntándole con el arma.

Dio un paso hacia adelante, pero al ver reflejada la misma cama que tenía tras él, supo que se trataba de un espejo de cuerpo entero colocado frente al lecho.

Bajó el arma y dio gracias a Dios por haber entrado solo, ahorrándose un embarazoso bochorno. Se acercó a la única ventana que había en la habitación y descorrió unos centímetros la pesada cortina que la aislaba casi herméticamente de la luz.

Se volvió, siguiendo con la mirada el rayo de luz blanca que fue a impactar directamente sobre la cama, como si una mano divina pretendiese mostrarle con claridad hacia donde debía dirigir su atención.

Aguardó a que su vista se habituara al resplandor y se entretuvo contemplando las enormes motas de polvo que danzaban en el haz de luz.

Bajo un grueso cubrecama de seda de color verde oscuro, asomaban varias piernas, dos extremidades velludas claramente pertenecientes a un hombre, y una pierna delgada enfundada en una media blanca que solo podía pertenecer a una mujer joven.

Examinó la superficie del cubrecama y los alrededores del lecho, recogiendo alguna pequeña evidencia que fue guardando en una cajita metálica que extrajo de su bolsillo.

Luego se acercó a los pies de la cama y levantó lentamente el cubrecama, dejando al descubierto una pareja de cuerpos desnudos y ensangrentados.

Un hombre de unos sesenta o setenta años de edad yacía estirado boca arriba. Sobre él, una mujer joven, de unos veinticinco o treinta años, con las piernas abiertas, montada a horcajadas sobre él y con el rostro destrozado por lo que parecía un disparo frontal hecho a bocajarro.

Por lo que podía ver, el hombre no presentaba ninguna lesión aparente en su rostro, pero su cuerpo estaba muy ensangrentado, aunque su postura hacía difícil valorar si presentaba otras heridas de relevancia.

Junto a los cuerpos encontró un pequeño revólver, que decidió no tocar hasta poder recogerlo en condiciones. Lo olió y dedujo que había sido disparado recientemente, aunque no podía precisar cuántas veces. La muchacha debió morir al instante, pero la causa de la muerte del hombre no era evidente.

Una autopsia le daría más información, pero de momento tenía que seguir indagando. Las sábanas debieron haber sido blancas alguna vez pero en ese momento eran de color rojo con matices rosados, tras haber absorbido gran cantidad de la sangre derramada.

Se acercó a la cabecera de la cama para examinar al hombre más de cerca y observó que los rosetones labrados en la madera oscura del cabezal estaban astillados. Uno de ellos estaba destrozado y presentaba un orificio que dejaba entrever en su interior el color claro de la madera natural sin barnizar.

Extrajo de su bolsillo un pequeño cuchillo de hoja plegable con el que hurgó en la madera blanda dentro del orificio, hasta notar algo de tacto metálico. Probablemente se trataba de una bala, pero con aquel ángulo no podía ser la bala que había destrozado la cara de la joven, que se encontraba en la dirección opuesta. Solo cabía una posibilidad.

Examinó la cabeza del hombre estirado en la cama, y enseguida vio parte del enorme orificio abierto en la zona occipital de su cráneo, que dejaba al descubierto parte de su masa encefálica.

Solo se le ocurrían dos opciones que explicaran aquel terrible impacto, o bien había sido golpeado con un arma contundente o bien era el orificio de salida de una bala.

La respuesta estaba clara.

CAPÍTULO 7

Comisaría de Policía. Eixample. Barcelona. 1912

La mañana era fría y Morillo se dirigía a las dependencias de la comisaría, restregándose las manos a pesar de llevarlas cubiertas con unos ridículos guantes sin dedos que su hermana le había regalado por Navidad.

—Eh, "Bicicleta", el capitán quería verte en cuanto llegaras —le gritó otro subinspector desde la escalinata de acceso a la comisaría.

El apodo de "el Bicicleta" no le resultaba gracioso, pero tenía que admitir que le definía a la perfección, pues no había día en que no la utilizara, tanto para desplazarse desde su casa como para acudir a muchos escenarios de crímenes.

Subió las escaleras de dos en dos hasta la planta en que se encontraba su unidad y tras colgar su abrigo en el perchero, abrió el cajón de su escritorio en el que guardaba la evidencia que había recogido en la supuesta casa de reposo.

Había tenido que esperar varias horas al levantamiento de los cadáveres por parte del juez, y el médico forense tardaría días en enviarle su informe de autopsia. Iba a dedicar la mañana a procesar las pruebas y elaborar un prolijo informe que debía presentar a su superior.

Presentía que aquel no iba a ser un caso normal, ni un asesinato más de los cientos que ocurrían cada mes en prostíbulos y antros de la ciudad.

Colocó sobre la mesa varias cajas de metal y una cartera de piel conteniendo los diversos objetos que había recogido en la escena del crimen.

El examen de la ropa del hombre no había dado frutos, ni llevaba encima ningún documento identificativo.

Identificar a la mujer fue más fácil. Al interrogar a los ocupantes de las habitaciones contiguas, averiguó que se trataba de una joven procedente de algún país del Norte de Europa.

El gerente insistía en que se trataba de una joven terapeuta experta en artes de relajación, aunque Morillo lo veía más como un tema lingüístico y que tal vez en aquellas latitudes a las damas de compañía se las conociera con otro nombre.

Lo que era evidente era que la joven había muerto antes que el hombre, pues a ella le hubiera resultado imposible matar a nadie en vista de cómo quedó su rostro tras recibir un disparo en plena cara.

También era más que probable que estuvieran manteniendo relaciones sexuales en aquel momento, aunque no sabía si antes o después de la supuesta sesión de relajación terapéutica, lo que reforzaba su teoría de que se trataba de un típico caso de relación extramatrimonial con final trágico.

Para él, la cuestión principal era averiguar cuál había sido la causa de muerte del varón. Si fuera un suicidio, ¿porqué matar primero a la mujer?¿Para no dejar testigos? ¿Y porqué lo había hecho en pleno acto sexual? ¿Porqué no suicidarse en privado, como suele ser lo habitual?

—¡Morillo, a mi despacho inmediatamente! —gritó alguien desde un extremo de las dependencias, devolviéndolo de golpe a la realidad. La voz era la del capitán Botell, su inmediato superior. Había olvidado presentarse en su despacho.

Guardó apresuradamente en el cajón todas las cajas de evidencia, se metió la camisa dentro del pantalón, y se pasó la mano por su tupido bigote, gesto inconsciente que hacía siempre que estaba nervioso.

—Con su permiso —dijo, dando unos toques en la puerta del despacho del capitán.

33

—Siéntese, hágame el favor —le dijo su jefe, sorprendiéndole con su tono amistoso. Tras un minuto de charla intrascendente acerca de la climatología, el capitán fue directo al tema que les ocupaba.

—Imagino que ya debe usted estar trabajando en su informe sobre el caso de ayer, ¿me equivoco?

—No señor, no se equivoca —mintió Morillo—. Lo he comenzado, pero aún estoy analizando la evidencia que recogí en la escena del crimen. Si usted me lo permite, me gustaría disponer de un poco más de tiempo. Creo que en este caso hay elementos poco habituales que merecen ser analizados a fondo.

—¿Ah sí? ¿Ha formulado usted ya alguna teoría?

—No la tengo todavía, capitán, pero existen varios indicios que no encajan del todo en lo que podría ser una explicación lógica. Verá, señor, la muerte del varón solo puede deberse a tres posibles causas, suicidio, accidente o asesinato.

—Permítame decirle que si sus brillantes deducciones acaban ahí, no llegará usted nunca a comisario. Hasta mi abuela, que en paz descanse, podría haber llegado más lejos —le interrumpió el capitán.

—Yo personalmente me inclino por el suicidio, pero en este momento no puedo descartar nada.

—Tonterías, Morillo. No pierda el tiempo. No podía usted dar con un caso más clásico. Un pobre diablo cae en manos de una prostituta sin escrúpulos que le asesina en pleno fornicio, suicidándose después, arrepentida de su crimen. Lo hemos visto en mil ocasiones —dijo el capitán, intentando zanjar el tema.

—Cierto pero, podría ser exactamente al revés. Un hombre de buena cuna decide acabar con su vida por algún ignoto motivo, y lo hace en brazos de su amante, llevándosela con él a la tumba —dijo Morillo.

—No tiene usted ninguna prueba de que sea así. ¿Conocemos la identidad del hombre? —preguntó el capitán.

—No señor, no llevaba documentación. Intentaremos identificarlo revisando denuncias sobre personas desaparecidas o inquiriendo en el vecindario.

—Lo dicho, no pierda usted el tiempo. Si se tratara de algún ciudadano de relevancia, lo sabríamos ya. Y si no lo es, no dedicaré los limitados recursos de que dispone el departamento a la investigación de un simple asesinato en un tugurio por los desvaríos de un desequilibrado que decide acabar con su vida y la de su amante —dijo el capitán, levantándose y dando la reunión por terminada.

—En cualquier caso, estoy a la espera del informe de la autopsia, que estoy seguro esclarecerá mucho el caso —añadió Morillo mientras se levantaba.

—¿La autopsia? Dudo que revele nada nuevo. No deberíamos perder el tiempo en eso. Dedíquese mejor a la investigación sobre los anarquistas. Esa es una amenaza real para la población, y el alcalde está presionando mucho al comisario para que consigamos pronto algún resultado tangible. Creo que voy a destinarlo a usted al equipo del subcomisario Zamora, a quién le vendrán bien más manos. ¿Qué le parece? —preguntó el capitán, dándole unas palmadas en el hombro mientras lo acompañaba hasta la puerta.

—Como usted ordene, señor, pero sepa que me gustaría poder dedicarle tiempo a este caso. No me llevará mucho, puedo compaginar ambas tareas.

—No. Ya le he comunicado mi firme decisión. Tiene usted hasta mañana por la mañana para presentarme su informe, y después olvídese del caso. Además, trabajar en el equipo del subcomisario Zamora va a darle mucha más visibilidad interna y le ayudará mucho cuando llegue el momento de promocionar. Yo lo veré con mejores ojos. Ya me entiende usted —y dándole un empujoncito en el brazo lo hizo salir de su despacho y cerró la puerta.

Morillo permaneció inmóvil mirando a su alrededor. Aquello no era justo ni normal. Cada vez estaba más convencido de que algo no olía bien en aquel asunto. Y solo disponía de un día para demostrarlo.

35

CAPÍTULO 8

Tenía mucho trabajo por delante y muy poco tiempo para llevarlo a cabo. No podía hacerlo solo, así que recurrió al "divide y vencerás" para intentar llegar a todo dentro del plazo que le habían marcado.

Sabía que iba a estar devolviendo favores durante años, pero consiguió que otro subinspector y un cabo le ayudaran en la investigación de base. Los envió a entrevistar con discreción a todos los trabajadores y vecinos de la supuesta casa de reposo. Mientras, él se encargaría de bucear en los archivos de personas desaparecidas en busca de alguien que pudiera encajar con los desconocidos que yacían en la morgue.

Hombre precavido, decidió redactar de antemano una versión preliminar de su informe, no fuera que el capitán decidiera acortar el plazo que le había dado y no esperar al día siguiente, algo que ya había ocurrido en varias ocasiones.

La alegría le duró poco al constatar que la única máquina de escribir que existía en la comisaría, una pesada Remington de hierro colado, estaba siendo monopolizada por una mecanógrafa eventual, lo que implicaba tener que dejar su informe manuscrito en la cubeta de trabajos pendientes de la joven y esperar uno o dos días.

Tras meditarlo unos segundos, no le pareció tan mala idea, pues retrasar la entrega del informe por encontrarse en proceso de mecanografiado le permitiría ganar tiempo.

Se apresuró a redactar a mano un informe convencional, plasmando por escrito las mismas dudas y teorías que había compartido momentos antes con el capitán. Lo colocó en el fondo de la pila de trabajos pendientes de ser mecanografiados, y sin dar prisa alguna a la mecanógrafa, se dirigió al archivo de personas desaparecidas.

Dedicó una larga mañana a revisar las entradas del último año y medio en el voluminoso libro de registro. El proceso era tedioso, pues debía anotar el número de clasificación de cada caso, y acudir a un archivador en el que localizar la carpeta correspondiente para poder consultar los datos disponibles, tales como el texto de la denuncia, la declaración de los familiares, la descripción física y demás detalles sobre cada desaparición.

Al ser poco habitual disponer de fotografías de los desaparecidos, sabía que la mayor parte de las pesquisas tendría que hacerlas en base a descripciones verbales, a menudo poco fiables.

Comenzó por el varón, y reunió información sobre más de sesenta casos en los que la edad y características generales de los desaparecidos podían encajar con el sujeto en cuestión. Dedicó gran parte de la tarde a intentar reducir ese grupo a una cifra más manejable, pero le resultaba muy difícil encontrar elementos en común.

Aplicando la lógica, pronto pudo separarlos en dos grandes grupos, en base a su profesión. El grupo más numeroso estaba formado por gente de oficios diversos, como tenderos, comerciantes, maestros de escuela o ebanistas, mientras que identificó otro grupo más reducido formado por industriales de cierto renombre o posición social.

Tenía que tomar decisiones y asumir riesgos, así que decidió concentrarse en ese segundo grupo, por ser el más pequeño y el que más interés le suscitaba.

Pronto descubrió más puntos en común dentro de ese reducido grupo. La mayoría eran industriales venidos a menos, o que habían sufrido dificultades financieras en los meses previos a su desaparición, lo cual abonaría la tesis del suicidio en muchos de esos casos.

La mayoría de ellos carecían de cónyuges o descendencia, y las denuncias habían sido interpuestas por familiares de segunda línea, como hermanos o primos, o bien de oficio.

No tener familiares directos implicaba no tener herederos directos. Pensó que sería interesante averiguar si alguno de ellos había dejado testamento, aunque ese trabajo le llevaría muchos días, y tiempo era un lujo del que no disponía.

Ya era tarde y pronto tendría que dejar la investigación por ese día, pero esperó a que regresaran sus dos colaboradores y le pusieran al día del resultado de sus pesquisas.

Su conclusión principal tras interrogar a trabajadores y vecinos, era que en aquel establecimiento de reposo había más movimiento que en una estación de tren en hora punta.

A pesar de la discreción con que se gestionaban las visitas, era de todos conocido que aquella era una casa de citas, frecuentada asiduamente por personajes de clase social alta, adinerados y por todo el espectro de la clase política.

Había sido imposible establecer la identidad del individuo. El que no presentara ningún rasgo físico característico, dificultaba el posible recuerdo por parte de los vecinos y empleados.

Decidió dar la jornada por finalizada, agradeció a sus colegas su colaboración, y bajó al vestíbulo a recoger su bicicleta del cuarto de material donde le permitían guardarla.

Mientras se alejaba de la gran ciudad, pedaleando cuesta arriba entre campos de cultivo delimitados por pequeños muros de piedra, no podía apartar de su mente aquella lista de nombres de desaparecidos, intentando encontrar algún nexo entre ellos que los pudiera relacionar con el fallecido.

Llegó a su casa, un pequeño espacio ubicado en un modesto edificio anexo a una señorial masía en el barrio de Horta, cuyos propietarios se lo arrendaban por la tranquilidad que les daba tener a un subinspector de la policía como inquilino.

Cargó con la bicicleta a hombros mientras abría la puerta y entró en la casa dejándola junto a la entrada.

Aquella noche no pudo conciliar el sueño. Confiaba que el informe de la autopsia le ayudara en la investigación, por lo

38

que decidió visitar al forense al día siguiente, para intentar sonsacarle algo de información preliminar antes de recibir su informe final.

A la mañana siguiente se levantó muy temprano. Los primeros rayos del sol lo encontraron pedaleando por caminos de tierra en dirección a la ciudad. Se dirigió directamente al Laboratorio de Medicina Legal de Barcelona, creado en 1887 y que gestionaba las autopsias solicitadas por la autoridad.

Un ordenanza le informó de que el forense estaba en una reunión y le hizo esperar más de una hora hasta que finalmente apareció. Aunque Morillo sospechaba que el forense acababa de llegar de su casa, prefirió obviar ese tema en cuanto se encontró en su presencia.

El Dr. Ernesto Vilaseca era un forense de apariencia relativamente joven, con quien Morillo había trabajado en varios casos. Aunque no pudiera considerarse que fueran amigos, existía un mutuo respeto profesional y una cierta simpatía entre ellos.

El forense despejó una silla llena de informes y papeles para que Morillo pudiera sentarse. Aquel despacho estaba aún más desordenado que el suyo, pensó Morillo, complacido al encontrarse tan a gusto en aquel entorno caótico.

Reparó en una gran fotografía enmarcada, colocada en una estantería tras la mesa. Era un retrato del famoso escapista Harry Houdini, en paños menores y cargado de cadenas y grilletes. Morillo no pudo evitar sonreír al verla, pues él también era un gran aficionado a la magia.

Aunque le sorprendió encontrar la fotografía de un artista en el despacho de un forense, tenía que admitir que no se encontraba en una funeraria y que el gusto por el espectáculo no era patrimonio exclusivo de nadie.

—¿Qué le trae por aquí, subinspector? —le dijo amablemente, mientras extraía un paquete de papel de fumar y liaba un cigarrillo, que Morillo declinó con un gesto.

—Me he tomado la libertad de acudir a usted y apelar a su experiencia. Hemos trabajado juntos en varios casos, pero creo que es la primera vez que estoy en su laboratorio forense —dijo Morillo, rompiendo el hielo.

39

—¿Es eso cierto? Bien, no se lo reprocho. Se me ocurren lugares mucho más agradables donde mantener reuniones. La compañía aquí es un poco aburrida. Digamos que esto está... muy muerto —dijo y rió abiertamente su gracia, a lo que Morillo se sumó con una sonrisa, aún considerando el chiste de mal gusto y poco apropiado.

—El motivo de mi visita no es otro que el de inquirir acerca de la autopsia de dos cuerpos que le fueron remitidos ayer por la tarde. ¿Ha tenido ocasión de llegar a alguna conclusión preliminar? —dijo Morillo, yendo directo al grano.

—Subinspector, como usted comprenderá, aún no he tenido tiempo de profundizar en la tarea, pero espero poder hacerlo hoy mismo. Aunque tengo un gran número de casos esperándome ahí abajo, tengo la gran fortuna de que ya ninguno de mis clientes va a impacientarse si le hago esperar demasiado, ¿no le parece? —dijo, y volvió a reír escandalosamente.

Morillo sonrió de nuevo por cortesía, cada vez más convencido de que aquellos comentarios de mal gusto no eran improvisados, sino que debía haberlos empleado hasta la saciedad.

—Lo entiendo, y nada más lejos de mi intención que interferir en su trabajo pero, ¿sería usted capaz de aventurar alguna teoría especulativa? Estoy seguro de que nada debe escapar al perspicaz instinto de un hombre con tamaña experiencia como la suya —dijo, intentando jugar la siempre infalible carta de la adulación.

—Me halaga usted en demasía, pero así es, no se lo voy a negar. Permítame meditarlo unos segundos. Ya está. Sí, en base a mi examen inicial externo de los cadáveres, y a falta de los datos que la necropsia pueda aportar, estoy en disposición de aventurar categóricamente algunos puntos —afirmó con solemnidad.

Morillo se acercó a la mesa, escuchando con creciente interés.

—La hembra presenta una herida facial, mortal de necesidad, probablemente provocada por arma de fuego disparada a bocajarro. Yo me aventuraría a afirmar que con una escopeta, con toda seguridad.

Morillo se sorprendió. —¿No pudo ser un revólver?

—Altamente improbable, si le soy sincero, a juzgar por el tipo y tamaño de la lesión facial —dijo el forense, y Morillo prefirió no volver a interrumpirle.

—No preveo grandes sorpresas al realizar su autopsia, la causa de muerte de la fémina está muy clara. En cuanto al varón, ahí sí que voy a necesitar que la autopsia confirme o desmienta mis teorías. La causa de la muerte parece ser una lesión intracraneal, ocasionada por impacto de proyectil en trayectoria de interior a exterior.

—Así pues, ¿está usted sugiriendo que el varón pudo cometer suicidio? —preguntó Morillo.

—Efectivamente. O eso, o bien se trataba de un faquir que gustaba de desayunarse con balas de gran calibre —dijo, riendo aparatosamente.

Para la sensibilidad de Morillo, aquel tipo de bromas comenzaban a resultar cargantes, pero prefirió seguirle la corriente. Había trabajado antes con aquel forense, pero jamás había sido testigo de su faceta de humorista, aunque se tratase de humor negro y desfasado.

—Pero hay algo más —dijo el forense, atrayendo de nuevo la atención de Morillo—. Creo no andar errado al afirmar que observo dos orificios de salida en la zona occipital de su cráneo, aunque la herida es de tales dimensiones que necesitaría estudiarla más de cerca.

Morillo se mantuvo pensativo unos segundos. —¿Quiere usted decir que el varón recibió dos disparos a través de su boca?

—Esa es mi experta opinión. Tal vez el presunto suicida quería asegurarse de hacer bien las cosas y volvió a apretar el gatillo una segunda vez —dijo, volviendo a reír a carcajadas—. A todas luces debía ser un hombre meticuloso.

Aquello era demasiado para Morillo, le incomodaba aquella falta de respeto a los fallecidos por parte de un profesional médico, pero el incansable doctor volvió a la carga.

—¿Y dice en el informe policial que la hembra fue hallada a horcajadas sobre el hombre en actitud coital? Dejando al margen la postura en que fue encontrada, yo no

41

observo indicio alguno de penetración o de que hubieran mantenido relaciones de naturaleza sexual, aunque me será menester explorarla más a fondo. Tal vez la mujer perdió todo interés al tomar conciencia de que su hombre estaba perdiendo... su cabeza por ella —dijo, y esta vez sus risotadas fueron la gota que colmó el vaso de la paciencia de Morillo, cuyos nudillos estaban blancos por la fuerza con que apretaba sus puños, para no enemistarse con el forense hasta haber recibido su informe definitivo.

Se levantó de la silla y se dirigió hacia la puerta.

—Ruego me disculpe doctor, pero mis obligaciones me reclaman. Le estoy muy agradecido por compartir conmigo sus conclusiones preliminares. Aguardaré hasta recibir su informe definitivo, que leeré con sumo interés —le dijo desde la puerta, mientras se ponía el abrigo.

—Aquí me tiene para lo que necesite, subinspector. Solo espero haberle sido de utilidad —le dijo desde la mesa.

—No puede imaginarse usted cuánto —respondió Morillo, saliendo por la puerta.

CAPÍTULO 9

Apartamento de Gerard. Barcelona. Actualidad

Gerard entró en su apartamento arrastrando el baúl como si cargara con un cadáver y apenas llegó al salón, soltó el bulto y se dejó caer sobre el sofá, agotado tras el esfuerzo.

Vivía en un austero ático en la parte alta de la calle Dos de Mayo, cuya modestia se veía sobradamente compensada con su mayor y probablemente única ventaja, sus inmejorables vistas. Desde su minúsculo balcón, y subiéndose a un taburete, Gerard podía divisar a lo lejos un pedazo de mar Mediterráneo, aplastado entre dos horripilantes edificios de apartamentos.

Era un piso de soltero, sin nada que delatara una poco probable presencia femenina. Había tenido alguna pareja estable, pero ninguna con la suficiente paciencia como para soportar sus muchas ausencias, tanto físicas como psicológicas.

Su absoluta entrega a sus investigaciones periodísticas le llevó a abandonar casi por completo toda vida social, lo que hizo incompatible mantener una relación normal con una mujer.

No había superado totalmente la pérdida temprana de sus padres, y la viciada relación con su tía Carmen y sus primos no había hecho más que empeorar desde entonces.

Su despido injustificado de la redacción del periódico le agrió el carácter, y esa amargura actuó como el mejor

43

repelente contra cualquier mujer que se acercara a él con intención de mantener una relación estable.

Por eso confiaba en que el nuevo revés que acababa de sufrir al perder el trabajo en la revista se convirtiera en el revulsivo que necesitaba para dar un giro positivo a su vida. Necesitaba reinventarse, volver a encontrar el gusto por la vida. Nunca era demasiado tarde para intentarlo.

Fue a la cocina y abrió una lata de cacahuetes dulces, uno de sus pocos vicios declarados, y deglutió un enorme puñado antes de dirigirse a examinar de cerca su botín.

El baúl le parecía mucho más pequeño de como lo recordaba, algo que atribuyó al cambio de escala y perspectiva que conlleva abandonar la niñez.

Era un baúl de madera oscura, sucio y muy castigado por el paso del tiempo, pero que aún transmitía solidez. Sus bordes estaban reforzados con cantos metálicos que alguna vez habían sido dorados, y dos correas de cuero lo rodeaban transversalmente. En su frontal veía dos cerraduras oxidadas.

¿Cómo era posible que aquel viejo le vendiera un baúl cerrado y sin llave? Comenzaba a preguntarse cómo había podido ser tan ingenuo.

No tenía suficiente con haber tenido que pagar por recomprar un baúl que le pertenecía por derecho, sino que además tal vez iba a tener que lidiar con su tía Carmen para averiguar donde podían estar las malditas llaves.

El orificio de la cerradura no era muy grande, así que probó con todas las llaves que tenía a mano, pero todo fue inútil.

Si el anciano no le había mentido y tan solo el baúl ya era más valioso que lo que había pagado por todo el conjunto, no quería estropearlo forzando la cerradura, pero finalmente haciendo palanca con un tenedor consiguió soltar las pestañas de las cerraduras y que se abrieran con un chasquido.

Levantó la tapa y un fuerte olor a polvo y moho le hizo estornudar. Sonrió al comprobar que al menos el vendedor no le había engañado. El baúl estaba repleto de libros.

Su enfado se diluía a la par que su excitación aumentaba y se entregó completamente a la exploración del baúl. Se sentía como el niño Jim Hawkins en la Isla del Tesoro, rebuscando dentro del cofre del pirata John Silver, aunque no recordaba si en el libro aparecía un cofre como aquel. Era una sensación emocionante, que le devolvió por un momento a su niñez.

Fue colocando los libros sobre la mesa a medida que los iba examinando. Encontró varios gruesos tratados de arquitectura, que separó del resto para revisarlos más tarde, y también novelas muy antiguas, en las que descubrió hermosas ilustraciones modernistas, lo cual le satisfizo sobremanera.

¿Cómo era posible que, habiendo subido a jugar tantas veces al desván de la masía durante su infancia, jamás se hubiera interesado por descubrir el contenido de aquellos baúles?

Se preguntaba si los libros serían la colección privada de alguno de sus bisabuelos, o si habían pertenecido a algún miembro de la alta burguesía, pues la mayoría de novelas estaban en su versión original.

Encontró una copia de "Le Fantôme de l'Opéra" de Gastón Leroux de 1910, una de "The Secret Garden" de Frances Hodgson Burnett de 1911, el clásico de 1908 "Uncle Tom's Cabin" de Harriet Beecher Stowe, un ejemplar de 1906 de "White Fang" de Jack London, otro de "The Hound of the Baskerville's" de Sir Arthur Conan Doyle de 1902, uno en italiano de "Le Tigri di Mompracem" de Emilio Salgari y "Lord Jim" de Joseph Conrad, ambos de 1900, y el archiconocido "The Wonderful Wizard of Oz" de Lyman Frank Baum, también de 1900.

Le sorprendió encontrar entre ellos una copia de 1906 en francés de "Les Onze Mille Verges" de Guillaume Apollinaire, una novela escandalosa que había circulado en secreto por entre los ambientes de la alta burguesía europea de la época, considerada por muchos como pornográfica. ¿Podía realmente aquella obra prohibida haber pertenecido a alguno de sus antepasados?

La mayoría estaban editados alrededor del cambio de siglo y parecían ser todos primeras ediciones, en versión original y en muy buen estado de conservación, lo que le hizo

45

pensar que probablemente tuvieran bastante valor para un buen coleccionista.

Le dolía reconocerlo, pero daba la impresión de que sus antepasados hubieran comprado los libros por metros, para llenar sus estanterías y presumir de cultura ante sus amistades.

Cerró el baúl sin poder menos que maravillarse ante la gran cantidad de clásicos de la literatura que habían sido publicados en aquellos prolíficos años. Qué no hubiera dado por haber podido vivir en aquella convulsa pero fascinante época.

Estaba hambriento y abandonó momentáneamente los libros para entrar en la cocina a prepararse una suculenta cena a base de huevos fritos, pan, más huevos fritos y algo de fruta, que degustó sentado frente al noticiero en la televisión.

Tras el descanso, volvió de nuevo al baúl y se entretuvo ojeando varias novelas, muchas de cuyas páginas estaban pegadas entre sí, aunque sospechaba que en la mayoría de casos no se debía a la humedad sino que obedecía más bien a su virginidad, por no haber sido leídas nunca.

Se entretuvo especialmente en el libro prohibido de Apollinaire, una novela que le pareció tan ardiente y demoledora como diez kilos de chile picante deglutidos con vinagre caliente. Se escandalizó ante las atrocidades que se relataban en sus páginas, pero su curiosidad pudo más que su estómago y acabó dedicando prácticamente una hora a leerlo.

Era un libro brutal y desgarrador, no apto para personas sensibles o con estómagos inquietos. Llegó a la última página e iba a depositarlo sobre la pila de libros que había ido sacando del baúl, cuando algo captó su atención.

La última página del libro estaba doblada e impedía que la contraportada se cerrara completamente. Lo tomó en sus manos y aplanó la página con la punta de sus dedos.

Podía palpar algo oculto bajo el forro.

CAPÍTULO 10

Fue a buscar el cuchillo de cocina más fino que pudo encontrar, y con mucho cuidado despegó el papel, que resultó no estar encolado sino tan solo sujeto bajo una pestaña de la gruesa contraportada.

Encontró una pequeña hoja de papel amarillento plegada en dos dobleces y que parecía haber sido escondida allí con prisa, sin tan siquiera volver a sellar con cola el forro.

Que la pestaña no se hubiera soltado jamás, sugería que aquel libro no había sido abierto desde que alguien escondió el papel allí.

Pensó que debía tratarse de una nota del encuadernador, pero aún así lo desdobló lentamente, casi con reverencia. El papel presentaba un membrete grabado en una de las esquinas, pero estaba muy descolorido y no supo reconocer de qué se trataba.

Su sorpresa fue en aumento al comprobar que se trataba de una carta manuscrita,   redactada con letra muy pequeña, en renglones inclinados hacia abajo.

Estaba claro que quien la había escrito lo hizo con prisa; en algunas partes la tinta negra de la pluma estilográfica se había corrido, dibujando caprichosas nubes grises sobre el papel.

¿La habría acariciado con sus dedos cuando aún estaba húmeda o habría llovido alguna lágrima sobre el papel?

Su emoción crecía a la par que su impaciencia. Se levantó a buscar sus gafas para leer de cerca, y se acercó a una lámpara de pie junto al sofá.

La carta estaba escrita en la elegante caligrafía de la época, y la letra era inteligible, lo que denotaba la buena educación de su propietario.

—*A quien pueda interesar,*

Escribo en Barcelona, a seis de Enero de 1912, día de la Epifanía de Nuestro Señor. Es con enorme tristeza que me veo forzado a escribir las que serán mis breves y postreras palabras. Jamás debí permitir que los acontecimientos me condujeran hasta este punto, pero mis muchos vicios siempre han pesado más que mis pocas virtudes, y ahora no hago sino pagar el más alto precio por ellos.

Es contra mi voluntad que tomo esta decisión, con la única finalidad de expiar mis faltas, recibir castigo por mi avaricia y proteger a mi familia de un descrédito del que en modo alguno son merecedores. El chantaje es siempre vil, pero lo afronto con entereza, sabedor como soy de que mi penitencia aliviará la carga que mis descendientes hubieran tenido que soportar, tanto en lo personal, pues no sufrirán el escarnio de ver a su padre arruinado, humillado y mendigando por las calles, como también en lo económico, pues aunque se verán privados de su herencia, no sufrirán los sinsabores que la riqueza acarrea. Deseo y confío que vivan la vida modesta y virtuosa que yo no supe llevar y que el Señor haga que jamás me olviden, aunque nunca lleguen a saber del sacrificio que estoy a punto de realizar solo por su bienestar.

A mi querida esposa, un último y tierno beso y el perdón que de ella imploro. A mi hija, con la esperanza de que el futuro le depare algo mejor que lo que yo he sido incapaz de ofrecerle, que me perdone también.

Dejo constancia escrita de que me veo obligado a hacerlo, tras haber sido desposeído criminalmente de todas mis propiedades bajo amenaza contra mi familia, confiando que el progreso y la mayor madurez de nuestra sociedad permita que en el futuro puedan ser reparadas las terribles injusticias que en este maldito lugar se cometen y castigar a sus responsables, acabando con este ignominioso reino del terror.

Es la hora, no debo hacer esperar a la dueña de la casa, no conviene enfurecerla.

P.—

48

La carta estaba firmada con unas iniciales borrosas, que parecían ser *V.P.* o tal vez solamente *P.*

Gerard sostuvo la carta entre sus manos, mientras meditaba sobre aquellas palabras, el mensaje de despedida de un padre y marido arrepentido. Tenía el tono desgarrador de quien, lamentándose de los errores cometidos, se despide de sus seres queridos esperando obtener su perdón, un sentimiento inherente a la naturaleza humana que parecía no cambiar por mucho que pasaran los siglos.

¿Podía tratarse de alguno de sus antepasados? ¿Estaba leyendo las últimas palabras de algún viejo familiar suyo? La mera posibilidad era cuanto menos apasionante.

Gerard intuía que entre aquellas líneas había mucho más que merecía ser investigado. La misteriosa carta de aquel hombre hablaba de chantajes, de verse forzado a realizar acciones contra su voluntad, de actos criminales, de peticiones de castigo para los culpables.

Pero por encima de todo, la carta era una despedida en toda regla; parecía una nota de suicidio.

CAPÍTULO 11

Casa Xamot. Barcelona. 1912

El traqueteo del popular Tranvía Azul alertaba de su presencia a los escasos vecinos de la zona, ascendiendo lentamente por la Avenida del Tibidabo, una incipiente arteriola en la parte más alta de Barcelona, que serpenteaba a los pies de la montaña del Tibidabo, donde había comenzado a operar un modesto parque de atracciones.

Recientemente urbanizada por el Dr. Andreu, farmacéutico que hizo fortuna combatiendo la tos de los barceloneses con algo tan inocente como unas simples pastillas, de las que vendía toneladas, la avenida había ido poblándose con algunas de las más espectaculares mansiones modernistas construidas por la pudiente burguesía barcelonesa, y diseñadas por los mejores arquitectos del momento.

Ocultas del exterior tras un alto muro de formas onduladas, las paredes blancas decoradas con motivos florales de la Casa Xamot se alzaban majestuosas en la parte alta de la Avenida.

Se trataba de una enorme casa unifamiliar de estilo modernista e inspiración alpina, con un tejado a dos vientos típico de las construcciones suizas.

Los periodistas locales habían criticado la idoneidad de ubicar tal construcción en una ciudad mediterránea como

50

Barcelona, en que la nieve hacía acto de presencia tan solo un par de veces cada siglo.

Los caprichos de las clases altas no tenían límites, y la familia Xamot no había escatimado recursos para hacerse con los servicios de uno de los más populares arquitectos modernistas del momento, Puig i Cadafalch y dotar a su finca de los mayores lujos y comodidades.

La casa estaba rodeada por unos inmensos y bien cuidados jardines, y el acceso principal a la propiedad estaba protegido por un edificio que hacía las veces de vivienda del guarda, pero que bien podía haber albergado a varias familias, dadas sus enormes dimensiones.

El guarda era un hombre de mediana edad que vivía solo, y cuyas tareas no se limitaban a la vigilancia, incluyendo también la jardinería, el mantenimiento de la finca, así como ejercer de chófer del automóvil de la señora Xamot, un imponente y novísimo Cadillac de 1912 llegado directamente de los Estados Unidos y que tenía la particularidad de ser el primer automóvil equipado con arranque eléctrico en lugar de la peligrosa palanca de arranque manual.

Eran las doce de la noche, hora en que el guarda salía de su casa para efectuar una última ronda por los jardines y por el perímetro de la casa principal, como era su costumbre. Lo acompañaban sus dos perros, dos mastines cazadores que entre ambos debían sumar más de cien años de edad canina y que ya no estaban para grandes trotes.

Tardó unos veinte minutos en completar su ronda, que siempre finalizaba comprobando que las entradas a la mansión estuvieran bien cerradas, antes de retirarse a dormir a su casa.

Entró en la mansión y volvió a salir al poco rato llevando en la mano un plato para los perros con las sobras de su cena. Era su forma de mantenerlos bien alimentados y a la vez no generar tanta basura, que luego tenía que incinerar él mismo en el jardín, alargando su ya interminable lista de tareas.

Se acercó al lugar donde habitualmente depositaba la comida de los perros pero no los vio allí. Los llamó en voz baja, y llevándose los dedos a la boca emitió el silbido sordo que solía emplear para llamar su atención, pero no acudieron.

Aquellos chuchos eran más viejos de lo que él mismo quería reconocer, puesto que ya vivían con la familia desde antes que se construyera la actual mansión.

Se agachó a recoger una piedra y golpeó el plato metálico de la comida, pero no obtuvo respuesta. Dejó el plato en el suelo y dio una vuelta completa al perímetro de la casa, con el mismo resultado.

Decidió adentrarse en los jardines, pues en ocasiones los perros se entretenían persiguiendo ratoncillos o conejos.

Un sendero atravesaba el ancho paseo central, presidido por un gran estanque, en el que el familiar murmullo de un surtidor de agua ofrecía música de fondo a la sinfonía nocturna de grillos y cigarras.

La grava del camino crujía bajo sus pies y el guarda no dejaba de silbar llamando a los canes. Le pareció escuchar movimiento entre los arbustos bajo un pequeño bosquecillo de pinos a su derecha. Se dirigió hacia allí y pronto distinguió un bulto en el suelo, frente al tronco retorcido de un gran pino.

Al llegar se encontró con el cuerpo sin vida de uno de los perros. Le dio la vuelta pero no apreció ninguna herida y atribuyó su muerte a la avanzada edad del can. No obstante, sus sentidos se pusieron en alerta y miró a su alrededor, volviendo a silbar en voz baja.

Exploró los alrededores y pronto escuchó un nuevo ruido de ramas que solo podía provenir de los setos junto a la casa principal, así que se dirigió hacia allí dando un pequeño rodeo por el paseo central.

Los aullidos sordos y apagados del otro perro sonaban como lamentos, y echó a correr hacia el punto del que provenían.

Obligado a guiarse exclusivamente por el oído, se adentró en la espesura, sintiendo los golpes y arañazos de las ramas en su rostro y brazos. Cuando llegó al punto del que provenían los aullidos, dedujo que se encontraba en un pequeño claro entre los arbustos, pues el débil resplandor de la luna apenas era capaz de atravesar aquella espesura y llegar hasta él.

Ya no se escuchaba nada. Echó mano de su única arma, un bastón de madera y lo blandió en alto, aguzando el oído por si volvía a escuchar los lamentos del animal, maldiciendo no haber cogido una linterna.

Escuchó un débil sonido que provenía del suelo, junto a él, un sonido suave y repetitivo, como un leve goteo.

Miró hacia arriba y su corazón dio un vuelco al contemplar una masa oscura que colgaba sobre él, balanceándose con la brisa nocturna. Creía saber lo que era, pero temía estar en lo cierto. Alargó el brazo y tanteó el bulto con la punta de su bastón. Era una masa blanda, y al tocarlo, el bulto se movió, dejando escapar un débil gemido.

El guarda estaba fuera de sí. Alguien había colgado al pobre animal y parecía estar agonizando. Dio dos saltos para intentar tocarlo, pero el bulto se vino abajo acompañado del sonido seco de una cuerda restregando contra la rama, seguido de un fuerte latigazo.

El cuerpo del animal cayó sobre él, y ambos rodaron por el suelo, con el guarda dando manotazos a ciegas, intentando quitarse de encima aquella masa de carne.

Un destello de lucidez le hizo pensar que si el animal estaba allí colgado, la persona que hubiera cometido tal acto de barbarie podía estar allí también.

Se levantó de un salto, con el corazón saliéndole por la boca y movió su bastón a ciegas, de un lado a otro. Qué pronto había olvidado su entrenamiento militar, pensó, echando a correr hacia la casa.

La grava del paseo central saltaba por los aires a su paso y no se preocupó de ocultarse, dirigiéndose directamente a la puerta principal de la casa, cuya escalinata de acceso subió de un solo salto.

Encontró la puerta de entrada cerrada con llave, lo cual le tranquilizó un poco. Pensó en correr hasta su vivienda, a la entrada de la finca y recoger allí su arma reglamentaria, pero su instinto le decía que no era allí donde el peligro acechaba y su deber era proteger a la Sra. Xamot por encima de todo.

Rodeó la casa a paso ligero, comprobando todas las ventanas y puertas, hasta que completó el círculo y llegó de nuevo ante la puerta principal. Su próximo paso sería ir a buscar su revólver y una linterna y recorrer toda la finca.

El penetrante chirrido de una bisagra en movimiento le hizo darse la vuelta y se le heló la sangre al ver la puerta principal entreabierta y moviéndose lentamente, como empujada por una mano invisible.

El agresor estaba dentro de la casa. Dudó unos instantes, valorando sus opciones. Entrar a la casa y enfrentarse a él, armado solo con un bastón, o ir a buscar su arma y perder un tiempo precioso; tal era el dilema.

La respuesta se le presentó de improviso, cuando oyó crujir la grava detrás suyo y tuvo el tiempo justo de darse la media vuelta, e interponerse en el camino de una gruesa hoja de arma blanca, que penetró limpia y profundamente en sus entrañas, hurgando en su interior con certeros movimientos y permaneciendo allí mientras iba seccionando todo lo poco que aún le sujetaba a la vida.

Durante el breve instante en que la vida escapaba de sus ojos hasta apagarse, el guarda pudo mirar directamente a los ojos de su agresor, desplomándose en sus brazos, que depositaron su cuerpo sin vida en el suelo.

El rastro de gotas de sangre húmedas dejadas por el sable sobre la grava se dirigía hacia la casa.

CAPÍTULO 12

El subinspector Morillo no llegó en bicicleta esta vez. Tenía la teoría de que una de las ventajas que le confería no llevar uniforme era poder desplazarse por la ciudad sin ser identificado como policía, aunque a menudo su porte, su bigote, su bastón y su característico bombín le delataban sin remedio.

Viajaba junto al cabo Roura, un joven oficial de unos veinticinco años que estaba disfrutando enormemente de una de las pocas oportunidades que tenía de romper con su rutina, acompañando a todo un subinspector de la policía secreta en una de sus misiones.

El tranvía de tracción animal ascendía con dificultad por la empinada calle Balmes, tirado por un único y sufrido caballo, que en circunstancias normales debía haber contado con un compañero de fatigas.

El caballo resoplaba, arrastrando un vagón repleto de pasajeros, y al llegar al final de su recorrido se detuvo frente al edificio en construcción de "La Rotonda".

Compadeciéndose del exhausto caballo, a quien su compañero de tándem había abandonado, subieron a pie por la Avenida Tibidabo hasta llegar frente a la verja de hierro que daba acceso a la finca Xamot.

Varios agentes municipales controlaban el acceso en la calle, pues a pesar de tratarse de una zona exclusiva y poco poblada, en pleno proceso de urbanización, el incidente había atraído a un gran número de curiosos que se agolpaban frente a la verja en busca de entretenimiento matutino.

55

Al verlos llegar, el agente que custodiaba la verja les saludó y les dejó pasar. Frente a la casa del guarda se encontraron con el subinspector Aromí, que les resumió los hechos, comenzando por el asesinato del guarda, cuyo cadáver desollado y cubierto por una sábana todavía se encontraba frente a la casa principal.

—Sus dos perros han aparecido muertos también. Uno de ellos allí abajo, probablemente envenenado con algún pedazo de carne, y el otro, acuchillado y colgado de un árbol en aquella espesura de allí —dijo, señalando hacia el bosquecillo que flanqueaba el lateral de la casa.

—Una vez eliminado el guarda, es posible que el asesino entrara y saliera de la casa por la puerta principal, pues no hay evidencia de ningún acceso forzado. Se dirigió a los aposentos de la Sra. Xamot en el piso superior y la agredió salvajemente en su propia cama.

—¿Quién dio aviso a la policía? —preguntó Morillo.

—La única criada que dormía en la casa esa noche, ya que el resto de miembros del servicio tenían la noche libre. La joven salió corriendo tras sorprender al asesino y huyó en busca del guarda, pero al encontrarlo muerto frente a la casa, salió a la calle presa de histeria. La encontró una pareja de policías municipales varias manzanas más abajo. Si desea interrogarla, la mantenemos custodiada en el salón principal, o tal vez prefiera examinar antes el cadáver del guarda —dijo el agente.

Morillo decidió dar prioridad a los vivos antes que a los muertos, y subió los peldaños de la enorme escalinata exterior de mármol, flanqueada por varias hileras de columnas retorcidas que soportaban un tejadillo que protegía el acceso a la mansión en caso de lluvia.

El interior era una exhibición del perfecto prototipo de casa modernista; molduras y techos ondulados, mobiliario sobrecargado, profusión de adornos, motivos florales y naturales coexistiendo con formas minimalistas, motivos geométricos de gran elegancia.

Ni un solo cristal de ventanas o puertas podía describirse como sencillo o transparente, todo eran vidrieras de colores con elaboradísimos trabajos de vidrio emplomado.

56

Morillo se detuvo unos segundos, fascinado por el ambiente onírico del salón, en que la luz que provenía del exterior, tamizada por los vidrios de colores, descendía sobre los muebles y adornos como una fina lluvia de los colores de arco iris, dándole un aspecto irreal al conjunto.

Una enorme alfombra con arabescos florales cubría gran parte del suelo del salón. Morillo se preguntaba qué afán de ostentación podía llevar a aquellos acaudalados propietarios a cubrir con alfombras persas unos suelos en los que sus hermosos mosaicos de baldosas podían rivalizar en belleza con los de las villas romanas de hacía dos mil años.

Al fondo del salón, un agente uniformado custodiaba a una joven que aguardaba sentada en una butaca, vestida con un uniforme azul y un delantal blanco. Parecía dolerse del costado y haberse vestido con prisa, y su estado de agitación denotaba las fuertes emociones vividas.

—¿Se encuentra bien, señorita? —preguntó Morillo, mostrándose solícito para tranquilizarla.

La joven respondió con un breve movimiento de hombros.

—¿Necesita algo, comida, un poco de agua?

Un leve movimiento de cabeza de un lado a otro fue su única respuesta, lo que hizo pensar a Morillo que aquel interrogatorio iba a durar poco.

La joven se volvió y Morillo tuvo la agradable sorpresa de encontrarse frente a un rostro de hermosos ojos claros, finos labios y una expresión de serena inteligencia. Aunque su piel mostraba algunos cortes y contusiones, no conseguían distorsionar su franca belleza.

—Buenos días señorita, soy el subinspector Morillo, de la policía secreta. Le pido disculpas de antemano, sabedor de que probablemente ya se lo habrán preguntado varias veces mis compañeros, pero por favor hágame un sucinto relato de lo sucedido, se lo ruego.

La joven alisó el delantal sobre sus piernas y con voz temblorosa le resumió su versión.

Como cada noche, acababa de subir a los aposentos de la Sra. Xamot para cerciorarse de que no precisara nada más. Repasó con ella su lista de tareas para la mañana siguiente y la

57

ayudó a acostarse. Bajó las escaleras y se dirigió a la cocina, para completar la relación de víveres que debía encargar a la tienda de ultramarinos.

Al dirigirse hacia la habitación del servicio en el semisótano, observó que la puerta principal de la casa estaba entreabierta, aunque estaba segura de haberla visto cerrada cuando bajó las escaleras en dirección a la cocina.

Supuso que el guarda había entrado en la casa a completar su ronda o a recoger algún artículo, lo cual ocurría con frecuencia, dadas sus múltiples responsabilidades en la casa.

Volvió sobre sus pasos y desde el rellano de la escalera, vio la puerta entreabierta de los aposentos de la señora Xamot. El guarda jamás hubiera entrado en la habitación de la señora estando ella ya acostada. Algo extraño sucedía, pero un exceso de confianza le hizo bajar la guardia y entrar en la habitación.

A la tenue luz de una pequeña lámpara junto a la cama, pudo ver la silueta de la señora retorciéndose sobre su lecho, forcejeando con una sombra montada a horcajadas sobre ella, que la golpeaba con brutalidad. Aún desde la distancia podía distinguir claramente las manchas de sangre sobre las sábanas.

La joven no pudo reprimir un grito de espanto, pero el terror la dejó paralizada.

Al oírla, el asaltante se detuvo y volvió su rostro hacia ella. Solo pudo ver sus ojos penetrantes, pues llevaba una gorra oscura bien encajada y se ocultaba tras lo que parecía un pañuelo o una bufanda negra. Todo él iba cubierto con un gran abrigo negro.

—¡Inés, socorro, ayúdame! —le gritó la señora, sin apenas vocalizar, por tener la boca destrozada.

Aquel grito desesperado le hizo reaccionar, y por puro instinto corrió hacia la pequeña chimenea a pocos pasos de donde se encontraba, tomó el atizador de hierro y se abalanzó sobre el asaltante con el arrojo e inconsciencia que solo la juventud confieren.

Por suerte su primer golpe dio contra algo consistente, que ella confiaba hubiera sido el cráneo de aquel salvaje. La señora Xamot gritaba, ahora ya de forma totalmente ininteligible, escupiendo borbotones de sangre al hacerlo.

El hombre se volvió hacia la doncella, pero siguió montado sobre la mujer, dándole fuertes puñetazos en el rostro. Su mano desapareció en el interior del abrigo y extrajo un objeto que a la joven le pareció un enorme cuchillo oscuro.

El hombre parecía ignorar a Inés, tal vez subestimando su peligrosidad, o por su condición de mujer. Enfurecida, levantó de nuevo el atizador y descargó un segundo golpe sobre el asaltante, que esta vez impactó claramente sobre su cabeza, haciendo que cayera de costado sobre la cama.

El hombre consiguió incorporarse y saltó de la cama, persiguiendo a la joven hasta la puerta, y cuando la alcanzó, le propinó un fuerte golpe en el vientre que la lanzó contra una butaca. Sin detenerse, levantó una silla y la estrelló contra las costillas de la joven, que sintió un fogonazo de dolor acompañado de una hermosa visión de luces multicolores que casi le hicieron perder el conocimiento.

El asesino se agachó sobre ella para rematarla, pero la señora Xamot volvió a gritar, intentando incorporarse en la cama y derribando una bandeja con un jarrón de agua y varios vasos. El hombre dio a Inés por inconsciente y dirigió su atención a la reanimada dueña de la casa, corriendo hacia la cama y lanzándose de nuevo sobre la mujer.

A partir de ahí Inés no recordaba con claridad lo sucedido, tan solo que se levantó como pudo, y decidió que lo más sensato era salir a buscar ayuda, pues quedarse a auxiliar a su señora hubiera supuesto la muerte segura de ambas.

Alimentada por el terror y el más puro instinto de supervivencia, corrió hacia la puerta, sacó la llave de la cerradura interior y salió dando un portazo. Dio dos vueltas de llave desde fuera y dejó la llave atrancada en la cerradura, echando a correr escaleras abajo. A punto estuvo de bajarlas rodando, pero finalmente consiguió hacerlo de la forma tradicional.

Esperaba oír pasos corriendo tras ella, pero tan solo escuchaba furiosos golpes contra una puerta de habitación que no podría contener al asesino por mucho tiempo.

Salió a la gran escalinata de mármol exterior, llamando al guarda a voz en grito. No tardó en toparse con su cuerpo ensangrentado tendido frente a la casa, y ello atizó su histerismo y la ayudó a correr con renovada energía hacia la entrada principal de la finca. Pasó junto a la casa del guarda y salió a la calle, corriendo calle abajo hasta encontrar a una pareja de policías municipales.

—Ha sido usted extremadamente valiente —le dijo Morillo—, y sumamente imprudente también, si me permite el comentario —añadió.

—¿Y qué quería usted que hiciera? Su comentario es ofensivo. De haberme quedado allí ahora estaríamos las dos muertas.

El coraje de aquella joven le impresionaba, y su firme convicción y fortaleza de carácter le agradaban más de lo que estaba dispuesto a admitir.

—¿Puede recordar algún detalle más que nos pueda ser de ayuda? —le preguntó Morillo, sin muchas esperanzas.

—Sí. Cuando le golpeé la segunda vez, le arranqué la gorra que llevaba y pude ver que su cabello era abundante y rojizo. Era pelirrojo —dijo ella, entusiasmada al recordarlo.

—Es un buen dato. ¿Algo más? ¿Podría decirme su edad? —preguntó Morillo.

—Eso es algo que jamás se le pregunta a una dama — respondió ruborizada.

—Me refiero a la edad del asaltante, no a la suya, que a la vista está que no puede sobrepasar los veinte —mintió Morillo, aunque no debía andar muy desencaminado.

—No pude verlo bien, pero yo diría que unos treinta y cinco o cuarenta años.

—¿Sería usted capaz de reconocerlo si lo volviera a ver?

—Estaba muy oscuro, pero jamás podré olvidar esa mirada cuando me atacó. Si pudiera mirarle a los ojos, lo reconocería en cualquier parte.

—Excelente. Me temo que me veré obligado a importunarla rogándole que se presente en comisaría para

60

poder estudiar el tema en profundidad. Si me permite anotar la dirección de su domicilio, me encargaré de que el cabo Roura aquí presente, la acompañe, quedando yo personalmente a su disposición para lo que sea menester, a cualquier hora del día o de la noche.

El cabo Roura le miró extrañado. Tantas muestras de solicitud e interés hacia una simple criada no podían significar más que una cosa, pero no iba a ser él quien se complicara la vida cuestionando a todo un subinspector, pues en el fondo compartía su admiración por la joven.

CAPÍTULO 13

Comisaría de Policía. Barcelona

El informe preliminar decía que la dueña de la mansión era Isabel Xamot, viuda de un acaudalado industrial muerto dos años antes.

La mujer había quedado ingresada en el Hospital de la Santa Cruz y San Pablo con graves heridas, y se temía por su vida. Al escapar la doncella en busca de ayuda, el asaltante consiguió forzar la cerradura y huir, abandonando a la mujer muy malherida. Por encontrarse inconsciente no había sido posible interrogarla.

La señora Xamot carecía de descendencia, ni de familiares conocidos. Morillo se preguntaba quién heredaría la mansión y las abundantes propiedades inmobiliarias e industriales que gestionaba desde la muerte de su marido.

Habían pasado ya dos días desde los incidentes, sin grandes avances en la investigación. Al margen de los destrozos en la casa, no habían encontrado pista alguna sobre el terreno y el único dato de que disponían era el testimonio de la doncella.

Tras una consulta exhaustiva de los archivos policiales, Morillo no había encontrado otras agresiones similares que hicieran pensar en la acción de algún maníaco o asesino en serie.

Decidió indagar sobre la vida del difunto marido, el industrial Ramón Xamot, un ingeniero que había hecho fortuna en la industria metalúrgica durante la revolución industrial.

Su muerte en los altos hornos al precipitarse desde gran altura dentro de una cubeta llena de hierro fundido se había considerado fruto de la fatalidad, aunque no faltaron voces que defendían la hipótesis de un suicidio.

Perteneciente a los círculos de poder de la ciudad, visitaba con asiduidad el Hipódromo de Can Tunis y el Casino de la Rabassada y gustaba de apostar y perder grandes sumas en ambos lugares.

—No te obsesiones con este caso —le dijo su amigo el subinspector Aromí, sentándose en una silla frente a él y encendiendo un cigarrillo—. Un robo fallido en una mansión de clase alta, nada que no veamos a menudo.

Morillo se inclinó hacia atrás en su silla.

—No sé, hay algo en todo esto que me resulta extraño. Según la testigo, el asaltante se ensañó con la señora Xamot, pero no parecía querer matarla, o podía haberlo logrado mucho antes y de forma mucho más rápida —dijo Morillo.

—Probablemente se trate de un loco psicópata, o de un agresor sexual, ávido de diversión con la viudita, ya me comprendes, pero la aparición de la doncella le estropeó el juego —sentenció Aromí.

Morillo no estaba convencido. Su instinto le decía que allí había algo más.

—¿Qué sabes del difunto marido? ¿Tienes alguna teoría sobre como murió? —preguntó a Aromí.

—Nunca se llegó a aclarar. La versión oficial hablaba de un fatídico accidente durante una visita rutinaria a los altos hornos. El informe médico no arrojó más luz, pues lo único que quedó del cuerpo fueron sus gafas, que salieron despedidas mientras volaba directo a zambullirse en una piscina de hierro fundido.

Morillo negaba con la cabeza, incapaz de disimular sus dudas.

—Recuerdo la controversia acerca de quién heredaba su fortuna, pues días antes de su muerte había modificado su testamento cediendo una parte sustancial al Ayuntamiento de la ciudad, principalmente propiedades inmobiliarias. Su joven

63

esposa no recibió más que migajas, así que contrató a los mejores abogados para reclamar su parte y tras un largo litigio consiguió que se reconociera su derecho a una porción mayor de la tarta. Entre otras consiguió quedarse con la mansión que estaban construyendo en la Avenida Tibidabo, una finca que el difunto jamás llegó a disfrutar —explicó Aromí.

—¿Cómo iba a disfrutarla si era difunto? —bromeó Morillo, a lo que Aromí no supo responder.

—Me refería a que el difunto no la disfrutó en vida. El caso es que la pagó, pero no la disfrutó —dijo Aromí, zanjando el tema.

—Es extraño que, no teniendo descendencia no dejara nada a la Iglesia, un recurso habitual entre la gente de alcurnia como ellos, ¿no crees? —dijo Morillo.

—Sí, no hubiera sido extraño, pero parece que nuestro amigo no era un hombre muy piadoso. Las cosas del espíritu suelen estar reñidas con los altos hornos —bromeó Aromí, levantándose.

Se encajó su bombín, se enfundó su abrigo oscuro y dio un golpe en el suelo con el bastón. Aquel atuendo era el uniforme no oficial de la policía secreta, y había pasado de garantizarles el anonimato a hacer que se les reconociera en cualquier lugar.

—Bueno, te dejo. Llevo dos semanas asignado a trabajo de calle, no hago más que hacer seguimientos y mis riñones están comenzando a recordarme que están hartos de humedad y de pasar frío. Esos malditos anarquistas parece que intuyan que les seguimos y dan más vueltas que un tiovivo. En mi vida había caminado tantos kilómetros. En ocasiones pienso que ojalá se decidieran y pusieran su maldita bomba de una vez por todas y así podría dedicarme a investigar como Dios manda, en vez de estar siguiéndoles todo el día como si fuera su alcahueta —se quejó Aromí.

—No digas barbaridades, prevenir una masacre es siempre preferible a investigarla cuando ya se ha producido.

—Yo les metería la bomba por salva sea la parte, y la detonaría cuando fueran al retrete, esa es la mejor forma de prevenir masacres. Adiós —dijo Aromí, dirigiéndose hacia la escalera, donde se cruzó con un jovencito de unos dieciséis años vestido con el uniforme de los repartidores de mensajería, botas negras altas, chaqueta gris abotonada hasta el cuello y una cartera de piel colgada de su hombro.

—Hola "Bicicleta", ¿traes algo para mí? —le preguntó Aromí, deteniéndose junto al muchacho, que compartía apodo con Morillo, lo que establecía una conexión especial entre ellos.

—No señor, hoy solo traigo una carta para el subinspector Morillo.

—Bien, en ese caso, ahí os dejo —dijo, y desapareció escaleras abajo.

El mensajero entregó un grueso sobre a Morillo y éste hizo ademán de ir a darle una propina, pero no encontró ninguna moneda en sus bolsillos.

—Apúntamela en la cuenta —le dijo, y la expresión facial del muchacho dio a entender que aquella escena se había repetido en más de una ocasión.

Cuando se quedó solo abrió el sobre. Era el informe de la autopsia, firmado por el Dr. Vilaseca.

"¿Incluirá alguno de sus infames chistes? Confío en que muestre más seriedad en sus informes que en persona" — pensó Morillo, y se dispuso a leerlo.

Aquel informe podía ser la prueba que necesitaba para demostrar que la muerte del desconocido no había sido accidental sino un suicidio. Ese informe le daría argumentos para acudir al capitán Botell y pedirle que le reasignara al caso.

A medida que pasaba las páginas, sorteando los tecnicismos del prolijo lenguaje técnico de la ciencia forense, su semblante iba cambiando de color y su expresión pasó del asombro a la rabia sin apenas darse cuenta. No era posible, aquel informe no podía ser correcto.

Avanzó directamente hasta la página en la que el Dr. Vilaseca detallaba sus conclusiones. La causa de la muerte del varón era un disparo a la cabeza efectuado a bocajarro, mortal de necesidad, pero no mencionaba el segundo disparo con el que se remató la faena. Ni siquiera consideraba la posibilidad de duda razonable u otras alternativas como el suicidio.

El informe estaba aderezado con afirmaciones muy propias del Dr. Vilaseca, como que se trataba de un asesinato cometido "sin violencia", lo cual, al margen de ser un contrasentido, reforzaba su teoría de que el hombre fue asesinado mientras se encontraba estirado en la cama, disfrutando de los placeres de la carne.

Se extendía en detalle acerca de los restos de semen encontrados en el cuerpo de la mujer, y diversas erosiones cutáneas que presentaba en sus genitales, lo cual según el forense demostraba que se habían mantenido relaciones sexuales con considerable apasionamiento.

Morillo no salía de su asombro. ¿Porqué el doctor había ocultado que la víctima había recibido un segundo impacto de bala en su cabeza? ¿Y porqué ahora afirmaba que se habían mantenido relaciones sexuales cuando anteriormente le había asegurado que no había encontrado ningún indicio de ellas?

Tenía que hablar con el Dr. Vilaseca y aclarar aquel inexplicable cambio de criterio e interrogarle sobre aquellas conclusiones tan contradictorias. Pensó que lo más rápido sería telefonearlo, tarea no fácil dada la poca disponibilidad de líneas telefónicas.

La comisaría contaba con una única centralita, desde la que se podían efectuar llamadas, siempre que fueran solicitadas con antelación y asistidas por una telefonista. Decidió enviar al "Bicicleta" al Laboratorio de Medicina Forense para que avisara al doctor y le convocara a una conferencia telefónica a un día y hora concertados previamente.

Bajó a la planta baja a reservar la llamada y al volver a subir vio desde lejos como alguien salía del despacho del capitán Botell. Se quedó perplejo al ver que se trataba del forense, el Dr. Vilaseca.

Corrió hacia él llamándole en voz alta.

—¡Dr. Vilaseca, espere, por favor! —gritó, mientras éste descendía por las escaleras sin detenerse.

Morillo le alcanzó cuando estaba entre dos pisos y le sujetó por el brazo, lo que pareció molestar sobremanera al forense.

66

—¿Quiere hacer el favor de soltarme? —le espetó.

—Es imperativo que hable con usted, solo le robaré un minuto.

—Lo lamento, no tengo tiempo, me esperan en el laboratorio —dijo, y zafándose de la mano que lo sujetaba, siguió escaleras abajo.

Morillo no se dio por vencido y volvió a sujetarlo.

—Por favor, concédame tan solo un minuto, se lo ruego. Se trata de su informe de autopsia. No tiene nada que ver con lo que hablamos el otro día, sus conclusiones son totalmente opuestas. ¿Cómo es eso posible? —dijo Morillo, con una mirada que imploraba una respuesta sincera.

El Dr. Vilaseca pareció meditar sus palabras, y le respondió escuetamente.

—Mis conclusiones actuales son las definitivas. Mis conclusiones preliminares eran tan solo eso, conjeturas preliminares, y jamás debió tenerlas en cuenta —añadió, mirando a su alrededor como si quisiera asegurarse de que nadie les observaba.

—Pero..., no puedo creer que la evidencia sea tan dispar. Usted me dijo que claramente veía dos disparos, y que....

—No siga usted. Ya le he dicho todo lo que le puedo decir —le interrumpió el forense, volviendo a descender por las escaleras, aunque tras dar unos pasos se detuvo de nuevo.

—La verdad jamás se encuentra en los archivos oficiales; en ocasiones se encuentra encadenada bajo varios candados, y buscarla se convierte en una tortura china. Lo siento, le he dicho todo cuanto podía —añadió, y con una enigmática sonrisa abandonó a Morillo en mitad de la escalera, y salió a la calle.

Aquel era realmente un tipo muy extraño, pensó Morillo.

CAPÍTULO 14

Laboratorio de Medicina Legal. Barcelona. 1912.

La bicicleta traqueteaba sobre las piedras del camino, mientras Morillo intentaba esquivar las pequeñas rocas y cascotes sueltos hasta que llegó cerca del edificio del Laboratorio de Medicina Legal y se detuvo. Ocultó la bicicleta tras el muro de piedra de un campo de cultivo cercano y siguió a pie los últimos cien metros.

Decidió dar un rodeo para buscar un acceso trasero y no tardó en encontrarlo. Con su estuche de ganzúas policiales en la mano, no tardó en abrir la cerradura de una pequeña puerta de servicio posterior.

Entró en el edificio, avanzó por un estrecho pasillo hasta llegar a unas escaleras, por las que subió dejándose guiar por el resplandor que le llegaba desde el piso superior.

Al acercarse a la parte anterior del edificio, pronto reconoció el camino que había seguido días antes para llegar al despacho del forense. Temía cruzarse con algún vigilante nocturno, pero todo parecía en calma.

Llegó ante el despacho del Dr. Vilaseca y sacó de su bolsillo el paquete de ganzúas, dispuesto a usarlo de nuevo, pero no fue necesario, pues la puerta se abrió con un suave chasquido.

Sin esperar a que sus ojos se acostumbraran a la oscuridad, se arriesgó a encender la lámpara que había sobre el escritorio, cubriendo la pantalla con su chaqueta para evitar que el resplandor pudiera verse desde la calle.

Al volverse, su corazón dio un vuelco; sentada en el sillón tras la mesa, una figura le contemplaba.

Instintivamente, echó mano a su pistola y le apuntó, pensando que en realidad tendría que haber sido lo contrario, ya que el intruso era él.

La figura no se movía, pero en la penumbra pudo adivinar que se trataba del forense, contemplándole inmóvil y con ojos vidriosos. Morillo se acercó más, sin dejar de apuntarle con su arma, sorprendido por su inmovilidad.

—Doctor Vilaseca, le sorprenderá que me presente así, sin anunciar... pero a mí también me sorprende que esté usted aquí trabajando a oscuras y a estas horas de la noche —dijo, intentando entablar conversación.

Dio unos pasos rodeando la mesa escritorio y le extrañó ver que la mirada del doctor no le acompañaba y seguía fija al frente. Se acercó a él y le tocó el brazo con el cañón de su revólver.

El sillón giratorio se movió y el cuerpo del forense se inclinó hacia el lado opuesto, desplomándose al suelo y arrastrando consigo una montaña de papeles.

Morillo corrió hacia él. A pesar de la poca luz, las enormes manchas de sangre en su pecho eran bien visibles. Le desabrochó la camisa y vio dos grandes heridas incisas; había sido apuñalado con un arma blanca de grandes dimensiones.

Dedicó un segundo a valorar las opciones que tenía ante él. Era su obligación reportar el hallazgo del cadáver, pero ello implicaría justificar su presencia allí a aquella tardía hora.

Si no lo reportaba, se arriesgaba a que le descubrieran y pasara a convertirse en sospechoso. Le resultaría difícil explicar al capitán Botell porqué seguía investigando aquel caso a pesar de haber sido asignado a otras tareas.

Decidió que lo más prudente sería cumplir con su obligación y reportar el crimen, pero no sin antes indagar un poco, que al fin y al cabo era para lo que había venido.

El cadáver ya estaba un tanto rígido, por lo que la muerte debía haberse producido unas horas antes. Revisó las

69

montañas de papeles y documentos apilados sobre la mesa. No sabía qué estaba buscando, pero tenía la remota esperanza de que el forense hubiera recogido sus verdaderas conclusiones sobre la autopsia en algún libro de registro o una libreta de notas.

No encontró nada relacionado con el caso, pero tenía que admitir que el forense le ganaba claramente la partida en cuanto a desorden.

Forzó la cerradura de varios archivadores, y en uno de ellos encontró carpetas que contenían informes de autopsia, pero clasificadas por números, sin nombres identificativos.

Extrajo de su bolsillo el informe que recibió a través del mensajero y anotó su número.

Buscó en el archivador hasta dar con ese número, y ojeó rápidamente el informe. Sin duda era el informe oficial de la autopsia, aunque tan solo una versión algo más extendida de la que el forense le había enviado, un extracto resumido de las partes principales.

Abatido, se sentó frente al escritorio, en la misma silla donde había estado días atrás durante su visita. Estar allí sentado frente a un cadáver y no hacer nada por reportar el crimen le hacía sentirse mal. Su alma de policía y su ética profesional le obligaban a dar parte e investigar aquel asesinato, en lugar de seguir a ciegas con pesquisas no autorizadas.

No había descubierto encontrado nada relevante, y decidió dar por zanjado aquel tema. Se dirigió hacia el cadáver y recogió los papeles y objetos que habían sido arrastrados por su caída, colocándolos en su lugar original sobre la mesa y la estantería; papeles, carpetas, portalápices, la fotografía enmarcada de Houdini, un cenicero.

Sonrió al reparar en la fotografía del famoso escapista. Nada era imposible para él. Admiraba su expresión serena, enfrentándose casi desnudo a un nuevo reto, atado de pies y manos con gruesas cadenas, y logrando siempre salir airoso. Envidiaba su extrema habilidad, ojalá él pudiera tener algo de aquella fortaleza física y de espíritu para conseguir llegar al fondo de cualquier enigma, como haría el gran ilusionista.

No podía apartar los ojos de aquella fotografía, aunque nada tenía que ver con su caso. Volvió al cadáver y lo examinó más de cerca.

Además de las heridas en el pecho, presentaba muchos golpes en el rostro, uno de los cuales le había roto la nariz, desplazada hacia un lado, y había sangrado abundantemente por una ceja y varios cortes en los pómulos. Aquel hombre parecía haber sido torturado, golpeado salvajemente antes de recibir las puñaladas mortales.

Un pensamiento le había asaltado súbitamente y cerró los ojos, intentando capturar su esencia antes de que desapareciera.

Las últimas palabras que le dirigió el forense seguían resonando en su cabeza. —*La verdad nunca se encuentra en los archivos oficiales, a veces se encuentra encadenada bajo varios candados y buscarla se convierte en una tortura china.*

Qué extrañas palabras; aunque aquel forense era un hombre extraño, así que no debía sorprenderle. Archivos oficiales, tortura china, candados, ¿habría querido decirle algo con todo aquello?

Los archivos oficiales estaban frente a él, en el armario archivador, y no había encontrado en ellos más que la versión oficial. —*La verdad nunca se encuentra en los archivos oficiales*—, en eso tenía que darle la razón al forense pero, ¿dónde se encontraba sino?

La alusión a la tortura china no podía referirse al hecho de que el forense fuera torturado antes de morir, era imposible que éste hubiera podido predecir su propio final. Su referencia a que la verdad estaba encadenada y bajo candados podía referirse a que el que conoce la verdad la mantiene en secreto, pero aquello era una obviedad.

Sus ojos volvieron a la fotografía de Houdini, en la que veía varios candados. Probablemente el forense, admirador como él del gran escapista, se había inspirado en ellos para su metáfora.

Al pensar en Houdini, le vino a la mente uno de sus más espectaculares números, que acababa de estrenar con gran éxito mundial, su fuga tras permanecer sumergido en el interior de la Cámara de la Tortura China (*Chinese Water Torture Cell*). Demasiadas coincidencias.

¿Era posible que con sus últimas palabras el forense estuviera aludiendo a Houdini? Realmente debía ser un gran admirador suyo. ¿O tal vez había algo más?

Tomó en sus manos la fotografía enmarcada, una instantánea en blanco y negro cubierta por un cristal e impresa en un papel tan grueso que parecía cartón.

Levantó con dificultad las pestañas metálicas que la sujetaban, y ocultas entre la fotografía y el marco, encontró dos hojas de papel plegadas.

Se trataba de unas notas manuscritas. Parecía el borrador de un informe de autopsia, las notas originales que el forense luego entregaría a una administrativa para que fueran mecanografiadas.

La caligrafía era bastante inteligible aún siendo letra de médico, y Morillo se acercó a la lámpara para poder leer mejor. Eran notas breves, primeras impresiones, tan solo una relación de frases cortas sin redactado alguno.

Ojeó rápidamente las partes previas y avanzó hasta las conclusiones en la segunda página.

La autopsia correspondía a un varón y una mujer. El varón presentaba dos impactos de bala provocados por disparos de revólver. El primero, efectuado desde el interior de la cavidad bucal le destrozó el cráneo, pero el segundo, efectuado desde más distancia, se hizo post-mortem, cuando el sujeto ya llevaba horas muerto.

No había podido recuperar ninguna de las balas, pues los impactos presentaban orificio de salida craneal, pero el forense opinaba que habían sido efectuados por dos armas diferentes.

No encontró en la mujer ninguna evidencia sugerente de que hubiera mantenido relaciones sexuales en las horas previas a su muerte. Finalmente, dictaminaba que la mujer murió a causa de un disparo a bocajarro directo a su rostro, efectuado probablemente con un arma tipo escopeta de cañones recortados.

Al final de la última página había anotado un número de registro. Morillo se acercó al libro de registros de autopsias que aún estaba abierto sobre la mesa y buscó el número que correspondía a su caso. Los números coincidían.

El forense le había dado una pista, después de todo. Con su velada referencia a Houdini, le había permitido encontrar sus notas y sus verdaderas conclusiones.

¿Porqué no le había hablado claro? ¿Porqué elaborar un informe falso afirmando lo contrario a la realidad? ¿Quién le obligó a hacerlo? ¿De quién quería ocultar sus verdaderas conclusiones?

Morillo se debatía de nuevo entre dar parte de lo ocurrido y soportar las iras del capitán, o bien huir sin dejar rastro de su paso por el lugar y seguir en secreto con sus investigaciones sobre aquel evidente suicidio.

Que el forense ocultara su verdadero informe, y que hubiera sido asesinado para silenciarlo, daban a entender que se enfrentaba a alguien poderoso y muy peligroso y toda prudencia era poca. No podía ni debía confiar en nadie.

La decisión estaba tomada. Recogió su chaqueta, que aún cubría la lámpara, y guardó las notas del forense en su bolsillo interior; volvió a colocar la fotografía sobre la repisa del armario, y salió con sigilo, deshaciendo el camino que había seguido anteriormente, hasta llegar a la calle.

Una vez allí, solo le quedaba rogar que su bicicleta siguiera en el huerto donde la había ocultado, de lo contrario le esperaba una larga y fría caminata nocturna.

CAPÍTULO 15

Barcelona. Actualidad

Gerard decidió dedicar unos días a la búsqueda intensiva de trabajo. Tardó más de dos horas en actualizar su currículum vitae, en lugar de los quince minutos que imaginó inicialmente. Aquel documento tenía la desagradable virtud de sonar peor cada vez que lo releía.

Le resultaba difícil reducir a simples fechas y líneas su vida laboral y académica. Como escritor le era mucho más fácil hablar sobre los demás que sobre sí mismo.

Para él, redactar un CV era el colmo del exhibicionismo, el equivalente a mostrarse desnudo en un escaparate, con miles de curiosos aplastando sus narices contra los cristales y tomando fotos con sus teléfonos móviles, mientras sonreían o reían abiertamente a carcajadas, señalándolo con el dedo.

Retomó viejos contactos, envió decenas de correos electrónicos ofreciéndose para todo tipo de proyectos e hizo llamadas a conocidos y amigos. La respuesta fue poco menos que decepcionante.

Los pocos que se dignaron responderle se manifestaron en términos de falsa cortesía, sin intención real de ofrecerle nada. Nadie iba a preocuparse por él, su situación personal no resultaba una prioridad para nadie.

Pero los peores eran los que él había creído sus amigos, quienes al recibir su llamada se habían mostrado extrañamente incómodos, como si el hecho de hablar con alguien desempleado fuera a resultarles contagioso, haciendo vanas promesas de ayuda, que no tenían intención de cumplir.

Tras aquella llamada, sus amigos lo colocarían automáticamente en una permanente cuarentena de la que solo podría salir si conseguía encontrar un nuevo trabajo o triunfar, momento en el que saldrían de sus madrigueras para intentar congraciarse con él, con una intensidad directamente proporcional a la importancia del puesto que ostentara o del proyecto con el que hubiera triunfado.

Asqueado ante la constatación de que tristemente estaba solo y dependía nada más de sus propios recursos e iniciativa, se resignó a seguir adelante y salir reforzado de aquella nueva prueba que el destino le arrojaba.

El día había sido largo y decepcionante. Se sentó en el sofá con un vaso de té frío en la mano y se relajó viendo una comedia intrascendente en televisión. Tanta intrascendencia le atontó, y temiendo perder aún más su dignidad apagó el aparato y se volvió hacia el viejo baúl, que seguía en el mismo lugar desde el día que lo trajo a casa.

No pudo evitar que su mente le arrastrara de nuevo hacia el mar de las dudas, desde cuyas profundidades seguía pensando que tal vez la carta del suicida fuera la última y desesperada nota de alguno de sus tatarabuelos. Tan solo pensar que podía existir una conexión familiar, hacía que su cabeza hirviera de incertidumbre.

Se acercó al baúl. Era hermoso, tenía carácter. Era difícil precisar a qué época pertenecía, pues su diseño era atemporal, y aunque denotaba clasicismo, no hubiera estado fuera de lugar en un galeón pirata o podía haber pertenecido al mismísimo Don Quijote.

Pasó la mano acariciando la tapa, sintiendo su textura, y se levantó a buscar un trapo de cocina, con el que se entretuvo limpiando toda la superficie del baúl, sucia y oscurecida por el paso del tiempo.

Pronto se dio cuenta de que la gruesa capa de porquería que lo cubría debía remontarse como mínimo a la Edad Media. Sumergió una esquina del trapo en su vaso de té con limón, y tras humedecer la tela frotó con fuerza sobre la tapa, comprobando con satisfacción que la pátina de suciedad se desvanecía, y su color se aclaraba considerablemente, recuperando parte de su esplendor pasado.

Tras frotar durante treinta minutos, el baúl había rejuvenecido varios siglos. Satisfecho, volvió a pasar la mano y notó una rugosidad en la zona central de la tapa. Al examinarla de cerca le pareció observar cierto grabado, aunque también podría tratarse de arañazos o golpes debidos al uso.

Sacó de un cajón la pequeña lupa de plástico que usaba en su infancia para su colección de fósiles e insectos y confirmó que la cubierta del baúl presentaba unos símbolos grabados.

El viejo truco de frotar un carboncillo sobre una hoja de papel colocada contra la superficie del baúl parecía infalible, y le alegró comprobar que no solo funcionaba en las películas de detectives sino también en la vida real.

Era difícil identificar de qué se trataba, pero podía adivinar unos arabescos y un gran círculo incompleto, sobre el que una serie de letras conformaban parte de una inscripción a modo de corona.

Acercó y alejó el papel frente a sus ojos, sin conseguir enfocar su vista. Las nuevas tecnologías tendrían que venir en su ayuda. Hizo una fotografía de aquel símbolo con su teléfono móvil y se la envió por correo electrónico a sí mismo.

Desde su ordenador portátil recuperó el archivo y lo abrió en un buscador en internet, que en cuestión de segundos rastreó el ciberespacio universal para dar con imágenes parecidas.

El proceso fue más rápido de lo que esperaba. A los pocos segundos la pantalla mostró una cuadrícula con cientos de pequeñas fotografías, supuestamente relacionadas con la imagen que él había tomado.

Muchas de aquellas imágenes estaban allí por alguna extraña razón informática que se le escapaba. Unas correspondían a logotipos comerciales que claramente no coincidían, otras mostraban remotos paisajes montañosos y algunas incluso rozaban lo pornográfico. Su entusiasmo inicial se vio un tanto apagado tras navegar a través de semejante muestrario de opciones, a cual más peregrina.

Ya había revisado varias páginas y estaba a punto de abandonar, cuando sus ojos se detuvieron en una imagen que atravesó fugazmente su campo visual. Hizo retroceder las páginas y clicó sobre la imagen para ampliarla.

Era una antigua imagen en color sepia, en la que se veían dos pequeñas torres cuadradas de color blanco coronadas por almenas como si se tratara de un castillo medieval, aunque su aspecto era mucho más moderno.

Entre las dos torres, una gran verja de hierro y sobre ella, un gigantesco círculo soportado por arabescos modernistas, y en el que escrito en grandes letras de hierro podía leerse con claridad: "LA RABASSADA CASINO ATRACCIONES". El diseño era prácticamente idéntico.

El día siguiente lo dedicó casi por completo a documentarse sobre aquel lugar. Averiguó que se trataba de un Casino inaugurado en 1911 en lo alto de las montañas de Collserola, el parque natural que rodea Barcelona por la espalda empujándola cariñosamente hacia el mar, como una mano gigante temerosa de hacerle daño y en cuya palma latiera el pulso de la ciudad.

Se trataba de una magna obra, un capricho de la burguesía catalana de la época, deseosa de contar con un Casino que pudiera rivalizar con los grandes y prestigiosos casinos europeos.

Construido en medio del bosque, en un entorno natural idílico, no solo ofrecía la posibilidad de jugar a la ruleta y a los juegos de azar más populares, sino que además contaba con un moderno parque de atracciones dentro del recinto, con varias de las atracciones más modernas y espectaculares de Europa.

Entre ellas, una montaña rusa de recorrido vertiginoso, o el Water Chute, una atracción de caída libre en la que unas vagonetas descendían por una acusada pendiente hasta verse frenadas en seco al llegar a un lago artificial, para regocijo de los clientes, que acababan completamente empapados.

El Casino atrajo a las mayores fortunas nacionales e internacionales de la época, industriales, políticos, financieros y celebridades del momento, que no dudaron en acudir a ese enclave privilegiado a dilapidarlas alegremente en todo tipo de divisas.

Las reiteradas prohibiciones del juego por parte del Gobierno Central en Madrid y las continuas trabas legales y burocráticas que impuso a los empresarios catalanes dueños del casino, impidieron que éste llegara a consolidarse como el referente internacional del juego a que iba destinado a convertirse.

La prohibición definitiva del juego por la Dictadura del General Primo de Rivera en 1924 le asestó la estocada final. Condenado a operar solo como hotel y parque de atracciones, languideció durante años y durante la Guerra Civil española el edificio fue destinado a usos militares. Tras la guerra se aceleró su declive y sufrió frecuentes saqueos y el expolio de todo lo que de valor quedaba en sus instalaciones.

Tras años de abandono, en los años cuarenta se procedió a su derribo definitivo, empleándose los materiales de sus majestuosos restos para la decoración de las casas de los alrededores, vendiéndose el resto como chatarra.

A medida que profundizaba en el estudio del Casino y de la socialmente turbulenta pero culturalmente maravillosa época modernista, Gerard vio crecer su interés y fascinación por aquella obra y aquel período de la historia.

Dedicó semanas a ampliar su investigación, recurriendo a bibliotecas, buceando en librerías de libros antiguos, examinando planos en los registros municipales, así como leyendo periódicos y publicaciones de la época.

Recopiló la poca información que pudo encontrar sobre el Casino y su entorno, sus actividades, su estructura, e incluso tuvo la fortuna de conseguir un listado parcial de empleados del hotel anexo al Casino.

Le sorprendió leer acerca del aumento de criminalidad en la zona observado a medida que crecía el negocio del Casino. Atraídas por el dulce aroma de las divisas frescas, florecieron a su alrededor multitud de casas de alterne.

Enclavado entre bosques y montañas, su lejanía de la ciudad no favorecía la seguridad, y a diario aparecían noticias en los periódicos acerca de robos y asaltos perpetrados en los alrededores del casino y en las carreteras que conducían a él.

De particular interés para él fueron las noticias acerca de cadáveres encontrados en las cercanías del Casino, la mayoría de ellos pertenecientes a individuos que habían sido asaltados y asesinados, cuyos cuerpos eran abandonados en la montaña, siendo encontrados mucho tiempo después.

La mayoría jamás llegaban a ser identificados y pasaban a engrosar las listas jamás publicadas de esa Barcelona misteriosa en que se magnificaba la opulencia y se silenciaba lo escabroso.

Tales sucesos no llegaron a convertir a Barcelona en una ciudad sin ley al estilo de las ciudades nacidas en el Oeste americano. Los asaltos tenían lugar lejos de la ciudad, en las montañas, y los ciudadanos lo veían como algo distante y asociado a ambientes de juego y prostitución, con lo que jamás llegó a causar alarma social, más allá de comentarios jocosos, bromas y escuetas reseñas en los periódicos.

Gerard tenía el convencimiento de que por fin había encontrado el tema central que iba a dar sentido a su investigación sobre la Barcelona modernista y la especulación inmobiliaria.

Alrededor del legendario y desaparecido Gran Casino de la Rabassada se había desarrollado una espesa aureola de misterio y seducción, que lo ocultaba a la mirada de los historiadores y de los pocos que recordaban su existencia. Era el velo oscuro de la muerte, que Gerard podía sentir cada vez más cerca, revoloteando a su alrededor.

Aquellos desaparecidos muros y estancias habían sido testigos mudos de sucesos que formaban parte de la leyenda negra de la ciudad, aquella que la historia oficial siempre se afana en enterrar bajo paletadas de olvido y negación.

Sentía que era la obligación de investigadores y estudiosos como él, rescatar esa historia y exponerla a la luz de la verdad y los hechos comprobados.

Gerard pensaba que la justicia solo tiene pleno sentido cuando se desvela la verdad, y sentía que aquel enigmático Casino aún estaba vivo, que su alma aún latía en algún rincón remoto del espacio-tiempo y estaba llamándole para desvelarle sus secretos.

Siempre estaba dispuesto a escuchar, jamás le iba a dar la espalda a alguien que necesitara ayuda, ni tampoco a una buena historia, sobre todo una en la que presentía que los elementos con que iba a jugar eran nada menos que la vida y la muerte, y tal vez la de alguno de sus antepasados directos.

Tenía claro cual debía ser su siguiente paso, visitar las ruinas del Casino e investigar directamente sobre el terreno.

Había llegado el momento de remover viejos fantasmas.

CAPÍTULO 16

Hospital de Sant Pau. Barcelona. 1912

Las siguientes horas transcurrieron lentamente para Morillo. Tras su huida del Laboratorio de Medicina Legal, cada vez que el capitán Botell le convocaba a su despacho se temía lo peor.

Con el paso de los días su ansiedad fue disminuyendo, y se concentró en la investigación del asalto a la Casa Xamot, intentando alejar de su mente lo sucedido en el Laboratorio forense.

Tras haber decidido no reportar la muerte del forense, esperaba recibir en cualquier momento la noticia del descubrimiento de su cadáver, pero no fue así. Cuando se atrevió a preguntar por él, le respondieron oficialmente que el forense se encontraba de viaje, una mentira que no hizo sino agravar su inquietud y que extremara la toma de precauciones.

Estaba claro que desde el departamento se estaban encubriendo ciertos delitos, y hasta que no pudiera averiguar quién lo hacía y porqué, no podría confiar en nadie, debiendo llamar la atención lo menos posible.

—Subinspector, le traigo noticias del Hospital —dijo el cabo Roura, asomándose a la puerta—. La señora Xamot ha despertado, aunque su estado es todavía de extrema gravedad.

Morillo dejó sus temores a un lado y se levantó de la mesa.

—¿Ha pronunciado alguna palabra delante de sus médicos?

81

—Lo ignoro, no me lo han confirmado.

—¿Quién está con ella?

—Un par de agentes municipales me relevaron y he aprovechado para venir a avisarle —dijo el cabo.

—¿Les conoce usted?

—Solo a uno de ellos. No sé su nombre, pero tengo vista su cara.

Morillo vio la oportunidad que esperaba. Tal vez aún fuera posible interrogarla, aunque solo fuera unos minutos. No había tiempo que perder.

—Vámonos. Venga conmigo, cabo.

—Señor, fuera está lloviendo, y su bicicleta... —dijo el cabo.

—Olvídese de la bicicleta. Aguarde aquí mientras acudo un momento a administración —dijo Morillo.

Movió algunos hilos y consiguió que les autorizaran a utilizar un vehículo policial para el desplazamiento hasta el hospital, dejando para otra ocasión la bicicleta o el autobús, sus medios de transporte habituales.

El imponente recinto del Hospital de Sant Pau nunca dejaba de impresionarle, por algo era el conjunto modernista más grande del mundo.

El hospital original databa del año 1400, pero los actuales edificios modernistas habían sido construidos a principios del siglo XX y constituían una verdadera ciudad en miniatura; un conjunto de pabellones individuales entre jardines, distribuidos a lo largo de una gran avenida central, flanqueados por un imponente edificio a la entrada del recinto.

Era una de aquellas construcciones que, de tan hermosas, distraían su atención y en ocasiones hasta le hacían olvidar el motivo de su presencia allí.

No fue el caso esta vez. Estaba decidido a averiguar lo sucedido. Un despiadado asesino andaba suelto, y era de vital importancia poder interrogar a una testigo de tal calibre, la propia víctima.

Pensó en reunirse una vez más con la doncella, y aunque pocas novedades podría añadir a lo que ya les había dicho,

82

deseaba volver a verla, y eso debería ser motivo suficiente. Pero ahora la prioridad era otra.

Tras pasar bajo los arcos del edificio principal, accedieron al paseo arbolado, caminando deprisa sobre la grava del camino hasta llegar al Pabellón de San Rafael.

Morillo subió a grandes zancadas la escalinata, seguido de cerca por el cabo, que a pesar de su juventud resoplaba como si hubiera venido corriendo desde la comisaría.

En el vestíbulo habló con una enfermera oculta tras un mostrador, quien le indicó a dónde debía dirigirse para ver a la Sra. Xamot.

Unas puertas de madera blanca daban acceso a una enorme sala de techos abovedados, forrados con baldosas brillantes de color verde claro. A lo largo de toda la sala, a través de unos grandes ventanales pegados al techo, la luz descendía tímidamente de las alturas sin llegar hasta las camas en la planta del pabellón, que permanecía en una penumbra probablemente intencionada, para no molestar a los pacientes ingresados.

El primer impacto visual le impresionó; dos largas hileras de camas pegadas contra la pared, doce por lado, todas exactamente iguales.

Morillo y el cabo caminaron lentamente por el pasillo central contemplando en silencio las veinticuatro cabezas que asomaban entre las sábanas blancas de aquellas interminables hileras de camas, que se perdían en la distancia.

Junto a cada cama había alguien sentado, o bien un familiar o una enfermera con cofia blanca o una monja, pero ningún paciente podía quejarse de estar desatendido o mal acompañado.

Al llegar al fondo de la sala, una pequeña puerta comunicaba con otra sala más pequeña, de la que partían dos tramos de escaleras. Un agente de la policía municipal se encontraba de guardia al pie de la estrecha escalera que subía al piso superior.

Tras identificarse ante él, éste informó a Morillo de que la habitación superior estaba aislada y su único acceso era a través de esa escalera.

83

Morillo pidió al cabo que aguardara allí y éste se entretuvo charlando con el municipal de guardia.

Subió las escaleras y llegó ante una puerta pintada del mismo color verde de las baldosas, un color supuestamente relajante, pero que a Morillo le incomodaba, acostumbrado a la sencillez de las paredes blanco-amarillentas de la comisaría.

Entró sin llamar. La habitación era amplia y de forma circular, pues ocupaba la parte alta de lo que podía considerarse un torreón. Tres grandes ventanas daban a los jardines, aunque desde esa altura solo podía ver las copas de los árboles.

La cama estaba al fondo de la habitación, pero no pudo ver a la paciente, rodeada por cuatro médicos y dos enfermeras, todos inclinados sobre ella. El médico de mayor edad, un hombre corpulento y de grandes bigotes engominados se volvió hacia él y haciéndole un gesto para que se detuviera, avanzó hasta él.

—Lo lamento, pero debe usted salir de la habitación —le dijo en un tono que no admitía objeción alguna.

—Soy el subinspector Morillo. ¿Cuál es el estado de la Sra. Xamot? Tan solo deseo hacerle unas breves preguntas, si me permite abusar de su amabilidad.

—La paciente no está en condiciones de hablar con nadie. Caballero, le ruego que abandone la habitación inmediatamente —insistió el médico.

—¿Y con quién tengo el placer de estar hablando? —preguntó Morillo, endureciendo su tono.

—Sepa usted que soy el Dr. Oleguer Papiol, Jefe de Cirugía Digestiva de este hospital, y no quisiera tener que pedírselo de nuevo. La paciente está en estado crítico y necesita tranquilidad.

—Entonces, ¿porqué hay tanto personal alrededor de ella? ¿Son todos imprescindibles? —preguntó Morillo.

El doctor pareció muy molesto por la arrogancia de su pregunta. —Son estudiantes de medicina. En su supina ignorancia, tal vez no sepa usted que este centro es un hospital universitario, y nos enorgullece afirmar que en él formamos facultativos, quienes realizan el pase de visita con los médicos responsables. Lo siento, pero no puedo perder ni un minuto más hablando con usted. Salga, haga el favor. Tenga por seguro que le avisaremos si se produce alguna novedad —dijo el doctor, empujándole hacia la puerta, suavemente pero con firmeza.

Morillo valoró la posibilidad de enfrentarse a aquel presuntuoso jefecillo, pero prefirió mantener la cabeza fría y no enemistarse con él en ese momento. Ya encontraría otro modo de conseguir su objetivo.

Dos horas después, seguían sin tener acceso a la paciente, y Morillo comenzaba a perder la paciencia. No podía permitirse el lujo de dedicar todo un día a esperar que les dejaran verla.

Salieron a los jardines y rodearon el pabellón hasta llegar a la parte posterior. Las ventanas de la habitación de la Sra. Xamot estaban en el primer piso.

—No veo ningún otro acceso posible desde el exterior —comentó el cabo Roura.

—No, la escalera interior es la única vía.

—Ese tal Dr. Papiol no parece que vaya a ponernos fácil poder ver a la víctima —dijo el cabo.

—Sí, me sorprende tanta irascibilidad. Pero muchos galenos son así, se creen los dioses del Olimpo.

—¿Del teatro Olimpo, cerca del puerto? —preguntó un inocente Roura.

—Eh..., no , me refiero a otro Olimpo, en Grecia.

—No he estado nunca en esa ciudad, pero no me importaría coger la bicicleta e ir a visitarla uno de estos fines de semana —dijo el cabo.

—Me temo que Grecia queda un poco lejos para ir en bicicleta.

—No me subestime, jefe. Sepa que una vez hice más de veinte kilómetros seguidos en bicicleta, parando una sola vez a orinar —prosiguió el cabo, cuya locuacidad aumentaba al haber encontrado un tema de su mutuo interés.

Morillo se preguntaba cual era el nivel de estudios que debían requerir últimamente para acceder al cuerpo, pero zanjó el debate de inmediato.

85

—Cabo, escuche con atención. Usted conoce al policía municipal apostado en la escalera, ¿no es cierto? —preguntó Morillo, y el cabo asintió.

—Bien. ¿Qué le parece si le convencemos para que se tome un descanso esta noche y le relevamos de su guardia, a él y a su compañero? —preguntó Morillo con una sonrisa.

—¿Y quién les sustituirá? —preguntó el cabo.

A pesar de su simpleza, el silencio y la sonrisa prolongada de Morillo le dieron la respuesta.

—Dígame, cabo, ¿usted no ha subido a la habitación, verdad? —preguntó Morillo.

—No, ya sabe usted que no.

—Los doctores allí no le han visto nunca, ¿me equivoco?

—No, supongo que no.

—Dígame, ¿tiene usted algún compromiso esta noche?

CAPÍTULO 17

El cabo Roura no tardó en convencer al guardia municipal de que la vigilancia nocturna sería más eficaz en manos de un miembro de la policía secreta y un cabo de la policía, y prometió recompensar generosamente su colaboración, aunque sin tener la más mínima idea de qué ofrecerle.

A las once de la noche, la enfermera que acompañaba a la Sra Xamot bajó las escaleras. Aunque le sorprendió no encontrar al vigilante habitual, le comentó a Roura que regresaría en unos minutos.

El cabo corrió hacia una ventana que daba al jardín y desde allí hizo señas con el brazo y volvió a su puesto. En menos de un minuto, Morillo entraba por una puerta lateral.

—Si vuelve la enfermera, entreténgala y hágamelo saber de alguna manera —le dijo, y subió hacia la habitación, abriendo la puerta sigilosamente.

La habitación estaba en penumbra y la única luz provenía de una lámpara junto a la cabecera de la cama.

La Sra. Xamot parecía plácidamente dormida, pero los grandes hematomas, su nariz rota, sus párpados como dos esferas amoratadas del tamaño de dos mandarinas y la hinchazón que deformaba su rostro, daban fe del ensañamiento del agresor y de la gravedad de las lesiones.

Si a juzgar por las partes visibles la pobre mujer estaba en aquel estado, Morillo no quería ni pensar cómo debían estar sus órganos internos.

87

—Sra. Xamot, ¿puede oírme? —susurró, tocándole suavemente el hombro. La mujer no respondía, parecía profundamente dormida, o tal vez inconsciente.

Morillo insistió, y esta vez le pareció detectar movimiento en la comisura de sus labios. Se acercó a ellos para escuchar mejor, y oyó como la mujer intentaba hablar, aunque bien podían ser tan solo gemidos de dolor.

—¿Pudo ver a su atacante? —le preguntó, sin apartar su oído de los labios de la mujer. Creyó oír una respuesta, pero no comprendía si era afirmativa o un simple quejido.

—¿Lo conocía usted? —le preguntó, manteniéndose a corta distancia de sus labios.

—Iiiii —dijo ella, en un susurro que a Morillo le resultó doloroso hasta de escuchar. ¿Había dicho que sí? Eso es lo que había creído oír. Entonces podría tratarse de algún conocido de su difunto marido, o alguien de la familia. Tenía que seguir hablando con ella como fuera.

En el silencio de la oscura habitación, el repentino sonido de voces lejanas le sobresaltó. El cabo Roura debía estar discutiendo con la enfermera que ya estaba de vuelta. El sonido sordo de pasos subiendo las escaleras le obligó a tomar una decisión rápida.

No tenía apenas tiempo, debía ocultarse para intentar huir durante algún descuido de la enfermera o cuando ésta volviera a abandonar la habitación.

Miró a su alrededor y vio la puerta de madera de lo que probablemente era un guardarropa y se ocultó en su interior.

Resultó ser un pequeño aseo, lo que descubrió al dar pasos a ciegas con las manos por delante, palpando todo lo que le rodeaba. Al golpear contra lo que parecía la taza de porcelana de un inodoro, retiró las manos de inmediato.

Volvió a la puerta y aplicó la oreja contra la madera. Podía oír pasos y ruido de sábanas, y dedujo que la enfermera estaba arreglando la cama a la paciente. La espera podía ser larga, así que se sentó en el suelo y mantuvo la oreja contra la puerta.

Al ruido de sábanas se le añadió el sonido metálico de muelles quejándose. Debían ser los muelles del somier de la cama pero, ¿cómo era posible que chirriaran de aquella manera? Aquel ruido era más propio de una pareja retozando que no de una enferma en coma.

Intentó mirar por el orificio de la cerradura, pero era muy pequeño y no daba directamente sobre la cama sino a una de las paredes laterales. Su campo de visión se limitaba al resplandor de la lámpara dibujando su alargada estela sobre la oscuridad de la pared, y nada más, por mucho que se esforzara.

De repente vio como la luz parpadeaba y una serie de sombras se interponían, dibujándose dentro del haz de luz como enormes sombras chinescas. Podía tratarse de la silueta de la enfermera, pero la naturaleza de aquel movimiento le resultaba exagerada, y asociado al ruido de los muelles, su instinto policial hizo saltar todas las alertas.

Algo estaba pasando ahí fuera, así que incorporándose asió la maneta de la puerta y la abrió despacio, rezando para que las bisagras no chirriasen.

A medida que su campo visual se agrandaba, pudo distinguir mejor las sombras proyectadas en la pared y en cuanto tuvo visión directa de la cama vio una sombra oscura subida a su cabecera, forcejeando con la paciente.

No tardó más que una fracción de segundo en procesar que no se trataba de la enfermera, sino de alguien tratando de acabar definitivamente con la Sra. Xamot.

Acabó de abrir la puerta de una patada y se lanzó contra aquel tipo intentando sorprenderlo por la espalda. No tuvo tiempo de sacar su revólver, pero sí de levantar su bastón mientras corría hacia la cama.

Todo sucedió en menos de un suspiro. El desconocido estaba asfixiando a la Sra. Xamot, aplastando su cabeza bajo una gruesa almohada. Apenas tuvo tiempo de volverse, sorprendido por la súbita aparición de Morillo lanzándose sobre él, blandiendo un enorme bastón que dejó caer con fuerza sobre su hombro, haciéndole rodar por el suelo.

Morillo no pudo frenar e impactó contra la cama, cayendo sobre las piernas de la pobre mujer, que ya no estaba en situación de poder quejarse.

Arrojó la almohada al suelo con una mano y llevó la otra a la carótida de la mujer para comprobar su pulso.

89

En esos tres segundos, el asaltante se levantó del suelo y se arrojó sobre Morillo, revolcándose ambos sobre la cama, aplastando aún más el cuerpo de la desdichada mujer.

El asaltante era mucho más corpulento que Morillo, y si no conseguía reducirle pronto, no iba a poder resistir mucho. Confiaba en que el cabo Roura subiera a ayudarle, pero no sabía si podía contar con él, así que intentó separarse del agresor para echar mano a su revólver.

Morillo rodó hacia atrás y sintió que se acababa la cama y caía al vacío, golpeándose la cabeza contra el suelo.

En el breve instante que tardó en abrir los ojos, vio brillar la hoja de un enorme cuchillo, en manos de aquel individuo de negro que saltó de nuevo sobre él.

Se apartó instintivamente y metió su mano en la chaqueta en busca del revólver, que pronto estuvo apuntando al blanco que le ofrecía aquel búfalo cargando contra él. El fogonazo del arma brilló en la oscuridad, un estallido de confianza que le hizo pensar que podía haber acabado con él.

Miró hacia adelante pero no lo vio, ni frente a él, ni sobre la cama. El dolor lacerante que sintió en el brazo le indicó que la amenaza venía por su costado, una embestida que le hizo rodar de nuevo.

A través del corte que atravesaba la tela de su abrigo sintió el tacto caliente y húmedo de la sangre que brotaba de la herida.

No podía quedarse quieto, levantó el revólver y disparó dos veces a ciegas, apuntando en la dirección de donde pensaba que provenía el asaltante, y creyó haber acertado pues por un momento se hizo el silencio.

Vio su bastón en el suelo a los pies de la cama y se agachó a recogerlo con su mano izquierda. Un nuevo destello de la hoja del enorme machete delató su posición y nada más intuirla, Morillo no se lo pensó y describiendo un gran arco con su bastón, golpeó con toda su fuerza el brazo de aquel tipo.

Pudo ver como el cuchillo salía despedido por los aires mientras que su bastón, tras golpear al asesino en el brazo, impactaba contra su mejilla derecha, haciendo que la gorra negra con la que cubría su cabeza saltara por los aires.

90

La fuerza del golpe hizo que Morillo soltara por un momento su revólver, que cayó al suelo junto a él.

Queriendo rematar la jugada se agachó para recogerlo, pero se detuvo un instante, y en la fracción de segundo en que aquel rostro salvaje quedó frente a él, sus miradas se encontraron y Morillo pudo sentir puro odio concentrado en aquellas pupilas oscuras que le miraban, brillando con fuego propio.

En cuanto tuvo el arma en sus manos se volvió hacia el asaltante, levantando el brazo para apuntar, pero la sombra ya estaba a pocos pasos de la puerta, huyendo hacia las escaleras.

Quiso apuntar antes de disparar, y tras esos segundos de duda, cuando disparó, la bala se incrustó en el marco de la puerta.

No tuvo dudas, la prioridad era siempre la víctima. Se acercó a la cama, pero ya nada podía hacer por aquella pobre mujer. Si algún hálito de vida podía haberle quedado minutos atrás, este se había desvanecido completamente, asfixiado por el aplastamiento y el maltrato soportado durante la pelea.

Salió corriendo a la escalera y bajó los dos tramos en dos grandes zancadas. El pequeño vestíbulo tan solo estaba iluminado por la luz de las farolas de gas de la calle, colándose a través de las ventanas.

Al pie de la escalera se tropezó con un bulto en el suelo, el cuerpo del cabo Roura. Le dio la vuelta y respiró aliviado al comprobar que, aunque inconsciente, aún respiraba y tenía pulso.

Miró a su alrededor pero no vio a nadie. El asesino sólo tenía dos posibles vías de escape. Una, la puerta que daba a la gran sala común en la que se encontraban las camas de los pacientes ingresados, pero a juzgar por el silencio que se escuchaba en ella, la descartó como vía de huida.

La otra vía, y el único lugar por donde podía haber huido, era la misma que Morillo había empleado para entrar cuando Roura le dio el aviso, la pequeña escalera que descendía al laberinto de pasadizos subterráneos que comunicaban todos los edificios entre sí.

Era un red oscura de interminables pasillos subterráneos, en la que pocos se atrevían a aventurarse,

91

especialmente de noche. Morillo valoró si merecía la pena emprender la persecución del asaltante a través de aquel submundo, cuando en el de arriba tenía una testigo ocular probablemente muerta y un compañero policía muy malherido que precisaba atención inmediata.

Reprimió sus deseos de bajar al laberinto y decidió actuar con responsabilidad. A pesar del desastre que había resultado ser aquella acción, por lo menos había podido conseguir dos piezas de información vitales para el caso.

Estaba seguro de que con su bastón había podido marcar el rostro de aquel asesino con algo más que una enorme cicatriz, lo cual podría facilitar una futura identificación.

Por otro lado, a pesar de que había huido con rapidez asombrosa, a la tenue luz de la lámpara de mesa había tenido tiempo de ver claramente el color de su cabello, una abundante melena pelirroja.

CAPÍTULO 18

La muerte de la Sra. Xamot no fue portada en ningún periódico, ni tan siquiera mereció aparecer en páginas interiores. En una sociedad claramente dominada por los hombres, la muerte de una joven viuda no parecía tener interés ni siquiera para la familia de la víctima, puesto que Isabel Xamot no tenía descendencia ni parientes conocidos que pudiesen reclamar su herencia.

El subinspector Morillo tuvo que esforzarse en construir una historia creíble que explicara su presencia y la del cabo Roura en el hospital a aquellas horas de la noche.

Explicó que su presencia allí formaba parte de su investigación, con la buena fortuna de haber podido sorprender al asaltante en pleno acto delictivo y provocar su huida, aunque pagando un precio muy alto por ello, la muerte de la testigo y el cabo Roura ingresado en el hospital, con lesiones muy graves.

La Sra. Xamot no había podido superar las nuevas lesiones que le provocó el segundo ataque. Morillo obvió los detalles acerca de los golpes y garrotazos que sufrió la mujer mientras era pisoteada como una alfombra.

El cabo Roura había sufrido dos puñaladas en el abdomen y perdido mucha sangre, pero al encontrarse ya en el hospital pudo ser operado de urgencias y aunque su pronóstico era grave, no se temía por su vida.

A los pocos días, la rutina policial hizo olvidar lo sucedido en el hospital. Morillo fue reasignado a nuevos casos ordinarios, que ocupaban la mayor parte de su tiempo.

En su interior no podía apartar de su cabeza lo que realmente le obsesionaba, la muerte del desconocido y la prostituta, el oscuro silenciamiento de la muerte del forense, la burda manipulación del informe de la autopsia, el intento de asesinato de la Sra. Xamot en su mansión y su muerte definitiva en el hospital a manos del mismo asesino que la atacó en su casa y que también mató a su guarda.

Morillo desempeñaba su labor rutinaria con eficacia pero sin implicarse más de lo necesario, y dedicaba todo el tiempo restante a seguir investigando en secreto sobre esos casos.

Una de las personas con las que se reunió fue Inés, la hermosa doncella de la Sra. Xamot, la primera persona que había podido ver el rostro del asesino pelirrojo.

La joven se había quedado sin empleo al morir la señora, y Morillo se sentía ligado a ella, no solo porque él también había visto al asesino del pelo rojo, sino porque estar con ella le producía una gratificante sensación de tranquilidad, una paz interior que hacía años que no sentía.

Tal vez por ello sus visitas a la joven se hicieron cada vez más frecuentes, y para evitar las habladurías, comenzaron a citarse en discretos lugares públicos como jardines o cafeterías apartadas de las zonas céntricas.

Morillo no podía olvidar que el asesino sabía que Inés podía reconocerle, y si había sido capaz de volver para rematar a la Sra. Xamot, estaba seguro de que podría intentar lo mismo con Inés, o con él mismo, que también había visto su rostro.

Ambos se habían convertido en objetivos del asesino y sus vidas estaban en peligro, aunque Morillo no podía hablar de ello, pues no podía confiar en casi nadie dentro del departamento de policía.

—Menudo jolgorio organizasteis en el Hospital de Sant Pau el otro día —le dijo el subinspector Aromí, dándole una palmada en el hombro al pasar junto a él.

—No fue por gusto, ya sabes como fue todo.

—Sí, lo sé. Lamento que te quedaras sin tu testigo principal. La peor parte se la llevó el pobre Roura, pero me han dicho que saldrá de esta —dijo Aromí.

94

—Sí, esta tarde iré a visitarle. Es joven y fuerte, nada que no pueda curarse con reposo y buenos alimentos.

—¿Pudiste ver bien al asaltante?

—Sí. Ese bastardo pagará por lo que está haciendo —dijo Morillo, cerrando una carpeta y dejándola caer sobre la mesa.

—Si te puedo ayudar en algo, ya sabes, a tu disposición para lo que necesites.

—Gracias, lo sé —dijo Morillo, con semblante pensativo—. Dime una cosa, ¿crees que puede haber alguna relación entre las dos muertes en la casa de citas y la de la Sra. Xamot? ¿Ves algo en común entre ellas? ¿Alguien que pudiera beneficiarse de sus muertes?

—Sinceramente, no lo sé. La muerte de la pareja se me antoja un caso típico de asesinato en un prostíbulo. Tal vez fue una discusión entre amantes, por despecho, por celos, o un simple robo, ¿quién sabe? En cambio la muerte de la Sra. Xamot me parece más un intento de robo, frustrado por la aparición del guarda y después por la de la doncella. No le busques motivos ocultos. Normalmente la verdad se esconde tras las explicaciones más sencillas —dijo Aromí, apoyado sobre la mesa.

Morillo supo que no iba a poder convencer a su colega con sus teorías, ni tampoco estaba seguro de querer hacerlo.

—He estado estudiando durante días los archivos de personas desaparecidas, de muertes violentas, aparentes suicidios, asesinatos de desconocidos, pero en ningún caso se trataba de mendigos, sino más bien de gente de cierto nivel social. Y ahora, la viuda Xamot deja una gran herencia que nadie puede reclamar. ¿Quién sale beneficiado con todo esto? ¿El Estado? Tal vez algunos de esos desconocidos asesinados fueran también industriales sin familia ni nadie que pueda reclamar sus bienes. Isabel Xamot entraría plenamente en esa categoría —dijo Morillo.

—¿Qué es lo que estás intentando decir?

—Nunca he creído en las casualidades. Creo que estamos ante la obra de un posible asesino en serie.

—¿Has hablado con el capitán sobre tu teoría?

—Sí, varias veces, pero no quiere ni oír hablar del tema.

95

Todavía retumbaban en sus oídos las últimas palabras del capitán Botell cuando acudió a él a solicitar recursos para seguir en esa línea de investigación.

—Creo recordar que le dije que se olvidara de ese absurdo tema —le dijo el capitán—. En una ciudad grande como ésta siempre habrá asesinatos de gente desconocida, pero imaginar un complot urdido contra industriales poderosos y ciudadanos de bien, raya la idiotez más absoluta. Me decepciona usted, Morillo. Le creía más inteligente.

Aquellas palabras le habían escocido como sal y vinagre sobre una herida, pero aún así había intentado razonar con él.

—Señor, tal vez usted podría utilizar sus contactos con el alcalde y que éste me autorizara a investigar en el Círculo de Economía y entrevistar a varios de sus miembros. Estoy convencido de que podría obtener alguna pista y cuanto menos, alertarles del peligro.

—¿Y alarmar innecesariamente al grupo de personas más importantes e influyentes de la ciudad? Está usted más loco de lo que creía. Veo que pronto va estar usted controlando el tráfico de ganado vacuno en el Pirineo o investigando los robos de pienso en las granjas porcinas del norte de la ciudad. Sí, creo que asignándole esas tareas, todos podremos beneficiarnos de su enorme potencial como investigador —le había dicho el capitán, zanjando el tema y acompañándolo a la puerta de su despacho.

Morillo se sacó sus características gafas de montura redonda y se entretuvo en limpiar los cristales con un vetusto pañuelo de bolsillo, que lejos de limpiarlas parecía ensuciarlas más todavía.

—¿Cómo podría conseguir acceso a esos tipos tan influyentes, sin tener que recurrir a los contactos del capitán? —se preguntó Morillo en voz alta.

Aromí sonrió mientras se dirigía hacia la puerta de salida.

—No puedes. Están en otro nivel, inalcanzable para los simples mortales como nosotros. Frecuentan otros círculos, son asiduos a las carreras del Hipódromo, se pasan media vida perdiendo dinero en el Casino, y por las noches, celebran fiestas privadas en sus mansiones de la parte alta. Lo que te digo, otro mundo —dijo Aromí despidiéndose con la mano al salir por la puerta.

Morillo se quedó pensativo, dando vueltas a las palabras de su colega. El Hipódromo era un lugar público donde dejarse ver, pero allí habría demasiada gente observando, y pocas posibilidades de pasar desapercibido.

Por otro lado, ser invitado a alguna de aquellas fiestas nocturnas privadas iba a ser más difícil que conseguir que el capitán ganase un premio a la simpatía.

Sin embargo el Casino de la Rabassada era una buena opción, y hasta entonces no había reparado en ella.

Había sido inaugurado hacía poco, estaba situado en la montaña de Collserola, a varios kilómetros de Barcelona, en un discreto enclave en medio del bosque.

Por ser los juegos de azar la actividad que se realizaba en él, el Casino ostentaba un halo de discreción y secreto que iba a facilitarle mucho sus pesquisas. Además, era frecuentado por industriales, políticos, miembros de la nobleza y muchos extranjeros de buena posición.

Se reprochó a sí mismo no haber considerado antes aquella opción, pero era una buena alternativa, así que la decisión estaba tomada.

Ya había oscurecido cuando llegó al hospital. Tras identificarse, la enfermera que custodiaba la entrada al Pabellón de cirugía digestiva en que se encontraba el cabo Roura le indicó el camino.

Entró en una enorme sala común con diez camas a ambos lados, que más que a un hospital le recordaban al dormitorio de un internado infantil.

Era tarde y la enfermera tan solo le permitió quedarse unos minutos, así que la visita iba a ser muy breve.

El cabo estaba despierto y al verlo acercarse por el pasillo central, levantó una mano en señal de saludo.

—¿Cómo se encuentra, Roura? Tiene usted buen aspecto —le dijo Morillo con sinceridad, acercando una silla y sentándose junto al cabezal de la cama.

—No creí que fuera a salir de esta, se lo juro —dijo Roura moviendo la cabeza.

—¿Le duele mucho? —preguntó Morillo, señalando hacia el abdomen vendado del convaleciente, que le dedicó la sonrisa orgullosa de quien se sabe merecedor de admiración por sus actos y estaba deseoso de exprimir al máximo su breve momento de gloria.

—Duele bastante, pero intento sobrellevarlo con entereza. Los médicos me dijeron que por suerte las puñaladas no alcanzaron ningún órgano vital, ya sabe, el corazón, el cerebro —afirmó con grandilocuencia.

Morillo consideró por un momento lo difícil que era que una puñalada en el abdomen pudiese poner en riesgo un órgano como el cerebro, pero prefirió no contradecir al cabo y mantuvo un respetuoso silencio.

—¿Recuerda algo de lo sucedido?

—Todo. Desgraciadamente lo recuerdo todo —dijo haciendo una mueca.

—Tras hacerle la señal en cuanto se marchó la enfermera, usted llegó y subió a la habitación. Yo me mantuve al pie de la escalera, y estaba muy pendiente de que nadie llegara. Me acerqué a la puerta que daba a la sala grande del Pabellón, por donde suponía que regresaría la enfermera y la verdad, no presté atención a nada más. Entonces fue cuando escuché un ruido a mis espaldas. En cuanto me volví me encontré con aquel tipo frente a mí. Nada más verme me dio una puñalada en el vientre, aquel maldito hijo de... —dijo Roura, haciendo una mueca de dolor.

Morillo lo ayudó a incorporarse un poco en la cama.

—Relájese, por favor, no se ponga tenso.

—Sí, gracias. La herida me duele bastante cuando me muevo. Bien, el caso es que ese tipo debió subir por la escalera que viene de los pasadizos subterráneos. Me lancé sobre él y forcejeamos, pero me sentía débil, perdía mucha sangre y no pude hacer gran cosa. Sentí que me daba otra puñalada, pero caí al suelo y ya no recuerdo nada más, debí perder el conocimiento.

—Afortunadamente el asesino lo dio por muerto y no lo remató, sino no estaría usted aquí para contarlo —dijo Morillo.

—Sí, aún tengo que darle gracias a ese hijo de perra por haber sido tan estúpido. Pero volviendo a su pregunta, pude ver bien sus ojos, y nunca olvidaré aquella mirada. Tenía la piel alrededor de los ojos muy blanca, y desde luego era bastante corpulento, de lo contrario yo habría podido vencerle con facilidad —dijo Roura.

—Por supuesto, de eso no tengo duda. Sepa que voy a ponerle vigilancia aquí, día y noche. No sabemos si el asesino puede decidir volver a hacerle una visita —dijo Morillo.

—Si lo hace, aquí le espero. No me dejan tener mi pistola, pero guardo mi porra reglamentaria debajo de la almohada —dijo muy seriamente, mientras Morillo sonreía.

—Me parece que la porra le será de más utilidad para defenderse de la enfermera, que veo que ya se acerca a echarme de aquí. Descanse y recupérese pronto, que le necesito de vuelta en mi equipo —le dijo, dándole una palmada en el hombro.

—Si por mi fuera, me iba con usted ahora mismo, pero creo que tengo para un mes, tal vez menos —dijo Roura apesadumbrado.

—El tiempo pasa deprisa —dijo Morillo, haciéndole una seña a la enfermera para darle a entender que enseguida se marchaba—. Estoy siguiendo una pista que creo que puede darnos mucha información.

—¿Ah sí?

—Sí, pero para ello tengo que ponerme al día en lo que se refiere a juegos de azar, pues solo sé jugar al dominó.

—¿Cómo?

—Descanse y recupérese. Volveré a verle en unos días —dijo Morillo, echando a andar por el pasillo central, siguiendo los pasos de la enfermera que caminaba frente a él.

Al día siguiente daba comienzo una nueva fase en la investigación.

Su siguiente parada, el lujoso y misterioso Casino de la Rabassada.

99

CAPÍTULO 19

Ruinas del Gran Casino de la Rabassada. Actualidad

La mañana era fría, como correspondía a la estación, aunque Gerard no recordaba un Otoño tan especialmente caprichoso como ese, en el que se alternaban fríos polares, con días atemperados que emulaban los calores y humedad del trópico.

Condujo su pequeño y destartalado coche por la carretera que ascendía a la montaña del Tibidabo, sufriendo y sudando cada vez que tenía que pisar el acelerador a fondo para conseguir que el vehículo afrontara las cuestas con un mínimo de dignidad.

En momentos así, tenía el convencimiento de que su alma mortal y la de su desvencijado auto eran solo una, y que entraban en un estado de comunión espiritual que les unía más allá del tiempo y el espacio.

Gerard llegaba a sentir en sus propias carnes el sufrimiento de aquel motor, que intentaba dar lo mejor de sí mismo a base de multiplicar sus revoluciones por encima de lo mecánicamente aconsejable. Su mente y su corazón se concentraban en las curvas y las pendientes que tenía ante él y alentaban al vehículo como si éste fuera una prolongación de sí mismo y no una máquina artificial.

No podía evitarlo, subir un puerto de montaña con aquel cacharro era un sufrimiento constante que dejaba a Gerard en un estado de agotamiento mental y físico equiparable a haber subido la cuesta corriendo arrastrando el coche con los dientes.

Cuando por fin llegó a Vallvidrera, la pequeña población cuyas casas se mantenían en precario equilibrio sobre la cumbre de la montaña, rodó lentamente por sus calles y dejó atrás el único semáforo que existía en la zona, sintiéndose como si estuviera llegando victorioso a la meta en la última etapa del rally Paris-Dakar.

Tras conducir unos minutos a través de una agradable arboleda, divisó a lo lejos, en un promontorio sobre una curva de casi trescientos sesenta grados, los restos derruidos de lo que antaño habían sido dos grandes edificaciones.

Redujo la velocidad y pasó frente a ellas mirando a través de la ventanilla del coche. Impresionaba ver la decadencia de aquellas nobles construcciones de principios de siglo. Lo que antaño habían sido mansiones señoriales, ahora se reducían a dos paredes y media, a punto de derrumbarse o de ser engullidas por la vegetación que crecía salvaje a su alrededor, lo que se produjera antes.

La finca estaba abandonada y no pudo evitar cierto sobresalto al pasar frente a lo que quedaba de la imponente verja de hierro, sostenida por dos columnas sobre las que reposaban unos espantosos y poderosos glifos, mezcla de león y dragón alado, que seguían guardando fielmente la entrada a la casa, ajenos a la desolación reinante.

Un escalofrío recorrió su cuerpo y se alegró de dejarlos atrás, confiando en que su imagen permaneciera solo en el retrovisor de su vehículo y no en su retina.

A poco más de un kilómetro de allí llegó a la altura de los primeros restos del Casino. Era fácil pasar de largo, pues desde la carretera tan solo eran visibles unos pocos metros de muro, parcialmente oculto por la vegetación, formando parte de lo que había sido la fachada principal de unas dependencias del hotel anexo al Casino.

La cuneta era muy estrecha, así que siguió conduciendo hasta que pudo aparcar el coche en un recodo de la carretera y retrocedió caminando.

Los restos de muro eran muy poca cosa, los huecos de una puerta vacía y varias ventanas, adornados con arabescos de estilo morisco, desconchados y muy deteriorados, y que ya habían sido decorados por artistas locales del grafiti, que los habían salpicado de vistosos colores.

Asomarse a aquellas ventanas o cruzar aquella puerta era adentrarse en un mundo mágico, misterioso y selvático, en el sentido más literal de la expresión, pues la vegetación había crecido con tanta exuberancia que Gerard pensaba que se adentraba en el Amazonas y no en Collserola.

Tras el muro no había nada más, tan solo bosque. Era como un modesto decorado cinematográfico en el que tan solo una falsa pared se sostiene, sin que nadie se hubiera molestado en construir el resto del edificio.

Cruzó el umbral de la puerta de lo que había sido la entrada principal del hotel e intentó imaginar como habría sido la experiencia si la hubiera cruzado un siglo atrás, quién hubiera salido a recibirle, a ayudarle con su equipaje, el ambiente de lujo que con toda seguridad debía respirarse.

Aquel mundo se había desvanecido hacía decenas de años, devorado tanto por la codicia y la avaricia de unos, como por la voracidad de la madre naturaleza que ahora volvía a reclamar lo que era suyo por derecho propio.

La vegetación era espesa y le resultó difícil encontrar un camino que la atravesara. Entre las zarzas se adivinaba un sendero que descendía por la ladera de la montaña. Lo siguió, procurando no resbalar sobre la tierra húmeda y le sorprendió notar como a los pocos minutos de estar ahí ya había dejado de escuchar el sonido de los vehículos que pasaban por la cercana carretera.

Se veía rodeado del ruidoso silencio tan propio de la jungla, crujidos, roce de ramas, hojas movidas por el viento, el canto de los incansables grillos, graznidos de lo que Gerard confiaba que fueran solo pájaros y tantos otros sonidos de origen desconocido que parecían surgir por arte de magia en aquellas espesuras.

La acusada pendiente se suavizó y el camino se hizo bastante más ancho, convirtiéndose pronto en un sendero de piedra y grava que parecía haber sido transitado con cierta frecuencia.

Se detuvo un momento para orientarse, y al levantar la vista pudo entrever a través de las ramas de los árboles, una estructura vertical rectilínea que solo podía ser de origen humano.

Excitado, aceleró el paso hasta acercarse más y se detuvo a contemplarla. Eran los restos de una gran edificación, medio oculta entre los árboles. Las paredes eran de tonalidad ocre y todavía conservaban gran parte de su textura original.

El camino continuaba descendiendo y rodeaba aquella estructura, pasando bajo los restos de un arco conectado a lo que había sido una terraza y partes de una balaustrada, que a la vez hacía las funciones de techo de aquella edificación.

Decidió abandonar el camino y subir a examinar la terraza y el arco, que no era más que el esqueleto de lo que había sido un puente que conducía a una de las grandes terrazas del casino. De aquel puente tan solo quedaban en pie las dos grandes vigas que daban forma al arco, ya que el suelo que debía existir entre ellas hacía años que se había hundido.

Más allá de los arcos podía ver la superficie de la terraza, cuyo pavimento parecía estar en buen estado, o al menos aún conservaba gran parte de sus baldosas.

Para llegar hasta allí cruzando los restos del arco, debía caminar haciendo equilibrios sobre una estrecha viga de escasos centímetros de anchura y a una altura de más de cuatro metros. Gerard valoró el riesgo, y decidió intentarlo.

Se sentía como un explorador atravesando un abismo sobre un río lleno de pirañas, cruzando un puente colgante hecho de lianas y travesaños de madera podrida, solo que en este caso no había madera, ni lianas, ni pirañas, pero sí un desnivel lo suficientemente importante como para romperse bastantes huesos si caía.

Confiaba en su sentido del equilibrio, así que dio el primer paso, seguido de un segundo y un tercero, pero tan pronto perdió de vista tierra firme tras de sí, se detuvo. Era una de aquellas situaciones en las que tenía que decidir si era mejor seguir avanzando paso a paso como si fuera un funambulista borracho o hacerlo corriendo a la carrera tras coger impulso y cerrar los ojos.

En contra de toda prudencia, optó por la segunda opción, pero manteniendo los ojos abiertos. El recorrido era corto, así que tomó suficiente impulso como para saltar y llegar hasta la aparente seguridad de las baldosas de la terraza. Tanteó el suelo a sus pies y parecía firme, así que caminó despacio hasta llegar a la barandilla. La vista desde allí era impactante.

Estaba por encima de las copas de los árboles y desde allí podía ver el manto verde de la sierra de Collserola extendiéndose en todo su esplendor.

Cuántas parejas de enamorados a principios de siglo se habrían asomado a ese mismo balcón a contemplar la serenidad del bosque, mientras las damas paseaban protegidas del sol bajo sus sombrillas, y los hombres ladeaban sus sombreros de copa mientras jugaban pretenciosamente con sus bastones.

El calor del sol sobre su rostro era una agradable sensación, y Gerard cerró los ojos para disfrutar de ella, antes de volver a la humedad del bosque y seguir su camino.

Un rugido sordo le hizo abrir los ojos súbitamente. No cabía duda de que era de origen animal, y parecía provenir de algún lugar a sus espaldas.

Gerard se volvió pero no vio nada. Lo achacó a su nerviosismo o a los sonidos propios de un bosque tan lleno de vida como aquel, o tal vez se tratase de alguno de los muchos jabalíes que campaban a sus anchas por aquellos parajes, y que tantos daños causaban a los cultivos y jardines de las urbanizaciones de la sierra.

El rugido volvió a escucharse, pero esta vez sonó mucho más cerca y entonces lo vio por primera vez, unos ojos brillando entre la espesura, visibles a simple vista desde donde se encontraba. Era lo que le faltaba, encontrarse con un jabalí salvaje en medio del aquel bosque abandonado de la mano de Dios.

Dio unos pasos acercándose a las dos vigas que habían soportado el puente hacía más de sesenta años. De entre los espesos matorrales asomó una enorme fiera negra, que le contemplaba con las fauces abiertas y babeantes.

104

Gerard se detuvo y contempló a aquel animal. No era un jabalí, sino un perro, y aunque no era un experto en canes, por su aspecto pensó que debía tratarse como mínimo de un doberman asesino o alguna raza de similar historial delictivo.

Intentó recordar los consejos que había visto en programas de televisión sobre cómo tratar a aquel tipo de animales, pero no recordaba ninguno. Tan solo le venía a la cabeza aquello de que la música amansaba a las fieras, pero estaba seguro de que si se ponía a cantar, lejos de mejorar, la situación podía empeorar considerablemente.

Optó por quedarse quieto y ceder la iniciativa a su contrincante, que no tardó en actuar. El enorme animal salió del bosque y se acercó a la estructura del puente. Tan solo dos vigas paralelas cruzaban el vacío entre la ladera de la montaña y la terraza.

Gerard se tranquilizó pensando que ningún animal se atrevería a cruzar aquel espacio caminando sobre una viga de pocos centímetros de anchura.

Cuando la fiera apoyó sus patas delanteras sobre una de las vigas, Gerard sintió un escalofrío, pero cuando el animal comenzó a caminar sobre ella, el escalofrío se convirtió en un reguero de sudor que recorrió toda su espalda.

Tenía que actuar antes de que el animal acabara de cruzar la viga y llegara hasta donde le esperaba su desayuno. Gerard se subió a la otra viga, a poco más de un metro y medio de la primera, y echó a andar, con los brazos en cruz para mantener el equilibrio, hasta que se detuvo a mitad del recorrido y volvió la cabeza hacia el perro a su lado.

Los dos hacían equilibrios subidos a dos vigas que corrían en paralelo sobre un abismo de casi cinco metros de altura. Si Gerard daba un paso hacia adelante, el perro retrocedía y seguía dedicándole aquella mirada salvaje y amenazadora. ¿Cómo era posible que aquel bicho aguantara tan bien el equilibrio?, pensó.

Estaba claro que, avanzara o retrocediera, el animal le perseguiría. La única solución era intentar derribarlo, aunque no tenía a mano ningún objeto para azuzar al perro.

En sus bolsillos no llevaba más que un monedero y las llaves del coche. Arrojó el monedero con fuerza y consiguió impactar contra su lomo, provocando una lluvia de monedas al vacío, pero lo único que consiguió fue enfurecer aún más al animal.

Gerard comprobó horrorizado como el animal encogía sus patas traseras, preparándose para saltar hasta la viga sobre la que él estaba. El perro dejó de ladrar, y aquello incomodó mucho a Gerard. Era el preámbulo del salto, se estaba preparando, y ello le obligaba a él a hacer lo mismo, si no quería acabar entre sus mandíbulas.

El perro saltó con fuerza y cayó sobre la otra viga, balanceándose sobre su barriga, mientras movía desesperadamente las patas traseras en el aire para no caer. Gerard no tuvo tiempo para pensar; en cuanto vio que el perro aterrizaba en su viga, dio un salto y cambió de viga, pero perdió el equilibrio y quedó colgado por sus manos en el vacío.

Podía sujetarse bien, pero el perro ya había conseguido subirse a la viga y estaba preparándose para volver a saltar hacia él.

Gerard no tenía opción, y haciendo un gran esfuerzo se alzó a pulso y consiguió sentarse en la viga. Se sacó uno de sus zapatos y cuando el perro estaba comenzando a saltar se lo arrojó con fuerza. El zapato impactó en su hocico y el perro cayó al vacío emitiendo un agudo aullido en el que seguro manifestaba su opinión sobre Gerard.

Tras impactar contra el suelo, se escuchaban los débiles gemidos del perro, dando fe de la agonía en la que se encontraba. Gerard se incorporó, y caminando sobre la viga con un pie descalzo llegó rápidamente a tierra firme.

Dio un rodeo por el bosque y corrió por el camino que llevaba bajo el puente, hasta el punto en que había caído el perro, pero no estaba allí. Era el lugar correcto, cinco metros sobre él veía las dos vigas cruzando de un lado a otro, y allí estaba también su zapato, pero ni rastro del animal.

Siguió el camino hasta llegar a un claro frente a la fachada de aquella pequeña torre, donde ropa sucia y utensilios abandonados delataban la probable presencia de algún vagabundo.

En la base de la torre se entreabría una puerta de madera, y Gerard se asomó al interior. Esperó a que sus ojos se acostumbraran a la oscuridad y comenzó a adivinar formas.

El suelo era de grava y las paredes estaban completamente cubiertas de grafitis macabros, rostros de seres monstruosos y deformes, con ojos gigantes y expresiones malignas, que le contemplaban desde todos los ángulos. La única pared que no estaba pintada era el techo, y ello solo porque estaba a más de cinco metros de altura.

En una de las esquinas había un viejo colchón, tan arrugado que era difícil reconocerlo como tal, y a su lado una silla de playa con la tela rasgada. Olía a suciedad, a humanidad, a humedad y también a madera quemada, como si alguien hubiera encendido un fuego de leña ya extinto.

Aquello era un refugio para indigentes, pensó, y ello le incomodaba, le hacía sentir como un intruso, como si estuviera invadiendo el hogar de alguien sin invitación previa.

Algo se movió a pocos metros frente a él, sobre el colchón. Pensó que tal vez hubiera alguien durmiendo, aunque no lo parecía, dado que no veía ningún bulto sobre él. Se dispuso a dar media vuelta cuando creyó oír un quejido, y se acercó a comprobarlo.

A medida que se acercaba, su propio cuerpo bloqueaba la poca luz que entraba por la puerta entreabierta y proyectaba una enorme sombra que le dificultaba la visión. Llegó hasta el colchón, pero estaba vacío, cubierto tan solo por unas viejas mantas raídas.

Con mucho cuidado alargó el brazo y tiró de una de las puntas para levantar la manta. Su corazón dio un vuelco cuando se encontró frente al cuerpo ensangrentado del doberman, que intentaba abrir sus mandíbulas en un patético e inútil esfuerzo por atacarle, incluso estando más en el paraíso de los perros muertos que en el de los vivos. ¿Cómo podía haber llegado aquel perro hasta allí?

Gerard ya no pudo seguir inspeccionando el lugar. Un fortísimo golpe en la nuca lo derribó. Soltó la manta, que cayó sobre el moribundo animal, cubriéndolo de nuevo, y la oscuridad fue total.

CAPÍTULO 20

Cuando abrió los ojos no sabía si aún estaba vivo o en el Valhala de los doberman haciendo compañía al perro. No escuchó ladrido alguno, con lo que confiaba estar todavía en el planeta Tierra.

Sentía un suelo de cemento bajo su espalda pero no podía ver nada, y su principal preocupación era saber si se debía a la oscuridad reinante o si le había sucedido algo a su vista. La cabeza le iba a estallar y tenía el cuerpo tan magullado que le dolía hasta el pensamiento.

Consiguió levantarse con gran dificultad. Solo distinguía sombras pero le pareció vislumbrar un punto elevado por donde entraba luz, una pequeña trampilla situada a mucha altura en el techo.

Cuando sus ojos se acostumbraron a la penumbra, comprobó que las paredes del recinto estaban curvadas y el techo era abovedado. Se encontraba en el fondo de lo que debía ser una enorme cisterna de unos diez metros de altura, y cuya longitud estimó en más de treinta metros.

—Hola, ¿hay alguien aquí? —gritó sin mucha convicción. La resonancia de su voz contra las paredes le confirmó que se trataba de un lugar de grandes dimensiones y actualmente vacío. Podía haber sido un viejo depósito de recogida de aguas pluviales o una enorme cisterna de agua potable para el suministro del Casino.

Un chirrido metálico acompañó a un haz de luz natural que se disparó desde las alturas, iluminando un punto del suelo, como si alguien hubiese encendido un foco en el teatro para iluminar al artista en el escenario. Gerard miró hacia arriba y vio la silueta de una persona asomándose a la trampilla del techo.

—¿Quién hay ahí? ¡Socorro! —gritó, sin saber a quien se estaba dirigiendo, y haciendo gestos con el brazo en dirección al techo—. Estoy herido, ayúdeme, por favor.

—Calle y escuche —respondió una voz grave y cavernosa por efecto de la resonancia dentro de aquel espacio cerrado.

—Si sigue vivo es porque yo he querido que así sea, pero puedo cambiar de opinión fácilmente. Ya ha causado bastante daño. Márchese de aquí y olvide este lugar.

—Siento lo de su perro. Me estaba persiguiendo y yo estaba asustado. Ha sido un accidente —intentó excusarse Gerard, suponiendo que se dirigía al dueño del perro.

—Cierto. Los accidentes suceden, y seguirán sucediendo, nadie puede evitarlos. Es algo que usted no debería olvidar nunca —sentenció la voz en tono claramente amenazador.

—¿Cómo he llegado hasta aquí? ¿Qué me ha sucedido? —gritó Gerard.

—Lo que debería preocuparle no es lo que le ha sucedido, sino lo que no le ha sucedido todavía —respondió la voz.

—Sáqueme de aquí, por favor.

—Nadie le retiene. La salida está en el extremo de la sala. Márchese y no vuelva la vista atrás. La próxima vez no podrá hacerlo, porque no habrá próxima vez.

El eco de su voz aún resonaba cuando la silueta desapareció y la trampilla se cerró con un agudo chirrido de metal oxidado.

La oscuridad volvía a invadirlo todo, pero sus ojos ya estaban más habituados a ella. Caminó hacia el leve resplandor que entraba por unas aberturas en la parte alta de la pared, sintiendo como el suelo crujía bajo sus pies, aunque no se atrevía a agacharse y descubrir sobre qué estaba caminando.

Llegó a un muro de ladrillo, que tapiaba lo que debía haber sido una de las paredes de la cisterna. En la base del

109

muro de ladrillo había una pequeñísima puerta de madera, que tanto podía ser una trampilla para gatos o una puerta a escala liliputiense.

Gerard la empujó con el pie y pareció ceder un poco, así que le dio una patada fuerte y consiguió abrirla un palmo. Se agachó y empujó con todo su magullado cuerpo hasta que la abertura fue suficiente para salir gateando al exterior.

Respiró aliviado al encontrarse al aire libre, bajo una espesa arboleda. Por el grado de pendiente de la montaña dedujo que se encontraba bastante más abajo del punto donde se produjo su encuentro con el perro. Si quería volver al coche, tendría que caminar cuesta arriba.

Tenía el desagradable presentimiento de que estaba siendo observado desde aquel tétrico bosque, una sensación muy inquietante. Deseaba volver a la torre a buscar pruebas, pero sabía lo que le esperaba allí y no tenía ganas de repetir.

La opción de acudir a la policía no le pasó por la cabeza. A pesar de haber sido atacado violentamente, primero por un animal bastante salvaje y luego por algún salvaje bastante animal, no quería implicar a la policía, pues no sabría ni por donde comenzar a explicarles lo sucedido, ni porqué estaba allí.

Necesitaba tiempo para profundizar más en el pasado de aquella misteriosa construcción, y para ello debía volver, pero no solo. La próxima vez traería refuerzos.

Decidió volver al coche dando un buen rodeo, para explorar la zona en que se encontraba en ese momento, la parte baja del valle.

Caminó en línea recta, en perpendicular a la pendiente, sin descender más hacia el fondo del valle. Tras haber estudiado en el Registro los viejos planos del Casino, suponía que debía estar cerca de la zona en que se habían alzado las atracciones.

En su momento había sido una gran explanada, desde la que se accedía a las atracciones básicas, pero ya no quedaba ni rastro de ninguna de ellas, dinamitadas e invadidas por la vegetación.

Le pareció reconocer una zona más llana, y sus sospechas se confirmaron al escarbar y llegar a una gran base

110

de cemento oculta bajo la maleza, que a buen seguro había sido el fondo de la gigantesca piscina donde amerizaban las barcazas del Water Chute.

Siguió pendiente abajo, y no tardó en dar con la entrada de uno de los viejos túneles de la montaña rusa. Estaba en sorprendente buen estado de conservación, y se aventuró a entrar y caminar por su interior. La luz de la salida apareció unos metros más abajo. Era un túnel muy corto.

Por las viejas fotografías en blanco y negro que había estudiado, sabía que unos cuarenta metros más allá tenía que encontrar otro túnel bastante más largo. A diferencia de los edificios de ladrillo y las casetas de madera, dinamitados durante los años cuarenta, los túneles no habían desaparecido.

Algo que sobresalía en el suelo entre la maleza captó su atención. Estaba ante una pequeña construcción cuadrangular de cemento, cubierta por una reja de hierro muy oxidada, que bloqueaba el acceso a su interior. A través de los barrotes podía ver una escalerilla hecha de anclajes de hierro fijados a la pared, que descendía varios metros y desaparecía en la oscuridad de lo que parecía un pozo sin fondo.

Tiró con fuerza de la reja pero le resultó imposible moverla. Estaba bloqueada con dos cerraduras.

CAPÍTULO 21

La visibilidad disminuía por momentos porque el sol estaba descendiendo. No lo creyó posible, pues había llegado sobre las nueve de la mañana y no podía llevar allí más de un par de horas. Por primera vez miró su reloj, y vio que marcaba las siete y media de la tarde.

No podía haber pasado tanto tiempo en el bosque, y supuso que debía haber permanecido inconsciente varias horas dentro de la cisterna antes de despertar. Decidió subir hacia la carretera, pues lo último que quería es que le sorprendiera la noche en aquel lugar.

Avanzó entre la maleza buscando el rastro de algún sendero y a pocos metros de donde se encontraba distinguió dos grandes ojos oscuros que le contemplaban, dos grandes aberturas parcialmente cubiertas por vegetación.

Una de ellas estaba tapiada con ladrillos, aunque presentaba dos pequeños orificios a media altura por los que podía asomarse. No tenía ninguna linterna y apenas se veía nada, pero gritó varias veces y por la resonancia dedujo que se trataba de uno de los túneles. ¿Porqué aquel túnel estaba tapiado y los demás no?

Caminó hasta la otra entrada, que era de fácil acceso por no estar tapiada y se adentró en el túnel, pero tuvo que detenerse a los pocos metros por falta de luz. Las paredes eran de ladrillo, y apenas podía mantenerse de pie dentro sin tocar con su cabeza contra el techo abovedado. Por lo poco que había podido ver, el suelo estaba libre de escombros y sorprendentemente limpio.

112

Si estuviera en una película, podría coger un pedazo de madera del suelo, anudar un jirón de su camisa a su extremo y encenderlo con un mechero para obtener una potente antorcha cuya luz duraría al menos una hora sin extinguirse. Sin embargo aquello no era una película, y en la vida real las cosas no eran tan simples.

Gerard siempre había querido sentirse parte de una película de aventuras de serie B, explorando una caverna de la que salían aullidos monstruosos, pero la realidad era la que era.

No tenía mechero, no tenía antorcha, y no se escuchaban aullidos estremecedores. Aunque esa última parte sí encajaba en su historia, pues estaba oyendo gruñidos y parecían reales.

Un escalofrío recorrió su cuerpo. No eran imaginaciones suyas. En aquel túnel había algo más, y desde luego no parecía humano.

Salió corriendo, sin esperar a comprobar de qué se trataba. Llegó al límite del bosque, y sin entretenerse a buscar ningún sendero echó a correr montaña arriba, abriéndose paso entre los arbustos, arañándose el rostro y las manos con ramas que le golpeaban y zarzas que clavaban sus espinas en su piel, rasgándole la ropa.

Pronto divisó a lo lejos la gran sombra oscura de los restos del casino, la torre en cuya terraza había pasado tan buenos ratos esa misma mañana. Llegó al claro del bosque junto a la entrada de la torre, y allí tuvo que frenar en seco una vez más.

Ante él tenía otro enorme perro negro, probablemente un doberman. No podía creerlo, dos veces en el mismo día, era un horrible "déjà vu". No podía ser el mismo animal, había visto con sus propios ojos como caía al vacío y quedaba casi destrozado al chocar contra el suelo, sin embargo parecía idéntico.

El animal avanzaba lentamente hacia él. No ladraba, pero no hacía falta que lo hiciera para aterrorizar a Gerard. Sus fauces abiertas, sus afiladísimos dientes, y aquellos ojos, dos puntos rojos que se clavaban en él sin permitirle apartar la vista de ellos.

113

El perro avanzaba dando pequeños pasos, como si pudiera saborear cada segundo de sufrimiento que le estaba infligiendo, como si pudiera degustar el amargo sabor del terror que fluía por las venas de Gerard.

El perro estaba a tan solo dos metros de él y pronto se lanzaría al ataque, pero Gerard no podía moverse, estaba cansado de tanto correr bosque arriba y paralizado por el miedo.

—¡Rob! —gritó una voz masculina—, ¡Here!

El animal se detuvo en seco, pero mantuvo su mirada clavada en Gerard.

—¡Here! —volvió a gritar la voz, haciendo que el animal retrocediera lentamente, sin apartar la vista de su objetivo.

Gerard respiró aliviado al verlo retroceder, y casi asfixiado por haber contenido la respiración tanto tiempo.

Vio salir de entre los árboles a un tipo pequeño y delgado, vestido con varias capas de prendas de ropa de diferentes colores y tamaños, y cuya barba debía llegarle como mínimo hasta el ombligo. El animal siguió retrocediendo hasta quedar junto al hombre, que lo acarició y le dio unas palmadas en el costado.

—Muchas gracias —balbuceó Gerard. El hombre le contemplaba, sin decir palabra.

—¿Vive usted aquí? —preguntó Gerard, intentando iniciar una conversación amistosa, pero sin obtener respuesta.

—¿Habla mi idioma? —preguntó, sospechando que fuera algún inmigrante ilegal.

—Suficiente para saber que usted loco imprudente —dijo el hombre, con un fuerte acento extranjero que Gerard asoció con algún país del Este Europeo.

—Lo siento. Tan solo estaba paseando, pero ya me iba.

—Tiene suerte que hoy Rob obedece a mí. No siempre hace —dijo el hombre escuetamente.

Gerard tragó saliva, empezando a ser consciente del riesgo que podía estar corriendo.

—Siento mucho lo de su otro perro —prosiguió, intentando congraciarse con él.

—¿Qué otro perro?

—El otro perro, el que sufrió el accidente.

114

—Solo tengo este perro, no otro perro. Usted loco —dijo el hombre.

Gerard intentaba reconocer algo en la voz o el aspecto de aquel hombre, que le confirmara si se trataba del mismo que le había hablado a través de la trampilla en la cisterna, pero no se parecían en nada. La voz de éste era más suave, era menos corpulento, y tenía acento extranjero, mientras que el otro le había hablado sin ningún acento.

—¿No tiene usted dos perros iguales? ¿Tal vez algún compañero suyo que viva por esta zona?

—Vivo solo, no más perros, solo uno, solo Rob —insistió el hombre, que parecía estar poniéndose nervioso, con lo que Gerard también lo estaba.

—¿Vive usted ahí en la torre?

—Más de dos años. ¿Usted policía? —preguntó el hombre, con desconfianza.

—No, no. Soy investigador, es decir, soy escritor y estoy interesado en la historia de este lugar, nada más eso. No quiero molestarle, ni a usted ni a nadie que pueda vivir aquí.

—Nadie más en este lugar, solo yo —respondió enojado.

—Pero esta mañana me ha atacado un perro, y luego he aparecido encerrado en una nave que está por ahí abajo, cerca de los túneles, y un hombre me ha amenazado. ¿Conoce a alguien más que viva por estos bosques? ¿Tal vez en los túneles?

—¿Túneles? Marchar de aquí, usted marchar de aquí enseguida y no volver —gritó el hombre, que había vuelto a enfurecerse y apuntaba con el dedo hacia el camino, en dirección a la carretera.

Con su otra mano retenía al perro, cuyos músculos tensos se marcaban visiblemente a través de su piel sudorosa.

Gerard ardía en deseos de seguir investigando, sospechaba que aquel hombre sabía mucho más de lo que le estaba contando, que era nada, pero el sol casi se había puesto, la oscuridad ya se había extendido por el bosque y estaba a punto de dejar caer su manto definitivamente. Bajo ningún concepto quería quedarse allí a pasar la noche.

115

—Está bien, tranquilícese, ya me voy. Y sujete a ese perro, por favor, aunque solo tenga uno —le dijo, echando a caminar, y pasando junto a ellos, sin apartar la vista del perro, que le seguía con la mirada. Subió por el camino, volviéndose varias veces a mirar por encima del hombro a aquel hombrecillo y su perro, que seguían de pie observándole desde lejos.

El camino se estrechaba, pero sabía que la carretera estaba cerca. Se volvió por última vez para verlos pero habían desaparecido, no había nadie al final del camino, invadido ya por la oscuridad que ascendía desde el fondo del valle.

Gerard sentía que la película de aventuras se había convertido en una película de terror, de las que nunca acababan bien, así que echó a correr montaña arriba hasta llegar a los restos del muro del hotel y salir por la puerta a la carretera, poco transitada a aquella hora.

Siguió corriendo por la cuneta, temiéndose lo peor y respiró aliviado al comprobar que su coche seguía allí. Antes de entrar miró a través de los cristales para asegurarse de que no había sorpresas aguardándole dentro. Había visto demasiadas películas como para no saber lo que suele suceder en esos casos, y desde luego aquel entorno era más terrorífico que Transilvania.

A los pocos minutos ya estaba devorando kilómetros y deshaciendo las curvas que le separaban de las luces cálidas y acogedoras de la ciudad de Barcelona.

Sabía que pronto volvería al casino, tenía que hacerlo, presentía que allí estaba sin duda la clave del misterio, pero no podía hacerlo solo.

Tenía que volver con el Séptimo de Caballería, o sino, al menos con un fiel escudero tipo Sancho Panza, que le acompañara en su Quijotesca locura.

CAPÍTULO 22

Los siguientes días no fueron fáciles. No podía apartar de su cabeza lo sucedido en las ruinas del Casino. Se despertaba por la noche sudando, creyendo que aquel diabólico perro estaba dentro de la habitación, frente a su cama.

Pensó en acudir a la policía, pero no estaba seguro de cual tenía que ser su denuncia.

Había sufrido una agresión mientras investigaba en un terreno que debía ser propiedad privada de alguien, fue atacado por un perro salvaje del que no quedaba constancia alguna, ni tampoco tenía ninguna prueba que pudiera inculpar al indigente que vivía en las ruinas de la torre.

No tenía caso, así que optó por dar carpetazo al asunto y seguir indagando y recopilando información sobre el Casino.

—Usted me dirá en qué puedo ayudarle —le dijo Enriqueta Castells, una elegante y frágil mujer cercana a la edad de jubilación, esa edad indeterminada y subjetiva con la que la sociedad estigmatiza a aquellos que quiere hacer creer que están ocupando un espacio que por derecho debería corresponder a los jóvenes.

Había quedado con Enriqueta en una cafetería del Barrio Gótico barcelonés, una de las tradicionales "granjas", en las que era posible degustar unos increíbles "suizos", grandes tazones de chocolate caliente espeso, en los que Gerard gustaba de sumergir melindros, unos pastelillos que habían deleitado a grandes y pequeños durante muchas generaciones.

117

Enriqueta era descendiente lejana de una familia que había vivido en una mansión en el bosque de Collserola, cercana al Casino.

Interesada desde siempre por aquella parte de la historia perdida u oculta de Barcelona, había investigado mucho y escrito un libro de divulgación sobre el Casino y aquella convulsa y apasionante época.

—La casa había pertenecido a los tatarabuelos de mi difunto marido, o más bien a su familia. Se dice que originariamente había sido una masía que databa del siglo X u XI —explicó ella con mal disimulado orgullo.

—¿Todavía está en pie? —preguntó Gerard.

Enriqueta soltó una carcajada un tanto artificial.

—La especulación inmobiliaria en tiempos del alcalde Porcinoles acabó con ella hace muchos años. Debería usted investigar sobre eso. Nadie ha cuantificado jamás el coste que ha tenido y tendrá para Barcelona todo el daño que se hizo durante esa época —se lamentó, sin saber que había pulsado el botón de activación de un tema especialmente sensible para Gerard, que no pudo contenerse e inició una disertación.

—Dígamelo a mí, que llevo años profundizando en el tema. Fueron años oscuros para la ciudad. En nombre del progreso y el desarrollo urbanístico se destruyeron innumerables joyas del modernismo, para satisfacer los oscuros intereses financieros de ayuntamientos, constructoras, políticos sin escrúpulos y toda su corte de mangantes y especuladores. Solo Dios sabe durante cuántas generaciones estaremos pagando el precio de aquellos años de frivolidad, corrupción y miopía institucional —dijo Gerard.

—Más bien ceguera —apuntó ella.

—Cierto, ceguera. Hay momentos en que me pregunto si realmente hemos avanzado algo desde entonces, viendo los continuos casos de corrupción y el ínfimo nivel intelectual de nuestra clase política actual.

—Es la triste herencia de siglos de tradición española. Somos un país donde los pícaros se elevan a la categoría de héroes, un país de Lazarillos de Tormes y Rinconetes y Cortadillos, nos puede lo fácil, lo cómodo, lo que no cuesta esfuerzo y encima nos regocijamos en ello. En el fondo, no

118

es más que la constatación de que carecemos de principios morales —sentenció ella, en lo que parecía un discurso que había repetido en numerosas ocasiones.

Durante la siguiente hora debatieron animadamente sobre cuestiones urbanísticas y de historia de la ciudad, pero Gerard fue desviando la conversación hacia el Casino.

Enriqueta le contó muchas historias relacionadas con el Casino, anécdotas escuchadas a su familia durante su infancia, relatos que pasaban de padres a hijos y de cuya veracidad nadie dudaba, aunque con pocas pruebas documentales de ello.

Enriqueta había entrevistado a muchas personas durante la fase de documentación para la preparación de su libro, y ofreció a Gerard compartir con él sus libretas de notas, en las que había recogido todas aquellas conversaciones.

—Le he preparado una lista con nombres y contactos de gente a la que entrevisté, descendientes de antiguos trabajadores del hotel y del Casino, pues ya es prácticamente imposible encontrar con vida a alguien que hubiera trabajado directamente en el Casino. Si aún vivieran, hoy en día tendrían más de cien años, a no ser que se tratara de alguien que en aquella época fuera casi un niño y que hubiera conocido el Casino en sus últimos años de vida, tras la guerra civil española, cuando fue destinado a usos militares, entre otros —explicó la mujer.

La conversación derivó a temas más triviales, el día a día del Casino, los aristócratas europeos que lo frecuentaban, los famosos de la época que se dejaban ver en él, las grandes fortunas que allí se dilapidaron, los que perdieron la vida o se la quitaron, y la leyenda negra que rodeó al Casino ya durante aquella época.

—¿Cree usted que es cierta la historia sobre los que se quitaban la vida? —preguntó Gerard.

Ella le miró con recelo, pero pronto pareció relajarse y se sinceró.

—Por supuesto, no tengo ninguna duda. De hecho, mi padre contaba que mi abuelo había conocido empleados del Casino que habían llegado a ver la famosa habitación de los suicidios.

Gerard no podía contener su excitación.

—¿Es eso posible? ¿Existió realmente?

Enriqueta sonrió complacida al comprobar que había conseguido captar toda su atención y estaba dispuesta a exprimir a fondo sus minutos de gloria.

—Sí, así es. Existió, pero nadie sabe dónde estaba situada. No he conseguido averiguarlo, ni he encontrado a nadie que pueda ubicarla con precisión o credibilidad.

—¿Estaba dentro del Casino?

—No, eso seguro que no. Hubiera resultado demasiado arriesgado, por no decir ruidoso. No podía estar tan cerca de dónde tenía lugar el juego. Tenga en cuenta que la discreción era absolutamente fundamental.

—Entonces, ¿cuál es su teoría?

—La verdad es que no tengo ninguna, aunque ya me gustaría. Mi opinión personal es que debía encontrarse en alguno de los edificios auxiliares que había dentro del recinto del Casino, pero alejada del edificio principal y del hotel. Tal vez cerca de la zona de las atracciones, no lo sé. En cualquier caso, ya no queda nada de todo eso, la destrucción sistemática de todo el recinto acabó con cualquier vestigio. Solo nos queda la imaginación, y ese halo de misterio y romanticismo que envuelve la leyenda de la habitación de los suicidios —sentenció Enriqueta, dando el tema por concluido.

—¿Cuánta gente cree que pudo perder la vida allí?

—Es imposible saberlo. Muchos creen que la habitación es tan solo una leyenda, que jamás existió. Por lo que se comentaba en mi familia, yo diría que tal vez varias decenas de víctimas —dijo ella bajando la voz, como si temiera que les estuvieran escuchando.

—¿Porqué las ha llamado víctimas? Si cometieron suicidio, no deberíamos considerarlos víctimas, ¿no cree?

Enriqueta se mantuvo en silencio. De repente parecía estar incómoda hablando de aquel tema, y miraba de soslayo a las mesas de alrededor.

—Estamos en un lugar público, no deberíamos estar hablando de estos temas —dijo, abriendo el bolso para sacar su billetero con la intención de abonar su consumición.

120

—Por favor, déjelo. Yo la invito, faltaría más —dijo Gerard, poniendo su mano sobre las de ella para que no abriera su monedero.

—¿Cree que hubo víctimas? ¿Que no todo fueron suicidios? ¿Es eso lo que insinúa? — dijo Gerard, sin apartar su mano.

Enriqueta se removió incómoda en su asiento, pero parecía dispuesta a hablar, aunque estaba claro que serían sus últimas palabras antes de marcharse.

—No debería decirle esto, porque solo es mi opinión personal y puedo estar equivocada. Se decía que había grandes intereses en juego, y que allí se movía mucho más que el simple dinero procedente de la ruleta.

—¿Qué es lo que ha averiguado? —le presionó Gerard.

—Solo eso, que el juego podía haber sido solo una tapadera, un subterfugio para ocultar otro tipo de negocios —y tras decirlo, cerró su bolso y recogió su chaqueta, un claro signo de que deseaba marcharse.

—¿Qué otro tipo de negocios? ¿Quién podía estar detrás de todo aquello?

—No debería hablar más, aún quedan descendientes..., aún está vivo —dijo ella secamente.

—¿Quién? ¿A quién se refiere? —insistió Gerard, reteniéndola suavemente por la muñeca.

Enriqueta se levantó, apartó sus manos de las suyas, y sin tan siquiera despedirse, se marchó y no volvió la vista atrás.

—¿Cómo es que no escribió nada sobre eso en su libro? —le gritó Gerard cuando ella estaba cerca de la puerta. Enriqueta se detuvo y se volvió hacia él.

—No quiero morir tan joven —dijo, y dedicándole una mueca que pretendía pasar por sonrisa, abandonó la cafetería.

121

CAPÍTULO 23

Morir tan joven. El concepto de juventud que tenían algunos no podía ser más relativo, pensó Gerard, tras el comentario altamente subjetivo de la madura Enriqueta.

Necesitaba pensar, así que al quedarse solo, recurrió a la infalible terapia consistente en pedir otro "suizo", y ahogar sus cuitas en la caliente cremosidad del chocolate, en la que hundía los melindros sin compasión alguna, para a continuación devorarlos sin piedad hasta no dejar ninguno en el plato.

Repasó la lista de contactos actuales que Enriqueta le había dado, en la que había solo diez nombres.

En algunos casos había un teléfono anotado, en otros solamente una dirección, y junto a cada nombre una flecha apuntaba hacia el nombre del antiguo empleado del Casino con el que estaban emparentados.

Algunos de aquellos empleados habían sido camareros del hotel, también había un croupier de la sala de juegos, un limpiabotas, un cocinero ítalo-francés, un músico de la orquesta de baile, una gobernanta del hotel, un administrativo, un jardinero y tres empleados de la sociedad que explotaba las instalaciones, quienes tanto habían desempeñado tareas de mantenimiento como operado varias de las atracciones.

Tenía mucho trabajo por delante, y poco tiempo, así que se puso manos a la obra.

Los siguientes días los dedicó a intentar localizar a cada uno de los integrantes de la lista, o más bien a sus descendientes, lo cual no fue tarea fácil.

De algunos solo tenía una dirección antigua, y le llevaría varios intentos conseguir dar con ellos. Otros, vivían fuera de Barcelona y con suerte podría hablar con ellos por teléfono, así que decidió comenzar por ese grupo.

La primera de la lista era estudiante de música en el Conservatorio. La joven había heredado el talento de su bisabuelo Fabián, músico de profesión, y que durante unos años había tocado el contrabajo en la orquesta del Casino.

La orquesta amenizaba las comidas en el restaurante del hotel y actuaba en las sesiones musicales que se celebraban en el teatro del Casino, principalmente música de baile. La joven no pudo aportarle mucho, pues su bisabuelo había muerto cuando ella era muy pequeña y no había tenido ocasión de conocerlo.

A través de los relatos que le transmitió su abuelo, músico aficionado, la joven supo de las fastuosas fiestas que se celebraban en el Casino y de las maratonianas sesiones de baile que se prolongaban hasta altas horas de la madrugada, para desesperación de los músicos, que a menudo no cobraban horas extras y quedaban a merced de la generosidad de los organizadores, que acostumbraban a premiarles con propinas.

La joven se ofreció a enviarle por correo electrónico algunas fotografías que conservaba de la orquesta del Casino.

El único dato de interés que pudo aportarle era que con cierta frecuencia en el Casino se celebraban fiestas privadas y de acceso totalmente restringido, que la orquesta de su bisabuelo había amenizado y de las que jamás quiso contar ningún detalle a la familia.

De los contactos descendientes de camareros del hotel, dos se negaron a atenderle, empleando argumentos sospechosamente similares, aduciendo que no tenían ningún interés en remover la historia de sus antepasados, terminando allí la conversación.

Consiguió hablar con el nieto de Sergio Bianchi, que había sido uno de los integrantes del equipo original de

123

cocina del hotel del Casino, y que le citó en un conocido restaurante italiano de Barcelona.

Era un amable anciano, que estuvo encantado de que alguien se volviera a interesar por la figura de su abuelo, un jovencísimo chef italiano que había estudiado alta cocina en las mejores escuelas de París y que formaba parte del selecto grupo de cocineros franceses y del país contratados por el Casino para crear los fantásticos menús que los comensales podían escoger a la carta.

Tras su etapa en el Casino, durante la Guerra Civil española su abuelo volvió a París, pero tuvo que huir de nuevo cuando los cañonazos de la Segunda Guerra Mundial comenzaron a tronar en Europa, y regresó a establecerse definitivamente en Barcelona como cocinero.

Se casó y tuvo dos hijos y finalmente consiguió ver cumplido su sueño de montar su propio restaurante en el centro de la ciudad, que aún existía y funcionaba a pleno rendimiento, y que era regentado por uno de los descendientes catalanes de Sergio, también cocinero.

El anciano le invitó a comer en el restaurante y le mostró orgulloso las fotografías en blanco y negro que colgaban de las paredes, dos de las cuales mostraban a su abuelo posando junto a sus compañeros ante los fogones de las enormes y bien equipadas cocinas del Casino.

Todos vestían de inmaculado blanco, manteniendo en perfecto equilibrio sobre sus cabezas los enormes sombreros de chef, de un blanco espectacular, tan solo roto por los negros y poblados mostachos que la mayoría de ellos lucían sobre sus labios, tan populares en la época.

Al interesarse Gerard por si su abuelo había tenido ocasión de relacionarse con clientes y huéspedes del Casino o del hotel, el anciano le contó que mientras trabajó allí su pobre abuelo, salía poco de la cocina, y cuando lo hacía era para dirigirse a su casa o quedarse a dormir sobre unos camastros habilitados en la despensa.

Como curiosidad le contó que en ocasiones el equipo de su abuelo tenía que preparar misteriosas raciones de comida con destino no identificado. Probablemente se trataba de reuniones o fiestas privadas, pero su abuelo no tuvo ocasión

124

de acceder a ellas salvo en un par de ocasiones en las que su presencia fue requerida personalmente.

Cuando le preguntaban al respecto, su abuelo jamás les dio ningún detalle sobre aquellos servicios ni les dijo a quien iban destinados, alegando siempre en tono jocoso que —*"Un cocinero es como un sacerdote o un médico, no puede revelar los secretos que le son encomendados o de los que es testigo. El médico vela por el cuerpo y el sacerdote por el alma, pero el cocinero los alimenta a los dos, es la pieza indispensable, el nexo vital sin el cual la vida no existiría."*

El único hijo de Fermín, uno de los empleados del Casino que había trabajado como operador de varias de las atracciones, había muerto hacía años sin dejar ningún descendiente, lo cual cerraba aquella vía de investigación.

Los descendientes de Aurelio, que había trabajado como croupier en el Casino, se sentían incómodos hablando de su antepasado. Cuando comenzó la Guerra Civil, Aurelio abandonó Catalunya y luchó en el bando franquista, lo que abrió una insalvable brecha entre él y varios de sus familiares.

Murió poco después de acabada la contienda y Gerard no pudo averiguar nada destacable por ese lado, tan solo algunas curiosidades sobre cómo se jugaba en el Casino a una popular ruleta hípica, en que se apostaban grandes sumas a unos caballos metálicos que giraban en un carrera circular sin fin.

La ruleta funcionaba día y noche, pero según le comentaron, sobre todo trabajaba de noche, y especialmente en partidas que tenían lugar fuera de los horarios habituales de funcionamiento del Casino.

Aurelio había desempeñado poco tiempo sus funciones de croupier en la mesa de la ruleta, pues perdió el trabajo en circunstancias que nunca llegaron aclararse del todo. Era una persona poco comunicativa y que nunca estuvo casado, por lo que sus descendientes no eran directos sino que provenían de la rama de su hermano. Otra vía muerta para Gerard.

El siguiente nombre en la lista era el de Juana Caballero, que había trabajado como gobernanta y encargada de limpieza y del servicio de habitaciones en el hotel del Casino. No tenía el teléfono de su biznieta, pero sí la dirección.

125

Llegó hasta la puerta de una pequeña y modesta casa, en el barrio de Horta. Le sorprendió agradablemente descubrir que aún quedaban casitas como aquella dentro de la gran ciudad, pequeños islotes perdidos en el tiempo, anclados en un pasado que jamás regresaría, resistiéndose a ser arrastrados por las aguas del progreso, aguas que en ocasiones le parecían más bien cloacas.

Abrió la verja que daba a la calle y accedió a un pequeño jardín interior en el que destacaba el tronco retorcido y tal vez milenario de un pequeño olivo, rodeado de flores bien cuidadas. Caminó hasta la puerta principal y pulsó el timbre.

Tras aguardar un buen rato, la puerta se abrió y se encontró ante el rostro fresco y agradable de una mujer de unos treinta y cinco años que le sonreía.

—Buenas tardes, estoy buscando a los parientes de Juana Caballero —dijo Gerard, inclinando la cabeza.

—Soy yo —le contestó la joven sin perder la sonrisa.

—¿Cómo?

—Yo soy la única pariente cercana que queda en Cataluña, o por lo menos la más joven, pero me temo que llega usted tarde, pues mi bisabuela murió hace bastantes años.

—Lo siento mucho, no lo sabía. De hecho no sabía apenas nada sobre ella, por eso me interesaba venir a verla a usted.

—Yo también lo siento, pero no voy a hablar con usted —le dijo la joven, haciendo ademán de cerrar la puerta.

—Pero, ¿porqué? —preguntó Gerard sin entender nada.

—Verá usted, mi bisabuela me educó bien; me enseñó de pequeña que no debía hablar con desconocidos —dijo, con una fina sonrisa mientras aguardaba inmóvil bajo el marco de la puerta, esperando a que él reaccionara.

—Ah..., por supuesto, perdone, ¿cómo he podido olvidar presentarme? Discúlpeme, por favor —se excusó Gerard, haciendo que ella se sonrojase, aunque mantuvo su sonrisa.

—Me llamo Gerard Bach, y soy... soy muchas cosas, pero principalmente escritor. Estoy investigando sobre el

126

viejo Casino de la Rabassada, visitando a los familiares de personas que tuvieron relación con el Casino.

—Sí, ya veo —le interrumpió la joven—. No es la primera persona que viene a verme con ese cuento.

Gerard detectó un punto de rencor en ese comentario, e intentó neutralizarlo.

—Sé que habló usted con Enriqueta Castells; de hecho fue ella quien me dio su contacto.

—No me lo recuerde. Varias reuniones, no sé cuantas horas de conversación y de compartir recuerdos, y luego publica su libro y no hace ni siquiera una miserable mención a mi bisabuela, ni una —explicó con creciente enojo.

—Lo siento mucho, desconozco los motivos por los que no lo hizo, pero sepa que yo no tengo ninguna relación con ella. En principio no estoy escribiendo ningún libro, aunque no lo descarto. Escribo artículos y reportajes en revistas especializadas, o al menos eso hacía hasta hace bien poco, pero estoy aquí por otro motivo, pues este es un tema que me interesa a título personal.

La joven pareció considerar su explicación unos momentos, y finalmente relajó el semblante e insinuó una sonrisa.

—Me temo que tengo que marcharme —dijo Gerard poniéndose repentinamente serio y dando media vuelta.

—¿Tan pronto? ¿Qué sucede? —preguntó ella, sorprendida ante la expresión seria en el rostro de Gerard .

—No tuve el placer de conocer a su bisabuela, pero de ser así, seguro que ella me habría aconsejado no hablar con desconocidas —dijo Gerard, mirándole fijamente.

La joven cerró los ojos un segundo y estalló en una carcajada.

—No tenga usted ninguna duda de que lo hubiera hecho. Me llamo Eva —dijo sonriendo de nuevo y alargando la mano para estrechársela.

Sentados ante unas tazas de café, en un pequeño salón de la parte trasera de la casa, junto a una agradable terraza y a un jardín posterior algo mayor que el delantero, conversaron un buen rato sobre temas intrascendentes.

Gerard observó que la casa estaba decorada como si en ella viviese todavía la bisabuela centenaria y no una mujer joven. A diferencia del jardín de la entrada, el jardín posterior le pareció bastante descuidado, con maleza que no había sido cortada desde que los dinosaurios aún deambulaban por aquel jardín.

Eva le comentó que había decidido conservar la casa tal y como la dejó su bisabuela, y solo la ocupaba cuando pasaba temporadas trabajando en Barcelona, ya que el resto de miembros de la familia vivían en Andalucía.

—La verdad es que me incomoda un poco hablar de mi bisabuela. Vivió una vida sencilla y muy dura, trabajando de sol a sol para poder mantener a su familia, a mi abuela y sus hermanas. Me molesta que haya tanto interés por ella ahora que está muerta, cuando no recibió ninguna atención en vida —dijo Eva con expresión muy seria.

Gerard notó el cambio de carácter y presentía que de seguir insistiendo, lo que había comenzado con muy buen pie podía torcerse y convertirse en otra pista perdida, y había depositado muchas esperanzas en ella.

—Se ha hecho tarde. Le agradezco mucho su tiempo y espero que perdone las molestias que le haya podido ocasionar —dijo Gerard apurando su café y levantándose.

Eva se levantó también y le sonrió.

—En primer lugar tutéame, por favor. Y en segundo lugar, no hay nada que perdonar, no es ninguna molestia.

—Está bien, Eva. Pero igualmente debo marcharme, aunque me gustaría mucho que pudiéramos vernos alguna otra vez, quizás para tomar otro café más tranquilamente. ¿Te apetecería? —dijo Gerard, dejando una tarjeta de visita sobre la mesa.

Eva pareció meditar su respuesta, pero su sonrisa la delató.

—Sí, me gustaría. Llámame en un par de días y podemos quedar —le dijo, anotándole su teléfono en un pedazo de papel que arrancó de un periódico viejo.

—Gracias, así lo haré —respondió Gerard, mientras se dejaba acompañar hasta la puerta de entrada y volvía a darle la mano.

128

Salió al jardín y lo cruzó, volviéndose en cuanto llegó a la verja de la calle.

La joven había desaparecido, aunque le pareció ver a alguien oculto tras los visillos de una de las ventanas delanteras.

Sin volverse de nuevo, cerró la verja y desapareció caminando calle abajo.

CAPÍTULO 24

Gran Casino de la Rabassada. Barcelona. 1912.

Era temprano y el día había amanecido frío y brumoso. Morillo había recorrido una distancia considerable, desplazándose en bicicleta hasta la parte alta de la Avenida de la República Argentina, todavía en la ciudad de Barcelona.

Allí tenía origen la línea de tranvías que ascendían por la montaña de Collserola hasta llegar al Casino de la Rabassada, oculto en un pequeño valle entre montañas.

No podía seguir más allá en bicicleta, pues lo que venía eran más de siete kilómetros de empinada carretera de tierra, que hubieran exigido demasiado de sus pobres piernas y carecía de fuelle para tanto.

Había preferido mantener en secreto su investigación sobre el Casino, sin implicar a sus superiores, por lo que ni se planteó solicitar un coche policial ni dio detalles en la comisaría acerca de cual iba a ser su paradero durante los siguientes dos días.

A pesar de lo temprano de la hora, el cruce de calles de donde partía el tranvía ya era un bullicio de gente y curiosos que se acercaban a contemplar la ceremonia de preparación del vagón y la llegada de los pasajeros.

Algunos llegaban en coches de caballos, aunque la mayoría lo hacían a pie. La aparición de algún vehículo de motor generaba una enorme expectación, y con unos toques de bocina que eran más para lucimiento del chófer que para advertir de su presencia, el conductor conseguía abrirse paso entre la multitud, que se separaba mansamente en dos mitades, como las aguas del Mar Rojo ante Moisés.

En los locales de la zona habían proliferado los pequeños negocios de comidas y venta de bebidas, tabaco y refrigerios, que contaban con una abundante clientela. El establecimiento más popular, ofrecía un apasionante y novedoso entretenimiento a los que aguardaban la partida del tranvía, unos tableros de ajedrez en la calle, que solían generar más pasión entre los muchos espectadores que entre los jugadores.

Morillo entró en uno de los modestos negocios de bebidas y aparcó la bicicleta en la trastienda, conversando unos minutos con uno de los camareros, un buen amigo cuyo padre había sido también policía. Si la dejaba en la calle, la bicicleta no hubiera durado ni un minuto sin pasar a manos de un nuevo propietario, por lo que prefirió asegurarse y dejarla bajo la custodia de un amigo.

Se apresuró a tomar su lugar entre los pasajeros del tranvía, e incluso consiguió sentarse en uno de los bancos de madera junto a la ventanilla, gracias a su inconfundible apariencia de policía, por su bombín, su bastón y su poblado bigote.

El tranvía arrancó con un fuerte traqueteo, y le costó tanto afrontar las primeras cuestas del trayecto, que Morillo y los demás pasajeros hacían suyos los quejidos y el lamento de las maderas y piezas metálicas del vagón y sufrían con él sus penurias.

Cuando encaraba las rectas, el vehículo cogía cierta velocidad, aunque fuera relativa, dado que incluso los campesinos que encontraban a lo largo del recorrido los adelantaban caminando a paso lento.

Una vez la carretera abandonaba la ciudad y enfilaba la montaña, a medida que caían los kilómetros, la pendiente se hacía más acusada, lo que era directamente proporcional a la satisfacción de los pasajeros por haber podido sentarse y no verse caminando o pedaleando cuesta arriba.

La llegada a la conocida popularmente como el "revolt de la paella", una famosa curva de más de 180° en pendiente ascendente, propició murmullos y comentarios jocosos y de admiración entre los pasajeros. El tranvía se detuvo a media curva y pareció tomar aliento para continuar con el resto del recorrido.

Los chispazos del cable eléctrico a través del que se alimentaba el tranvía sonaban con fuerza sobre sus cabezas, dejando caer una cascada de chispas que hizo más de un pasajero descuidado tuviera que esconder los brazos dentro.

Tras un relajante recorrido a través de los bosques mediterráneos de la sierra de Collserola, disfrutando de unas inmejorables vistas de una ciudad de Barcelona que parecía dormitar metiendo sus pies en el mar que la rodeaba, llegaron a la cumbre de la montaña y el tranvía enfiló unos tramos que por primera vez mostraban una pendiente en bajada.

El vagón parecía haber cogido impulso y se deslizaba cuesta abajo con un suave traqueteo. Se hizo el silencio, ya que la sensación de velocidad que experimentaban los pasajeros era considerable, a pesar de que la velocidad total del vehículo seguía sin llegar a medirse en dobles dígitos.

Tras unas suaves ondulaciones del camino, una larga recta obsequió a los visitantes con una espectacular vista del Casino a su derecha, con un conjunto de edificios construidos justo a pie del camino y que se adentraban en el bosque montaña abajo.

El tranvía se detuvo frente a la entrada principal y los pasajeros compitieron por abandonarlo, quedándose embelesados contemplando la imponente puerta de acceso, una enorme reja coronada por una estructura circular de hierro forjado, en cuyo perímetro podía leerse "La Rabassada, Casino, Atracciones".

El conjunto lo completaba una hilera de grandes banderas de diversos países, dado que gran parte de la ilustre clientela del Casino la componían acaudalados nobles e industriales extranjeros.

La verja de entrada estaba flanqueada por dos grandes torres, donde se ubicaban las taquillas de acceso. Desde allí

132

Morillo podía ver todo el complejo, cuya distribución había conseguido memorizar el día anterior.

Ahí estaban los edificios que albergaban el Casino y sus salas de juego, el amplio y lujoso restaurante, el teatro y music hall con capacidad para quinientas personas y un exclusivo hotel en las plantas superiores.

Todos los edificios del Casino y el hotel daban hacia la montaña de Collserola, un espléndido mirador en plena naturaleza, sobre un mar de bosques que se perdían en la distancia, en suaves ondulaciones que morían en un horizonte verde tras el que se escondía la ciudad de Barcelona, dulcemente atrapada entre aquellas montañas y las azules aguas del Mediterráneo.

Una vez en el interior del recinto, Morillo caminó hacia la inmensa terraza-mirador, de la que nacían dos espectaculares escalinatas semicirculares flanqueadas por todo tipo de plantas exóticas, y que descendían suavemente hacia un inmensa explanada que se extendía a sus pies.

Morillo se asomó a la balaustrada de la terraza, y permaneció unos minutos en silencio, absorbiendo la majestuosidad del entorno y admirando aquella increíble obra de ingeniería en el corazón de la montaña.

Oculto a la vista desde la carretera, el Casino también albergaba uno de los parques de atracciones más modernos y espectaculares de Europa.

Morillo había leído acerca de aquellas atracciones nunca vistas, como el "Scenic Railway", una montaña rusa de más de un kilómetro de longitud con grandes desniveles y túneles, cuyo recorrido transcurría a través del bosque y por encima de los árboles, o el "Water Chute", una pequeña barcaza que descendía por una rampa de setenta metros de altura hasta zambullirse en un gigantesco lago artificial, haciendo las húmedas delicias de los atrevidos visitantes, o atracciones más clásicas como la "Maison Hantée" (Casa Encantada), los espejos deformantes del Palacio de la Risa, o el "Lawn-Tennis", entre muchas otras.

Morillo estaba fascinado, y a la vez un tanto incómodo en un ambiente de lujo y ostentación que le era muy ajeno.

Decidió dirigirse al edificio principal del Casino y comenzar sus pesquisas en su centro neurálgico, en el enclave universal más estratégico de toda sociedad moderna, sobre todo la española, el bar.

CAPÍTULO 25

Entró en el edificio anexo y caminó por un largo pasillo con amplios ventanales a ambos lados, cruzándose con caballeros de porte distinguido, vestidos de smoking, portando sombreros de copa o el clásico canotier de paja.

Morillo inclinaba la cabeza para saludarlos como si los conociera, intentando integrarse cuanto antes en aquel grupo.

Le resultaba curioso que de buena mañana ya hubiera tanto ajetreo, pues asumía que el juego y el vicio eran amigos de la noche, pero aquel lugar parecía estar lleno de vida a cualquier hora.

Se asomó al interior del restaurante, más por curiosidad que por tener intención de efectuar una consumición. Le impresionó el ejército de camareros uniformados y en fila, sosteniendo las servilletas en su antebrazo medio levantado, de guardia a la espera de la llegada de clientes.

Con capacidad para unos ochocientos comensales, sus mesas de inmaculados manteles blancos estaban ya preparadas para recibirlos. Aunque había menús impresos sobre cada mesa, Morillo no se atrevió a entrar a leerlos y cuando un camarero se le acercó, fingió estar buscando a alguien y abandonó el salón.

La cafetería del Casino fue su siguiente parada. Aunque no hubiera sabido donde se encontraba, el olor a tabaco le habría guiado hasta allí sin ninguna dificultad. El local era pequeño y sembrado de pequeñas mesas redondas de mármol blanco. Se dirigió hacia la barra, donde pidió un café largo.

Con la taza en la mano, se acercó a un grupo de caballeros sentados alrededor de una mesa y enzarzados en una tertulia, mientras fumaban puros y bebían licores, ya desde aquellas horas de la mañana.

Un buen modo de comenzar el día, pensó Morillo, aunque por el aspecto ojeroso de alguno de ellos, se diría que tal vez el día no comenzaba para ellos sino que la noche todavía no había terminado.

Se sentó discretamente junto a ellos, y cuando ya nadie le prestó atención, supo que había conseguido integrarse en el grupo.

La conversación alternaba entre temas de actualidad deportiva y cuestiones de política local e internacional. Morillo intervino varias veces, manifestando una postura más bien neutral y conciliadora, evitando llamar la atención en exceso.

Cuando había pasado más de una hora, intentó llevar el tema hacia su terreno.

—¿Han oído ustedes algo sobre el descubrimiento de un hombre y una mujer muertos en un local de la calle Tallers? —preguntó, sin dar demasiada importancia a la cuestión, confiando detectar cualquier reacción fuera de lo normal.

—Algo he leído en la prensa —respondió un orondo individuo con gruesas gafas. Morillo no observó en nadie ningún gesto que denotara nerviosismo y ninguno de ellos llevó la cuestión más allá.

—¿Sí? ¿Conocía usted al fallecido? —preguntó Morillo.

—No me haga usted reír. ¿Cómo quiere que lo conociera? Es bien sabido que por su naturaleza, aquel antro no podía calificarse de Ateneo Cultural precisamente —dijo el hombre, mostrándose ofendido pero sonriendo pícaramente, lo que provocó las risotadas cómplices de la mayoría. Morillo les siguió la corriente.

—Sí, por supuesto. Pero resulta altamente extraño que nadie reclame el cuerpo ni que sea posible identificarlo, cuando a todas luces parecía tratarse de un hombre de buena posición —dijo Morillo, mirándolos a todos para provocar su respuesta.

136

—Podría pasarnos a cualquiera de nosotros —comentó azorado un sujeto delgado, de cabellos canosos y revueltos, que sostenía un cigarrillo mientras con su otra mano jugaba con la cadena dorada de un ostentoso reloj de bolsillo que colgaba de su chaleco y parecía querer escapar de él.

—No si no frecuentamos ese tipo de círculos —dijo Morillo intentando aportar sensatez.

—Todos estamos expuestos —volvió a decir el mismo tipo, mirando nervioso a sus compañeros.

—¿A qué se refiere? —preguntó Morillo.

El hombre orondo se levantó e hizo una seña al camarero para que trajera la cuenta.

—Señores, voy a dar un paseo por la explanada del Railway y después volveré a tentar la suerte, que ayer me fue tan esquiva —comentó, desviando la conversación y dando el tema por zanjado. Extrajo una gran billetera de piel de su chaqueta y pagó las consumiciones de todo el grupo, que no tardó en dispersarse.

Morillo tenía la sensación de que estaban ocultando algo, o al menos de que había algo de lo que no querían hablar. Iba a necesitar más tiempo para poder ganarse su confianza, así que, decidió alojarse en el hotel esa noche y quedarse un par de días.

Se dirigió a la recepción del hotel para reservar una habitación, y un joven empleado le informó sobre las tarifas.

—¿Esa es la estancia más económica que tienen? —preguntó Morillo, un tanto asustado tras conocer las tarifas.

—Si el caballero lo desea, el edificio del Círculo de Extranjeros, siguiendo por la misma carretera un poco más abajo, puede ofrecerle habitaciones algo más económicas. De no ser así, existen casas de la zona que también alquilan habitaciones, pero están más lejos —le informó el muchacho.

—No, está bien. Solo me alojaré una noche, así que me la quedo —respondió y estampó su firma en la ficha, preguntándose cómo iba a pagar aquella cuenta y si habría alguna posibilidad, por remota que fuera, de que el departamento de policía pudiera hacerse cargo de parte del gasto.

137

—¿Ha venido por negocios, placer o tal vez un poco de ambos? —le preguntó el empleado, mientras hacía señas a un botones—. Agustín, ven aquí y acompaña al señor a su alcoba.

—En realidad me estoy recuperando de una operación y me han recomendado que descanse y tome las aguas medicinales de las fuentes de Collserola —mintió Morillo.

—Entonces ha venido usted al lugar idóneo para encontrar reposo y tranquilidad... siempre que sea capaz de mantenerse alejado del casino y las atracciones —bromeó el empleado.

Morillo le sonrió y siguió al joven botones que le acompañó escaleras arriba hasta la habitación número catorce.

—Aquí es. Si necesita algo, pulse el timbre que encontrará junto a la cama —le dijo el muchacho, sin moverse de la puerta, esperando una propina en la que no confiaba mucho.

—Gracias —dijo Morillo, y entrando en la habitación cerró la puerta tras de sí.

—Lo sabía —murmuró el chico, echando a andar escaleras abajo.

Morillo recorrió la habitación, aunque solo pudo hacerlo con la mirada, dadas sus minúsculas dimensiones. Había insistido tanto en que fuera económica, que sospechó que probablemente le habían dado una de las habitaciones del servicio.

Se sentó en la cama y pensó en todo lo sucedido y en lo que todavía le quedaba por delante.

Tenía que aprovechar el tiempo al máximo, pues si de algo no andaba sobrado era de tiempo y de dinero.

CAPÍTULO 26

El sol se estaba poniendo entre las montañas, y pronto oscurecería. Morillo no había progresado demasiado en sus pesquisas. Tras pasear por la zona de las atracciones entablando conversación con cuantas personas le fue posible, había vuelto a la cafetería para seguir haciendo amistades fugaces entre la clientela del local.

Nadie aportó luz nueva sobre el caso. Se rumoreaba que había desaparecido gente, pero nadie se arriesgaba a aventurar ninguna teoría, y mucho menos dar nombres. Tenía que acceder a las salas de juego del Casino. Tal vez allí pudiera conocer a alguien que tuviera información.

Las salas de juego se encontraban en las alas del edificio, unas dependencias con decoración modernista, con enormes ventanales que de día ofrecían una cegadora luz natural, y de noche estaban austeramente iluminadas por unas sencillas lámparas eléctricas con cubiertas en forma de flor.

El casino era un club privado de acceso restringido, pero cuando Morillo mostró la llave de su habitación, el empleado que guardaba la puerta le dejó pasar amablemente.

En el centro de la gran sala vio varias mesas con tapetes verdes y sobre una de ellas, un ruleta rodeada de varios círculos concéntricos con caballitos de metal y sus jinetes, girando en una carrera sin fin, el Klondike, uno de los juegos más populares.

Había varias salas dedicadas a la ruleta, el principal juego de todos los casinos de la época, con sus enormes mesas

139

alargadas, y que esa tarde ya estaban abarrotadas no solo de jugadores y empleados, sino de curiosos como él.

Morillo se paseó por las diferentes salas sin detenerse en ninguna de las mesas. Hizo una seña a un botones, al que le pidió un cigarrillo y fuego. El muchacho, vestido con el uniforme universal de los botones, guerrera roja, pantalones azules y casquete, regresó al momento con un paquete de cigarrillos y una caja de cerillas, encendiendo una con rapidez.

Morillo reconoció al muchacho, y tras dar unas caladas al cigarrillo, esta vez sí echó mano al bolsillo y le dio la única moneda suelta que encontró, sin ni siquiera mirarle a la cara, en lo que él consideraba una buena imitación de la actitud altiva de la alta burguesía.

El chico contempló la moneda y le devolvió la mirada, pero se abstuvo de hacer comentario alguno acerca de la generosidad de Morillo, y volvió a su puesto junto a la mesa principal de la ruleta.

Las horas pasaron casi sin darse cuenta. A pesar de no haber jugado nunca a aquellos juegos, pronto fue capaz de seguir la mecánica básica y se vio atrapado por la fascinación enfermiza que la combinación de intriga, azar, riesgo y arrojo ejercía sobre todos los presentes, no solo los jugadores sino también entre el público.

Varias veces tuvo que recordarse a sí mismo que estaba allí en misión oficial, tal era el poder de sugestión que aquellos juegos tenían sobre quien los contemplaba.

Varios cigarrillos y copas de zarzaparrilla después, y al no permitirle su exiguo presupuesto apostar ni un céntimo en aquellas mesas, decidió alejarse de la tentación y dirigirse de nuevo al bar a tomar un bocado.

Su estrategia se había basado en abordar a los caballeros que perdían a la ruleta, quienes solían levantarse de la mesa con un aire entre ofendido y avergonzado. Inicialmente no tenían muchas ganas de hablar, pero pronto agradecían contar con alguien que escuchara sus penas y se compadeciera de sus desgracias.

Tras hablar con varios de ellos, vio claro que el denominador común y su mayor consuelo era saber que en algún lugar y momento, siempre había habido alguien más desafortunado que ellos, alguien que había perdido una suma aún mayor.

Le contaron historias trágicas sobre individuos que, habiendo perdido enormes fortunas en una sola noche, tenían que entregar no solo dinero sino también sus bienes.

No tuvieron reparos en mencionar nombres concretos, como March, Morell, Galiardo y otros apellidos ilustres de la burguesía catalana, así como los de algunos extranjeros pertenecientes a familias nobles o relacionadas con la banca internacional y miembros de cuerpos diplomáticos europeos.

La mayor parte eran personalidades muy conocidas, que tras sus experiencias en el Casino habían mantenido una relativa vida social y presencia pública.

Sin embargo, Morillo detectó que había un grupo de desconocidos de los que no se sabía ni su nacionalidad ni su modo de vida, pero que también habían dejado huella amarga en el Casino, dejando tras de sí una oscura estela de enormes pérdidas.

Durante su cena en el bar, volvió a charlar con algunos de sus interlocutores de horas antes, y cuando la oportunidad se presentaba, mencionaba al hombre pelirrojo, intentando averiguar si por casualidad alguien recordaba a algún cliente relevante del casino que encajara en aquella descripción, pero no tuvo suerte.

Estaba muy cansado, y una jaqueca considerable amenazaba con instalarse definitivamente en su cabeza, por lo que decidió retirarse por esa noche y confiar en que el día siguiente, ya con la cabeza más despejada, le trajera mejor suerte.

Una vez en su habitación, se sentó en el borde de la cama. Una simple corazonada le había traído hasta el Casino, ocultándoselo a sus superiores, pero todo aquello podía acabar costándole muy caro, y no solo por el importe de la factura del hotel, que probablemente lo sería, sino en cuanto a su futuro profesional en el cuerpo.

Decidió que al día siguiente a mediodía regresaría a Barcelona. No le sería difícil justificar una ausencia de solo un día y medio, pero prolongarla más podría resultar contraproducente.

Además, se dio cuenta de que extrañaba mucho a Inés, sentía enormes deseos de verla e incluso de compartir con ella algunas de sus sospechas, pero le frenaba el hecho de que ella fuera todavía testigo y parte implicada en el caso, con lo que decidió seguir manteniéndola al margen.

Se desvistió para meterse en la cama. Como era habitual en él, no utilizaba pijama, por lo que se quedó en su tradicional conjunto de ropa interior integral de la máxima decencia, que le cubría desde el cuello hasta los tobillos.

Toda la incomodidad que le suponía ante las urgencias fisiológicas nocturnas, se veía largamente compensada por el calor que ofrecía en las frías noches de invierno.

Apagó la luz, se metió en la cama, se cubrió con la manta casi hasta las cejas y a medida que el sueño ganaba terreno, disfrutaba sintiendo como iba perdiendo conciencia de lo que le rodeaba.

Solía aprovechar ese estado para dormirse teniendo pensamientos positivos y agradables, para que el cerebro los hiciera suyos durante la noche y así tuvieran más posibilidades de cumplirse al día siguiente.

Morillo comenzó a dormirse con la imagen del hermoso rostro de Inés sonriéndole, mientras él alargaba el brazo para tomarla de la mano.

El ruido le distrajo momentáneamente, aunque a Inés se le podía perdonar todo, incluso que hiciera ruido, aunque sus sueños nunca habían tenido banda sonora, así que aquel ruido tenía que venir del otro lado, del mundo real.

Abrió un ojo y miró a su alrededor. La habitación seguía a oscuras, pero intentó aguzar el oído y lo único que le pareció escuchar fue el sonido de pasos alejándose. Podía ser cualquier huésped del hotel caminando por el pasillo, no le dio mayor importancia.

Intentó conciliar el sueño de nuevo pero pronto tuvo la desagradable sensación de que éste se había alejado definitivamente, así que estiró el brazo e hizo girar el interruptor de la luz hasta que la bombilla que colgaba en el centro de la habitación le deslumbró al encenderse.

Tomó el reloj en sus manos, y colocándose las gafas vio que eran casi las dos de la madrugada, con lo que tan solo había cabeceado durante una hora. Se sentó en la cama y se levantó a servirse un vaso de agua de una jarra que le habían colocado en una mesita al otro lado de la cama, junto a un orinal y una palangana para asearse.

Cuando volvió a rodear la cama vio un papel en el suelo, junto a la puerta. No recordaba haberlo dejado allí al irse a dormir. Se agachó a recogerlo, era una nota manuscrita sobre un papel arrugado. Alguien la había hecho pasar por debajo de la puerta, no hacía demasiado rato.

Desdobló la hoja y la leyó. Parecía escrita con prisa y pulso tembloroso.

—*No haga más preguntas, o encontrará la respuesta.*

CAPÍTULO 27

Morillo no comprendía el mensaje, pero se preguntaba si lo debía considerar un consejo amistoso o más bien una amenaza.

Abrió la puerta y miró hacia ambos lados, pero no vio a nadie. Por un lado no había salida, y por el otro se llegaba a la escalera. Se aventuró a salir y caminó hasta el final del pasillo.

Todo estaba en silencio, y ya iba a regresar a su habitación cuando el suave sonido de una puerta cerrándose le hizo volverse.

—¡Maldita sea! —murmuró para sus adentros, al ver que la puerta de su habitación acababa de cerrarse, dejándole solo en el pasillo, vestido tan solo con su calzoncillo de cuerpo entero, más propio de los pioneros del salvaje Oeste.

No llevaba encima sus ganzúas así que, no le quedó más remedio que bajar a recepción a pedir que le abrieran la puerta. Caminó hasta la escalera y se asomó a ella con cuidado. No se veía a nadie, y descendió los escalones lentamente hasta que vislumbró el mostrador de recepción, que en ese momento estaba desierto.

No tenía más opción que acercarse, así que hizo acopio de valor y dio varios pasos hacia adelante. Una vez frente al mostrador, dio gracias de que a aquella hora todo el mundo estuviera en la cama, donde él debería estar también.

Dudó antes de golpear la campanilla para llamar al recepcionista de guardia, pero cuando estaba a punto de hacerlo oyó un ruido a sus espaldas y se volvió.

Al otro lado del vestíbulo, alguien le contemplaba desde una pequeña puerta entreabierta. Sobresaltado, se dirigió hacia ella, cubriéndose absurdamente sus partes con las manos, cuando en realidad con aquellos calzoncillos estaba más que vestido.

Acabó de abrir la puerta lentamente y se encontró cara a cara con el rostro del pequeño botones que le había acompañado a su habitación ese mismo día.

—¿Qué haces aquí tan tarde, muchacho?

—Vivo aquí, señor.

—¿Qué haces levantado a estas horas?

—He escuchado un ruido y he salido a vigilar.

—¿Y duermes siempre vestido con el uniforme del hotel?

—Me he vestido enseguida, lo puedo hacer muy deprisa.

Morillo no quiso seguir tentando a la suerte, pues ser encontrado en calzoncillos, en la habitación de un joven botones y a altas horas de la madrugada, iba a ser imposible de justificar, incluso para él.

—Me he quedado encerrado fuera de la habitación. ¿Por casualidad tienes una llave maestra? ¿Puedes ayudarme?

—Por supuesto señor, enseguida subo y le abro —dijo el chico, que desapareció en dirección al mostrador de recepción.

Morillo dio media vuelta y subió corriendo las escaleras, rezando para no cruzarse con nadie. Tuvo suerte, y tras pocos minutos de espera en el pasillo, oculto tras un enorme jarrón decorativo, el sonido de un manojo de llaves anunció la llegada del botones, que procedió a abrirle la puerta.

—Muchas gracias chico, te debo una propina —dijo Morillo, señalando hacia el lateral de sus calzoncillos, para indicar al muchacho que no tenía bolsillos donde guardar monedas.

El chico se mostró decepcionado, pero Morillo lo detuvo antes de que se marchara.

—Un momento. ¿Has visto a alguien bajar la escalera en los últimos minutos?

—No señor, pero estaba en mi habitación con la puerta cerrada, no puedo ver nada desde allí.

145

—¿Sabes si han dejado algún otro mensaje para mí?

—No señor, ninguno más —respondió el chico con nerviosismo.

Morillo le sujetó inmediatamente por la solapa de la guerrera.

—¿Ninguno más? ¿Acaso he mencionado yo que hubiera recibido ya alguno? —dijo Morillo, elevando el tono de voz para impresionar al chico.

—Esto..., no sé nada, señor —repitió el niño, muy agitado.

—Dime la verdad, y mañana te recompensaré con generosidad, créeme.

Al ver que el muchacho no parecía impresionarse, decidió dejar de lado las sutilezas.

—Está bien, mira qué tengo aquí —dijo Morillo, llevándose las manos a la cadera, olvidando que estaba en calzoncillos.

—¡Maldita sea! Espera aquí —dijo, mientras entraba en la habitación en busca de su chaqueta. Volvió con una placa de policía en la mano y sujetó al chico por la muñeca. El muchacho palideció al verla e intentó zafarse, pero no pudo.

—¿Nos vamos a entender?

El muchacho asintió.

—¿Cómo te llamas?

—Agustín.

—Escucha Agustín, no quiero que tengas problemas, al contrario, quiero ayudarte, pero debo poder confiar en ti y que tú me ayudes.

El chico seguía asintiendo.

—¿Qué sabes sobre esta nota? —le preguntó, mostrándole el papel doblado.

—Un tipo me dio dos monedas por entregársela a usted bajo la puerta, exactamente a las dos de la madrugada. He tenido que quedarme despierto hasta esa hora para hacerlo. No sé nada más.

—¿Quién te hizo el encargo?

—No sé quien era, de verdad. Un caballero se ha acercado a mí esta tarde y me lo ha pedido. No sé nada más —respondió el muchacho, muy asustado.

146

—Está bien, te creo. No debes hablar con nadie sobre esto. De hecho, creo que incluso podría nombrarte mi ayudante secreto —dijo Morillo, dándole una palmada en el hombro, a lo que el muchacho respondió esbozando una sonrisa.

—¿De verdad?

—Sí. Confío en ti para que me ayudes en una investigación secreta. ¿Crees que podrías reconocer al caballero que te hizo el encargo?

—No lo conozco, pero lo he visto alguna noche en el Casino —respondió el chico.

—Bien, dejémoslo por esta noche. No hables con nadie sobre esto y mantén los ojos bien abiertos. Mañana, tú y yo hablaremos con calma, ¿de acuerdo?

—Sí señor. Si vuelvo a ver al pelirrojo, no le diré nada —respondió el muchacho dándose la vuelta antes de salir corriendo pasillo abajo.

Morillo cerró la puerta lentamente y se dejó caer sobre la cama sonriendo.

La suerte parecía ponerse finalmente de su lado.

Había encontrado al pelirrojo.

CAPÍTULO 28

Barcelona. Actualidad

Las entrevistas que Gerard había mantenido con los familiares de antiguos trabajadores del Casino no le estaban aportando más que información anecdótica. La mayoría aseguraban conocer la leyenda sobre la habitación de los suicidios, pero ninguno de sus antepasados había comprobado su existencia real y mucho menos aportado ninguna prueba tangible.

Gerard comenzaba a pensar que, como en tantas ocasiones, la sabiduría popular iba a estar en lo cierto. Aquella habitación no era más que una leyenda romántica, surgida como consecuencia de los asesinatos que se produjeron durante aquellos convulsos años, pero carente de todo fundamento real.

Gerard quería agotar la lista de contactos y tener la tranquilidad de conciencia de haberlos entrevistado a todos.

El siguiente en la lista era Amancio Cabré, que había trabajado durante años como limpiabotas en el Casino.

—Mi abuelo era una de las personas más importantes del Casino —le dijo con gran orgullo Mercedes, una mujer de muy avanzada edad, a quien estaba visitando en una residencia de la tercera edad.

Estaban en una gran sala con enormes ventanales que daban a un jardín, donde grupos de ancianos sentados en mesitas redondas jugaban interminables partidas de dominó, o pasaban horas releyendo el mismo viejo periódico.

Varios grupos de mujeres conversaban animadamente sin levantar la vista de sus labores, conversando a través de piezas de mantelería o quilométricas cintas de bordados, en los que trabajaban con infinita paciencia durante meses.

Gerard se maravillaba de cómo aquellas mujeres, la más joven de las cuales debía rozar los ochenta, eran capaces de tejer aquellos delicados trabajos con tanta precisión, aún llevando lentes bifocales.

La mujer estaba sentada en una mesa, custodiando una tetera y dos tazas. Era evidente que le habían anunciado su llegada y le estaba esperando. No recibía muchas visitas, por no decir ninguna, y llevaba días preparándose con ilusión para aquel acontecimiento.

—¿Usted no teje o hace labores, como todas las demás? —preguntó Gerard para romper el hielo.

—Eso es para las viejas —respondió ella, haciendo una simpática mueca.

Dedicaron un tiempo a servirse el té y a conversar sobre el día a día en la residencia y cómo añoraban salir al exterior.

—No es que estemos encarceladas aquí —explicó ella—, podemos salir si así lo deseamos, pero, ¿con quién voy a compartir mis paseos? Las cosas no se disfrutan si no se tiene nadie con quien compartirlas, ¿no cree?

Gerard asintió, reconociendo cuánta sabiduría y sentido común destilaban sus palabras. Cuánto podríamos aprender y mejorar como sociedad si fuéramos humildes y escucháramos más a nuestros mayores.

La conversación de Mercedes era muy agradable, conocía todo tipo de historias divertidas, había vivido mucho, y tenía todo el tiempo del mundo para rebuscar en el desván de su memoria e irlas destilando poco a poco, hasta preparar un excelente licor de recuerdos.

Dos tazas de té y muchas risas más tarde, Gerard fue llevando la conversación hacia la figura de Amancio. Mercedes le contó que en aquella época, los limpiabotas eran toda una institución, y existían miles de ellos por toda la ciudad.

—Tenían un cuarto propio a la entrada del Casino, con un gran rótulo en la puerta. Allí limpiaban el calzado de los clientes que llegaban de Barcelona en tranvía o en coche. Los caminos eran de tierra y los zapatos se ensuciaban mucho con el polvo del camino. No daban abasto a trabajar.

—¿Cuántos eran?

—Había al menos dos o tres trabajando regularmente en el Casino. Era una profesión de mucha responsabilidad. Yo siempre digo que eran como sacerdotes, recogiendo confidencias de sus clientes pero sin poder compartirlas con nadie. Y trataban con gente de todas las clases, desde ricos y poderosos, hasta los que no tenían nada que llevarse a la boca pero buscaban hacer fortuna en el juego.

—¿Alguna vez le oyó comentar algo sobre clientes que se hubieran suicidado? —preguntó Gerard en tono casual.

—Alguna vez. Era de todos sabido que allí sucedían esas cosas, era un secreto a voces. Es normal que quien pierde toda su fortuna y trae la vergüenza a su familia, busque acabar con su vida, aunque sea de una forma tan poco cristiana como esa.

—Suicidarse no es que sea poco cristiano, es una cobarde escapatoria para los débiles —dijo Gerard, intentando animarla a seguir.

—Sí, para los que no tienen fe en nada ni en nadie. Esos son siempre los más peligrosos —sentenció la anciana, que le ofreció unas galletas para acompañar el té, que ya estaba frío.

—¿Cree usted que existía una habitación especial para ellos? —preguntó Gerard.

La anciana miró a su alrededor y bajó la voz al contestar.

—El abuelo nos lo había insinuado, sobre todo cuando mi difunta hermana y yo éramos pequeñas y quería asustarnos. Nos explicaba historias en las que hacía aparecer esa terrorífica habitación, y nos moríamos de miedo. Pero solo eran cuentos para niños pequeños, para que nos durmiéramos.

—Los cuentos de suicidas y habitaciones malditas no son los más apropiados para que los niños se duerman, ¿no cree? —dijo Gerard, sin salir de su asombro.

—Tonterías. Los niños son muy fuertes, aguantan eso y mucho más. Nos hacía pasar mucho miedo, pero a nosotras nos gustaba —dijo ella sonriente, al recordarlo con cariño.

—Aunque la habitación hubiera existido, el abuelo no nos lo hubiera contado. Era parte de su secreto profesional. Es lo que tenía estar siempre a los pies de la gente, los veía a todos desde abajo, tal como eran, no sé si me entiende —dijo, guiñándole un ojo.

—Recuerdo que una vez nos contó que para llegar hasta ella había que pasar por unos túneles, y que solo los fantasmas podían llegar allí, pero siempre creímos que eran cuentos que inventaba para asustarnos. De hecho, estoy convencida de ello. Tengo un álbum de fotos en mi habitación, y en él hay unas cuantas en las que sale el abuelo. ¿Le gustaría verlas?

—Por supuesto, me encantaría —respondió él, súbitamente animado ante la perspectiva de poder ver material gráfico de la época.

—Pues acábese todas las galletas mientras voy a buscarlo —dijo ella, desapareciendo por la puerta.

Gerard no la desobedeció y acabó con toda la bandeja de galletas. Cuando ella regresó, tomó el álbum en sus manos y lo estudió detenidamente.

Toda una vida resumida en apenas unas cuantas páginas de un álbum de fotos, era algo maravilloso, pero tan deprimente a la vez. Nos recordaba cruelmente cómo de corta es la vida, y cómo a poco que nos despistemos puede pasarnos de largo y que ya no seamos capaces ni de llenar unas páginas más del álbum de nuestra vida.

Encontró tres fotografías en las que aparecía el abuelo Amancio.

En una de ellas se le veía junto a la garita de los limpiabotas. Era delgado, de piel muy morena y delicado bigote al estilo de los mejores galanes del Hollywood dorado.

En otra de ellas se le veía ante un gran ventanal. Posaba erguido, con el pie derecho apoyado sobre el reposapiés, sosteniendo sus útiles de trabajo, su pequeño taburete y la caja de material, de la que sobresalían trapos sucios, botes de betún y varios cepillos.

151

La tercera era una foto de grupo, y en ella aparecían diez personas posando frente a la gran terraza de donde partían las escalinatas semicirculares que bajaban a los jardines.

—Ahí está el abuelo, es el tercero de la primera fila. Esos eran muchos de sus compañeros de trabajo en el hotel, los otros limpiabotas, el recepcionista, las encargadas de limpieza, dos vigilantes, varios más que no conozco, e incluso uno de los botones, ahí lo tiene, era casi un niño —dijo ella, sonriendo con melancolía mientras pasaba su dedo deformado por la artrosis sobre los rostros de los empleados.

Ella pensaba que la fotografía de grupo debieron tomarla en una jornada festiva, pues la terraza y la gran escalinata eran áreas generalmente restringidas al personal y reservadas para los clientes del Casino y huéspedes del hotel.

Gerard extrajo las tres fotos de su funda de plástico para examinarlas más de cerca. En el reverso de todas estaba escrita la fecha, con pluma estilográfica y en la caligrafía elegante que solían tener en aquella época las personas afortunadas que habían podido tener estudios.

Todas las fotografías estaban tomadas entre 1913 y 1915. La fotografía de grupo tenía escritos en su reverso los nombres de los que aparecían en ella.

—¿Me permite hacer una copia de la foto? —preguntó Gerard, mostrándole su teléfono móvil. La anciana asintió y Gerard la fotografió por ambas caras. Amplió la imagen del dorso, y anotó los nombres que aparecían en ella, reconociendo varios de ellos por haber investigado o entrevistado a sus familiares.

—¿Qué recuerda del botones? —le preguntó Gerard, pues era un nuevo personaje del que hasta ahora no tenía conocimiento.

La anciana sonrió al contemplar la imagen de aquel niño pecoso, cuyo cabello rebelde asomaba bajo su gorrita.

—Sí, el pequeño Agustín. El abuelo contaba que era la mascota de todos, era como un hijo para todos los empleados. Al parecer era huérfano, y nadie sabía cómo había llegado hasta el hotel, pero era muy querido por todos. Vivía en un pequeño cuarto en el almacén del hotel, y al parecer, estaba metido en todas las salsas.

152

—¿Qué quiere decir?

—Que no había persona que no conociera, ni cotilleo en el que no hubiera participado. Había acompañado a todo tipo de clientes a su llegada o salida del hotel, y había entrado en todas las habitaciones. Lo que aquel muchacho debió haber visto en aquellos años daría para escribir varios libros —dijo ella con autoridad.

La mente de Gerard ya estaba moviéndose a velocidad de vértigo. ¿Cómo no se le había ocurrido pensar en aquel niño? Por su trabajo de botones, debía tener acceso a todas las habitaciones y dependencias del hotel, además de poder invadir la privacidad de los huéspedes sin despertar ningún recelo.

Al fin y al cabo, entonces no era más que un niño, no podía tener más de diez o doce años. ¿Sería posible que hubiera conocido la habitación que estaba buscando?

—¿Recuerda cómo se llamaba el botones? Aquí pone Agustín M.

—Déjeme pensar. Creo que era Agustín Medarde, o Medrano, o algo así. Mi abuelo lo solía llamar solo Agustín, el pequeño Agustín.

—Lo de pequeño es relativo, ¿no? Si aún viviera hoy, debería tener más de cien años —calculó Gerard.

—Más o menos pero, ¿a quién le importa la edad, si el corazón es joven? —dijo ella, riendo a carcajadas.

—Veré qué puedo averiguar sobre él.

—En eso no puedo ayudarle. Después de la Guerra Civil, el abuelo nunca comentó nada sobre ese muchacho, lo siento. Pero si lo encuentra, dígale que me gustaría conocerlo. Si sigue siendo tan guapo de mayor como cuando era niño en esa foto, no me importaría que me invitara a cenar o a lo que se tercie —le dijo riendo y guiñándole de nuevo el ojo.

En el fondo Gerard estaba maravillado de ver la alegría y energía vital que transmitía aquella mujer, capaz de suspirar por alguien a quien solo había conocido por fotografía y que, de vivir, tendría más de cien años. Era admirable.

Se despidió afectuosamente de ella, agradeciéndole su amabilidad y se prometió a sí mismo y a ella, volver a visitarla lo antes posible, y a poder ser, con noticias frescas sobre su amor platónico de juventud.

CAPÍTULO 29

Estaba ante una pista virgen, una nueva vía de investigación que nadie había seguido hasta entonces, ni siquiera Enriqueta cuando preparaba su libro. Tenía que centrar su investigación en aquel botones, buscar nuevas fotografías, averiguar dónde estaba enterrado, o si había dejado descendientes.

Repasó de nuevo el listado de empleados del hotel y efectivamente allí estaba su nombre, Agustín Medarde, pero sin más datos que le permitieran localizarlo.

¿Cómo siguió su vida una vez dejó el Casino? Si en la fotografía debía tener unos diez años, supuso que al llegar la Guerra Civil el muchacho debería estar alrededor de los treinta y cuatro años.

Podía consultar en los archivos militares por si se hubiera alistado en el ejército, o buscar en archivos oficiales algún certificado de defunción o documento oficial.

Era demasiado trabajo para una persona sola, necesitaba más manos que le ayudaran en aquellas tareas detectivescas y tenía que recurrir a gente de confianza.

Max se presentó en casa de Gerard con una pizza bajo el brazo.

—Aunque no lo dijeras explícitamente, intuí que en tu llamada había implícita una invitación a comer, pero sabiendo que ya no trabajas en la revista y que tu situación económica no daría para muchas alegrías, esta pizza es el resultado de mis conjeturas. Ni Sherlock Holmes lo habría deducido en menos tiempo —dijo Max con arrogancia, dejando caer ruidosamente la pizza sobre la encimera de la cocina.

—Como siempre, te extralimitas, pero te agradezco el gesto. Tengo un hambre voraz —dijo Gerard abriendo el paquete y lanzando la pizza al horno microondas.

Una vez sentados alrededor de la mesa, Gerard puso a su amigo al corriente sobre su investigación, entreteniéndose especialmente en lo sucedido en las ruinas del Casino.

—Si yo hubiera estado allí, seguro que todo habría sido muy distinto —dijo Max, masticando un gran pedazo de pizza con la boca abierta.

—No me cabe duda —replicó Gerard—. Probablemente hubiéramos acabado peor que el perro, pero seguro que hubiera sido distinto.

—Ignoraré tus comentarios sarcásticos y me concentraré en la tarea de buscarte esa aguja en el pajar. No debería ser tan difícil seguirle la pista a un simple botones, teniendo su nombre y edad aproximada —dijo Max, acabando los restos de pizza

—Agustín Medarde y cien —dijo Gerard escuetamente.

—¿Cien? Es un apellido un tanto inusual, pero eso me facilitará la tarea.

—No es su apellido, es su edad aproximada —añadió Gerard.

Max frunció el ceño y dedicó a su amigo una mirada de incredulidad.

—¿Me estás pidiendo que busquemos a Matusalem y solo conocemos de él su nombre y su edad?

—Más o menos, aunque puede que haya calculado mal y sea un poco más viejo.

—¿Ah sí? No me digas más, porque ya sé dónde tenemos que buscar. En el Libro Guinness de los Récords. Solo puede estar ahí —dijo Max, dando un suspiro y levantándose de la mesa.

—Gracias amigo, sabía que podía contar contigo.

—No me des las gracias, lo hago solo por satisfacer mi curiosidad. Esta historia tiene todos los ingredientes de una película de suspense de Hitchcock, y no voy a ser yo quien se pierda el final. Ahora debo irme. Dame unos días y te llamaré en cuanto tenga noticias. Perseguir fantasmas es mi especialidad —le dijo, y dándole un abrazo, se marchó.

Gerard dedicó los siguientes días a localizar a los restantes nombres de la lista. Localizó a los familiares de la persona que había llevado la administración y contabilidad de la empresa, lo que le interesaba especialmente, pues comenzaba a sospechar que las finanzas del Casino y algún oscuro móvil financiero podían jugar un papel importante en aquella historia.

El contable había fallecido hacía muchos años, y sus descendientes vivían actualmente en Suiza. Habló con ellos por teléfono, y aunque no se mostraron particularmente cooperadores, su actitud no llegó a ser hostil.

Le comentaron que conservaban varias cajas llenas de libros y documentos de su antepasado, y Gerard quiso pensar que se referían a libros de contabilidad, que el viejo contable tal vez había conservado toda su vida a modo de seguro de vida. Ardía en deseos de poder consultarlos, pero ellos le invitaron a desplazarse a Suiza, lo que no entraba en sus planes inmediatos ni en su presupuesto.

A menudo se preguntaba cómo habían podido llegar aquellos libros y el baúl a la buhardilla de la masía familiar en Argentona. ¿Era una simple casualidad o existía alguna conexión entre su familia y el Casino?

Había pasado más de una semana desde su encuentro con Max y seguía sin noticias suyas. Era evidente que la concepción del espacio-tiempo de ambos era distinta, pues cuando Max hablaba de dos días, para Gerard había transcurrido más de una semana.

El teléfono sonó justo cuando Gerard estaba entrando en la ducha.

—Una vez más, no va a haber suficiente marisco en todo el océano Atlántico para la mariscada que me voy a dar a tu salud, y con tu tarjeta de crédito —fue lo primero que oyó, la voz de Max fanfarroneando por teléfono.

—Si tienes algo, suéltalo ya, Max.

—Iré al grano, pero la mariscada va a ser histórica. He localizado a tu hombre —dijo escuetamente.

157

—¿Es cierto? Eres increíble.

—Lo sé, ahora solo falta que las mujeres también lo vean así —respondió Max.

—¿En qué cementerio está enterrado? ¿Queda algún familiar con vida?

—Sí, estás de suerte, queda uno muy cercano a él.

—¿Quién? ¿Cómo se llama?

—Se llama Agustín.

—¿Otro Agustín? Qué poca originalidad. ¿Dónde está enterrado el botones?

—No lo está.

—¿Pues dónde guardan sus cenizas los familiares?

—Cómo no sean las de la barbacoa de los domingos, no sé qué otras cenizas pueden guardar —respondió Max, incomodando un poco a su amigo con aquellas muestras de humor negro.

—¿Dónde están? —insistió Gerard.

—En una residencia asistencial para enfermos que precisan cuidados importantes —dijo Max.

—Extraño lugar para guardar unas cenizas.

—Extraño lugar para encerrar al abuelo. Imagino que ya no sabían qué hacer con él. Al fin y al cabo a este paso va a enterrarlos a todos.

—¿Qué estás insinuando?

—Que el viejo diablo aún está dando guerra. Tiene más de cien años, e incluso ha recibido medallas y condecoraciones del Ayuntamiento y del gobierno autonómico por su longevidad —explicó Max.

De ser cierto, era la noticia más extraordinaria que Gerard podía haber recibido, un verdadero regalo del cielo. Si pudiera interrogar a aquel anciano, a aquel niño grande, tal vez pudiera averiguar lo que sucedía realmente en el Casino, y conocer la verdad sobre la habitación, tal vez, tal vez.

La única forma de aclarar tantas incógnitas era ir a visitarlo personalmente.

CAPÍTULO 30

Sentado en el asiento del acompañante, Max no había dejado de hablar desde que salieron. Como descubridor del paradero del anciano, se creía con el legítimo derecho a acompañarle, y nada ni nadie se lo hubiera podido impedir.

—Cuando les llamé para pedirles permiso para visitarlo, los familiares me advirtieron de que el anciano tiene cierto grado de demencia senil y que a veces olvida las cosas o pierde el hilo de la conversación —dijo Gerard.

—No te fastidia, cuando yo tenga más de cien años daría gustoso una pierna y parte de la otra para que lo único que me pasara fuera perder un poco la memoria. Eso ya me pasa ahora, que todavía soy joven y conservo las tres piernas —dijo Max, mirando de reojo a Gerard y esperando de él un comentario jocoso que nunca llegó.

—No voy a dignificar tus chistes emitiendo valoraciones sobre ellos, lo siento —dijo Gerard, mientras aparcaba el coche.

—Pensaba que esto sería una residencia de ancianos y sin embargo más bien parece una vieja pensión mexicana en Chihuahua, en la frontera con Texas —dijo Max al llegar a la dirección que les habían dado.

—¿Y cuándo has estado tú en Chihuahua?

—Hay tanto que no sabes sobre mí, que no sé si hacerme el ofendido o alegrarme de ello —dijo Max, dando un portazo al bajar del coche.

159

Se encontraban ante un pequeño edificio de dos plantas, en una tranquila calle residencial paralela al Paseo Marítimo de Sitges, pintoresca ciudad costera al Sur de Barcelona.

Las paredes encaladas, de blancura deslumbrante, estaban perforadas por enormes vigas de madera que brotaban de sus muros como tentáculos de un gigantesco pulpo, dando forma a terrazas y pérgolas que evocaban los aires de una vieja hacienda colonial mexicana.

—Esto más que una residencia de ancianos parece la hacienda de Pancho Villa —dijo Max, empujando una verja metálica, pintada también de blanco, que daba acceso a un jardín.

Siguieron un camino de losas de piedra salpicado de elementos decorativos pintados de blanco y de inspiración marinera, un ancla unida a varios eslabones de gruesa cadena, una campana de metal, y un viejo timón de madera.

—Aquí todo es blanco. Mi alma negra desentona entre tanta blancura —dijo Max, acercándose al único elemento del jardín que mostraba su color natural, un multicolor enanito de yeso subido a una seta y que sostenía una linterna.

Max levantó la figura y la sostuvo entre sus brazos como si se tratara de un bebé.

—Son seres faltos de cariño, y la gente suele tenerlos prisioneros en sus jardines, cuando lo que ellos ansían es correr libres por el bosque.

Gerard lo contemplaba atónito, incapaz de articular una réplica coherente ante tamaña muestra de absurdidad, cuando la puerta principal se abrió y una mujer vestida con un delantal azul marino salió a recibirlos. Se detuvo ante Max y le dirigió una mirada reprobatoria, a la que éste respondió devolviendo el pequeño gnomo a su lugar de origen.

—Buenas tardes, tan solo estábamos admirando el jardín —dijo Gerard.

—¿Ya le permiten a usted trabajar aquí, vestida de color azul? —preguntó Max, sonriendo a la mujer, que mantuvo la compostura.

—Perdone a mi amigo, es un gran humorista en sus ratos libres, aunque hoy parece que está fuera de servicio —dijo Gerard, mirando de soslayo a su compañero.

Gerard explicó el motivo de su visita, y la mujer les acompañó al interior y les condujo a una sala de espera de la primera planta, decorada como el puente de mando de un buque.

—Se puede ver el Mediterráneo desde esta ventana. Podría estar horas contemplándolo —dijo Gerard, señalando hacia la linea blanca de la playa, que se desdibujaba cada vez que rompían las olas en la orilla.

—Yo podría hacer que esta habitación se despegara de la casa y se hiciera a la mar —dijo Max, colocándose tras el enorme timón barnizado que había en un extremo de la sala y haciéndolo girar como un molinillo de viento.

Un empleado vestido del mismo color que las paredes apareció súbitamente y les pidió que le acompañaran a la zona de habitaciones.

Las paredes de las habitaciones eran, como no podía ser de otra forma, completamente blancas.

El empleado se detuvo frente a una de las puertas, dio unos suaves golpecitos y la abrió, haciéndose a un lado. En el interior aguardaba una pareja, que salió al pasillo a recibirlos.

—Somos Héctor y Lucía Medarde, nietos de Agustín— le dijo el hombre, que parecía también el de mayor edad de los dos, ofreciéndole la mano para estrechársela.

Los hermanos Medarde resultaron ser una agradable pareja, y parecían agradecer que alguien mostrara interés por su abuelo.

Les contaron que Agustín había llevado una vida azarosa pero plena, y que a pesar de todas las vicisitudes sufridas, su entusiasmo, energía, y pasión de vivir, habían contribuido a su extraordinaria longevidad.

—Sin menospreciar su evidente buena salud —dijo Gerard.

—Más bien sus buenos genes —puntualizó Max.

Unos quince años atrás, cuando la longevidad de su abuelo comenzó a darle cierta notoriedad en los medios de comunicación locales, sus nietos decidieron internarlo en una residencia especializada, cerca del mar Mediterráneo que Agustín tanto amaba.

—¿Podemos hablar con él ahora? —preguntó Gerard.

161

—Sí, pero hoy no está muy lúcido. Verá, en los últimos años ha sufrido un gran deterioro de sus funciones cognitivas. Tiene días buenos en los que todo parece normal, pero en general divaga bastante. El avance del Alzheimer es inexorable, pero podemos estar contentos de que haya llegado hasta esta edad conservando tantas facultades. Los tratamientos que recibe han retrasado algo la evolución de los síntomas, pero aún así, la realidad es la que es.

Gerard ardía en deseos de hablar con el anciano, sumergirse en sus recuerdos sobre el Casino y bucear en esas aguas que intuía turbulentas.

Como periodista, sabía que aquella historia tenía todos los ingredientes de un apasionante thriller, muertes, desapariciones, posibles suicidios, juegos de azar, grandes fortunas. Solo faltaba el villano, pero algo le decía que no tardaría en aparecer en escena.

En el centro de la estancia, un hombre yacía en una moderna cama de hospital, el único elemento discordante en un cuarto que parecía el camarote del capitán del buque. Las paredes estaban decoradas con cartas marinas de la costa catalana, enmarcadas a modo de cuadros.

—¿No resulta un poco mareante estar contemplando día y noche este galimatías de líneas y símbolos? Aunque como cuadros abstractos no tienen precio —dijo Max, señalando hacia una de las cartas en la pared.

Gerard se acercó a la cabecera de la cama y contempló al anciano, que descansaba plácidamente. Su rostro no aparentaba la edad que debía tener. Sus arrugas eran las de una persona de tan solo ochenta años.

Gerard pensaba en los reportajes que había visto en televisión acerca de ancianos centenarios en remotos pueblos de Mongolia, que parecían alimentarse exclusivamente a base de yogures de leche de cabra o algún otro animal de nombre exótico.

Sus rostros parecían mapas orográficos del Himalaya, surcados por valles y montañas, fruto de larguísimas vidas expuestos a los elementos.

Solían caminar encorvados y ser de muy pequeña estatura, como si su pequeñez les permitiera pasar más

162

fácilmente desapercibidos cuando la mujer de la guadaña y el manto negro les viniera a buscar.

Sin embargo, Agustín tenía una buena estatura y al verlo descansar tan plácidamente se diría que estaba haciendo una simple siesta.

Lucía se acercó a él y le tocó cariñosamente el hombro, acercándose a hablarle al oído.

—Abuelo, tienes visita.

Agustín se movió y masculló unas palabras ininteligibles.

Ella volvió a insistir y le acarició la mejilla con suavidad.

Agustín abrió los ojos y sonrió al reconocer a su nieta. Sus ojos debieron ser azules pero la edad los había mutado hacia un gris apagado, aunque en ellos aún brillaba la chispa que Gerard había detectado en los ojos color sepia del jovencísimo botones de la fotografía de los empleados del Casino.

El mismo mechón de pelo rebelde seguía cayendo sobre su frente, y teniendo en cuenta su avanzada edad, su exuberancia capilar sería la envidia de cualquier hombre.

Considerando que hubiera nacido alrededor del cambio de siglo, Gerard no podía dejar de pensar que aquel hombre había vivido como mínimo dos guerras mundiales y varias guerras locales, conocido a decenas de presidentes de diferentes países y a varios Papas, sido testigo de la caída de innumerables gobiernos, de la desaparición de países y el nacimiento de otros nuevos.

Había pasado de conocer la escritura con pluma de ganso y tinta china a los teclados virtuales proyectados en el aire, del ábaco chino para hacer las cuentas a supercomputadores con procesadores que cabían dentro de un grano de arroz, del transporte a lomos de una mula a los vuelos supersónicos y los viajes espaciales.

Gerard tenía envidia sana de él. Qué no daría por vivir tantos años como Agustín, y poder ser testigo de lo que los avances de la ciencia y la medicina pudieran depararles en los próximos decenios.

—¿Quiénes son? —preguntó Agustín, señalando con el dedo hacia sus visitantes.

163

—Son unos amigos que han venido a verte. Están recopilando información sobre la Barcelona modernista y les interesa hablar contigo sobre el Casino de la Rabassada —le dijo Lucía, elevando el tono de voz para que le escuchara bien.

—Ha llovido mucho desde entonces —dijo Agustín, alargando el brazo hacia un lado como si buscara algo en el colchón.

—Sí, ha llovido mucho —repitió Gerard acercándose a estrecharle la mano.

—¿Le gusta la magia? —dijo el anciano, dándole palmaditas sobre su mano al estrechársela.

—Sí, me gusta mucho —respondió Gerard.

—Pues esto le gustará —dijo Agustín, y levantando ambas manos, hizo un gesto en el aire, a modo de pase mágico, y al instante la cama comenzó a elevarse.

El anciano bajó los brazos, y la cama hizo lo propio, descendiendo lentamente. Los movió hacia un lado, y la cabecera de la cama comenzó a levantarse, mientras los pies de la cama también se plegaban, pero a trompicones. Los cojines y la bandeja que reposaban sobre sus piernas cayeron al suelo con estruendo.

—¿Qué demonios está pasando? —dijo Max asombrado.

—Abuelo, basta —oyeron decir a Lucía.

CAPÍTULO 31

Gerard miró a su alrededor, y sospechando lo que sucedía, no hizo ningún intento por detener aquella exhibición.

Agustín repitió el mismo gesto en el aire y el movimiento de la cama cesó por completo, mientras él sonreía complacido, con la satisfacción de quien se sentía superior a todos.

—Abuelo, ¿cuántas veces le hemos dicho que deje de jugar con eso? —le recriminó Héctor.

El anciano metió la mano bajo su cuerpo e incapaz de contener la risa, extrajo un enorme mando a distancia conectado a la cama a través de un cable.

—¿Se puede saber con qué pulsaba los botones? —dijo Max.

—Por favor Max, no preguntes. Un mago jamás revela sus trucos, ¿no es cierto? —dijo Gerard, guiñando un ojo al anciano.

—Oh, Dios mío. No puede ser —dijo Max, frunciendo el ceño tras su súbita clarividencia

—Discúlpenlo. Al abuelo le encanta jugar con eso —dijo Lucía.

Agustín seguía riendo en silencio.

—Menudo juguete tiene usted aquí —le dijo Gerard, acercándose de nuevo al anciano.

—Sí, me gusta que haya un poco de meneo de vez en cuando. Los días no se me hacen tan aburridos —dijo él.

165

—Han cambiado mucho las cosas desde que trabajaba en el Casino, ¿verdad? —preguntó Gerard, intentando dirigir la conversación.

—Todo aquello queda muy lejos, en una vida pasada.

—Era usted muy pequeño, ¿no es así?

—Era solo un niño, pero he vivido mucho desde entonces. He vivido experiencias para llenar cuatro vidas o más, pero también he aprendido que el pasado, pasado está. Lo que cuenta es siempre lo más reciente, lo que llevamos entre manos en ese momento. La vida es el presente, el mañana no existe todavía y el pasado es solo eso, lo que pudo ser y no fue —dijo el anciano, resoplando y con el semblante serio.

—¿Recuerda cómo era la vida en el Casino, el tipo de clientes a los que conoció? Estoy seguro que tuvo ocasión de codearse con la flor y nata de la sociedad de la Barcelona de aquella época —dijo Gerard.

El anciano no respondió; parecía estar recorriendo los pasillos de su memoria, abriendo y cerrando puertas, o más bien comprobando cuáles quedaban aún abiertas.

—Los conocí a todos, políticos, empresarios, príncipes, aristócratas, a lo mejor y más florido de la sociedad —dijo con la mirada perdida—. Pero también a lo peor —añadió de repente.

—Hábleme de eso. ¿A quién se refiere? —preguntó Gerard, sin disimular su interés.

—A nadie en particular. En el Casino abundaban los sinvergüenzas, los tahúres, los jugadores profesionales, los embaucadores, los aduladores, los que buscaban ganar dinero fácil a costa de los incautos, ya sabe. Ah, y también estaban las mujeres fáciles, aunque yo era muy pequeño y se suponía que no tenía que saber nada sobre eso, pero yo le podría contar...—y se detuvo, mirando de reojo a sus nietos y haciendo un gesto con el dedo a Gerard para que se acercara.

—No esperará que le cuente cosas de mujeres delante de mis nietos, ¿no? Tengo una reputación que mantener —dijo Agustín, guiñándole el ojo, aunque todos en la habitación le escuchaban perfectamente.

166

Gerard sabía que no les iban a permitir estar mucho rato más con el anciano, así que optó por tomar un atajo más directo.

—Se dice que se produjeron muchas muertes por aquellos parajes. ¿Usted lo recuerda así?

—Eran otros tiempos, no había tanto control, ni la policía de entonces era la que tenemos hoy en día. Era un poco como el salvaje Oeste, pero uno se acostumbraba. Nada que no sucediera en otras partes. El dinero y el juego atraen a todo tipo de maleantes y delincuentes.

—Se dice que algunos se suicidaban al perder toda su fortuna. ¿Era eso cierto?

—Sí, eso ha pasado siempre, pero no solo en el Casino, también en la vida real sucede a diario. La vida a veces puede resultar una mierda —dijo Agustín, adoptando una mirada triste.

—¿Qué es exactamente sobre lo que usted investiga? —le preguntó acto seguido.

—Investigo sobre la época modernista, en concreto sobre el expolio que se llevó a cabo sobre grandes edificios modernistas que acabaron derribados, víctimas de la especulación urbanística, la corrupción política y la dejadez e ignorancia de algunos alcaldes y sus equipos. El Casino de la Rabassada es uno de ellos, y aunque arquitectónicamente no fuera nada especial, lo era como símbolo del creciente poder de la burguesía —dijo, respirando hondo antes de proseguir.

—Estoy muy interesado en investigar cómo era la vida en él, quién se dejaba ver por ahí, quién gastaba más en sus salones, quién controlaba realmente el negocio del juego, en fin, el impacto social que tuvo el Casino sobre la Barcelona de principios del siglo pasado. Mi interés es puramente personal, no persigo enriquecerme con este proyecto, pero esa época me fascina y solo pretendo que la verdad salga a la luz.

—Vaya discurso me ha soltado. Si lo llego a saber, no le pregunto nada —dijo el anciano, ganándose las risotadas de todos los presentes.

—¿Alguna vez oyó hablar sobre la habitación de los suicidios? —le preguntó Gerard sin más rodeos.

167

El anciano no respondió. Pareció no haber escuchado la pregunta, pero Gerard estaba seguro de que la había escuchado y aguardó.

—Todos hemos escuchado esas historias —se limitó a contestar y dejó escapar un hondo suspiro, con el que quería dar a entender que estaba muy cansado. Su nieta se acercó a él enseguida.

—¿Necesita algo, abuelo?

—Quiero descansar un poco.

—¿Alguna vez tuvo ocasión de ver la habitación? —insistió Gerard.

—El abuelo tiene que descansar, será mejor que acabemos aquí la entrevista —dijo Lucía.

—Yo no la vi nunca, ni se la conocía por ese nombre. Es probable que sea tan solo una leyenda creada por la prensa años después —murmuró sin gran convicción y con la mirada perdida en el techo.

Los nietos se acercaron a la cama, en clara señal de que deseaban que abandonaran la habitación. Max asintió con la cabeza y comenzó a dirigirse hacia la puerta, pero Gerard permaneció junto a la cabecera. Presentía que aquel hombre estaba ocultando algo, y no podía perder aquella oportunidad.

—Si tenía otro nombre, ¿cuál era? ¿Conoce a alguien que la hubiera visto? ¿Sabía dónde estaba o cómo se podía llegar a ella?

La nieta avanzó hacia la cabecera, para interponerse entre Gerard y su abuelo, pero éste levantó un dedo para pedirle que se detuviera.

—Hace usted demasiadas preguntas. Había muchas habitaciones en aquel hotel, pero ninguna estaba maldita, se lo aseguro, pues yo las conocía todas —dijo, con voz entrecortada por el cansancio.

—Deberían despedirse ya, por favor —les rogó la nieta.

Gerard asintió, y acercó su cabeza a la del anciano, como si fuera a despedirse de él. Agustín alargó el brazo y estrechó su mano, y al hacerlo tiró de ella para que Gerard se le acercara aún más, hasta que pudo susurrarle algo al oído.

Gerard levantó la cabeza lentamente, apoyó su mano en el hombro de Agustín y le dio unas palmaditas, luego se

168

volvió hacia los hermanos y les agradeció su amabilidad por haberles dejado compartir aquellos minutos con aquel hombre excepcional.

Una vez en la calle, ambos se detuvieron un momento para volver la vista atrás hacia aquel peculiar edificio.

—Me siento como si acabara de dar un paseo en el Nautilus —dijo Max señalando hacia las marineras formas del edificio.

—Sí, un paseo que puede llevarnos a descubrir alguna isla desconocida y misteriosa —añadió Gerard, echando a caminar en dirección a su coche.

—Siempre quise ser capitán de fragata, pero lo dejé correr porque no me habrían admitido al faltarme dos o tres centímetros de altura —dijo Max.

—¿Sólo por eso?

—Bueno, y porque odio la ciencia y las matemáticas con toda mi alma, pero eso no hubiera sido un problema, pues en la marina también hacen falta poetas.

—¿Y tú conoces a alguno? —le dijo Gerard, ganándose un empujón por parte de Max.

Incorporados al denso tráfico de última hora de la tarde, conversaban mientras avanzaban a velocidades más próximas a las de las carabelas de Cristóbal Colón que a las de la nave del capitán Nemo.

—Es increíble cómo se mantiene ese viejo después de tantos años, aunque sospecho que en ese centro deben hacerle algún tratamiento secreto de esos a base de algas marinas o de conservación en hielo, como a Walt Disney. Lástima que no haya podido decirnos nada sobre la habitación —se lamentó Max.

—No estés tan seguro de ello —dijo Gerard, a lo que Max respondió con una mirada inquisitoria.

—¿El viejo te dijo algo?

Gerard tan solo sonrió.

—Dijo que no la conocía, que era una leyenda —insistió Max.

—Para ser exactos, dijo que entonces no se la conocía con ese nombre, por eso no la conocía.

169

—Sí, eso lo oí yo también. Si te dijo algo más, ¿cuándo te lo dijo?

—Cuando me agaché a despedirme de él, me habló al oído.

—Genial, ¿te dijo dónde está la habitación?

—No exactamente, no.

—No entiendo nada.

—*Al infierno se llega a través del agua, pues es la fuente de todo mal. La morena guarda la entrada.*

—Oye, se supone que aquí el poeta soy yo, ¿no? ¿Qué estás diciendo? —preguntó Max.

—Es lo que me dijo el anciano.

—¿Y qué significa? ¿Acaso es un refrán, o una frase de la Divina Comedia?

—No lo sé, pero estoy convencido de que es una pista. Ahí está la clave de todo.

—*Al infierno se llega a través del agua, pues es la fuente de todo mal* —repitió Max—.

—Pues estamos arreglados si eso es una pista, aunque yo conozco a más de uno que encajaría en ese refrán, pues no prueban el agua ni que les maten, y acercarse a ellos sí que es un infierno, o por lo menos huelen como tal.

CAPÍTULO 32

Haber escogido un día festivo para estas excursiones es casi un pecado —dijo Max, mientras Gerard conducía su viejo cacharro por la carretera que ascendía al bosque de Collserola.

—Te va a gustar el sitio, ya lo verás. Dar un paseo por el bosque un domingo por la mañana, ¿qué puede haber más agradable que eso?

—Pues quedarme durmiendo en la cama hasta las doce, por ejemplo. O dar un paseo por los bares de la Barceloneta, que también es otra opción.

Gerard aparcó el coche en la cuneta, exactamente en el mismo lugar donde lo había dejado en su anterior visita. La mañana era soleada y en la carretera había mucho tráfico de familias dirigiéndose a pasar el día al cercano parque de atracciones del Tibidabo.

Volver a visitar las ruinas del Casino a plena luz del día, le resultó bastante tranquilizador. Se había prometido a sí mismo que volvería con refuerzos, y aunque venir acompañado por Max no entraba propiamente en la definición de lo que pudiera considerarse refuerzos, tener un amigo al lado le resultaba más que suficiente para afrontarlo con valentía.

—Tenías razón, parece que haya pasado la marabunta por aquí, solo han dejado una pared en pie —comentó Max al comprobar que tras la puerta de entrada solo había bosque.

171

—Sígueme y ve con cuidado, que el camino es estrecho y resbaladizo —dijo Gerard, echando a caminar montaña abajo hasta llegar cerca de los restos de la torre.

—Es increíble, todavía está en pie. Y fíjate, ahí incluso se ve un rostro de mujer, como si fuera una gárgola —dijo Max, señalando hacia un busto modernista que decoraba la parte alta de la torre y mostraba el delicado rostro de una mujer.

Max abandonó el camino, teléfono en mano y se adentró entre la maleza para acercarse a la torre y fotografiarla de cerca, mientras Gerard echaba a andar camino abajo, hasta llegar ante la puerta abierta de la torre.

Una vaga sensación de peligro le erizó los pelos de las piernas, y su cuerpo se puso en tensión. A su derecha, varias prendas de ropa, de color difícilmente identificable, colgaban de unas cuerdas entre los arbustos, tendidas al sol.

Su primera intención fue la de entrar a inspeccionar la torre, pero prefirió esperar a Max. ¿Dónde se había metido su compañero?

—Max, ¿estás por ahí? —gritó sin obtener respuesta. Volvió sobre sus pasos y regresó al punto en que se habían separado en el camino. Miró hacia la torre pero su amigo ya no estaba allí.

Pensando que la habría rodeado volvió hacia la puerta para esperarlo allí. Un ruido de pasos sobre la grava, proveniente de esa dirección, reforzó su convicción.

—¿Dónde te habías escondido, maldito cobarde? ¿O es que te has parado a hacer tus necesidades detrás de un árbol? —gritó Gerard. No tuvo ocasión de seguir bromeando. Se detuvo en seco al ver a un enorme perro negro subiendo a plena carrera por el camino, haciendo saltar la grava con sus patas a cada zancada.

—¡Noooo, otra vez nooooo! —gritó Gerard, corriendo en dirección a la torre, saltando sobre matorrales y esquivando árboles. Le costaba abrirse paso a través de la espesa vegetación, pero escuchar la rítmica cadencia de los pasos de aquella fiera corriendo tras de él le suponía estímulo más que suficiente hasta para volar sobre los árboles si hubiera sido necesario.

172

Cuando por fin llegó a la explanada no había nadie, ni rastro de Max.

Los ladridos se oían cada vez más fuertes, así que hizo lo único que podía hacer en aquella situación. La desencajada puerta abierta de la torre le mostraba el único lugar seguro donde esconderse, así que entró corriendo y la empujó con fuerza hasta conseguir cerrarla.

La oscuridad era total, pero se mantuvo con los pies anclados en el suelo, apoyando los dos brazos contra la puerta. En el exterior, el perro daba fuertes golpes con su hocico y zarpazos con sus potentes garras, intentando abrirse paso a través de la madera.

No había cerradura, por lo que Gerard no podía dejar de empujar con todas sus fuerzas. No sabía cuanto tiempo iba a poder resistir, pero la respuesta a esa pregunta le llegó en forma de una gran estaca de madera que descendió a velocidad de crucero sobre su nuca, haciendo que se desplomara semi inconsciente. Allí acabaron sus preocupaciones.

Alguien estaba golpeándole en el rostro, intentando desfigurarle la cara. Quiso luchar contra su atacante, pero las fuerzas no le acompañaban y su descoordinación le impedía oponer una resistencia eficaz.

Se sentía mareado, pero concentrando todas sus fuerzas en sus manos consiguió sujetar las muñecas de su agresor y detener uno de los golpes. Inmediatamente lanzó a ciegas uno de sus puños en la dirección de la que provenía el atacante, y consiguió impactar en su mandíbula.

—Pero, ¿se puede saber qué estás haciendo, animal? —oyó gritar frente a él. Los golpes cesaron por unos instantes. Aquella voz le resultaba extrañamente familiar, no era la voz de un asesino.

La lluvia de golpes sobre su rostro se reanudó, pero su mayor estado de conciencia le permitió reconocerlos como simples bofetadas y no como puñetazos. Alguien intentaba hacerle reaccionar. Se relajó y concentró su energía en abrir los ojos y enfocar.

Ante él, como apareciendo entre las brumas neblinosas de un pantano, surgió el rostro orondo y sonriente de Max.

Tras el sobresalto inicial, Gerard se echó hacia atrás ante aquella perturbadora visión, hasta relajarse y tomar conciencia de dónde se encontraba.

Para su sorpresa, no se encontraba en el interior de la torre sino lejos de ella, estirado entre la vegetación junto al camino. Max estaba arrodillado junto a él, intentando reanimarle.

Cuando pudo sostenerse en pie, volvieron al interior de la torre, pero la encontraron desierta, con la excepción del pulgoso colchón.

Gerard decidió que allí acababa su expedición. No quería pasar de nuevo por aquella experiencia, aunque para ser exactos, ya lo había hecho.

Esta vez tenía que dar parte a la policía, y no iba a guardarse nada. Un loco andaba suelto por allí y era preciso poner fin a aquella locura. Regresaron al coche y no tardaron en llegar a la comisaría de la policía autonómica.

El oficial de guardia que les atendió a través de la ventanilla, había intentado en vano redactar la denuncia de forma coherente, ante la incontinencia verbal de Max, que interrumpía constantemente a Gerard para, según él, aportar datos de vital importancia.

Tras esa primera declaración, Gerard había insistido en hablar con alguien de rango superior. El hecho de haberse identificado como periodista, y probablemente el estar acompañado de un personaje tan peculiar como Max, hicieron que el joven oficial accediera a consultar con sus superiores.

Poco después se encontraban ante el teniente Elías Botell, de la comisaría de los Mossos de Esquadra de Sant Cugat, la población en la que estaban enclavados los terrenos del Casino, quien les recibió con la fría cortesía que otorgan los años de experiencia.

Gerard se sorprendió al comprobar que el oficial había empleado un ordenador para redactar la denuncia.

En sus años de experiencia periodística visitando juzgados y comisarías, había llegado a identificar dos etapas, el período clásico, definido por la máquina de escribir manual y el ubícuo papel carbón, y el período contemporáneo-digital, en que se usaban los dedos tras la introducción de la máquina de escribir eléctrica y el líquido corrector.

Ahora añadió un tercer grupo más reducido y selecto, claramente a la vanguardia de la tecnología, en los que se había superado la etapa Olivetti y se había entrado de pleno en la era informática. Si bien en aquellas dependencias adelantadas a su época ya se usaban ordenadores, los aparatos eran contemporáneos a los que Steve Jobs y sus colegas ensamblaban en California en el mítico garaje de su casa.

El teniente Botell, un hombre de unos cuarenta años, con el cabello prematuramente canoso, les dedicó una sonrisa diplomática, pulida tras miles de entrevistas como aquella.

Agradeció a Gerard que hubiera compartido con él su opinión experta acerca del sistema judicial español y escuchó con aparente atención sus explicaciones sobre los dos incidentes.

—¿Y qué interés tiene usted en seguir visitando ese lugar si ya sabe cómo acaba cada visita? —le preguntó el teniente. Gerard no sabía si la pregunta era legítima o si estaba bromeando con él.

—¿No cree que mejor debería estar preguntándose quién anda suelto en aquel maldito lugar? —interrumpió Max, a quien Gerard trató de aplacar con una mirada de reprobación.

—Tengo entendido que usted no ha estado presente en ninguna de las dos ocasiones en que el señor Bach ha sido presuntamente atacado, ¿no es así? —preguntó el policía, mirando fijamente a los ojos de Max.

—No lo estuvo, pero yo sí —dijo Gerard, levantándose la camisa y mostrándole los moratones que aún tenía en el costado y las heridas y cicatrices en su cabeza.

—Entiendo su postura, pero comprenda usted también la mía. Usted no formuló ninguna denuncia cuando dice que fue atacado la primera vez, ni ha aportado ningún certificado médico. Esas heridas podrían haberse producido en cualquier otro lugar, o incluso ser auto infligidas.

—¿Cómo dice? —exclamó Max, poniéndose en pie de un salto, hasta que Gerard le obligó a sentarse de nuevo cogiéndole por el cinturón, temiendo un enfrentamiento con el policía.

—No puse la denuncia porque pensé que había sido una combinación de imprudencia por mi parte, mala suerte al encontrarme con un perro salvaje, y fatalidad al toparme con un antisocial que vive en las ruinas. Pero esta segunda ocasión ha sido diferente. Allí hay algo más, lo que sucede no es normal y por lo menos deberían investigarlo. Es lo único que les pido, por ahora, antes de hacerlo público a través de los medios —dijo Gerard, en lo que sonó como una velada amenaza.

El teniente se puso en pie, visiblemente molesto por aquel último comentario y queriendo dar la reunión por terminada.

—Quiero tomar sus palabras como el resultado de una situación estresante que ha puesto a prueba sus nervios. Le aseguro que dedicaré medios a investigar su denuncia y pronto enviaré una patrulla a inspeccionar esa zona. Hasta entonces, le agradeceré..., les agradeceré a los dos, que se abstengan de volver a ese lugar y dejen la investigación a los profesionales. Les avisaré si es preciso que vuelvan a declarar —les dijo, dirigiéndose hacia la puerta.

Gerard y Max se levantaron y le siguieron. Gerard le estrechó la mano, pero era evidente que consideraba aquella reunión una pérdida de tiempo, aunque no quería enemistarse innecesariamente con un alto cargo de la policía.

No todos eran de la misma opinión.

—Espero que no tardemos en recibir su llamada para acudir a identificar al sospechoso en una rueda de reconocimiento, o a presenciar su interrogatorio tras un cristal con espejo de esos —dijo Max, apuntándole con el dedo.

—Descuide, usted será el primero a quien avisaremos. De hecho, le enviaremos un coche patrulla a buscarle para que pueda desplazarse hasta aquí con más comodidad —dijo el teniente, con diplomática ironía.

—Eso espero. Adiós —dijo Max saliendo por la puerta, dedicándole una mirada que pretendía ser intimidatoria.

176

Cuando estuvieron de nuevo en la calle, Max se volvió sonriente hacia Gerard.

—Creo que era necesario que yo interviniera y le dijera las cosas bien claras. Fíjate como ahora lo tenemos comiendo en nuestra mano —dijo, mostrando la palma de su mano levantada.

Gerard suspiró, levantando los ojos hacia el cielo y echando a caminar.

—¿Qué? ¿Qué quieres decir? ¿Que no va hacernos caso? ¿Que no se lo va a tomar en serio? —dijo Max, mientras Gerard caminaba varios pasos por delante suyo, ignorándole.

—Dime algo, ¿acaso insinúas que ese poli me estaba tomando el pelo? —siguió insistiendo Max, sin obtener respuesta.

CAPÍTULO 33

Casino de la Rabassada. 1912

Morillo se despertó temprano. De pie sobre la cama, consiguió asomarse a la minúscula ventana de su habitación, que más bien parecía un respiradero y el reflejo del sol en la blancura de las paredes del casino le obligó a entornar los ojos.

Inspiró profundamente el aire fresco de la sierra de Collserola, que le llenó los pulmones de energía, haciéndole comprender porqué se promocionaba aquel lugar como centro de recuperación para gente necesitada de aire puro y aguas medicinales.

Lo que seguía resultándole chocante era la peculiar combinación de un centro de salud, con un antro de vicio y juego como era un casino. El afán de empresarios y políticos por hacer negocio era comprensible, pero aquella era una mezcla cuya lógica se le escapaba.

Miró hacia abajo, atraído por el bullicio que provenía de la calle. El conductor del tranvía estaba acabando de empujar el vagón sobre la plataforma giratoria, para orientarlo en dirección de vuelta a Barcelona. Pocos pasajeros subieron a bordo a aquellas tempranas horas y el vehículo pronto estuvo en marcha, alejándose traqueteando mientras ascendía la cuesta.

Frente a la entrada principal del Casino observó un grupo de personas inusualmente grande, que discutían y gesticulaban señalando hacia la montaña. Su instinto de policía le decía que no estaban discutiendo sobre política ni deportes, y se vistió rápidamente para bajar a inspeccionar.

A los pocos minutos, y sin haber tomado su habitual café con leche matutino, ya estaba en la calle, mezclándose entre los transeúntes que discutían acaloradamente.

—No es la primera vez que pasa, ni será la última. Un establecimiento como este no puede permitirse este tipo de sucesos en sus proximidades —argumentaba un tipo delgado que ya vestía de smoking a aquellas horas de la mañana. Morillo se preguntaba si formaba parte de su vestuario cotidiano o si se trataba de un noctámbulo que todavía no se había ido a acostar.

—¿Qué es lo que ha sucedido? —preguntó Morillo, sin dirigirse a nadie en particular.

—Han encontrado otro cadáver en una masía cerca de aquí —dijo un hombre vestido con uniforme blanco, que parecía trabajar en la cocina del hotel.

—¿Otro? ¿Ha habido más anteriormente?

—Usted no es de por aquí, ¿verdad? —dijo un caballero de avanzada edad que caminaba con bastón y sostenía un periódico bajo el brazo. Morillo hizo un gesto de negación con la cabeza.

—De un tiempo a esta parte, esta montaña se diría que está maldita. Ya son varios los muertos que se han encontrado en estos bosques. Son demasiados. La presencia del Casino no ha hecho sino atraer a delincuentes y maleantes. Ya no puede uno vivir tranquilo, y es peligroso salir del complejo del Casino a solas, uno se juega el pellejo —añadió el caballero.

—¿Alguien ha avisado a la policía? —preguntó Morillo, y el anciano se apresuró a tomar la palabra de nuevo.

—Créame, no sirve de nada. Antes de que construyeran el Casino, esta zona era tranquila, pero las pocas veces que hizo falta que vinieran no lo hicieron, o lo hicieron tarde y mal. Nunca hemos sido una prioridad para ellos. Está claro que si no se trata de mansiones de gente rica, no les merece la pena proteger al resto. Tras la inauguración del Casino, incluso vamos a peor —sentenció el hombre, dando golpes

179

con el bastón sobre la carretera y levantando una pequeña polvareda.

—¿Dónde lo han encontrado? —preguntó Morillo.

—En el bosque, cerca de la masía de Can Cortés, subiendo por aquel camino de allí al fondo —le dijeron, apuntando a un sendero a su derecha que subía bosque arriba.

Morillo echó a caminar en aquella dirección.

—Estos turistas curiosos no se detienen ante nada; parece que solo busquen cizaña —dijo el anciano, moviendo la cabeza de un lado al otro, mientras Morillo se alejaba en dirección al bosque.

Anduvo unos diez minutos siguiendo aquel camino de tierra. Las roderas indicaban que por él solía transitar algún vehículo, y se atrevía a afirmar con toda seguridad que era de tracción animal, dado que a intervalos de diez metros el centro del camino estaba salpicado de pequeños pastelitos de heces ocultos entre la hierba, uno de los cuales no pudo esquivar a tiempo y le dejó un aromático recuerdo pegado a la suela de sus zapatos.

Pronto divisó una construcción entre los árboles, y un pequeño camino que se desviaba del principal y bajaba hacia la casa, una tradicional masía catalana, de techo inclinado a dos vientos con un gran patio al frente.

Frente a la puerta principal veía a varias personas reunidas, pero Morillo se dirigió hacia dos figuras que salieron de entre los árboles. Vestían como campesinos, y parecían ser padre e hijo, pero no llevaban ninguna herramienta en sus manos. Se detuvo ante ellos.

—Buenos días, señores.

Los hombres le saludaron con una inclinación de cabeza, pero no se detuvieron.

—Perdonen, me gustaría hablar con ustedes —les dijo Morillo.

—No tenemos tiempo.

—¿Qué ha sucedido? —preguntó Morillo, deteniéndose junto a ellos.

Los hombres se miraron entre sí y uno de ellos respondió.

—Un hombre ha muerto. Pero márchese de aquí, no es asunto suyo, la policía llegará pronto —dijo uno de ellos.

—Se equivoca. Ya ha llegado —les dijo, mostrándoles su placa.

—¿Cómo es posible? Pero si ni siquiera hemos llamado todavía —exclamó el más joven de los dos.

—Tenemos nuestras fuentes, e intentamos anticiparnos al mal, en la medida de lo posible —dijo Morillo sonriendo, sin poder evitar sacar pecho ante la situación.

—Pues aquí el mal se les ha vuelto a anticipar —dijo el mayor de los dos—. Venga y le enseñaremos donde está el cuerpo.

Tras caminar unos cincuenta metros bosque a través, llegaron a un pequeño claro entre los pinos, y Morillo vio unas piernas asomando entre unas zarzas.

—¿Lo han descubierto ustedes? —les preguntó.

—No, ha sido Petit —dijo el joven.

—¿Y qué hacía Petit en esta zona?

—Cazar conejos.

—¿Puedo hablar con él?

—Sí, puede hablar con él, pero no creo que le conteste —replicó el padre.

—¿Porqué? ¿Está muy impresionado?

—No, porque es un perro —contestó el padre riendo, satisfecho de poder mofarse de aquel policía de ciudad ante su hijo.

Morillo prefirió ignorar la faceta de humorista del campesino y concentrarse en lo que tenía entre manos, que en este caso eran un par de piernas, las del cadáver.

El cuerpo estaba tendido boca abajo dentro de una enorme zarza, de la que tan solo asomaban las piernas del desdichado. Morillo levantó una de ellas sujetándola por el zapato, un modelo caro de piel negra. El suave tacto de la tela del pantalón indicaban que se trataba de un traje de calidad, probablemente hecho a medida.

Le levantó la otra pierna para intentar llegar a los bolsillos del pantalón y al tirar de ella cayó de espaldas pues se desenganchó del resto del cadáver y Morillo sonrió incómodo al verse sentado con ella en brazos.

181

—¿Qué demonios es esto? —exclamó, tan sorprendido como los dos campesinos, que se acercaron a ayudarle.

Varias horas más tarde, el cadáver aún no había sido retirado del lugar, pero la zona ya estaba controlada por una pareja de agentes que se personaron en el lugar tras haber sido dada la alarma desde las instalaciones del Casino.

Más allá de las partes que habían sido devoradas y desfiguradas probablemente por el perro que lo encontró, el cadáver estaba descuartizado.

Morillo dedujo que había sido asesinado y desmembrado en otro lugar y sus restos colocados allí a propósito. Sabía que, de haber sido descuartizado allí, tendría que haber más sangre que en un matadero municipal y las zarzas y la hierba que lo rodeaban estaban prácticamente secas.

¿Cuál podía haber sido el motivo de tal ensañamiento? ¿Un ritual satánico de alguna secta? ¿Venganza? Era imperativo identificar el cadáver para saber si podía tratarse de la obra de un asesino en serie. Y la pregunta más importante para Morillo, si podía estar relacionado de alguna manera con los otros asesinatos que estaba investigando.

El interrogatorio a los habitantes de la masía, no aportó demasiado. En cuanto a los otros asesinatos en aquella sierra, le comentaron que no parecía tratarse de delincuentes comunes en busca de un botín sino de muertes muy violentas.

Las víctimas no eran lugareños y sus cadáveres solían aparecer en los lugares más inaccesibles de la sierra, lo que daba a entender que habían sido colocados allí ex profeso.

Si Morillo regresaba ahora al Casino se arriesgaba a que alguien le reconociera como policía, así que prefirió volver a la comisaría. Más tarde llamaría al "bicicleta" y le daría el agradable encargo de subir pedaleando hasta el Casino a recoger de su habitación la maleta con sus pertenencias y pagar la factura de su alojamiento.

Estaba seguro de que el chaval iba a agradecerle enormemente aquel encargo, que le iba a hacer sudar de valiente.

CAPÍTULO 34

Habían pasado dos días desde el descubrimiento del cadáver cerca del Casino. El capitán Botell había dado instrucciones explícitas a los agentes involucrados, de mantener un discreto silencio acerca de los detalles del caso, para evitar alarmar a la selecta clientela del Casino, evitando un pánico innecesario.

—El alcalde me ha solicitado personalmente que tratemos este incidente como lo que es, un desgraciado accidente, un asalto cometido por un facineroso en busca de dinero fácil —les había dicho el capitán durante una reunión informal en la sala común.

—Pero si lográramos averiguar la identidad de la víctima, podríamos investigar en su círculo familiar y de amistades y contactos profesionales, para intentar identificar a quienes pudieran beneficiarse con su muerte —le replicó Morillo.

—La reunión ha terminado. Pónganse a trabajar. Subinspector Morillo, acompáñeme a mi despacho, deseo hablar con usted en privado —dijo el capitán, abandonando la sala.

—Morillo, sepa que está usted poniendo a prueba mi paciencia —le dijo, en cuanto hubo cerrado la puerta tras de sí.

—¿A qué se refiere, señor?

—Creo que hasta día de hoy he sido claro y explícito en las instrucciones que le he dado, intentando siempre

183

orientarle en la buena dirección —dijo, mientras Morillo le miraba con expresión de no saber a qué se refería.

—Mis instrucciones, qué digo instrucciones, mis órdenes, han sido tan claras como el agua que sale por el grifo del retrete, ¿no es así?

Morillo no sabía cómo responder, impresionado por la enorme sensibilidad poética que su jefe demostraba.

—Le dije claramente que no dedicara más tiempo a investigar casos que carecen de importancia, y que no malgastara tiempo ni recursos del departamento en perseguir fantasmas. No solo no me ha obedecido sino que incluso se permite la osadía de emprender investigaciones a las que ni siquiera había sido asignado, como la de hace dos días cerca del Casino.

Morillo permanecía en silencio, esperando ver hacia dónde llevaba la conversación el capitán.

—A propósito, ya me explicará cómo diablos pudo aparecer usted tan rápidamente en Collserola, cuando la llamada desde el Casino alertándonos del hallazgo del cuerpo tuvo lugar a las diez de la mañana. Según los agentes que acudieron al lugar de los hechos, ya hacía horas que usted estaba allí, interfiriendo en la investigación —dijo Botell, dando un enérgico golpe sobre la mesa.

—Capitán, me encontraba en la zona por casualidad, viajando en tranvía hacia el pueblo de Sant Cugat, para entrevistarme con un posible testigo. Pero al pasar a la altura del Casino y ver la excitación popular, me vi impelido a cumplir con mi obligación —dijo Morillo, ofreciéndole una versión suavizada que obviaba mencionar su pernoctación en el Casino.

—Sandeces. Su obligación es obedecerme a mí, y no complicarse aún más la existencia con investigaciones banales que no conducen a nada. Esta es la última advertencia que le hago. Si quiere usted hacer carrera en el cuerpo, limítese a cumplir mis órdenes y no se desvíe un ápice de lo que se le manda. Solo así evitará meterse en complicaciones, pues le aseguro que no sabe usted con quién está jugando —dijo, manteniendo los ojos apretados y dando media vuelta.

184

—¿A quién se refiere, señor? —preguntó Morillo, espoleado por aquella velada amenaza, que parecía indicar que el capitán sabía más de lo que admitía.

—Me refiero a mí, por supuesto, a que no juegue usted conmigo —dijo con voz temblorosa, sentándose en su mesa y tomando unos informes entre sus manos, señal inequívoca de que daba por terminada la reunión.

Las reiteradas amonestaciones por parte del capitán no hacían sino incrementar en Morillo la sospecha de que alguna turbia motivación se ocultaba tras sus órdenes.

Estimulado por tal convicción, Morillo redobló sus esfuerzos y pasó muchas horas buceando en los archivos policiales sobre personas desaparecidas.

Estaba convencido de que las muertes del desconocido y la prostituta, estaban relacionadas con la muerte e inexplicable desaparición posterior del forense, la manipulación del informe de autopsia y también con los asesinatos en Collserola, pero aún tenía que averiguar cuál era el nexo de unión que compartían.

Era media tarde y decidió salir a tomar un café a una taberna cercana. El sabor amargo del café fuerte le mantenía alerta, y aunque él estaba convencido de que era un efecto puramente psicológico, rara era la tarde en que no tomaba al menos una o dos tazas.

Un chico entró trayendo varios ejemplares del diario vespertino "El Noticiero Universal", y Morillo levantó el brazo para llamar su atención y pedirle que le dejara uno.

Ojeó nada más los titulares, como gustaba de hacer, sin leer ningún artículo en concreto. Esta vez su mirada se detuvo en el titular de un pequeño artículo oculto en las páginas interiores, en la sección de "Notas varias".

—*Siguen apareciendo cadáveres en Collserola* —era el título de la breve reseña, en la que el periodista reportaba el hallazgo del cadáver mutilado en las cercanías del Casino.

Obviaba los detalles más escabrosos, pero lo que le llamó poderosamente la atención fue un párrafo en el que se afirmaba: —*la cuenta de hallazgos macabros en nuestros antaño apacibles bosques sigue ganando cifras, contándose ya más de una veintena. ¿Casualidad? ¿Crímenes contra indigentes? ¿Meros robos?*

Las versiones oficiales se suceden, carentes de toda solidez y a cuál más dispar. Nada en ellos es convencional, pero todo apunta a que va a ser preciso alcanzar el centenar o que algún miembro de nuestra insigne clase política se convierta en la próxima víctima de los maleantes, para que la policía preste a los sucesos la atención que a todas luces merecen. La Sierra de Collserola se ha convertido en la Sierra de la Muerte. S.P.—.

Morillo releyó el artículo varias veces. Aquello confirmaba sus sospechas y reforzaba su intuición de que había mucho más que unos simples robos con asesinato como postre.

Se levantó y abandonó el local a toda prisa. Tenía que contactar con el autor del artículo y averiguar más detalles acerca de los otros asesinatos, pero antes volvió a la comisaría a exprimir por enésima vez los archivos en busca de datos sobre muertes o cadáveres hallados en la sierra de Collserola en los últimos dos años.

CAPÍTULO 35

Redacción de "El Noticiero Universal". 1912

La redacción del periódico estaba en un céntrico edificio de la calle Lauria. Morillo entró por la puerta principal arrastrando su bicicleta, y tras identificarse como policía ante el portero del edificio, le encargó la custodia de su preciado vehículo.

Subió por las escaleras hasta el piso que el portero le indicó y entró en la recepción de las oficinas, dirigiéndose hacia un pequeño mostrador de madera.

Morillo podía escuchar el martilleo de una máquina de escribir, pero no veía a nadie y al mirar por encima del mostrador, se encontró frente a una enorme Underwood de color negro, que parecía escribir sola. Aquello sí que era una novedad.

Carraspeó con fuerza, intentando vencer al sonido de la máquina, y tras ella aparecieron unos mechones de cabello castaño ondulado, seguidos del sereno rostro de una administrativa de mediana edad que sonrió nada más verle.

—Buenos días, señorita. Estoy buscando a S.P., el reportero que escribió este artículo —dijo, mostrándole el ejemplar de periódico doblado por la página en cuestión, junto a su placa de policía, como medida de presión para agilizar las gestiones.

—Oh, caramba. No parece usted policía, si me permite la observación. Yo siempre los imaginaba más mayores, corpulentos, con aire de....

187

Morillo no tuvo más remedio que interrumpirle. —Lamento que mi apariencia la haya decepcionado, señorita, pero no tengo otra, y lo que tampoco tengo es tiempo para seguir debatiendo este interesante tema con usted. Es un asunto oficial y es de vital importancia que pueda hablar con él urgentemente. ¿Puede usted ayudarme?

—Por supuesto, oficial. Preguntaré en la redacción. Deme un par de minutos —dijo, un tanto azorada, y tomando el periódico de entre sus manos salió corriendo hacia el interior de la redacción.

En apenas tres minutos, la puerta volvió a abrirse y la joven apareció acompañada por un individuo de unos cuarenta años de edad, prematuramente canoso, con bigote delgado y gafas de fina montura metálica. Morillo se acercó a él y le extendió la mano.

—Soy el subinspector Morillo, Simeón Morillo —dijo, estrechando su mano.

—Muy buenas. Soy S.P., redactor de temas locales. Yo escribí este artículo —dijo, señalando con el dedo el titular del periódico que sostenía en sus manos—. Soy Salustiano Picante.

Morillo no pudo evitar desviar por un segundo la mirada hacia la recepcionista, que sonreía divertida y al verlo bajó la cabeza ocultándose inmediatamente tras el mostrador.

Ahora comprendía porqué aquel periodista firmaba con iniciales y no con su nombre completo. Solo podía pensar en cómo le hubieran tratado a él en comisaría si su apellido hubiera sido aquel.

Todavía resonaban en su cabeza los comentarios jocosos que había tenido que soportar por apellidarse Morillo, pero aquel hombre le superaba con creces.

—¿En qué puedo servirle?

La pregunta le sacó de su ensimismamiento y le devolvió a la acuciante realidad.

—¿Podemos hablar en privado?

El periodista le mostró el camino hacia una pequeña sala amueblada con tan solo dos butacas, una pequeña mesa y un soporte para periódicos con varios ejemplares atrasados.

Cerró la puerta y ambos se sentaron.

Morillo procedió a explicarle a grandes rasgos su investigación sobre asesinatos de gente desconocida y su interés en todo lo relacionado con muertes inexplicables en la sierra de Collserola.

El periodista se mostró muy complacido porque finalmente un miembro de la policía mostrara interés por su trabajo y por intentar esclarecer aquellos misterios, lo cual interpretaba como un éxito derivado de sus repetidas denuncias.

—Me temo que no es así. Estoy aquí a título particular, no se trata de una visita oficial —le dijo Morillo con sinceridad, pues algo en aquel hombre le transmitía confianza.

El periodista decidió que, fuera misión oficial o no, era mejor contar con la atención de un subinspector que no contar con nada, por lo que correspondió a su confianza compartiendo con Morillo toda la información de que disponía.

Le explicó que llevaba años investigando y escribiendo acerca de muertes y sucesos macabros en Barcelona. En febrero de ese mismo año había escrito una serie de artículos con motivo de la detención de la famosa Enriqueta Martí, la conocida como "la vampira del Raval".

La siniestra mujer estaba acusada de secuestrar y esclavizar a decenas de niños que ofrecía a pederastas de la ciudad para, tras haberlos explotado, descuartizarlos, empleando sus cuerpos para la preparación de pócimas, brebajes y ungüentos que vendía a su macabra clientela.

Se decía que entre sus pertenencias, la policía había encontrado una libreta en la que la mujer anotaba los nombres de todos sus clientes, y en ella aparecían políticos, banqueros y personalidades públicas a quienes Enriqueta proveía de niños actuando como proxeneta.

Intuyendo una posibilidad de beber en exclusiva de fuentes oficiales, el periodista mostró un enorme interés en que Morillo le confirmara la existencia de dicha libreta y en tener acceso a ella y le ofreció toda su ayuda a cambio de poder examinarla.

Morillo estaba al corriente del caso, aunque no lo había llevado él directamente. Le confirmó que la libreta existía y estaba custodiada por el capitán Botell, su inmediato superior, lo cual no dejaba de resultar una extraña coincidencia, pues no le constaba que se hubiera puesto en marcha ninguna investigación sobre las personas sospechosas cuyos nombres aparecían en la libreta.

Picante le explicó que tenía constancia de al menos diez o doce cadáveres aparecidos en diferentes puntos de la sierra de Collserola en el último año y medio. Ninguno de ellos había sido identificado ni reclamado por familiares, lo cual no resultaba extraño en una gran urbe como Barcelona, pero era como arrojar gasolina al fuego de la imaginación de Morillo, que ya pensaba una vez más en conspiraciones secretas.

El periodista le mostró las notas personales que guardaba sobre aquellos casos y Morillo constató que varios de ellos coincidían con los que había encontrado en los archivos policiales, todos ellos etiquetados como casos no resueltos, pero sobre los que no se estaba llevando a cabo ninguna investigación activa.

—¿No le parece a usted que todas esas muertes podrían estar relacionadas entre sí? —le preguntó Picante.

—Si así fuera, estaríamos ante un posible asesino en serie, o bien ante una conspiración del más alto nivel —dijo Morillo—. ¿Guarda usted fotografías de alguno de esos casos?

—Me temo que tan solo de tres, aquellos en los que pudimos llegar al lugar de los hechos antes de que la policía apareciera y retirara los cuerpos. Le ruego no se ofenda si le digo que, sus compañeros son lentos para investigar, pero rápidos para personarse y retirar pruebas. Esa es la realidad.

Morillo no se dió por aludido. Todo aquello le sorprendía cada vez más y estaba decidido a llegar al fondo de aquel asunto. Picante le mostró varias fotografías de algunos de los cadáveres aparecidos en la sierra.

—Apenas pueden reconocerse las facciones, están destrozados —dijo Morillo.

—Sí, si no estaban descuartizados, solían tener el rostro desfigurado, generalmente a consecuencia de un disparo frontal, a bocajarro.

—¿Todos ellos?

190

—Sí, sin excepción. Identificarlos es prácticamente imposible. Podría tratarse de un vagabundo o bien del mismísimo Presidente del Gobierno, y no habría forma de distinguirlos —comentó Picante, cerrando la carpeta.

—¿Quién cree que podría beneficiarse de esas muertes? —preguntó Morillo.

—Es difícil contestarle sin saber de quién se trata. He meditado mucho sobre eso, y aunque le parezca una locura, mi teoría es que tiene que tratarse de gente importante, empresarios, o por lo menos gente de dinero.

—¿Porqué lo dice?

—Simple lógica. Si se tratara de meros asesinatos por robo, ¿porqué tanta violencia?¿Porqué ensañarse con los cuerpos? En mi modesta opinión, es evidente que la intención del asesino es la de borrar huellas.

En la mente de Morillo los engranajes giraban a pleno rendimiento, valorando opciones y haciéndose mil preguntas.

—Tal vez lo que le preocupaba no es que pudiera haber testigos, sino evitar el reconocimiento de los cuerpos por parte de la familia o amigos —dijo Morillo, pensando en voz alta.

—Quizás porque el asesino fuera alguien conocido por la víctima —añadió Picante.

—Sí, ¿pero porqué? ¿Qué tenía a ganar o perder si los cadáveres eran reconocidos por la familia? —dijo Morillo—. La única explicación plausible es que el móvil fuera económico. Si no eran identificados, nadie podría reclamar sus bienes —añadió, sin poder contener su excitación.

—Es un tanto retorcido, pero tiene sentido —dijo el periodista.

—¿Tiene usted forma de investigar desde su periódico si han desaparecido empresarios en circunstancias extrañas?

El veterano periodista sonrió. —Voy por delante de usted. Le facilitaré una lista con los nombres de los que nos constan aquí en la redacción. La redacté hace unas semanas con la ayuda de compañeros de la sección de ecos de sociedad —explicó Picante, sin poder reprimir una sonrisa.

—¿Qué es ese alboroto? ¿Qué sucede? —preguntó Morillo, levantándose y yendo hacia la puerta. El griterío era considerable, y aunque una redacción de un periódico no fuera precisamente un convento de clausura, aquel escándalo no era normal.

Ambos corrieron hacia la redacción. Nadie estaba sentado, los empleados corrían de un lado a otro, hablando a voz en grito y formando corrillos. Picante se acercó a uno de los grupos, y cuando se reunió de nuevo con Morillo, por la expresión de su cara supo que se trataba de algo grave.

—Ha sucedido algo terrible, acabamos de recibir la comunicación de nuestros corresponsales en el extranjero —dijo, arrastrando las palabras, como si le costara hablar.

—¿Qué ha sucedido?

—Han muerto centenares, tal vez incluso miles —siguió diciendo el periodista.

—¿Pero de qué está hablando? ¿Dónde? —insistió Morillo.

—Disculpe, pero tengo que dejarle, es una emergencia. Mañana seguiremos hablando sobre el otro tema, si le parece —le dijo Picante, dando media vuelta y corriendo hacia el grupo de periodistas que le esperaban, con los que desapareció tras la puerta de una sala de reuniones.

Morillo se volvió hacia la recepcionista tras el mostrador, que estaba levantada siguiendo la acción.

—¿Qué ocurre? ¿Sabe usted algo? —le preguntó Morillo.

—Aguarde aquí un momento —le dijo la mujer y abandonó su puesto desapareciendo en el interior de la redacción.

A los pocos minutos volvió con unas enormes hojas sin guillotinar, que parecían pruebas de impresión de las páginas del periódico, probablemente la portada de la próxima edición de la tarde.

Mientras ella se acercaba Morillo distinguió las grandes letras negras del titular y pudo leerlas desde lejos.

Tan solo necesitó leer una palabra para comprender de qué trataba la historia. TITANIC.

192

CAPÍTULO 36

El hundimiento del Titanic, tras colisionar contra un iceberg durante su viaje inaugural, causó una enorme conmoción en la sociedad. La magnitud de la tragedia y la relevancia social de muchos de los ilustres pasajeros eclipsaron con creces cualquier otra noticia y durante semanas acapararon los medios de comunicación internacionales.

Morillo tuvo grandes dificultades para reunirse con su nuevo colaborador, Picante, pues todos los de su profesión intuían que durante aquellos días se estaba escribiendo la historia en mayúsculas, y nadie quería distraerse ni perder la oportunidad de aprovechar la ocasión para escribirla ellos.

En las dos breves reuniones que mantuvieron, comprobaron que la cifra de industriales y empresarios desaparecidos no podía atribuirse simplemente a la delincuencia de base en una gran ciudad. Era evidente que algo siniestro estaba sucediendo.

—¿Es posible detectar algún patrón en todos estos casos? ¿Presentan algún otro punto en común más allá de que estuvieran desfigurados, que tal vez se tratara de empresarios y que fueran hallados en la sierra de Collserola? —dijo Morillo en voz alta.

—Posiblemente todos eran poseedores de fortunas o bienes —dijo Picante.

—Sí, eso nos daría un buen móvil para el asesinato en todos los casos.

193

—La edad no parece ser un factor a tener en cuenta, aunque en general eran de edad media o más bien avanzada —añadió Picante.

—Así es. Tampoco podemos fijarnos en si estaban acompañados, pues tres de ellos aparecieron junto a cuerpos de mujeres, también asesinadas, probablemente prostitutas, pero el resto estaban solos.

—A veces es mejor morir solo que mal acompañado, pero solo a veces —sentenció Picante.

Morillo no le estaba escuchando. Una idea le rondaba la cabeza, y quería darle forma antes de compartirla.

—El dinero es importante —dijo Morillo.

—Por supuesto, quien dijera lo contrario mentiría.

—No, me refiero a que parece ser importante en todos estos casos. Puede que el móvil aparente fuera el robo, o bien de lo que llevaran encima, o de sus bienes y propiedades, pero a buen seguro iban tras el dinero.

—Sí, pero... ¿a dónde quiere usted llegar? —preguntó Picante, sin comprender bien aquel razonamiento.

—Solo como hipótesis, ¿a qué clase social siempre hemos supuesto que pertenecían la mayoría de ellos? —preguntó Morillo.

—A la de los empresarios y gente pudiente.

—Exacto. Y dígame, ¿a alguno se le encontró dinero encima?

—No, a ninguno. Ni dinero ni documentación.

—¿Y dónde fueron hallados todos los cuerpos?

—Abandonados en el monte, en la Sierra de Collserola.

—¿Qué hay en Collserola que pueda atraer a tanto empresario ávido de dinero, aparte de jabalíes y fuentes de aguas medicinales?

Picante meditó su respuesta unos segundos.

—Pensiones, restaurantes, hoteles... y hasta un casino.

—Exactamente, un casino de renombre internacional, en el que cada día se ganan y pierden ingentes sumas de dinero.

—Principalmente se pierden, diría yo —puntualizó Picante.

—Así es, ¿ y no le parece una curiosa coincidencia? ¿Cuándo se inauguró el Casino de la Rabassada?

—Veamos, se comenzó a construir en 1910 y se inauguró en Julio del año pasado, en 1911.

—¿Desde cuándo dijo usted que había detectado ese inusual incremento en el número de cadáveres aparecidos en Collserola? —preguntó Morillo.

Picante se acercó, hablando lentamente mientras consideraba aquella posibilidad.

—No hará más de un año, desde principios del año pasado. Dios mío, ¡es cierto!

Morillo le puso al corriente del resultado de sus recientes e infructuosas pesquisas en el Casino, incluida la misteriosa nota que recibió durante la noche.

Como contrapartida Picante le habló de una de sus fuentes de información, un ex-empleado del Casino que desde la inauguración había trabajado como contable para la sociedad que explotaba las instalaciones, pero que había sido despedido a final de año por razones desconocidas. En la actualidad trabajaba en una compañía de seguros, y Picante le facilitó la dirección.

Morillo mostró su placa a la recepcionista y preguntó por el señor Rodolfo Calvet. Tras hacerle esperar unos minutos sentado en un sofá de terciopelo rojo, la muchacha le guió hacia una aséptica sala de espera en la que solo había dos sillas y una mesa, y un poco prometedor vaso de agua junto a una jarra casi vacía.

—Lamento no poder ofrecerle nada más fuerte que esto.

Morillo se volvió y se encontró ante un individuo extremadamente delgado, con gafas muy pequeñas sobre una nariz aguileña, que entró y se sirvió un vaso de agua.

Al verlo, Morillo sonrió mentalmente al pensar que se encontraba ante un especimen del prototipo universal de contable, a quien tan solo le faltaría frotarse las manos y sonreír de lado para completar la imagen. Sin embargo, su voz estridente rompía todo el encanto del personaje.

—Se lo agradezco, pero aunque me ofreciera un buen licor tampoco podría aceptarlo, estoy de servicio.

195

—Por supuesto. ¿En qué puedo ayudarle?

Morillo le resumió en pocas palabras su interés por conocer sus impresiones acerca de la situación financiera en que se encontraba el Casino, el modo en que se gestionaban las ganancias y pérdidas de sus clientes y cualquier otra información que pudiera considerar relevante.

El Sr. Calvet le explicó el funcionamiento básico de las entradas y salidas de efectivo del Casino y cómo contabilizaban y registraban los ingresos.

—Pero lo que usted me está explicando es el funcionamiento habitual de cualquier casino —objetó Morillo.

—¿Y qué es lo que espera que le explique?

—¿Observó usted alguna irregularidad, alguna maniobra fuera de las prácticas establecidas? ¿Alguna vez recibió una petición que saliera de lo habitual?

El contable se revolvió inquieto en la silla, y Morillo lo percibió con claridad.

—No sabría decirle... quién no ha recibido alguna petición extraña alguna vez —respondió con voz temblorosa.

—Dígame, ¿porqué lo despidieron? ¿Cree usted que había razones para ello? —atacó Morillo sin darle descanso.

—Fue un tanto injusto, sí, no lo voy a negar.

Morillo presentía que si seguía tirando del hilo iba a conseguir que aquel hombre se sincerara, tan solo tenía que darle algo de confianza.

—Si me permite la pregunta, ¿porqué está tan interesada la policía en mi situación personal?

—No estoy aquí en calidad de policía, sino a título personal. Se trata de una investigación privada —dijo Morillo en el tono más conciliador que pudo entonar.

El contable pareció relajarse y tras charlar un rato con Morillo y saber que venía de parte de su amigo Picante, se mostró más dispuesto a compartir información.

—El Casino se ha visto muy perjudicado por las continuas denuncias y prohibiciones del juego dictadas desde el Gobierno Central de Madrid. Todas tuvieron que resolverse a base de sobornos y supuestas donaciones a la municipalidad. Yo me encargaba de gestionarlas, y de

196

asegurarme de que no quedara constancia de ellas, —dijo, tragando saliva antes de proseguir.

—Muchas casas de usureros y prestamistas han surgido al amparo del Casino, y personalidades muy relevantes de la ciudad son parte interesada en todo ese sucio y oscuro negocio. Yo no me sentía a gusto en aquel ambiente, y en un momento dado manifesté mi disconformidad con lo que se me exigía hacer —dijo el contable, y se mantuvo en silencio mirando a Morillo.

—El resultado puedo imaginármelo, le invitaron a marcharse.

—No exactamente. Me marché yo porque no podía soportarlo más —dijo Calvet.

—El peso de la conciencia es una carga que ninguno de nosotros es capaz de sobrellevar —sentenció Morillo.

—No fue mi conciencia, fue mi instinto de supervivencia. Estaba muerto de miedo —dijo el contable, con manos temblorosas.

—¿A qué se refiere? —preguntó Morillo, cuyo interés aumentaba por momentos.

—Fui testigo de cómo grandes fortunas se perdían en tan solo unas horas. Personajes muy conocidos de la alta sociedad y de la política. No me enorgullezco de lo que hacía, aunque me limitaba a cumplir con mi obligación profesional y jamás tuve parte activa en aquel negocio ni me beneficié de él, más allá del sueldo que percibía. No me considero uno de ellos.

—¿Qué quiere usted decir?

—Tuve que abandonar. Sospecho que en aquel lugar ocurre algo mucho peor que simples manipulaciones financieras o trapicheos contables. Se me pedía que investigara sobre el estado financiero y el patrimonio de algunos de nuestros clientes, pero yo sospechaba que el motivo real no era el de certificar su solvencia de cara a ofrecerles una línea de crédito para el juego, la finalidad era mucho más oscura. Se me pedía que gestionara poderes notariales de dudosa procedencia, que efectuara transferencias de dinero a ciegas, sin que me fueran revelados

197

los destinatarios, en fin, la palabra *ética* había desaparecido completamente de mi diccionario.

—Hable claro, se lo ruego.

—He recibido amenazas y sepa que mi familia es lo más importante para mí. Espero que lo comprenda —dijo, mientras la pata de su silla crujía bajo el temblor de sus piernas.

Morillo lo sentía por él, pero no podía soltar a su presa en aquel momento.

—¿Vio usted alguna vez o tuvo tratos con un hombre corpulento y pelirrojo? —le preguntó directamente y por sorpresa.

La expresión en el rostro del contable y su súbita palidez le dieron la respuesta, pero aún así esperó a ver qué respondía. El contable comenzó a mover la cabeza de un lado a otro, como si estuviera preso de un tic nervioso.

—Lo siento, ya he hablado demasiado. He confiado en usted, pero yo tan solo puedo acompañarle hasta la cortina, y mostrársela. Si quiere ver lo que se esconde tras ella, deberá levantarla usted mismo —dijo el hombrecillo, poniéndose en pie y abandonando la sala sin tan siquiera despedirse.

CAPÍTULO 37

Barcelona. Actualidad

La semana había transcurrido con una lentitud directamente proporcional al deseo de Gerard de seguir progresando en la investigación.

Una de las advertencias que les había hecho el teniente Botell era que se abstuvieran de regresar a las ruinas del Casino, hasta que se hubiera llevado a cabo una investigación policial. Lo que no les había especificado era cuánto tiempo iba a durar la involuntaria cuarentena.

Gerard aceptó dejar que por el momento actuara la policía, aunque fueran lentos y mostraran poco interés en el caso. Era un hecho irrefutable, tenía que morir alguien descuartizado o aparecer varios cadáveres momificados para que la policía se implicara verdaderamente.

Estaba convencido de que el teniente Botell le había tomado por un paranoico que se había accidentado explorando ruinas de edificios abandonados. No esperaba que saliera gran cosa de su investigación, si es que llegaba a ponerla en marcha, pero decidió ser prudente y mantenerse alejado del Casino durante un tiempo.

La policía podía pensar que todo eran invenciones suyas, pero las magulladuras y heridas que adornaban toda su anatomía eran la palpable y dolorosa prueba de que todo era cierto. Descansar unos días le permitiría recuperarse y afrontar con energía las siguientes fases de la investigación.

Dedicó los siguientes días a refrescar viejos contactos en busca de alguna oportunidad laboral que seguía sin materializarse, y a profundizar en su trabajo de documentación sobre la época modernista y las joyas arquitectónicas desaparecidas bajo la piqueta de los constructores.

Poco a poco iba tomando forma la estructura del que iba a ser su reportaje de denuncia sobre la corrupción política y la connivencia con los intereses urbanísticos de constructores, empresarios y políticos de la época. Ya había acumulado suficiente información y evidencia como para elaborar toda una serie de reportajes, tal vez incluso le daría para un libro.

No sería un best-seller, pero un buen trabajo de denuncia, bien documentado, siempre tendría su público, y con un poco de suerte y dándole la difusión adecuada, podía incluso convertirse en una obra de referencia para los estudiosos interesados en aquella época.

Nada de lo que hiciera podría recuperar los edificios ya destruidos y perdidos para siempre. Pero sí que podía hacer todo lo que estuviera en su mano para concienciar a la sociedad acerca de la importancia de mantener vivo su recuerdo, y difundir el archivo fotográfico arquitectónico, para que las nuevas generaciones fueran conscientes del gran tesoro que sus antepasados depositaron en sus manos y la necesidad de salvaguardarlo.

Gerard sufría dolorosamente cada vez que veía imágenes de templos o monumentos históricos milenarios en cualquier parte del mundo, destruidos por el fanatismo religioso, el terrorismo radical, la ignorancia, la codicia, la especulación o cualquier otro extremismo.

Ver esculturas milenarias volar por los aires en pedazos le destrozaba el corazón, como si le arrancaran una parte de su ser con cada fragmento que salía volando.

Para Gerard, el arte era la expresión máxima de lo que diferencia al hombre del resto de animales, lo que le daba una cualidad única y maravillosa, la de poder emocionarse y disfrutar con la belleza y compartirla con sus congéneres.

Gerard estaba convencido de que cada obra de arte destruida, cada fragmento de piedra que caía al suelo nos acercaba más a la edad de piedra. Creía que la barbarie hacía que la humanidad retrocediese en el tiempo y nos llevaba de vuelta a las etapas más oscuras de la historia, hasta el punto en que el hombre llegaría a perder su calidad de tal, y desaparecería como lo que era, una insignificante mota de polvo en la evolución de los seres vivos, un mero accidente evolutivo que se autocorregiría con el tiempo.

La triste culminación del paso del hombre por este mundo podría entonces resumirse con una sola palabra, que recogía toda la esencia de lo que la raza humana había sido capaz de conseguir tras miles de años de evolución. Autodestrucción.

Denunciar la corrupción política de la época era otro de los objetivos de su trabajo, para demostrar que, un siglo después, seguía plenamente presente y arraigada en todo el país, sobre todo en el gobierno central.

Sería necesario que pasaran muchas generaciones para llegar a extirpar de raíz la lacra de la corrupción, tras demasiados siglos de reyezuelos, intrigas, guerras fratricidas, ambiciones imperialistas, absolutismo, y tantas manifestaciones clásicas de lo peor que en la vieja Europa se entendía como progreso.

La historia siempre se repetía, así que denunciar los abusos de los políticos y empresarios de la época serviría para poner en evidencia a los que seguían haciendo lo mismo en la actualidad, y Gerard estaba convencido de que la presión social y la fuerza imparable de una sociedad bien informada y deseosa del cambio, harían el resto.

Aquella semana Max estaba fuera del país en viaje de trabajo, y aprovechando la relativa tranquilidad Gerard había comenzado a escribir un primer borrador de su reportaje, lo que por lo menos tranquilizaba su conciencia.

Entró en su apartamento cargando con una bolsa de supermercado llena de víveres para poder sobrevivir un par de días, su compra habitual y siguió su rutina de acercarse al contestador automático del teléfono para escuchar los mensajes.

En tiempos de teléfonos móviles y nanotecnología, él debía ser uno de los tres o cuatro seres humanos en todo el

201

mundo que todavía utilizaban aquellos viejos aparatos para grabar sus mensajes en una cinta.

Había intentando acostumbrarse al contestador digital de su teléfono móvil, pero carecía de paciencia para dedicar varios minutos a navegar a través de menús auditivos y combinaciones infernales de teclas para acceder a su buzón de voz.

Había algo en la elegante sencillez de aquellas viejas máquinas que le atraía y le daba seguridad. Las casi prehistóricas cintas de cassette no se estropeaban nunca, podían grabar más de una hora de mensajes, y cuando se llenaban, solo había que extraerlas, darles la vuelta, y continuar grabando.

Entrar a casa y dirigir la mirada hacia el botón rojo intermitente que le indicaba que tenía mensajes en espera, se había convertido no solo en una rutina sino también en un excitante hábito, y a menudo se sorprendía a sí mismo intentando adivinar, ya desde el ascensor, si iba a encontrar mensajes o no al entrar en el piso.

O se estaba haciendo viejo, o necesitaba desesperadamente encontrar pareja, pero estaba claro que vivir solo estaba empezando a pasarle factura.

El piloto rojo parpadeaba junto a un número tres en la pantalla. Pulsó el botón con avidez y escuchó dos mensajes de su compañía telefónica premiándole por su fidelidad, ofreciéndole la posibilidad de contratar nuevos servicios y acabar pagando el doble en su factura mensual, ofertas que caducaban a las pocas horas e instándole a decidirse pronto.

Ignoró tales cantos de sirena y al escuchar el tercer mensaje dejó caer la bolsa sobre la mesa de la cocina y corrió hacia el teléfono.

—Señor Bach, soy Eva, la nieta de Juana Caballero. Tengo algo que podría interesarle, pero le va a costar como mínimo un café, o mejor aún, una merienda. Espero noticias suyas, bueno... quiero decir, tuyas.

Gerard sonrió ante aquel comentario. Era ella quien había insistido en que se tutearan. Era una mujer extraña, pero algo en ella le atraía, aunque fuera una sensación un tanto contradictoria, atracción y prevención al mismo tiempo.

Quería explorar más a fondo aquel misterio. ¿Qué podía querer mostrarle ahora? ¿Sería tan solo una treta para poder verle de nuevo? Solo había una forma de averiguarlo.

Gerard ya iba por su segundo café con leche de la tarde, y en cuanto al total del día, había perdido la cuenta. Llamó dos veces al teléfono móvil de Eva pero no consiguió encontrarla, así que le dejó un mensaje citándola a media tarde en una céntrica cafetería del Eixample barcelonés, barrio modernista por excelencia.

No sabía si ella se presentaría, ni tan siquiera podía estar seguro de que hubiera escuchado su mensaje. Llamó a su teléfono móvil un par de veces más desde la cafetería, pero con la misma suerte. Iba a esperar media hora más y entonces volvería a casa.

De la mesa de al lado pudo coger al vuelo un ejemplar de un periódico del día, tan arrugado y manchado de aceite y café que parecía que alguien hubiera estado practicando cómo envolver correctamente su bocadillo de jamón con aquel papel.

Hojeó las primeras secciones, volviendo las páginas solo con la punta de los dedos, pero no pasó de la sección internacional, cuyas páginas estaban adheridas a las siguientes con una sustancia pegajosa de origen desconocido.

—No me atrevo a preguntar qué has estado haciendo con ese periódico —oyó decir a una voz femenina detrás suyo.

Se volvió y se encontró ante una sonriente Eva, que se sentó frente a él sin esperar a que le respondiera. Llevaba un vestido de corte antiguo, con volantes en el cuello y los puños, y una chaqueta ligera de color gris claro.

—No hablaré si no es en presencia de mi abogado —dijo Gerard, levantando las manos.

Pidieron más café y varias piezas de bollería y charlaron durante unos minutos sobre temas insustanciales.

Aquella mujer le resultaba intrigante. Era hermosa, pero la suya era más una belleza interior. Sus grandes ojos claros le conferían una expresión felina que le inquietaba y le atraía a la vez. Tenía que reconocer que le ponía nervioso estar frente a

203

ella, lo cual le ponía más nervioso todavía, en un círculo vicioso imposible que no conducía a nada.

Por otro lado tenía la sospecha de que ella le estaba ocultando algo, o al menos de que no estaba siendo completamente franca con él, aunque decidió no adelantar acontecimientos y darle una oportunidad. La vida hay que vivirla paso a paso, en pequeñas dosis. Ese había sido siempre uno de sus lemas, y no iba a dejar de aplicarlo ahora.

—En tu mensaje me decías que tenías algo que mostrarme —le dijo Gerard, sin más rodeos.

—No, te dije que tenía algo que te interesaría, no es lo mismo —dijo ella, adoptando súbitamente una actitud seria, lo que sorprendió a Gerard, que no sabía si bromeaba. Los súbitos cambios de carácter de aquella mujer le descolocaban.

—Gracias por la precisión. ¿De qué se trata?

—Mi bisabuela vino trabajar a la ciudad desde un pequeño pueblo de agricultores de la provincia de Navarra. Era mujer de pocas palabras. Yo apenas la conocí, pero en el poco tiempo que compartí con ella jamás la escuché hablar más de cinco minutos seguidos. Sin embargo era una mujer excepcional, trabajadora como pocas, dedicada a su familia y educada desde pequeña en el valor del trabajo duro y la responsabilidad.

Gerard no veía a dónde quería ir a parar con aquella disertación, pero no la interrumpió.

—Por eso me sorprendió tanto encontrar esto entre sus pertenencias. Haciendo limpieza en su casa, dentro de unas cajas llenas de libros y papeles encontré esto —y abriendo su bolso extrajo un objeto envuelto en papel marrón.

—Me tienes intrigado.

—Ahora sí que te voy a mostrar algo —le dijo ella sonriente, y desenvolvió el paquete, en cuyo interior había un pequeño libro con tapas blandas de piel, muy gastadas y arañadas.

—¿Es una Biblia?

—Lo parece, pero no, no lo es. Es un diario —dijo ella, dejando correr las páginas entre sus dedos.

—Jamás hubiera pensado que mi bisabuela pudiera llevar un diario personal, con lo poco comunicativa que era,

204

pero así fue, por lo menos durante un tiempo. Las entradas son esporádicas y a veces pasan muchos meses entre una y otra, y casi nunca son más de cuatro o cinco frases, pero ahí están —dijo ella, dejándolo sobre la mesa.

Gerard lo interpretó como una invitación a ojearlo, pero antes de cogerlo pidió permiso a Eva con una mirada, a la que ella respondió con un movimiento afirmativo de cabeza.

Ojeó las primeras páginas. Para ser una mujer campesina, su caligrafía era diminuta y equilibrada, con trazos fuertes y redondeados. Los renglones de escritura parecían hileras de pequeños caracoles serpenteando a través del papel. Era evidente que aquella mujer había recibido cierto nivel de educación. Cada entrada estaba precedida por la fecha, escrita en letra más grande.

—¿Sobre qué temas escribe? —preguntó Gerard.

—Principalmente temas relacionados con la familia, pero también hay partes en que habla sobre su trabajo, sus aspiraciones, sus sueños. Me han hecho conocer una faceta de mi bisabuela que jamás sospeché que existiera, pues resultó ser una mujer de una gran sensibilidad. Lo que me llamó la atención fue esto —dijo Eva, tomando el libro entre sus manos y pasando páginas hasta detenerse en un punto concreto, que señaló con el dedo.

—Cuando te marchaste el otro día, recordé que en el diario había algunas entradas referentes al Casino, tres entradas concretamente. Las releí todas y me llamó especialmente la atención una de ellas.

—*No puedo seguir aquí más tiempo, no pueden obligarme. Agus dice que en MM habita el mismo diablo y yo no quiero acabar como los demás—.*

La frase estaba escrita con pulso tembloroso y junto a esas líneas, dos pequeños dibujos de trazo grueso y simple. Uno de ellos representaba una montaña, perforada por un agujero oscuro en forma de puerta. El otro podía ser cualquier cosa, pero Gerard creyó ver en él una figura con la boca abierta, con lo que parecían colmillos, un cuerpo ondulante y dos alas. ¿Qué había querido representar con aquel dibujo?

—Te estás preguntando qué significa ese dibujo, ¿verdad? —dijo Eva.

—¿También lees el pensamiento? —dijo Gerard sonriente. —Sí, es un dibujo curioso. ¿Crees que puede estar refiriéndose al diablo que menciona en su texto?

—Lo he pensado muchas veces. Es muy probable. Creo que era una mujer muy religiosa.

—Todo el mundo lo era en aquella época —apuntó Gerard.

—Sí, supongo que sí. Imagino que estaba hablando en sentido figurado, como si estuviera bromeando. Debía referirse a que estaba cansada de su trabajo, y no me extraña, pues llevar todo el servicio de habitaciones del hotel debía ser extenuante.

—Pero eso es lo que uno diría de palabra, durante una conversación. Hablaría de diablo refiriéndose a una persona pícara o atrevida. Es extraño pensar que en sus confesiones íntimas, en su diario personal, se expresara del mismo modo, a no ser que estuviera hablando completamente en serio, que es lo que uno suele hacer cuando se confiesa —dijo Gerard.

—¿Quieres decir que mi bisabuela creía que el diablo existe de verdad y que habitaba en MM, sea lo que fuera ese lugar?

Gerard se pasó la mano por los cabellos y suspiró. —No, no es eso. Pero da la impresión que algo la preocupaba mucho, y que alguien la aterrorizaba. Tal vez se refiriera a algún jefe suyo en el Casino, o a algún cliente especialmente exigente o caprichoso. ¿Quién sabe?

—Siempre me ha dado mucha pena leer esa frase. Da la impresión de que estaba sufriendo mucho, sobre todo cuando dice que no quiere acabar como los demás. Supongo que se refiere a no acabar desquiciada, o agotada, o tal vez tenía miedo a que la despidieran. Jamás podremos averiguar la verdad; lástima que ya no quede nadie vivo para contarnos lo que sucedía —se lamentó Eva.

—No estés tan segura. Tal vez aún haya una posibilidad —dijo Gerard sonriendo enigmáticamente.

206

CAPÍTULO 38

Gerard cruzó la calle Balmes en busca de la dirección que le habían dado por teléfono, un moderno edificio de oficinas, encajado entre dos antiguos edificios del siglo pasado.

Otro atentado al buen gusto y una nueva puñalada a la tradición modernista de la ciudad. Y era irónico que ello sucediera a tan solo pocas manzanas de la sede del Museo del Modernismo de la Ciudad de Barcelona.

Repasó el directorio de empresas en el vestíbulo hasta dar con el nombre del bufete de abogados para el que trabajaba Lucía, la nieta de Agustín.

Tras leer en el diario de Juana la alusión a que —*Agus dice que en MM habita el mismo diablo*—, supo que Agus tenía que ser Agustín, y solo él podría aclararles a quién se refería Juana cuando hablaba del diablo.

Cuando llamó a su nieta para pedirle permiso para visitar de nuevo a Agustín en la residencia, Lucía le respondió con sollozos y le citó para esa misma tarde en las oficinas donde trabajaba.

La joven recepcionista le hizo pasar a una sala privada y le ofreció un vaso de agua. Gerard se preguntaba con qué criterio se seleccionaba a aquellas jóvenes para ser recepcionistas en los grandes bufetes de abogados.

Era imposible que fuera simple casualidad que todas ellas fueran tan espectacularmente hermosas, y que transmitieran esa sensación de discreta elegancia.

207

Por cuestiones de trabajo había visitado bufetes importantes, y aquel perfil de mujer elegante y explosiva a la vez, era una constante en todos ellos.

Si lo hacían para captar clientes, no le parecía que el tipo de clientela selecta que frecuentaba aquellos bufetes fuera de la que se atrae mostrando unos centímetros de más escote o menos falda.

Supuso que no se debía a motivos comerciales. Estaban allí para satisfacer los impulsos de los socios, para alegrarles la vista y alimentar sus fantasías.

La puerta se abrió, pero no se trataba de la espectacular recepcionista sino de Lucía, cuyos ojos enrojecidos delataban una tarde en la que no había dejado de llorar.

—La acompaño en el sentimiento. Por favor, haga extensivas mis condolencias a su hermano y al resto de la familia —le dijo, estrechándole efusivamente la mano, como si intentara transmitirle todo el calor y afecto posible a través de sus dedos.

Lucía asintió y se sentó junto a Gerard en la mesa.

—No puedo creer que su abuelo haya muerto. Estuvimos con él tan solo hace un par de días y parecía tan fresco y con tan buen estado general.

—Eso creíamos también nosotros. Los médicos no se lo explican. Tras su visita, el abuelo estuvo de muy buen humor; parecía que el recordar viejos tiempos con usted y hablar sobre el Casino, su infancia al fin y al cabo, le había rejuvenecido. Pero al día siguiente algo cambió. Por la tarde comenzó a sentirse súbitamente mal, y era incapaz de explicar lo que le ocurría. No entendíamos lo que decía, y llegó al punto de desvariar, no reconocer a nadie, y finalmente, cerca de la medianoche, murió. Un paro cardíaco—explicó ella entre sollozos.

—La autopsia determinará la causa —dijo Gerard.

—No en su caso. Tal vez no haya autopsia.

—¿Qué quiere decir?

—Por el amor de Dios, era un anciano de más de cien años de edad. Hay millones de posibles causas, y todas ellas razonables, ¿no cree? ¿Para qué hacerle sufrir después de muerto? Es mejor incinerarlo y conservar su recuerdo.

Gerard se cuestionaba la legalidad o cuanto menos la ética de tal postura, pero prefirió no discutir con ella en tan difíciles momentos.

—Supongo que en el partido final de la vida, cuando uno ya pasa de centenario, todo el tiempo vivido a partir de ahí forma parte de la prórroga, y poco podemos reclamarle al árbitro —dijo Gerard, que no podía creer que no hubiera sido capaz de emplear un tópico menos manido que el futbolístico.

—Vivió mucho y vivió una vida larga y feliz. Ese es el consuelo que nos queda —dijo Lucía—. Nos han llamado del Ayuntamiento y de la televisión local. Quieren hacernos una entrevista hoy o mañana. Era la persona más longeva del país, ¿sabe? Por lo menos después de muerto tendrá sus quince minutos de gloria.

—Creo que tuvo mucho más que eso. Y aunque no lo conocí apenas, tengo la impresión de que con unos nietos como usted y su hermano, Agustín sentía que la gloria era poder estar con ustedes y sentirse tan querido y arropado —dijo Gerard, cogiéndole de la mano.

—¿Usted cree? —dijo ella, con lágrimas en los ojos.

—No tenga ninguna duda.

Un golpe suave en la puerta precedió la aparición de un atrevido escote, acompañado del hermoso rostro de la recepcionista.

—El equipo de TV3 está aquí —dijo, y Gerard quiso pensar que se estaba dirigiendo exclusivamente a él.

—Enseguida voy, que esperen en otra sala —dijo Lucía, y el escote desapareció del mismo modo en que había aparecido.

—No quiero molestarla más; la llamé porque me hubiera encantado volver a hablar con su abuelo, y preguntarle algunas cosas más, pero no ha podido ser. La vida es así —dijo Gerard, levantándose para marcharse.

—Usted le caía bien.

Gerard se detuvo y se volvió hacia ella.

—¿Cómo lo sabe?

209

—Lo sé. Conocía bien a mi abuelo. Sé que estaba muy ilusionado con que alguien se tomara en serio aquella época e investigara sobre el Casino y su historia.

—Su abuelo formaba parte de esa historia, el Casino formaba parte de su vida —afirmó Gerard.

—Sí, y una parte muy importante. Siempre sentimos que había mucho que el abuelo nos ocultaba sobre aquellos años. Pensamos que tal vez habría habido alguna mujer, o que habría sucedido algo que no quería explicar, tal vez algún lío de faldas, o que presenció algo que no debía, cosa posible, dado que su trabajo como botones le daba acceso a todo y a todos. Nunca lo sabremos —dijo Lucía, hablando mientras se enjuagaba las lágrimas con un pañuelito de papel.

Con su mirada, Gerard la animaba a seguir hablando.

—¿Alguna vez habló de MM? —le preguntó directamente.

—¿MM? ¿Qué son, unas iniciales?

Gerard lo ignoraba, pero tal vez lo fueran. Tendría que repasar de nuevo los listados de personal y clientes del hotel para ver si averiguaba algo.

—No lo sé. Alguien, o tal vez algún lugar. Una persona que había trabajado con Agustín me lo comentó, y pensé que tal vez él sabría de qué se trataba.

—Lo siento, pero no me dice nada. Discúlpeme pero tengo que ir a atender a los de la televisión. Debería haberme quedado en casa y no venir a trabajar hoy, pero necesito estar ocupada, y venir al despacho sé que me mantendrá distraída unas horas. Mi hermano se ocupa de todos los preparativos para el entierro, misa, oficio, lo que sea. Y gracias por haber venido. Se lo agradezco de veras —y le estrechó la mano, dirigiéndose hacia la puerta.

Al llegar a ella se volvió.

—Casi lo olvidaba. El abuelo dejó estas notas escritas después de que usted fuera a visitarlo. Nos dijo que se las hiciésemos llegar a usted, pero la verdad es que no tuvimos casi ni tiempo de pensar en eso, pues murió justo al día siguiente —dijo ella, entregándole un pequeño sobre, mientras salía al pasillo.

210

Gerard se guardó el sobre en el bolsillo y la siguió. Ella se despidió y le volvió a dar la mano. Gerard se acercó y le dio un beso en la mejilla, cosa que ella agradeció, pues cerró los ojos y volvió a sollozar.

—Podré encontrar la salida solo, no se preocupe —le dijo.

—Gracias, gracias de nuevo.

La mujer se alejó por el pasillo. Tras dar varios pasos se detuvo, se volvió y le habló entre lágrimas y sollozos.

—Por favor, hable bien de mi abuelo en su libro. Se lo merece —le dijo, y Gerard asintió moviendo la cabeza y sonriéndole desde lejos.

En cuanto estuvo en la calle entró en el primer bar decente y discreto que pudo encontrar, y pidió una taza de café con sabor a vainilla, aunque sabía positivamente que las posibilidades de que lo tuvieran eran mínimas, aunque no por ello dejaba de intentarlo.

Se conformó con un café con leche normal y se dispuso a abrir el sobre. En su interior encontró una simple hoja arrancada de una libreta de anillas y escrita solo por una cara con caligrafía temblorosa y muy difícil de leer.

Al pie de la página se distinguía una firma, una gran letra A seguida de unos garabatos que debían ser su nombre. En la parte superior, se podía leer una palabra seguida de "Rabassada" pero estaba tachada.

Debajo había unos dibujos de trazo infantil. Había una casa dibujada a base de líneas rectas, con ventanas en dos pisos y una chimenea humeante. Era exactamente la misma casa que cualquier niño de cinco años de cualquier lugar del mundo habría dibujado.

A su lado, un dibujo hecho con trazos redondeados mostraba un águila, o un gran pájaro que parecía tener cuernos y un cuerpo muy alargado.

En un extremo del pie de página había una imagen de un grifo del que salía un gran chorro de agua y a su lado un barco, que podía haber sido dibujado por el mismo niño que hubiera dibujado la casa.

En el otro extremo del pie de página se distinguía un cuadrado con trazo muy fino, apenas visible, y en su interior

211

lo que parecía una pequeña llama que surgía de una línea recta, como si se tratara de una vela colocada en posición horizontal.

Eso era todo. Gerard lo contempló pensativo. ¿Qué demonios era aquello? ¿Qué había querido decirle Agustín con aquellos dibujos? No sabía si es que el anciano no sabía dibujar mejor, o acaso la demencia senil le llevaba a retroceder en el tiempo y a que su inteligencia perdiera facultades, cerrando el círculo de la vida que le hacía regresar a su infancia. O tal vez lo había hecho a propósito, y había empleado símbolos sencillos y fáciles de decodificar.

Cualquiera que fuera la explicación, tenía claro que Agustín intentaba decirle algo que no quiso o no se atrevió a escribir con palabras y que ocultó tras los trazos falsamente infantiles de aquellos dibujos.

Durante su conversación con Agustín, recordaba haber quedado impresionado por la lucidez y agilidad mental de aquel anciano. No podía entender que esa misma noche solo fuera capaz de hacer aquellos dibujos tan básicos, a no ser que los hubiera hecho a conciencia.

Además había algo extraño en aquella muerte. El anciano había vivido más de cien años con buena salud, y decidía morir justo horas después de que Gerard y Max lo visitaran y le hicieran preguntas sobre el Casino.

Eran demasiadas coincidencias, y Gerard jamás había creído en ellas.

Lucía le había pedido que hablara bien de Agustín en su obra, y lo iba a hacer.

Se lo debía a aquel hombre misterioso y excepcional, que incluso desde el más allá parecía querer ayudarle.

CAPÍTULO 39

Habían pasado varios días desde que Gerard estuvo con la nieta de Agustín. No había sabido nada más de ella, ni si finalmente se había llevado a cabo una autopsia. Había tantos interrogantes planeando sobre aquel asunto, que Gerard estaba confuso.

Necesitaba tomar algo de distancia y verlo todo desde otra perspectiva.

Presentía que la clave tenía que estar en las ruinas del Casino, pero hasta el momento todas sus experiencias allí habían acabado dando con sus huesos en el suelo, con hematomas y con visitas a la comisaría de policía.

Tenía un mensaje de Max en el contestador, avisándole de que en dos días volvía de su viaje. Estaba seguro de poder convencerlo para que le acompañara de nuevo a recorrer las ruinas del casino. Al fin y al cabo la montaña era de todos, no podían impedirle salir a pasear por un parque natural como el de Collserola.

Dedicó el día a seguir releyendo varios tomos inmensos de los ejemplares encuadernados de los periódicos "El Noticiero Universal" y "La Vanguardia" correspondientes al período desde 1910 a 1915 y que sacó de la biblioteca.

Aplicando lo que aprendió en un curso de lectura rápida, leía las páginas en diagonal, quedándose solo con titulares y palabras clave. Aún así, la lectura le parecía tan soporífera como si estuviera leyendo cuatrocientas guías telefónicas.

Los periódicos de la época eran mucho más densos que los de la actualidad. A su escasez de imágenes había que

213

sumar la prolijidad de sus textos, y el aprovechamiento máximo de cada milímetro de papel, lo que resultaba en páginas abarrotadas de información, en las que se mezclaban sin aparente criterio, noticias de diferentes temáticas, con anuncios publicitarios de todo tipo.

¿Es que los periodistas de hace un siglo acaso no sabían lo que eran las secciones en un periódico? Aquellos ejemplares periódico eran el equivalente informativo a los bazares de objetos de ocasión tan habituales en las ciudades actuales.

Encontró varios artículos que informaban sobre la inauguración del Casino de la Rabassada, publicitando con el lenguaje pomposo y descriptivo de la época las maravillas que podían encontrarse en aquel complejo de juego y ocio. Describían el hotel y el Casino, recreándose en su lujo y sofisticación, y animaban al público a visitar las fabulosas atracciones.

También encontró artículos que criticaban el juego y los efectos perniciosos que podía tener sobre aquellos que lo practicaban en desmesura.

Dispersos entre tantas páginas de información, encontró algunos artículos que comentaban el hallazgo de cadáveres en la sierra de Collserola, y algunos en los que los relacionaban con el Casino

Todos estaban escritos desde la perspectiva de la perniciosa influencia del juego como imán para maleantes y ladrones y del entorno de vicio y corrupción que tarde o temprano florecía alrededor de tales establecimientos.

Un nombre captó su atención. En un artículo se hablaba de un capitán de policía, un tal Casimiro Botell, cuyo equipo había dirigido una investigación sobre células anarquistas que planeaban cometer atentados en la ciudad.

Encontró otros artículos similares, y por el tono empleado por los reporteros al referirse a él, aquel capitán Botell parecía una persona influyente. Gerard tomó nota para indagar sobre si podía tener alguna relación con el actual teniente Elías Botell, con quien había tenido el placer de departir recientemente.

Apartó los tomos de periódicos para dejar descansar la vista y se preparó un café con vainilla. Sin saber porqué se encontró examinando los dibujos que había copiado del diario personal de Juana Caballero y los que le dejó el botones Agustín en su carta antes de morir.

Los puso unos junto a otros y los comparó. El estilo era muy diferente, pero tenían elementos en común, sobre todo aquel extraño animal, una mezcla de pájaro, serpiente, fiera, lagartija, cualquier cosa. Los dos habían intentado dibujar lo mismo, y le resultaba extrañamente familiar.

Juana había dibujado una montaña con un agujero que parecía una puerta negra, mientras que Agustín había dibujado una casa y un chorro de agua.

Gerard dedicó más de una hora a buscar por internet fotos antiguas del Casino, cayendo, sin darse cuenta, en las redes de la fascinación que le provocaban, imaginando como habría sido vivir aquella época y en aquellos parajes, tal y como habían hecho Juana y Agustín.

Retrocedió para contemplar de nuevo unas fotografías color sepia del parque de atracciones. Podía ver a mujeres vestidas con los aparatosos faldones y sombreros de la época, embutidas en los pequeños vagones de la montaña rusa, junto a sus parejas, portadores de bombines y bastones, dispuestos a experimentar las fuertes emociones de aquellos descensos y curvas vertiginosas y los recorridos por las oscuras entrañas de la montaña a través de los túneles.

En algunas fotografías de la parte más baja del valle, aparecía una reproducción en cemento de la característica silueta en forma de sierra de las montañas de Montserrat, construida junto a una fuente natural, en una zona de picnic cercana al Casino.

La boca de aquellos túneles en la montaña guardaba una gran semejanza con el dibujo de Juana. ¿Y si con su dibujo ella hubiera intentado representar la entrada a uno de aquellos túneles?

Por lo que había leído, los túneles eran cortos, y la mayoría aún se conservaban, pues al estar construidos dentro de la montaña, no pudieron ser derruidos como lo fue el resto del recinto.

Tenía que volver a aquel lugar. Nada ni nadie podría impedírselo, aunque lo prudente era no ir solo. Necesitaba un acompañante, pero Max no estaría de vuelta hasta el día siguiente.

—Tendría que decir que estoy excitada ante la perspectiva de esta aventura, pero la verdad es que estoy un poco asustada —dijo Eva, mientras ascendían por la carretera que les llevaba hacia las ruinas del Casino.

—Y no lo digo por las ruinas, ni por los fantasmas que pueda haber en ellas, sino por la experiencia de subir en moto contigo yendo de paquete —dijo ella, sujetándose con fuerza a la cintura de Gerard, mientras este gestionaba las numerosas y pronunciadas curvas, que parecían haberse retorcido más desde la última vez que recorrió aquella carretera.

La ciudad se alejaba a sus espaldas, y pronto Eva sucumbió al encanto de las maravillosas vistas que se desplegaban ante ella.

Gerard se detuvo un instante en un pequeño mirador habilitado tras una curva de más de 180°, desde el que se contemplaba una espectacular vista de la ciudad de Barcelona, rodeada por aquel inmenso mar Mediterráneo que la abrazaba cariñosamente sin dejarla escapar, y que reflejaba el sol como una gigantesca lámina dorada.

Era una lugar muy visitado por los turistas, que se detenían allí a todas horas del día a tomar fotografías de la ciudad, y por las parejas, que se detenían allí por la noche, a gozar de las vistas que se ofrecían fuera y dentro de los coches, aparcados ordenadamente en batería, con las ventanillas subidas y cubiertas de vaho.

No tardaron en alcanzar la cumbre e iniciar el descenso, hasta llegar a la recta en la que el único muro que quedaba en pie del Casino provocó en Eva una exclamación de sorpresa.

Gerard le dio la mano mientras descendían por el resbaladizo camino que llevaba a la torre y la terraza, lugares que quería evitar a toda costa. Su plan era dirigirse directamente hacia la parte inferior de la montaña, donde esperaba encontrar alguna de las entradas a los túneles para así inspeccionarlos.

216

—Allí se ve un edificio entre los árboles —dijo Eva, tirando de él y señalando hacia la torre.

—Sí, lo sé. No es más que una vieja torre del Casino medio derruida, no hay nada de interés allí —dijo él, intentando abandonar el camino.

Gerard había optado por no comentarle ningún detalle acerca de sus experiencias pasadas, pues aún no sabía si podía confiar en ella y prefería no asustarla antes de tiempo.

—Me encantaría verla. Piensa que mi bisabuela debía haber trabajado allí. Si era parte del hotel, seguro que ella había pisado esos suelos. Vamos a verla, por favor. Además, hay más gente allí, mira — dijo ella, señalando hacia el camino.

Gerard vio un grupo de visitantes, equipados para caminar por la montaña, detenidos al final del camino, junto a la torre. Aguzó su oído, y le tranquilizó no escuchar ningún ladrido. Para contentar a Eva, asintió con la cabeza y echaron a caminar en aquella dirección.

—Buenos días —dijo Gerard, dirigiéndose al que parecía el líder del grupo, un hombre grueso, con gruesas patillas y gruesas gafas, que debía tener unos sesenta años de edad. Iba acompañado de tres mujeres que parecían superarle en edad, aunque no en tamaño.

—Buenas —respondió el hombre.

—¿Hay algo interesante en esa torre? ¿Se han encontrado con alguien? —preguntó Gerard inocentemente.

—Si usted considera interesante ver basura amontonada, oler a orines y mierda y arriesgarse a que le caiga el techo encima, lo encontrará apasionante —respondió el hombre con ironía, secándose la frente con un pañuelo—. Bueno chicas, ¿nos ponemos en marcha? Quiero llegar al coche y que nos vayamos a comer a la masía-restaurante que está a un kilómetro de aquí. Nos lo hemos ganado, ¿verdad?

Gerard se preguntaba qué es lo que podían haber hecho para ganarse la opípara comilona con que a buen seguro iban a obsequiarse al llegar al restaurante, pero prefirió no preguntarlo. El grupo se alejó, siguiendo a su orondo líder, y Gerard rodeó la torre para acercarse a observar su interior.

217

Eva entró con él y al momento se detuvo, frenada por una onda fétida que amenazaba con acabar con su vida en unos segundos. Parecía que hubieran matado a alguien y lo hubieran dejado descomponer, macerado en sus propias heces, tal era el hedor insoportable que emanaba de la sala.

—Esa gente se han quedado cortos en su descripción, esto no solo huele a orines, es como si estuviéramos flotando en una cloaca fétida e inmunda, remando con nuestras manos, en dirección a... —dijo Eva.

—Basta, por favor —le interrumpió Gerard—. Creo que el símil está más que claro. ¿Podemos dejar el tema? Ya te dije que aquí solo había basura, que no hay nada de interés —añadió Gerard.

—Espero que cuando mi bisabuela trabajaba aquí, la clientela y el establecimiento fueran de más nivel —dijo ella, tapándose la nariz con una mano y señalando con la otra hacia el viejo colchón y los restos de ropa vieja y basura amontonados por todas partes.

Volvieron rápidamente al camino y Gerard se abrió paso entre la espesura para bajar hacia el fondo del valle, a la zona donde habían estado instaladas las atracciones.

CAPÍTULO 40

Resultaba difícil creer que cien años antes hubiera existido un moderno parque de atracciones en aquel lugar.

Estaban en medio de lo que actualmente era un espeso bosque, sin embargo un siglo atrás, por aquella zona habían paseado miles de ciudadanos, ansiosos por sentir la excitación de descender a velocidad vertiginosa sobre un vagón por unos estrechos railes, para regocijo de sus ociosos ocupantes.

El hombre dispone, pero la naturaleza, eternamente paciente, siempre acababa reclamando lo que era suyo.

La vegetación era muy espesa, pero se adivinaban algunos senderos que la atravesaban, probablemente creados por los excursionistas que a menudo cruzaban aquellos bosques en dirección al Tibidabo.

Gerard divisó entre la maleza los restos de un arco, que daba acceso a un pequeño túnel de pocos metros de longitud en fuerte desnivel. Lo reconoció como uno de los túneles de la montaña rusa, aunque ya no quedaban railes ni ninguna otra señal de lo que antaño había sido.

Sabía que el recorrido original de la montaña rusa era de unos dos kilómetros, pero teniendo en cuenta que lo formaban largas rectas y varias curvas de casi 360°, la extensión máxima del circuito debió ser de unos trescientos metros. Los restantes túneles no podían estar lejos de aquel, aunque encontrarlos entre aquella espesa vegetación no iba a ser tarea fácil.

Se separaron para seguir buscando, aunque acordaron mantener siempre contacto visual. No tardaron en dar con lo que buscaban.

—Aquí —gritó Eva, sin poder disimular su excitación.

Gerard se vio frente a un arco que daba entrada a un túnel de más de cuatro metros de altura, construido con ladrillos y sorprendentemente bien conservado. Su suelo de piedra y cemento había evitado que la vegetación lo invadiera y lo ocultara por completo.

—Que se haga la luz —dijo Gerard, sacando orgullosamente de su bolsillo una pequeña linterna de LEDS que había comprado en un bazar.

—¿Esta es toda la iluminación que traes? —preguntó Eva con incredulidad.

—Ilumina más de lo que parece, no te dejes engañar por el tamaño —dijo Gerard, absteniéndose de hacer el chiste fácil que ella le había puesto en bandeja, oportunidad que su amigo Max no hubiera desaprovechado.

Gerard se adentró en el pasadizo, seguido de Eva, que apoyaba la mano en su hombro. El túnel era largo y describía una curva muy abierta, para que las vagonetas de la atracción no se acelerasen demasiado en el interior.

El recorrido fue de apenas veinte metros, y Gerard confiaba en que la luz blanca y brillante que veían al final del túnel les mostrara la salida al bosque y no la entrada a la vida eterna.

A juzgar por los grafitis que decoraban las paredes, no eran los primeros en visitar aquel túnel, que parecía haber recibido más visitas que la Catedral de la ciudad.

Al salir, prosiguieron su búsqueda por la montaña, y media hora después Eva encontró la entrada a otro túnel, similar al anterior, pero tapiado con ladrillos, en los que habían abierto una puerta que se volatilizó muchos años atrás.

El haz de luz de la pequeña linterna apenas podía abrirse paso en la oscuridad del interior. Esta vez Eva se sujetó al brazo de Gerard, tomándose una confianza que crecía a medida que pasaban los minutos y seguían adentrándose en aquellos lóbregos túneles.

220

Caminaron lentamente entre escombros, cascotes y esporádicos restos de juergas nocturnas en forma de botellas vacías, latas de cerveza y otros desechos de naturaleza menos identificable.

—¿Porqué estaba tapiado este túnel? —preguntó Eva.

—Después de la Guerra Civil, algunos de estos túneles se emplearon como almacenes y bodegas, por eso los tapiaron. Tienen una gran capacidad y hay varios grados menos de temperatura con respecto al exterior —explicó Gerard.

—Sí, puedo notarlo. Tengo la sangre helada, este lugar me da escalofríos —dijo Eva, sujetándose con fuerza a la manga de la chaqueta de Gerard.

Llegaron al otro extremo del túnel, que también estaba tapiado, pero pudieron salir al bosque por una estrecha abertura en el muro.

—Ahhh, qué gusto sentir el calor del sol, aunque sea entre los árboles —dijo Eva, mirando hacia el cielo —. ¿Dónde estamos?

—No lo sé exactamente. Creo que en uno de los extremos más alejados de la zona que ocupaba el parque de atracciones. A partir de aquí comienza lo que siempre ha sido bosque, y la pendiente se agudiza hasta llegar al fondo del valle.

—¿Y ahora qué hacemos? No hemos encontrado nada de lo que esperabas encontrar, fuera lo que fuera. Aunque a mí me ha emocionado mucho poder caminar por estos parajes, y saber que mi bisabuela pasó parte de su vida aquí —dijo Eva, sentándose sobre un tronco caído.

Gerard miró a su alrededor. A su espalda, y unos trescientos metros más arriba, debían encontrarse los restos del Casino, y al frente, la montaña salvaje.

Decidieron regresar hacia las ruinas principales, pero en vez de ascender por el mismo camino, esta vez lo harían por el lado oeste, bordeando lo que hubiera sido el perímetro del recinto de la propiedad del Casino.

El ascenso fue dificultoso, por lo empinado del terreno y la espesa vegetación. Gerard tuvo que ayudar a Eva ofreciéndole su mano en numerosas ocasiones, lo cual le

221

resultaba una tarea más agradable de lo que inicialmente había pensado. Se sorprendió a sí mismo sujetándola y tirando de ella incluso en tramos en los que el terreno no ofrecía dificultad alguna.

—Allí hay algo —dijo Eva, demostrando tener buen ojo para descubrir estructuras entre la vegetación. Apuntaba hacia una pequeña elevación en el suelo, cerca de un enorme árbol, totalmente cubierta por musgo y ramas caídas.

—Parece solo una roca enterrada —dijo Gerard, acercándose y golpeándola con el pie.

—Sí, pero tiene una forma demasiado rectilínea, creo que ahí debajo hay algo, y parece artificial —insistió ella.

Gerard no estaba muy convencido, pero recogió una rama grande y seca y la clavó, hurgando y haciendo palanca hasta levantar una gran placa de tierra y musgo. Siguió escarbando y apartando tierra y pronto llegó a lo que parecía una losa plana de cemento.

—Tenías razón —dijo él, claramente entusiasmado—. Puede ser un bloque de cemento caído, o tal vez una losa que esté tapando algún pozo. Tenemos que acabar de despejarla.

La losa resultó ser la parte superior de una estructura de cemento, bajo la que había una gruesa y pequeña puerta de madera, con una cerradura muy oxidada. Parecía un respiradero, o la entrada a una carbonera. Incluso si conseguían abrir la puerta, el espacio apenas permitiría el paso de una persona adulta.

—A juzgar por el estado de la puerta, esto parece haber estado oculto desde el siglo pasado, enterrado y protegido de las miradas de curiosos. Con la cantidad de gente que ha pasado por aquí en todos estos años, es increíble que nadie lo haya descubierto —exclamó Gerard.

—¿Qué crees que puede haber dentro? ¿Tal vez el tesoro secreto del Casino? ¿Su cámara acorazada? ¿Su caja fuerte? —dijo Eva riendo.

—No lo creo. Está bastante alejado del Casino, y además no tengo constancia de que existiera ninguna cámara acorazada. Debe ser algún almacén de material. Voy a intentar abrirlo.

222

—¿Has comprado algún juego de ganzúas en ese bazar al que pareces tan aficionado? —bromeó Eva.

—No, porque en este caso no hay nada como la tecnología nacional —dijo Gerard, desenterrando una gran roca y acercándose con ella a la puertecilla de madera.

Descargó varios fuertes golpes, lanzando la roca con fuerza contra la cerradura, que comenzó a doblarse y a desencajarse de la madera, debilitada por el paso de los años y la humedad. Cuando un fuerte crujido indicó que la puerta había cedido, Gerard arrojó la roca a un lado y acercó su linterna al orificio.

Solo podía ver un tramo de cinco escalones de piedra, que se perdían en la oscuridad. Más allá, el pasadizo giraba a la izquierda y se adentraba en la montaña. Gerard y Eva se volvieron, y no hizo falta intercambiar palabra alguna, su mirada llevaba implícita la pregunta y la respuesta.

Gerard entró el primero a través del orificio y desde dentro ayudó a Eva. El pasadizo tenía poco más de un metro de altura y tuvieron que avanzar a gatas durante unos cinco metros, hasta que pudieron ponerse en pie. Estaban en un túnel que parecía aprovechar una gruta natural, y que desde allí penetraba en la montaña.

Se encontraban en un lugar inexplorado, en una parte del recinto que tal vez había permanecido cerrada durante más de un siglo. Lo prudente sería volver otro día mejor equipados.

Gerard pensó en llamar a Max y volver para explorarlo todo con buena iluminación y herramientas. Era una imprudencia hacerlo ahora, con una linterna de juguete y acompañado de una mujer que acababa de conocer.

¿A quién pretendía engañar? La descarga de adrenalina era tan fuerte que debía estar mezclada como mínimo con feromonas, pues tanto él como ella estaban plenamente decididos a seguir adelante.

—Parece una cueva —dijo Eva, pasando las manos sobre la pared de roca.

—La base es roca natural, pero fíjate que hay partes en que se ve cemento, y hay zonas que han sido ensanchadas artificialmente —dijo Gerard, señalando hacia adelante.

223

El ambiente era cargado, la humedad muy alta, y se hacía difícil respirar. El aire tenía un olor dulce a moho y a vegetación en descomposición, que aunque molesto, no llegaba a ser desagradable y pronto se acostumbraron a él.

Caminaron durante unos diez minutos, siguiendo el suelo de la cueva en suave pendiente ascendente, hasta que llegaron a una bifurcación.

—¿Y ahora hacia dónde? ¿Dónde debemos estar? —preguntó Eva.

—Por lo que hemos caminado y yendo en dirección Este, más o menos, creo que debemos estar cerca del Casino, muy por encima de la zona de las atracciones —respondió Gerard, sin estar muy convencido de lo que estaba diciendo.

Avanzó unos metros por el túnel más ancho, que seguía ascendiendo y parecía más transitado. Volvió hacia atrás y exploró brevemente el otro camino, mucho más estrecho, que trazaba dos curvas y moría ante una pared de piedra.

Gerard se acercó hasta la pared y se agachó bruscamente.

—¿Qué sucede? —preguntó Eva, sobresaltada.

—Aquí hay una entrada, fíjate —dijo Gerard, señalando hacia una pequeña trampilla, oculta tras un saliente de la roca.

—Es otra puerta de madera, pero no veo ninguna cerradura. Solo hay esta anilla. Veamos —dijo Gerard, tirando con fuerza de una gruesa argolla de hierro oxidado fijada a la puerta.

Tras varios intentos, la madera cedió y se abrió hacia fuera. Más que una puerta era una tapa, pues carecía de bisagras y quedó completamente suelta. Gerard la dejó en el suelo, se agachó y metió la cabeza para iluminar el interior.

Eva vio como Gerard se contorsionaba y desaparecía a través de la estrecha abertura.

—Espero que no tengas claustrofobia —dijo Gerard, al ver que Eva seguía sus pasos para no quedarse sola en aquel pasadizo oscuro.

En el interior se pusieron de pie sin problemas y esta vez Eva se abrazó sin reparos a la espalda de Gerard, rodeándole con sus manos y apoyándolas en su pecho, lo cual no provocó ninguna queja por su parte.

224

La luz de la linterna les descubrió un espacio no demasiado amplio, de paredes lisas y abombadas.

Gerard se preguntaba si por fin habría descubierto la famosa habitación de los suicidios. Era una cámara lóbrega con un suelo liso de cemento. El techo era... no tenía techo, es decir, las paredes formaban el techo, como si fuera un gran cilindro.

Al mover los pies podían escuchar el chapoteo de agua, y al apuntar al suelo la luz de la linterna se reflejó en unos diez centímetros de agua estancada. Gerard apagó la linterna, lo que hizo que automáticamente sintiera la agradable sensación de las uñas de Eva clavándose de nuevo en su pecho.

—¿Oyes? —preguntó Gerard.

—Oigo caer gotas de agua —respondió ella, escuchando el rítmico sonido de gotas desacompasadas cayendo sobre la lámina de agua.

—Exacto.

—Pero te aseguro que las puedo oír igual de bien con la luz encendida; de hecho, casi mejor incluso —añadió ella.

Gerard encendió la linterna y enfocó al techo, donde varias raíces de árbol habían penetrado a través de grietas en la capa de cemento y flotaban en el espacio interior como los siniestros tentáculos de un ser amenazante.

El agua goteaba lentamente desde la punta de varias de sus ramas, y en la penumbra de aquel espacio parecían gotas de sangre de un animal herido que se desangraba por sus miembros.

—Esto es solo una cisterna, probablemente para recoger agua de lluvia. Tiene que haber algún desagüe en la base para vaciarla —dijo Gerard—. Salgamos de aquí.

Gerard se agachó, pasó a través del estrecho orificio y salió al pasillo. Eva fue tras él, alargó los brazos y metió la cabeza para que la ayudara a salir, pero se vio sorprendida cuando la mano de Gerard le empujó la cabeza hacia dentro.

—¿Qué pasa? —gritó ella.

—No te muevas. Quédate aquí. He oído algo, como un ruido de pasos en el pasadizo ancho, tras la bifurcación. Voy a investigar.

225

—No me dejes aquí dentro, yo voy contigo —gritó Eva, en lo que parecía más un sollozo que una petición.

—No, ahí dentro estarás más segura. No salgas. En seguida vendré a por ti —le dijo y Eva sintió como la mano de Gerard desaparecía y la abandonaba dentro de la cisterna.

—Pero, no tengo luz… —fue lo único que acertó a decir, quedando todo a oscuras y en silencio total.

Miró hacia arriba, y aunque no veía nada, sentía que los tentáculos de raíces sangrantes seguían sobre su cabeza, podía escuchar como se desangraban lentamente.

Intentó apartar esa imagen de su cabeza. ¿Cuál era la canción que solía cantarle su abuela para que se durmiera?

Entrañables imágenes de su bisabuela comenzaron a desfilar por su mente; podía verla delante suyo, sonriéndole, con su reluciente uniforme de empleada del Casino, extendiendo sus brazos para acogerla en ellos.

CAPÍTULO 41

Barcelona. 1912

El paseo con Inés estaba resultando muy agradable.

Morillo se había citado con ella al final del elegante Paseo de Gracia. Desde que habían empezado a salir juntos, intentaba alejarla de los barrios modestos que él normalmente frecuentaba, no porque se avergonzara de ello, sino por pretender que se sintiera especial.

Caminaron a través de la Plaza Cataluña, esquivando alguno de sus muchos tranvías, tanto de tracción animal como eléctricos.

La plaza era un mar de pequeñas palmeras plantadas recientemente, y que le daban un aspecto falsamente tropical, en contraste con la clásica elegancia de los edificios que la rodeaban.

Siguieron hasta enfilar la bulliciosa Rambla de Canaletas, y Morillo se acercó hasta el popular quiosco de refrescos que se levantaba cerca de la fuente que daba nombre a la avenida.

El quiosco era una hermosa construcción modernista abierta por los cuatro costados, con un tejadillo inclinado del que colgaban farolillos redondos de cristal, y en la que un atolondrado grupo de camareros se entorpecían unos a otros intentando atender a la numerosa clientela que pedía refrescos a voz en grito.

227

Morillo valoró la posibilidad de utilizar su placa de policía para acercarse a pedir la limonada que quería ofrecerle a Inés, pero prefirió no abusar de su autoridad.

—Al diablo con ellos —dijo para sí mismo, y ofreciéndole el brazo a Inés la arrastró lejos de aquel alboroto y caminaron en dirección a la calle Pelayo.

—Tengo una idea —le dijo Morillo—. Conozco un local que acaban de inaugurar y que está a la vuelta de la esquina. Allí estaremos mejor, y con un poco de suerte, incluso podremos sentarnos.

Pronto estuvieron ante las puertas del recién inaugurado American Bar. Su interior estaba abarrotado y Morillo tuvo que descartar su idea de encontrar una mesa libre.

Dejó a Inés esperando en la entrada, y soportando empujones, consiguió llegar a primera línea frente a la barra. A partir de ahí, la lucha se centró en conseguir captar la atención de alguno de los camareros tras ella.

Conseguido su objetivo, y cuando ya nadaba a través del mar de clientes de vuelta hacia la entrada, sufrió un fuerte encontronazo con un tipo que le dio un golpe de costado. Morillo dio un traspiés y tuvo que hacer malabarismos para evitar que los dos vasos de limonada se derramaran. Cuando consiguió recuperar la verticalidad, llegó hasta Inés y le entregó su vaso, a la vez que miraba a su alrededor con expresión furibunda, intentando localizar al impetuoso cliente.

—¿Qué ocurre? ¿A quién has visto? —preguntó Inés, sorprendida.

—Un botarate me ha golpeado y casi me hace derramar las consumiciones —se quejó, sin dejar de dar vueltas y poniéndose de puntillas para intentar mirar sobre el mar de sombreros y cabezas.

—Olvídalo, y disfrutemos del refresco dando un paseo. Venga, salgamos de aquí —dijo ella para tranquilizarle, tomándole de la mano y arrastrándolo a la calle.

Caminaron durante unos veinte minutos, sorbiendo sus bebidas, riendo y disfrutando del inagotable espectáculo de la vida en la ciudad. Caminaron por la calle Pelayo hasta llegar frente al edificio de la Universidad de Barcelona. Allí se sentaron en un banco de la Gran Vía, bajo los árboles, y charlaron, viendo la tarde pasar.

Inés estornudó varias veces, y Morillo echó mano al bolsillo exterior de su chaqueta para ofrecerle un pañuelo relativamente limpio.

Al sacarlo, algo cayó al suelo desde su bolsillo. Morillo se agachó a recogerlo. Era un pedazo de cartón doblado, arrancado de alguna caja. Al desdoblarlo pudo leer algo escrito débilmente con lápiz, —*Palau de B. Arts. Jueves 11 noche. Calvet*—.

—¿De dónde demonios ha salido esto? —se preguntó en voz alta.

Inés se volvió hacia él y le miró extrañada.

—Esto no me pertenece. Alguien me lo ha metido en el bolsillo. Apostaría que fue el tipo que me ha golpeado en el bar.

—¿Y qué dice la nota? —preguntó Inés, un tanto inquieta.

—No parece nada importante, no tiene mucho sentido. Debe habérmelo metido en el bolsillo por error —dijo, desviando la atención para no preocuparla.

—Bueno, se está haciendo tarde, y creo que ya es hora de que el cuerpo de policía te dé escolta hasta tu residencia, ¿no crees? —dijo Morillo sonriéndole.

—Me mimas demasiado. No es necesaria tanta vigilancia, me haces sentir como si fuera la reina de España.

—No, la reina no. Mejor una princesa. Sí, una preciosa princesa —le dijo, tomándole de la mano y apretándosela cariñosamente.

—Te acompañaré a casa y allí esperaremos a que llegue el agente que montará guardia en la calle durante toda la noche. Hasta que no capturemos a ese lunático, no voy a descansar tranquilo —le dijo, caminando junto a ella hacia la parada de los tranvías.

Una hora más tarde, Morillo se dirigía caminando hacia el Palau de Belles Arts. La nota estaba clara, el contable Calvet le citaba allí, ese mismo jueves a las 11 de la noche.

Confiaba en que Calvet hubiera recapacitado y esta vez estuviera dispuesto a seguir hablando. Presentía que el

229

testimonio de aquel hombre podría ayudarle mucho a esclarecer qué estaba ocurriendo en el Casino.

El Palau de Belles Arts era un espectacular edificio construido, como tantos otros en Barcelona, con motivo de la Exposición Universal de 1888. Con una altura de unos quince pisos, estaba flanqueado por dos torres cuadrangulares coronadas por unas cúpulas piramidales en cuyo vértice hacían equilibrios unos gigantescos ángeles de piedra, con sus alas erguidas apuntando hacia la bóveda celeste de la que provenían.

Se ubicaba en una zona poco urbanizada de la ciudad, con amplios espacios abiertos, principalmente el cercano Parque de la Ciudadela. A aquellas horas de la noche el tráfico era casi inexistente, tan solo algunos carruajes de caballos devolviendo gente ilustre a sus hogares, carromatos de comerciantes acarreando mercancías y el ocasional vehículo de motor.

La iluminación de la calle era muy pobre, tan solo algunas farolas colocadas a lo largo de la acera que rodeaba el edificio. Morillo aguardó oculto en las sombras, a unos cien metros de la fachada principal.

Consultó por enésima vez su reloj de bolsillo. Faltaban diez minutos para las once de la noche. Se pasó la mano sudorosa por sus cabellos engominados, que ya habían perdido su rigidez por el paso de las horas y su creciente nerviosismo.

No sabía qué debía hacer, ni dónde tenía que encontrarse con Calvet, pues la nota no especificaba el punto de encuentro exacto, y aquella era una zona muy amplia.

Durante la última hora había dado dos vueltas completas al edificio, caminando despacio y manteniéndose a una buena distancia, observando todas las entradas, las ventanas de los pisos superiores y controlando cualquier actividad que tuviera lugar en las inmediaciones.

Todo parecía tranquilo. Vio empleados entrar y salir del edificio, pero esa noche no parecía haber ningún evento o actividad programada, con lo que pronto quedaría vacío, excepto algún vigilante nocturno.

Ya eran casi las once de la noche y decidió acercarse al edificio y buscar alguna entrada discreta. Cuando se disponía a cruzar la calle, vio movimiento entre los árboles que adornaban la calle lateral. Se detuvo y creyó ver a un hombre que le hacía gestos con el brazo desde detrás de la verja que bordeaba el edificio.

Morillo cruzó la calle a toda prisa y se dirigió hacia aquel lugar, dando un pequeño rodeo para evitar pasar bajo la farola.

Una pequeña puerta de hierro en la verja daba paso a un jardincillo interior que bordeaba el edificio. La puerta no estaba cerrada y Morillo accedió rápidamente al jardín.

Se dirigió hacia una puerta lateral que daba acceso al interior del edificio, por donde había visto desaparecer a la figura, que había vuelto a hacerle señas para que le siguiera.

CAPÍTULO 42

Se encontraba en un larguísimo corredor que recorría todo el lateral del edificio. Oyó como una puerta se cerraba en el otro extremo, y corrió en aquella dirección.

Encontró una escalera, y aunque estaba oscuro y apenas podía distinguir los escalones, escuchaba claramente unos pasos ascendiendo por delante suyo.

Subió hasta el primer piso y se encontró ante una puerta cerrada, así que continuó subiendo hasta llegar frente a la puerta del segundo y último piso. La abrió despacio, y la belleza y magia de lo que vio tras ella lo dejó momentáneamente sin palabras.

Se encontraba en una enorme sala rectangular, de paredes altísimas, coronadas por un techo de cristal a través del que la suave claridad de la luz de la luna se derramaba como una cascada de plata. La alfombra ahogaba el ruido de sus pasos, tan gruesa que sentía como si sus pies se hundieran en la arena húmeda de la playa.

Cada extremo de la sala estaba custodiado por una gran estatua blanca de una grácil figura femenina, cuyos rostros no podía distinguir. Las paredes estaban abarrotadas de cuadros de todo tamaño y forma, colgados unos contra otros, sin posibilidad de que respiraran, asfixiándose entre sí.

Había tantos que Morillo pensó que tal vez de noche se apareaban y reproducían, creciendo durante el día para ir extendiéndose e invadiendo la superficie libre de las paredes.

232

Pasó frente a un inmenso cuadro de más de diez metros de longitud, que parecía burlarse de sus compañeros de enfrente, una miríada de minúsculos cuadros que abarrotaban la pared y amenazaban con engullir la puerta por la que él acababa de pasar.

La escena era de una singular belleza; pasear por aquella galería de arte a la luz azulada y fantasmal de una luna casi llena, mirando de reojo todos aquellos rostros que le contemplaban desde los lienzos colgados, ventanas a un mundo paralelo al que solo se podía acceder desde allí.

Perdió la noción del tiempo y casi olvidó el motivo por el que se encontraba allí. Tuvo que hacer un esfuerzo para concentrarse y dirigirse hacia una gran puerta al final del pasillo, que supuso debía conducir a la enorme nave central del palacio.

Caminaba lentamente, embriagado por la belleza y serenidad que le transmitían aquellas obras, y llegó hasta la puerta, que estaba cerrada. No había visto otra posible salida, así que Calvet debía estar tras ella.

Llegó junto a la gran estatua blanca que había divisado desde lejos y se detuvo a examinarla. Era la figura de una mujer esbelta, probablemente una ninfa, con el brazo extendido señalando hacia el infinito y vistiendo vaporosos ropajes, levantados por un soplo de viento invisible.

Era muy hermosa, y Morillo no pudo evitar pasar la mano sobre ella. La superficie rugosa de la piedra le transmitió una extraña sensación, y sintió una absurda mezcla de vergüenza y pudor al estar acariciando de aquella manera la pierna desnuda de una mujer, aunque se tratase de una simple estatua.

El terror lo inmovilizó cuando súbitamente la estatua pareció cobrar vida y avanzar hacia él. En la semioscuridad de la sala no podía distinguirla bien, pero la estatua se movía.

En tan solo una fracción de segundo, la estatua siguió su movimiento y cayó sobre él, dándole el tiempo justo para saltar hacia un lado y evitar ser aplastado por la pesada mole de piedra, por muy femenina y grácil que fuera la modelo.

No podía tratarse de magia, ni que la estatua hubiese cobrado vida. Alguien debía haberla empujado. Levantó la

233

vista y pudo captar brevemente un resplandor a través de la rendija de la puerta que se cerró frente a él. Calvet le había atacado y había huido hacia el interior del palacio.

La pierna le dolía mucho, pero antes de seguir, la palpó para comprobar su integridad, intentando no tropezar con los fragmentos de estatua destrozada repartidos por el suelo.

Antes de abrir la puerta, desenfundó su revólver y respiró hondo. La situación se había complicado sobremanera y se encontraba solo, sin que nadie en la comisaría conociera su paradero, por lo que debía ser especialmente cauto.

Bajó la maneta y empujó la puerta con fuerza. La impresión que se llevó fue similar a la anterior pero elevada a la máxima potencia. Había accedido al interior de la gran nave principal del palacio, y se encontraba en una balaustrada que rodeaba todo el perímetro de la gigantesca sala, a una gran altura sobre el suelo.

La luz de la luna se filtraba a través de unas enormes vidrieras que cubrían todo el frontal de la nave y flotaba hasta el suelo en un hermoso haz luminoso inclinado, un tobogán de luz que teñía la atmósfera con un manto azulado en el que incluso creyó ver flotar estrellas, aunque probablemente no eran más que motas de polvo en suspensión.

Era un espacio inmenso, totalmente diáfano, sin ninguna columna que entorpeciera la visibilidad. Del techo colgaba un gigantesco tapiz de tela decorada con franjas y motivos florales, que revestía el interior de la nave como si fuera una gigantesca tienda de campaña colocada dentro del edificio.

En el centro exacto de la sala, una lámpara tipo araña con cientos de bombillas eléctricas pendía del techo mediante un grueso cable, como un monstruoso arácnido esperando el momento adecuado para saltar sobre el público.

Avanzó despacio por la balaustrada, mirando en todas direcciones, distraído por las paredes llenas de pequeños cuadros. El paso estaba despejado, allí no había nadie, tan solo sillas y butacas vacías repartidas a todo lo largo del recorrido. Se acercó a la barandilla y miró hacia abajo. El espectáculo era sobrecogedor, jamás había estado en un espacio de tales dimensiones.

Aún sin ser un edificio religioso, era una verdadera catedral consagrada a la belleza y al arte, tanto por su contenido como por su estructura. Como si quisiera competir con una catedral, incluso tenía su propio órgano de tubos.

Morillo se acercó a él y recordó haber leído que fue construido en 1888, el primer órgano eléctrico instalado en el país, y que ahora ocupaba la casi totalidad de la pared frontal, justo bajo la enorme vidriera.

Decenas de tubos metálicos de diferentes grosores y longitudes brillaban y se elevaban hacia la luz, dispuestos a ofrecer solemne acompañamiento musical a los grandes eventos y conciertos que se organizaban en aquel majestuoso recinto.

En la gran sala principal, justo bajo el órgano, se alzaba un gran escenario de color blanco evocando la gloria de la Grecia clásica, flanqueado por cariátides que sostenían su techo, del que colgaba un pesado telón de terciopelo rojo, descansando a la espera de la próxima función.

Abajo en la pista, cientos, sino miles de sillas de madera en caótica formación dormían, aguardando ser colocadas en ordenadas filas para acomodar al público cuando fuera menester.

Todo el perímetro de la sala estaba salpicado de estatuas de color oscuro, cuerpos desnudos de hombres y mujeres en diferentes poses, que distrajeron la atención de Morillo, aunque tras su experiencia reciente esta vez no bajó a comprobar si eran de piedra.

Una escalinata descendía desde la balaustrada hasta la pista, por detrás del escenario, y se dirigió hacia ella. Dedujo que Calvet tenía que haber bajado por allí, y dado que el centro de la pista estaba despejado, era probable que se hubiera ocultado dentro del escenario.

Pistola en mano bajó los escalones hasta la pista y se acercó al escenario por delante. Con el cañón de la pistola levantó un poco el telón de terciopelo y se agachó para mirar por debajo, como si estuviera espiando bajo las faldas de una mujer. La oscuridad tras el telón era total y no podía ver nada, así que no se aventuró a ir más allá.

Un ruido a lo lejos le hizo volverse. Lo había escuchado claramente, era el sonido de las patas de una silla de madera arrastrada contra el suelo de baldosas de la pista.

Avanzó despacio con la pistola al frente, caminando por el pasillo central entre las interminables hileras de sillas revueltas y amontonadas, mirando en todas direcciones. Eran sillas ligeras, con estructura de madera y asiento y respaldo de rejilla, y calculó que debía haber más de mil.

Se acercaba al final de la sala, pero no veía a nadie. No podía estar lejos del lugar del que había provenido el ruido, pero era imposible saber qué silla se había movido, aunque por otro lado, tampoco había donde ocultarse.

Las estatuas que le rodeaban le causaban inquietud. No por su desnudez, sino tal vez por su color negro, que tenía connotaciones siniestras, frente a la paz y la belleza que transmitían las más tradicionales de color blanco.

Había llegado al final de la nave y no había encontrado a nadie. Frente a él tenía una estatua en la que un hombre musculoso y una mujer, desnudos ambos, sostenían un niño entre sus brazos, o al menos eso es lo que le parecía, porque esa parte de la sala era la más oscura, al estar alejada de las vidrieras.

Le sorprendió que el niño no fuera un recién nacido sino que por su tamaño parecía bastante bien alimentado.

Se acercó a la estatua y comprobó que aquel niño no era normal, parecía que tuviera dos cabezas... o tal vez eran dos niños. Morillo estaba confundido, no era posible que una estatua clásica reprodujese una aberración de la naturaleza y que estuviese expuesta en el Palacio a la vista de todos.

Alargó el brazo para tocar la estatua y sus dedos rozaron una de las cabezas del niño. El corazón de Morillo casi le salió por la boca al notar que la cabeza del niño se movía y caía, rebotando contra el cuerpo de sus padres y rodaba por el suelo.

Morillo saltó hacia atrás, y al hacerlo soltó el revólver, que oyó deslizarse por el suelo.

Se levantó rápidamente y se acercó a la cabeza rodante, agachándose para recogerla. No pudo reprimir una exclamación de sorpresa y repugnancia al notar que no era de piedra o de yeso, sino que parecía real.

La levantó y comprobó horrorizado que se trataba de una cabeza humana. Los ojos semiabiertos y vidriosos de un hombre de unos sesenta años de edad con un enorme mostacho le contemplaban desde aquella masa aún caliente y que goteaba lo que debía ser sangre fresca.

CAPÍTULO 43

Morillo depositó la cabeza en la base de la estatua. Sospechaba que aquel debía ser el guarda nocturno del recinto, salvajemente mutilado.

Ahora su prioridad era encontrar su revólver. Se puso en cuclillas y gateó frenéticamente por toda la zona alrededor de la estatua, barriendo con las manos el suelo en círculos y golpeando y tumbando todas las sillas a su paso. Todo fue en vano, era como buscar una pistola en un pajar a oscuras.

En plena desesperación, le alivió constatar que alguien parecía haber venido en su ayuda, al ver como las luces de la sala se encendían paulatinamente, primero las lámparas de las paredes laterales, una a una, y finalmente, la gran araña central con sus cientos de bombillas.

Morillo aprovechó la iluminación y finalmente dio con la pistola, enterrada bajo una montaña de sillas. Se estiró en el suelo, alargó el brazo para cogerla, y en ese momento oyó una voz que le llamaba desde el escenario.

Se levantó y miró hacia allí. El telón se estaba alzando lentamente y una figura descendía del escenario, y avanzaba tambaleándose por el pasillo central, entre las sillas caídas.

Morillo hizo sitio entre las sillas, apartándolas a patadas y levantó el arma, apuntando directamente a la figura que avanzaba hacia él a trompicones.

—¡Quieto, no se mueva! ¡No dé un paso más o disparo! ¡Soy policía!

238

La figura seguía avanzando. A Morillo le resultaba familiar, y pronto reconoció las facciones del contable Calvet, caminando directo hacia él.

—¡Quieto o disparo, no voy a repetírselo! —volvió a gritar.

No podía arriesgarse, estaba frente a un asesino en serie, y no sabía si él también estaba armado, así que apuntó al hombro y le disparó. Calvet recibió el impacto y se tambaleó, pero siguió avanzando. Morillo apuntó de nuevo, esta vez a sus piernas, e hizo dos nuevos disparos, que lo derribaron al instante.

Se acercó a él sin dejar de apuntarle. No estaba armado. De hecho, parecía muy malherido, y tenía... la boca amordazada, y las manos atadas entre sí y sujetas a su cinturón con una cuerda.

No podía creer que hubiera sido capaz de disparar a un hombre indefenso y maniatado. Ahora solo podía pensar en liberarlo y encontrar al verdadero maníaco. Bajó su arma y se acercó a la boca de Calvet, aflojándole la mordaza para que pudiera respirar.

—¡Cuidado, es una trampa! —masculló el contable, y en sus ojos pudo ver reflejado el terror en estado puro.

Entonces lo oyó, como el sonido de enjambres de abejas revoloteando sobre él. La luz a su alrededor parpadeó y el sonido de miles de campanillas y tintineos le hizo mirar hacia arriba.

La gigantesca lámpara de araña estaba cayendo, cientos de kilos de hierro y bombillas de cristal, chocando entre sí, desplomándose sobre ellos. Morillo cerró los ojos y rodó hacia un lado, derribando cuantas sillas encontró a su paso.

El estruendo que siguió fue impresionante, un estallido de cristal y hierro, con miles de pedazos de vidrio y madera volando en todas direcciones.

Unos segundos después, Morillo intentó levantarse pero tenía un pie atrapado, y temía que estuviera bajo la lámpara. Intentó moverlo, pero el dolor era importante, aunque finalmente consiguió encoger la pierna y sacarla de debajo de un montón de sillas destrozadas.

Levantó la cabeza y vio un amasijo de brazos de hierro retorcidos, fragmentos de cristal y patas y respaldos de silla por todas partes. Las pocas bombillas que habían sobrevivido parpadeaban antes de irse extinguiendo una a una. La araña estaba agonizando.

Morillo se incorporó como pudo y se arrastró, clavándose cristales y astillas en las manos, hasta acercarse lo máximo posible a los restos para intentar ayudar a Calvet. Solo pudo reconocer una de sus piernas y parte de la otra, que había caído cerca de donde se encontraba, separada del cuerpo del contable, guillotinada por aquella mole llovida del cielo.

Sabía que no podía hacer nada por salvarlo, y se concentró en localizar al verdadero asesino. Encontrar su revólver entre aquel caos era una misión que ni merecía la pena intentar, así que se puso en pie y miró a su alrededor aprovechando que el resto de lámparas de la sala seguían encendidas.

Y entonces pudo verlo, dentro del escenario, asomado a uno de los laterales. Un hombre corpulento, vestido con un abrigo negro, con una mirada penetrante, carente de vida, que no transmitía nada más que horror. En un evidente exceso de confianza, llevaba la cabeza descubierta, y su cabello rojizo brillaba a la luz de las candilejas que le iluminaban de cerca.

Morillo no iba a tener más oportunidades, así que sin apenas pensarlo, se agachó y recogió un pedazo curvo de madera, parte del respaldo de una silla. Apartando cristales y escombros con los pies, echó a andar hacia el escenario. Había perdido su pistola, pero el asesino no lo sabía, así que levantó el brazo apuntándole desde lejos con el pedazo de madera.

El asesino lo vio venir y desapareció por el lateral del escenario, saltando desde allí a las escaleras que subían a la balaustrada. Morillo rodeó el escenario y corrió como pudo tras él, aunque uno de sus tobillos parecía querer descoyuntarse a cada paso que daba.

—¡Deténgase, soy policía y estoy armado! —gritó Morillo varias veces, sin dejar de correr escaleras arriba tras él. Cuando llegó al corredor superior, se detuvo junto al gran órgano de tubos. No lo había visto huir hacia la derecha, ni había entrado en la pinacoteca, así que debía estar oculto cerca de allí.

Caminó hasta llegar al extremo de la balaustrada. El paso estaba cortado por grandes macetas con plantas y vallas de separación decoradas con enormes lazos de tela. Desde ahí, otro tramo de escaleras simétrico al que había empleado para subir, descendía por el otro lado del escenario.

No podía haber pasado por allí tampoco, pues lo habría oído. Dio media vuelta y volvió sobre sus pasos. Cuando llegó a la altura del órgano se detuvo y lo contempló con detenimiento.

El mastodóntico instrumento estaba compuesto por siete bloques de tubos metálicos de diferentes tamaños, todos soportados sobre una base hecha de siete paneles de madera. No pudo evitar acercarse y golpear los paneles con la mano para comprobar si eran sólidos o si alguno de ellos escondía una falsa puerta. Se agachó a examinarlos, pero no encontró ninguna abertura.

En el centro podía ver una pequeña mesa de madera con un teclado musical hecho de teclas de marfil y nácar, y un banco para el organista.

En uno de los laterales encontró un panel de mandos con varios interruptores. Accionó el que llevaba la inscripción "Marcha" y oyó un zumbido grave que fue ganando intensidad, acompañado de un murmullo multitonal, como si los tubos de metal estuvieran despertando e hicieran gárgaras preparándose para una actuación inminente.

Rodeó la estructura y comprobó el espacio que quedaba entre los tubos y la pared, pero era demasiado estrecho para que nadie se escondiera allí. Parecía haberse esfumado.

Miró a su alrededor y se acercó a la barandilla para asomarse por ella. Delante de él veía la parte superior del tejadillo del escenario. Nada más asomarse, unos brazos aparecieron de la nada, y desde la parte exterior de la barandilla le agarraron con fuerza por el cuello.

Morillo se sujetó con las dos manos a la baranda y resistió el envite. El asesino estaba literalmente colgado de su cuello, haciendo fuerza para que perdiera el equilibrio y pasara sobre la barandilla cayendo con él sobre el techo del escenario.

Morillo tiró con todas sus fuerzas hacia atrás, lo que pelirrojo aprovechó para apoyar su pie en la balaustrada y ayudarse a subir.

La lucha continuó en el suelo de la balconada, ambos forcejeando y golpeándose salvajemente con puñetazos a ciegas que la mitad de las veces apenas alcanzaban su objetivo.

Morillo sabía que no iba poder resistir mucho, pues aquel individuo le superaba en fortaleza. El pelirrojo consiguió revolverse y se colocó detrás de él, sujetándole por los brazos a la vez que rodeaba su garganta con fuerza para estrangularle.

—¿Hay alguien ahí? —se oyó un grito en la distancia.

—¡Si hay alguien, salga inmediatamente, somos agentes de la policía municipal!

Atraídos por la inusual iluminación del Palacio a aquellas horas de la noche, bien visible desde el exterior, una pareja de policías municipales había entrado en el edificio y se encontraban en el otro extremo de la sala, cerca de la estatua de la pareja y su supuesto niño bicéfalo.

No tardaron en dar con la cabeza del guarda colocada a los pies de la estatua, lo que los puso en alerta máxima.

Morillo se retorció, intentando soltarse del abrazo mortal de aquel tipo y acercarse a la barandilla para indicar a los agentes dónde se encontraba, pero el pelirrojo lo retenía, manteniéndolo sentado en el suelo, ocultos tras la baranda de la balaustrada.

Sentía como sus fuerzas le abandonaban, no tenía pistola y sus dos manos estaban ocupadas intentando aflojar la pinza a que le tenía sometido aquel salvaje. Solo le quedaban... los pies.

Aprovechando sus últimos latidos de vida, solo le quedaba una opción. Se sujetó con fuerza a los brazos que le estaban asfixiando, y se colgó de ellos estirando las piernas al máximo hasta que sus pies tocaron los paneles de madera de la base del órgano.

Apoyado en ellos, fue subiéndolos paso a paso mientras seguía colgado de los brazos de aquel gorila, hasta que uno de sus pies pudo rozar el teclado del órgano.

Apenas podía respirar ya, así que sin poder coger aliento, empleó su última onza de energía para levantar un palmo el pie y dejarlo caer con fuerza sobre las teclas.

Al momento, los tubos respondieron emitiendo unas notas graves y metálicas que hicieron vibrar toda la estructura de la balaustrada. Morillo golpeó varias veces el teclado, interpretando una melodía cacofónica que retumbó por toda la gigantesca nave.

Las notas viajaron hasta llegar a los dos agentes, que alertados por el súbito concierto de órgano ya corrían entre las sillas rodeando la araña caída para alcanzar las escaleras.

El asesino, aún viendo que los agentes se acercaban y que tenía la batalla perdida, tuvo fuerzas para intentar acabar con Morillo, sujetando su cabeza y dándole varios golpes contra el suelo.

Los agentes ya estaban subiendo las escalinatas, uno por cada lado, y al verse rodeado, el pelirrojo saltó de nuevo por encima de la barandilla, cayó sobre el techo del escenario, y desapareció a través de una de las trampillas.

Uno de los agentes llegó hasta Morillo y le apuntó con su arma.

—¡No se mueva, queda usted detenido!

Morillo no había llegado a perder el conocimiento, pero estaba muy aturdido por los golpes, y no acertó a responder.

Los agentes le apuntaban con sus armas, mientras él les pedía con gestos que se asomaran a la balaustrada, pero no le hacían caso. Se incorporó lentamente, y se apoyó en el teclado del órgano para acabar de levantarse, con lo que los tubos volvieron a escupir sus poderosas notas, en un verdadero himno a la fatalidad.

Uno de los agentes se acercó a él y le puso las dos manos contra la espalda.

—Policía... policía —acertó a murmurar Morillo con gran dificultad.

—Sí, somos policías, para desgracia suya —le gritó uno de los agentes.

243

—Soy... policía y… —acertó finalmente a pronunciar—, tengo la placa... en el bolsillo.

Había conseguido terminar la frase, lo que sembró la duda en el rostro de los agentes, que se miraron entre sí, mientras uno de ellos metía la mano en el bolsillo de la chaqueta de Morillo.

Cuando la placa de subinspector salió a la luz, los agentes no sabían cómo comportarse, temiendo represalias de sus superiores.

—Lo sentimos señor, nosotros creímos que... es decir, hemos visto la luz y allí abajo hemos encontrado una cabeza... y al oír la música, creímos que...

—No importa, y sepan les doy las gracias, pues probablemente les debo la vida —dijo Morillo, interrumpiendo su retahíla de disculpas.

—El asesino aún anda suelto, eso es lo que hay que lamentar —les dijo, a modo de consuelo mientras ellos se miraban entre sí sin saber cómo actuar.

—Aunque en este momento una grave duda me atormenta —les dijo, y los agentes le miraron con preocupación.

—Díganos, señor —le respondieron al unísono.

—El asesino ha huido, pero no sé si lo han asustado ustedes o si huye aterrorizado por mi interpretación musical.

¿Ustedes que opinan?—

CAPÍTULO 44

Morillo tendría que pasar todo el día en la enfermería. Sus lesiones no eran graves, pero el médico quería hacerle pruebas y le ordenó guardar reposo. Para asegurarse de que obedecería, le puso bajo el cuidado de una veterana enfermera, que no le quitaba el ojo de encima.

No tardó mucho en simular un sueño profundo, aderezado con convincentes ronquidos, que hicieron bajar la guardia a su celosa vigilante. Aprovechando un descuido de la enfermera, recogió su ropa de calle y fingiendo una urgencia fisiológica se encerró en el baño, desde donde huyó a la calle por una ventana.

No podía perder tiempo, su vida, la de Inés y la de tantos otros estaba en juego. Se dirigió a la comisaría y fue directamente al almacén donde se guardaban las pertenencias de los detenidos y las víctimas.

Solicitó revisar los efectos personales del difunto contable Calvet, cuyo cuerpo ya debería estar camino del Laboratorio de Medicina Legal.

El contenido de sus bolsillos era más bien escaso, tan solo una llave, unas hojas de papel en blanco dobladas, un reloj y un pañuelo.

¿Porqué llevaría encima hojas de papel en blanco? ¿Pretendía escribir alguna carta? Eran dos folios en blanco con membrete de la compañía de seguros en la que trabajaba. Una de ellas tenía algo escrito por detrás, unas palabras garabateadas descuidadamente con lápiz, difíciles de leer por ser de trazo muy débil.

Se acercó a la lámpara para verlas mejor. Parecían decir—*Morillo Maison*—. ¿Qué podía significar aquello? Era evidente que era un mensaje dirigido a él, ¿pero qué?

Supuso que Calvet le había citado en el Palau de Belles Arts para darle alguna pista, cuando se vio sorprendido por el asesino, quien posiblemente lo chantajeó o le forzó a actuar como señuelo para atraerlo a él al interior del edificio. Que Calvet hubiera aparecido amordazado reforzaba esa segunda hipótesis.

Fue en busca del subinspector Aromí. Necesitaba contar con alguien en quien confiar mínimamente, y Aromí encajaba en el perfil, aunque también fuera mínimamente.

Lo encontró sentado en su mesa, y le hizo señas desde el vestíbulo para que se reuniera con él en la calle.

Una vez frente a la comisaría, se dirigieron a una discreta cafetería situada en un callejón cercano y se sentaron en una mesa.

—Morillo, te suponía en la enfermería. No quisiera preguntarte porqué tanto secreto pero, ¿porqué tanto secreto? —dijo Aromí, disparando el primero.

—Te ruego no me hagas preguntas. Estoy sobre algo y es mucho más grande de lo que aparenta.

—Ciertamente debe de serlo, para que el capitán Botell esté tan histérico. No ha dejado de preguntar por ti estos últimos días.

—Lo imagino, pero ahora no puedo hablar con él. Lo lamento, pero no puedo explicarte porqué, aunque estoy casi seguro de que él está implicado de alguna manera en todo esto.

—¿Implicado en qué? ¿De qué estás hablando?

—Del asesino en serie que anda suelto por Collserola desde hace casi un año. De una trama organizada para encubrir sus asesinatos, en la que están implicadas personalidades muy importantes. Han desaparecido muchos empresarios en circunstancias extrañas, y nadie se exclama por ello; de hecho, ni siquiera podemos demostrar que hayan

246

desaparecido, ni investigar sus desapariciones —se lamentó Morillo.

Aromí, cuya incontinencia verbal era mítica, se había quedado mudo.

—¿Te dice algo la palabra *Maison*? —le preguntó Morillo, repentinamente.

—Con mi dominio del francés, me daría vergüenza hasta acercarme a la frontera con Francia, pero sé que significa *casa*, hasta ahí todavía alcanzo.

—Yo también. Me refiero si te sugiere algo, si te evoca el nombre de alguien, de algún restaurante, una tienda, no sé, algo que pueda estar relacionado con Collserola, o tal vez con el Casino.

Aromí se quedó pensativo unos instantes y de pronto una sonrisa pícara se dibujó en sus labios.

—Tal vez pueda ayudarte —dijo sonriente—. Tengo un amigo, que en una ocasión me dijo que conocía a alguien, cuyo cuñado estuvo una vez en un lugar cuyo nombre era algo parecido a ese.

Morillo se acercó y apoyó los dos brazos sobre la mesa.

—¿A qué te refieres?

—Verás..., siempre según mi amigo, quiero decir, según su cuñado, o sea, bueno, ya me entiendes. Se dice que existe una casa en la Sierra de Collserola, a la que gente importante acude a... digamos, recuperar la tranquilidad.

—¿Un sanatorio para el espíritu?

—Para el espíritu y algo más, tú ya me entiendes. Se conoce popularmente como la "Maison", o al menos es lo que he oído decir por ahí.

—Es lo que has oído decir —repitió Morillo lentamente.

Aromí asintió en silencio.

—Por ahí —murmuró Morillo.

Aromí siguió asintiendo.

—A tu cuñado.

—No, al de un amigo.

—Ya. ¿Y dónde se encuentra ese milagroso sanatorio?

—De hecho está muy cerca del Casino, a cosa de kilómetro y medio diría yo, siguiendo por la misma carretera

247

que viene de Barcelona, a la izquierda. El edificio es un tanto singular, yo diría que hasta algo siniestro.

—El cuñado de tu amigo te ha dado indicaciones muy precisas, por lo que veo.

—Sí, es muy detallista.

Esa misma tarde Morillo volvía a disfrutar de las vistas de Barcelona desde la ventanilla del tranvía que ascendía por la montaña de Collserola. No estaba tan abarrotado como la vez anterior y pudo respirar y dedicar gran parte del viaje a meditar sobre todo lo sucedido y a planear sus próximos pasos.

Había conversado con los agentes encargados de vigilar la casa de Inés, para reiterarles la gravedad de la situación, y no satisfecho con ello, había enviado al Bicicleta con un mensaje para ella.

En su nota le pedía a Inés que no saliera de su casa hasta que él llegara, mostrándole al final su afecto por escrito, algo que se veía incapaz de hacer en persona.

Cuando el tranvía llegó a la cumbre de la montaña pareció que se detenía unos segundos para coger aliento e iniciar el descenso, lo que siempre era acogido con algarabía por los pasajeros, que se animaban y sonreían cuando notaban en sus estómagos el cosquilleo de la pendiente.

Al iniciar el descenso, Morillo estuvo pendiente de todas las casas que veía a lo largo del recorrido, intentando adivinar cuál sería la que estaba buscando.

La tarde ya estaba avanzada, el sol había había iniciado su camino hacia el retiro y pronto desaparecería tras las montañas.

El conductor, desde su puesto descubierto al frente del vagón, tiró de la palanca del freno con fuerza y con un agudo chirriar de metal contra metal detuvo el tranvía frente a la entrada principal del Casino.

Una vez en tierra, Morillo estuvo tentado de entrar y volver a recorrer sus salones y el bar, pero el hallazgo del cadáver en el bosque aún estaba muy reciente y prefirió alejarse de allí antes de que alguien le reconociera.

Retrocedió por la misma carretera, y caminó durante unos quince minutos, deteniéndose a estudiar todas las casas que veía entre los árboles.

Si tenía que hacer caso al cuñado del conocido del amigo de Aromí, el edificio debía encontrarse a su derecha. Cuando calculó que había caminado más de un kilómetro, se detuvo en medio del camino y miró a su alrededor. A unos trescientos metros de donde se encontraba, se alzaban dos construcciones sobre un promontorio, ocultas en el bosque, lo suficientemente elevadas y alejadas de la carretera como para gozar de máxima discreción.

El edificio principal era una hermosa construcción cuadrangular de color granate, con tejados puntiagudos a varias aguas. La estructura estaba coronada por un pequeño torreón que se elevaba en el centro del tejado y que destacaba como un faro en la montaña.

Dentro de la misma propiedad, unos veinte metros por debajo, otro edificio más convencional parecía estar situado allí como primera línea de defensa. Era una construcción rectangular de fachada color crema y tres plantas.

Morillo tuvo el presentimiento de que aquel tenía que ser el lugar que estaba buscando. Se echó a un lado para dejar pasar al tranvía, que volvía de regreso a Barcelona y caminó hasta llegar a una bifurcación.

Siguió un camino estrecho que subía por la ladera de la montaña, y pronto divisó lo que Aromí había definido como siniestro.

Morillo siguió el muro curvado que rodeaba la propiedad, y que debía tener más de tres metros de altura.

Cuando llegó a la puerta principal, le impresionó encontrarse con una enorme verja de hierro, soportada por dos altísimas columnas, sobre las que montaban guardia dos seres alados de piedra de grandes dimensiones.

Parecían ser unos dragones, con cuerpo y cabeza de león y alas desplegadas, apostados sobre su pedestal en perpetua vigilancia. Era una visión verdaderamente inquietante, que por un momento puso a prueba su convicción, y le hizo preguntarse qué estaba haciendo allí.

El recuerdo del asesino, golpeando salvajemente a la pobre Isabel Xamot en su lecho de muerte le animaron a seguir.

Aquel desalmado había hecho sufrir a Inés y a mucha gente más, y él no iba a permitir que siguiera campando a sus anchas.

CAPÍTULO 45

La verja estaba cerrada y no se veía a nadie en los alrededores. Morillo retrocedió sobre sus pasos y siguió el muro hasta llegar a una pequeña puerta metálica, tras la que podía ver unas escaleras talladas en la roca.

Golpeó la puerta para llamar la atención de quien pudiera estar tras ella, y ya iba a desistir cuando la portezuela de una mirilla se abrió y unos ojos masculinos le observaron fijamente.

—¿Que desea? —preguntaron desde el otro lado.

En una fracción de segundo tuvo que decidir si se identificaba como policía o si se hacía pasar por un simple cliente. Maldijo no haber previsto aquello antes, pero tenía que improvisar, confiando en que no le fueran a pedir una contraseña secreta.

Si los tratamientos revitalizantes que se ofrecían en aquel local eran del tipo que él imaginaba, sería mejor que su placa de policía permaneciera oculta en el fondo de su bolsillo.

—Vengo… a visitar el establecimiento —dijo entrecortadamente—. Me lo han recomendado mis socios. Me alojo en el Casino de la Rabassada —mintió, ganando confianza por momentos una vez tomada la decisión de ocultar su placa.

La mirilla se cerró, y tras unos segundos de espera, el sonido de cerrojos descorriéndose le anunció que se le permitía el acceso. Tras cruzar el umbral, la puerta volvió a cerrarse y el portero desapareció misteriosamente.

251

Morillo ascendió las empinadas escaleras, en dirección al más pequeño de los dos edificios. Los espesos setos a ambos lados, bien recortados y mantenidos, ocultaban la visión del resto del jardín.

Cuando llegó arriba caminó hasta la puerta principal de la mansión. Como si alguien le hubiera estado aguardando, la puerta se abrió sola sin que llegara a tocarla, y una mujer de mediana edad le invitó a entrar y a sentarse en un diván junto a la pared.

Se encontraba en un recibidor alargado, con paredes de color verde oscuro, lo que reforzaba la sensación de que aquella sala era una extensión de la abundante vegetación del exterior.

Frente a él, un mostrador de madera, que por sus pequeñas dimensiones no podía ocultar a nadie, junto a un enorme jarrón con motivos orientales en el que languidecían unos larguísimos plumeros blancos que dejaban caer sus peludas lágrimas sobre la alfombra.

La mujer había desaparecido por una puerta lateral, y por un momento Morillo no supo cómo comportarse ni qué se suponía que debía hacer en aquella situación. Se consideraba a sí mismo un hombre de mundo, o al menos gustaba de presumir de ello ante sus compañeros, pero la verdad es que aquel lugar le resultaba a la vez inquietante y pecaminosamente atrayente, pero sobre todo le desconcertaba.

Una puerta se abrió y apareció ante él una mujer gruesa, embutida con evidente esfuerzo en un vestido de color granate oscuro adornado con ribetes dorados. Llevaba el cabello recogido en un gran moño y su aceitosa piel brillaba bajo la luz de la lámpara que colgaba del techo.

—Buenos días, ¿cómo estamos? —le dijo, dirigiéndose directamente hacia él y ofreciéndole la mano, mientras sonreía exageradamente.

Morillo se la estrechó con delicadeza y le sorprendió la energía con la que ella le aplastó los dedos.

—¿Hemos venido solos hoy? —continuó la mujer.

Morillo no podía soportar a las personas que se referían a sí mismas hablando siempre en plural, y aquel caso era uno de los más clamorosos que había conocido.

—Sí, así es, hemos venido yo solo; es decir, de nosotros he venido yo y nadie más —respondió él, consciente de que estaba quedando en ridículo.

—Perfecto, así tendremos mayor intimidad. Tengo entendido que nos alojamos en el Casino, ¿no es así? —le dijo, dándose la vuelta y rebuscando entre los papeles que había tras el mostrador.

—Sí, efectivamente. Mis socios me han recomendado su establecimiento, así que, no faltaríamos a la verdad si afirmáramos que se trata de mi primera vez —dijo Morillo, intentando aparentar una inocencia que no le costó mucho transmitir.

—Siempre hay una primera vez para todo, ¿no es cierto? No le voy a preguntar quiénes son su socios porque respetamos por encima de todo la discreción. Nos encanta recibir primeras visitas. Entendemos lo que significa ser primerizo —dijo ella sin volverse.

—Sí. Por ese motivo me avengo a confiar en su criterio y dejarme aconsejar por usted —dijo él, tanteando las aguas, sin saber exactamente de qué estaba hablando.

—Descuide, caballero. Nosotros nos encargamos de todo, está usted en buenas manos —y con una amplia sonrisa, abrió la puertecilla de un pequeño panel de madera en la pared. En su interior colgaban varias cuerdas de seda de diferentes colores, acabadas en grandes borlas. Tiró con fuerza de una de ellas varias veces y volvió a cerrar la puertecilla.

—Póngase cómodo, aunque no va a ser larga la espera —dijo, volviéndose al mostrador a seguir garabateando en unos papeles.

Morillo no sabía qué debía hacer, pero fue obediente y aguardó sentado sin apenas moverse. No pasaron más de tres minutos cuando el sonido de unos suaves pasos descendiendo por una escalera revestida de mosaicos modernistas le hizo volverse.

Una joven que no debía llegar a los veinticinco años se acercó a él lentamente. Vestía una bata de seda de color violeta, a través de la que asomaba un corpiño que de tan apretado hizo sufrir y resoplar a Morillo con tan solo verlo.

La chica dio media vuelta y volvió a subir por las escaleras, deteniéndose ocasionalmente y sonriéndole con picardía, para ver si Morillo captaba su insinuación y le seguía.

Caminaron por un estrecho pasillo alfombrado y muy oscuro, con puertas a ambos lados. Aquel lugar era tal y como Morillo siempre había imaginado que aquellos lugares debían ser, cumplía todos los requisitos de los tópicos del género; la Madame en la entrada, la chica en salto de cama recibiendo al cliente y acompañándolo a la habitación, los pasillos oscuros, los cuartos sórdidos, el silencio, la soledad, la tristeza.

Sin detenerse ni volverse, la joven desapareció dentro de una de las habitaciones, que daba a la parte posterior de la mansión. Era un cuarto pequeño, pero decorado con exagerado sentido teatral, con grandes cortinajes de terciopelo cubriendo la ventana, gruesas alfombras, paredes forradas de tela oscura, y una lámpara junto a la cama con una pantalla que teñía todo de un dramático y pasional color rojizo, que a Morillo más que pasión le sugería sangre.

Cuando Morillo acabó de inspeccionar la habitación, la joven ya estaba frente a él, ofreciéndole una copa de licor y una sonrisa.

—No… gracias señorita, no bebo cuando estoy de….— dijo, pero se detuvo antes de descubrir su identidad—, estoy de… luto —añadió hábilmente.

—Oh, cuánto lo siento —dijo la joven, en un tono que rezumaba sinceridad.

—Sí, mi mujer falleció hace unos meses.

—Es terrible. Entonces será mejor que tomes un traguito, te relajará. Créeme, yo he perdido a muchos amigos y familiares, sé de lo que hablo. ¿Te puedo tutear? —dijo ella para tranquilizarle.

Morillo decidió que seguir con su papel era más importante que respetar la norma de no beber durante el servicio. Era una investigación en curso, y todo valía para

254

conseguir el fin que perseguía. Alargó el brazo y aceptó el vaso, y se sentó en una butaca junto a las cortinas.

La joven se sentó en el borde de la cama y dejó que su bata se entreabriera intencionadamente, sin dejar de sonreírle.

¿Era su imaginación, o a aquella pobre chica le faltaba algún diente? Desde su posición, Morillo había creído ver unas manchas oscuras afeando la sonrisa de un rostro que debía haber sido hermoso en su juventud, término muy relativo en aquellos sórdidos ambientes.

—En modo alguno lo tomes como un desprecio, pero bien pensado, creo que lo que más me apetece es conversar —dijo Morillo, intentando que la joven abandonara sus trilladas tácticas de seducción.

Jugó la carta del viudo compungido que desea la compañía de una mujer pero a la vez sufre remordimientos, y que lo único que necesita es alguien que le escuche y que se compadezca de sus desgracias.

La joven no tuvo problema en seguirle la corriente. Aquel tipo de clientes inseguros eran los mejores, pues le permitían ganar su dinero cómodamente, sin trabajar.

CAPÍTULO 46

Estuvieron charlando durante casi dos horas, Morillo preguntándole por su vida personal y su familia, y ella sincerándose con él más de lo que nunca había hecho con ningún otro hombre.

Provenía de una familia que emigró del campo a la ciudad en busca de una prosperidad que nunca llegó. Su padre murió tras trabajar varios años en una fábrica textil en condiciones muy precarias y su madre tuvo que hacer milagros para poder mantener a tres hijos en la durísima Barcelona de primeros de siglo.

Que ella acabara dedicándose a la prostitución no era más que la consecuencia habitual del entorno familiar desestructurado en el que le había tocado vivir. Morillo fue dirigiendo sus preguntas hacia su experiencia en aquel establecimiento. Le preguntó acerca del tipo de clientes, de su relación con el cercano Casino, de sus compañeras, sus ilusiones, sus temores.

La joven le comentó que en aquel establecimiento ocurrían cosas extrañas. Ciertos clientes eran tratados de modo distinto al resto, y atendidos en el más absoluto secreto, con total discreción.

—Una compañera me contó que a veces se escuchan gritos, y eso me asusta.

—Pero eso no debe ser algo extraño en un establecimiento como este, ¿no? Se deben escuchar en todas las habitaciones.

—No me refiero a gritos de placer, sino de otro tipo, de los que dan miedo de verdad.

—¿Y de dónde provenían?

—No lo sé, de verdad que no lo sé. Hay un hombre en la otra casa, que es muy malo con nosotras, nos maltrata mucho —dijo, señalando hacia la cortina.

Morillo se acercó, levantó el terciopelo rojo que cubría la ventana y se asomó. Frente a él veía la gran mansión de fachada granate que presidía aquel terreno. Debía ser la casa del dueño de aquel establecimiento.

—¿Quién vive ahí? —preguntó, sin dejar de espiar tras la cortina.

—No lo sé, creo que la utilizan para recibir a clientes importantes. Yo nunca he entrado en ella, pero sé de alguna chica que sí.

—¿Podría hablar con alguna de ellas? —preguntó Morillo, muy solícito.

—No entiendo a qué viene tu interés, pero no podrá ser. No he vuelto a ver a ninguna de esas chicas en meses.

—Es muy raro, ¿no te parece?

—Sí, diría que sí. El hombre pelirrojo nos controla mucho y no podemos hacer lo que queremos —añadió.

—¿El hombre qué? ¿Cómo le has llamado? —preguntó Morillo, incorporándose inmediatamente al oír aquel nombre.

—El pelirrojo. Un hombre que viene pocas veces, pero cuando lo hace, todas le tememos. Debe ser uno de los dueños de este negocio, pero yo le tengo mucho miedo. Por suerte nunca ha estado conmigo, pero sí con otras, y sé que las maltrata mucho.

Morillo insistió en hablar con alguna de aquellas chicas, pero no consiguió sacar nada de aquella joven, ni siquiera estimulando su voluntad con la promesa de dinero, pues la exigua economía de Morillo no le permitía hacer más que promesas.

—De verdad que no he vuelto a saber nada ellas. Si supiera algo te lo diría, créeme —dijo ella, en un tono que no ofrecía dudas sobre su sinceridad.

257

—¿No hay nada que puedas decirme sobre ese hombre pelirrojo? ¿Sabes si vive en esa casa de ahí delante? —dijo Morillo, señalando hacia la casa granate tras la ventana.

—No lo sé, pero no lo creo, pues si viviera allí lo veríamos más a menudo, digo yo.

Morillo estaba desesperado, no había conseguido aclarar nada en todo el largo rato que llevaba allí, aunque podía sentir en el cogote el frío aliento de aquel maníaco pelirrojo, cada vez lo tenía más cerca.

—Aunque recuerdo algo —dijo la joven repentinamente.

—¿Sí? ¿Qué es?

—Las chicas comentaban que es un hombre muy rico, de los que tienen un palco en el Liceo o en el Palacio de la Música, no sé. En un sitio de esos donde la gente canta cosas serias y grita mucho —dijo la joven, demostrando la gran altura de su cultura musical.

Para Morillo no era lo mismo el Liceo que el Palau de la Música. Uno era uno de los teatros de ópera más antiguos de Europa, y durante siglos fue incluso el más grande. El otro era un espectacular edificio modernista recién inaugurado en 1908, en el que se celebraban conciertos de música clásica y actuaciones de prestigiosos grupos corales. Dado que la chica comentaba que allí se gritaba mucho, optó por decantarse por el Gran Teatro del Liceo, templo operístico de primera magnitud.

Además, en el Liceo había multitud de palcos, muchos de los cuales eran tenidos en propiedad por miembros de la realeza, la burguesía y personalidades y políticos de relevancia en la ciudad. Era muy posible que el pelirrojo fuera uno de ellos, y aquella podía ser la pista que estaba esperando.

—¿Hay algo más que recuerdes o puedas decirme sobre ese hombre?

—No sé a qué viene tanto interés en él, pudiendo tenerme a mí. Ni que fueras policía, con tantas preguntas —dijo ella, riendo sola de su propia gracia.

Morillo no se reía y seguía mirándola fijamente, esperando una respuesta.

—Creo que alguna vez he oído a las chicas referirse a él como el Gisbert o algo así —dijo ella, haciendo un esfuerzo para recordar.

—¿Gisbert? ¿Estás segura?

—Sí, lo estoy. Se comenta que es un hombre de una gran fortuna, que tiene fábricas y todo eso —añadió ella.

Morillo estaba muy excitado y no solo se debía a la presencia de una joven en ropa interior frente a él. ¿Podía tratarse del industrial Mauricio Gisbert? Era una de las mayores fortunas del país, aunque el origen de su fortuna había suscitado un gran debate por la opacidad de sus actividades.

A pesar de su relevancia social era un gran desconocido, que apenas se prodigaba en público, y acudía a muy pocos eventos sociales, eludiendo toda notoriedad en prensa.

Si se tratara de él, habría acertado un pleno en toda regla, aunque llegar hasta él no iba a ser tarea fácil. Morillo carecía de evidencias que lo inculparan, y por su condición de industrial de éxito se movía en círculos de la alta burguesía y estaba muy bien conectado con las altas esferas políticas, justo todo lo contrario que Morillo.

Si su afición a la ópera era cierta, el Gran Teatro del Liceo era el lugar ideal para encontrarse con él de modo casual. Morillo se levantó, dio las gracias a la joven y echó mano de su cartera para buscar algunos billetes con los que recompensarla, pero no encontró más que telarañas.

Maldiciendo su maltrecha economía, no tuvo más remedio que desvelar su identidad.

—¿Así que era usted policía? Lo sabía —gritó ella, sin saber si asustarse o mostrarse enojada.

—Por favor, ¿ahora me tratas de usted, después de todo lo que hemos pasado juntos? —dijo Morillo sonriente.

—¿Juntos? Pero si no hemos hecho nada —se lamentó ella

Morillo soltó una carcajada que rebajó un poco la tensión.

—Tranquila; eres muy hermosa, y te aseguro que en otras circunstancias…. Lo que quiero decir es que no debes preocuparte. Si tú sabes guardar mi secreto, tienes un amigo

259

en mí. Y te aseguro que no te irá mal tener un policía como amigo, ¿no te parece?

La joven pareció meditar unos segundos sobre aquello y pronto esbozó una gran sonrisa. No hicieron falta más palabras. Morillo se acercó a ella, le dio un beso en la mejilla y salió por la puerta a toda prisa.

Tenía que reunirse cuanto antes con Inés. Solo confiaba en que a ella le gustara más la ópera que a él, ya que lo más cerca que había estado del Gran Teatro del Liceo era cuando tuvo que detener a un grupo de borrachos que estaban orinando en uno de sus portales durante el entreacto de "Turandot".

Esta vez confiaba en que su visita tuviera algo más de nivel y pudiera recrearse en disfrutar del entorno.

Si una cosa tenía clara, era que con Inés iba a estar mucho mejor acompañado.

CAPÍTULO 47

Ruinas del Casino de la Rabassada. Actualidad

Gerard no sabía cuanto tiempo había caminado por el pasadizo desde que se separó de Eva, pero no podían ser más de diez minutos. Estaba seguro de haber oído ruido de pasos que provenía de esa dirección, pero allí no parecía haber nadie. ¿Habría sido tan solo un animal? Ya no estaba seguro de nada.

La luz de la linterna languidecía, y aunque la golpeara contra su pierna apenas se reanimaba. El camino seguía subiendo, pero bajo tierra era muy difícil orientarse, al carecer de puntos de referencia.

Tenía que volver atrás. Eva debía estar aterrorizada, sola, a oscuras y encerrada dentro de una cisterna bajo tierra. ¿En qué estaría pensando?

La parpadeante luz de la linterna había pasado del blanco deslumbrante al amarillo ictérico. Tenía que acelerar el paso, o pronto se encontraría completamente a oscuras en aquel laberinto.

Llegó a la bifurcación y corrió hasta llegar a la cisterna. Podría jurar que no había vuelto a colocar la tapa al dejar a Eva, pero ya no estaba seguro de nada. Tal vez Eva estaba asustada y la había colocado ella misma para ocultarse.

En cualquier caso, tenía que sacarla de allí.

—Eva, ya estoy aquí —dijo, sacando la tabla y dejándola junto a sus pies.

Antes de entrar iluminó el interior con la linterna. La débil luz ya no podía con aquella oscuridad y tan solo iluminaba un semicírculo de apenas un metro frente a él. No veía a Eva por ningún lado.

—Eva, ¿estás ahí? —susurró, sin saber porqué.

Una vez dentro, enfocó todos los rincones de la cisterna. La encontró en uno de los extremos más alejados, acurrucada como una niña asustada que se esconde de algo que la acecha.

—Eva, soy yo. Ya estoy aquí —le dijo, y sus pies chapotearon en el agua al acercarse hasta ella. Tenía la desagradable sensación de que algo no iba bien.

Cuando llegó a ella, le extrañó que no se moviera hacia él nada más verle. Levantó la linterna hacia su rostro pero se le cayó al agua por el sobresalto que tuvo al encontrarse ante unos ojos en blanco que miraban al vacío.

Metió la mano en el agua para recoger la linterna antes de que se apagara por completo, y volvió a iluminar el rostro de la joven. Sus facciones reflejaban el horror que había sufrido, y su expresión hacía innecesarias las palabras.

Gerard dio un paso atrás, asustado al sentir como el cuerpo de Eva se movía y se deslizaba lentamente hacia el agua. Intentó sujetarla, pero no pudo evitar que quedara tendida de lado, medio sumergida en el lodo del fondo de la cisterna. Buscó el pulso en su cuello pero no lo encontró. Estaba muerta.

Maldita sea, ¿cómo era posible? ¿Qué había sucedido? ¿Un simple accidente, o había alguien más allí?

Apuntó el haz de luz en todas direcciones, pero allí no había nadie más. Los parpadeos de la linterna anunciaban su defunción inminente, no había tiempo que perder. Se arrastró por el agujero y corrió por el pasadizo montaña abajo.

La linterna se extinguió súbitamente y Gerard se golpeó la cabeza contra el techo de roca y cayó al suelo. Se palpó la herida en la cabeza y notó que sangraba. Una cicatriz más para su extensa colección, pensó.

Aplicó un pañuelo sobre la herida y apretó con fuerza. No podía estar lejos de la salida, así que echó a andar palpando la superficie de la pared de roca con sus manos mientras mantenía su pie en contacto con el ángulo entre la

262

pared y el suelo del pasadizo, como haría una persona invidente.

Recordó que llevaba su teléfono móvil y lo encendió para iluminar el camino. Al ver la ridícula luz que emitía su minúscula pantalla, maldijo no haber invertido en un smartphone de pantalla gigante en lugar del aparato antediluviano que llevaba, que debía ser contemporáneo de Graham Bell.

Avanzó lentamente, hasta que vislumbró un leve resplandor que le mostraba el camino a seguir hasta el último recodo y las escaleras que ascendían al exterior.

Una vez fuera, se dejó caer sobre una roca, junto al tronco del árbol bajo el que habían encontrado la entrada al pasadizo. Necesitaba pensar.

Lo más urgente era ir a buscar ayuda, aunque ya fuera demasiado tarde para Eva. ¿Qué había sucedido? ¿Cómo había muerto? Tenía que volver y averiguarlo, comprobar si había signos de lucha, si había muerto de miedo o si había sido asesinada, porque si fuera así, el asesino podía seguir allí, acechándole.

Tenía que reportarlo a la policía, cuanto antes. Aquello no iba a ser fácil de explicar, y el teniente Botell seguro que iba a disfrutar con la oportunidad de empapelarlo.

Ya habría tiempo para eso, pero antes tenía que llamar a Max. Necesitaba algo más de tiempo para investigar por su cuenta y Max le ayudaría.

Buscó cobertura con su teléfono móvil y le dejó varios mensajes, confiando en que los escuchara en cuanto su vuelo hubiera aterrizado.

Dos horas después Max pidió a un sorprendido taxista que detuviera el vehículo en un tramo recto de carretera, frente a un muro en ruinas, sin ninguna vivienda a la vista.

—¿Está seguro que quiere que le deje aquí? —preguntó el extrañado taxista.

—Sí, aquí mismo.

—Entonces le ayudaré a bajar su maleta.

—Gracias —dijo Max, descendiendo del vehículo tras pagarle la carrera.

263

—¿Quiere que le espere y le lleve de vuelta a la ciudad? —insistió el taxista.

—No será necesario. Me están esperando en este hotel —respondió Max, cogiendo la maleta de las manos del taxista, dirigiéndose hacia el único muro que quedaba en pie y deteniéndose ante la ruinosa puerta de la entrada a lo que había sido el hotel del casino. Sacó su teléfono móvil y comenzó a hablar con alguien.

El taxista siguió a Max con la mirada, y lo vio desaparecer arrastrando su maleta a través de una puerta tras la que solo había bosque. Incrédulo, se acercó hasta la puerta, mientras lo veía perderse por el camino entre la maleza.

Volvió a su vehículo, sacudiendo la cabeza y preguntándose si estaba soñando. Ya tenía una nueva historia que contar a sus colegas taxistas cuando se reunieran para comer.

—¿Dónde demonios vas con esa maleta? Si vienes a instalarte en el hotel, me temo que llegas unos cien años tarde —le dijo Gerard al verlo aparecer por entre los arbustos arrastrando la pesada maleta.

—Me han dicho que ofrecen un paquete especial de fin de semana con desayuno buffet incluido. Sabes que soy incapaz de resistirme a cualquier propuesta que lleve la palabra buffet libre incluida —dijo Max, resoplando y dejándose caer sobre un tronco para descansar.

—Sí, no sé si te atrae más lo de buffet o lo de libre—.

—¿Qué es antes, el huevo o la gallina?— dijo Max.

Gerard le puso al corriente de los detalles de la situación y ambos decidieron que lo mejor era inspeccionar de nuevo el lugar del crimen para así poder dar más detalles cuando llamaran a la policía.

—Sígueme. ¿Has traído la linterna que te pedí? —le preguntó Gerard.

Max sonrió y sacó del bolsillo un llavero de un personaje de Star Wars cuyos ojos se encendían con dos LEDs al apretarle la cabeza.

—¿Qué es esto?

—¿Qué? Es lo único que pude encontrar en la tienda de suvenires del aeropuerto. Pero no te preocupes, he traído uno

264

para ti también —dijo, y le lanzó otro llavero de uno de los robots de la película.

Gerard hizo una mueca y desapareció por el agujero junto al árbol. Max dejó la maleta en el suelo y lo siguió.

—Cuando salgamos, me devuelves el llavero, que son de coleccionista —le dijo Max mientras avanzaban.

—No puedo creerlo —murmuró Gerard sin dejar de avanzar.

No tardaron en llegar a la bifurcación y Gerard se detuvo.

—Si sigues por ese camino más ancho, el pasadizo continúa subiendo. No he llegado hasta el final, pero supongo que debe comunicar con alguna estancia de lo que era el Casino, no lo sé. La cisterna está por ahí, a tan solo unos veinte metros, a la izquierda. Se entra por una abertura casi a nivel del suelo —explicó Gerard.

—Déjame ir a mí primero —dijo Max, echando a andar por el camino estrecho.

—No sé si vas a poder pasar por el agujero —le gritó Gerard sonriendo, mientras su amigo desaparecía tras un recodo.

Gerard iluminó con su linterna robot el pasadizo ancho a su derecha, preguntándose una vez más hasta dónde llegaría. Creyó oír ruidos de nuevo, pero ya no estaba seguro de nada. Estaban bajo tierra, y allí podía haber conejos, ratas, cualquier bicho capaz de hacer ruido, no tenía que ser necesariamente un asesino.

Regresó al pasadizo donde había dejado a Max. Cuando llegó, su amigo estaba intentando salir a través de la abertura de la cisterna. Gerard tiró de él, para ayudarle a desatascar su cintura.

—¿Qué te ha parecido? ¿Qué opinas? —le preguntó, mirándole fijamente.

—Que la entrada a esa maldita cisterna es más estrecha de lo que me habías dicho —dijo Max, levantándose la camisa y frotándose la cintura para aliviar el dolor de los roces.

—Me refiero a la chica. Es horrible —exclamó Gerard.

265

—No lo sé, no puedo juzgar si es horrible sin poder verla.

—No me refiero a que ella sea horrible, me refiero a la situación —dijo Gerard—. ¿Cómo que sin verla?

—¿No dijiste que estaba dentro? Ahí no hay nadie.

Gerard le hizo un gesto para que se apartara, se puso de rodillas y metió medio cuerpo dentro de la cisterna, moviendo el brazo en todas direcciones.

—¿Ha encontrado algo tu robot galáctico? —preguntó Max en tono de burla.

—No puede ser, te juro que su cadáver estaba ahí dentro, apoyado contra la pared. Yo mismo lo vi —exclamó Gerard, levantándose.

—Pues o estaba menos muerto de lo que tú pensabas, o alguien se lo ha llevado —dijo Max.

Gerard se agachó y examinó el suelo del pasadizo. En su mayor parte era el suelo de roca natural de la caverna, pero había partes cubiertas por una fina capa de tierra, que había ido cayendo con el paso de los años a través de las grietas del techo.

—Esto está muy pisoteado por todos nosotros, no se pueden ver huellas claras— dijo Gerard—. Tal vez en el otro pasadizo más ancho —dijo, y salió corriendo a examinar el suelo del otro corredor.

Podía distinguir claramente sus propias huellas por la marca de la suela, pero había zonas en las que eran visibles otras marcas, más lisas, que correspondían a suelas de piel sin grabado.

En una película de Hollywood, alguien le hubiera podido decir hasta la talla de calzoncillos que gastaba el asesino con tan solo mirar una de esas huellas. Pero aquello era la vida real, y él era incapaz de deducir nada más.

Volvió a la cisterna, se arrodilló y se asomó de nuevo, iluminando con su linterna todas las paredes. En la zona en que había estado apoyado el cadáver, vio unas manchas en la pared que podían ser de sangre, aunque no podía asegurar que pertenecieran al cadáver, pues él mismo aún estaba sangrando por el golpe que se dio en la cabeza.

266

Iluminó la lámina de agua de apenas unos centímetros que cubría el fondo de la cisterna. Hizo pasear el haz de luz por la capa de lodo del fondo y se detuvo al ver un pequeño destello.

—Sujétame los pies, por favor —le gritó a Max, balanceando la práctica totalidad de su cuerpo en el interior de la cisterna, mientras su amigo lo sujetaba por los tobillos. Alargó los brazos y metió la mano en el agua, hurgando en el lodo hasta que dio unos golpes en la pared para indicarle a Max que tirara de él hacia fuera.

—Enfoca aquí —le pidió, y Max apuntó el haz de su soldado galáctico hacia sus manos. Entre sus dedos cubiertos de barro brillaba un pequeño pendiente, una cruz de plata sobre lo que parecía la cabeza de un animal.

—¿Son los pendientes que llevaba tu amiga? —preguntó Max

—No lo sé, creo que sí. No me he fijado bien.

—Qué vergüenza. ¿Desde cuándo uno no se fija bien en una mujer? La única excusa posible es si estabas distraído fijándote en alguna otra parte de mayor interés que sus orejas —dijo Max, sentando cátedra—. ¿Era así?

Gerard no tuvo tiempo de contestarle. Un estruendo lejano retumbó por las paredes del pasadizo y llegó hasta ellos, amortiguado pero audible.

—¿Qué ha sido eso? ¿Alguien ha cerrado una puerta? —preguntó Max.

—Aquí no hay puertas. Parecía un disparo.

Max lo miró con un gesto de incredulidad, pero su expresión fue cambiando a medida que asimilaba la situación.

—¿Dónde llevas tu pistola? Ahora sería un buen momento para sacarla —dijo Max lentamente.

—¿Qué pistola? Sabes que no he visto una desde que jugaba a indios y vaqueros con mi hermano hace un montón de años —dijo Gerard.

—Por mí como si fuera hace un millón. Voto porque nos larguemos de aquí.

Gerard se volvió en todas direcciones. Estaban en peligro inminente. El tiempo de jugar a detectives había acabado, tenían que involucrar a la policía cuanto antes.

267

—Salgamos de aquí enseguida —dijo, echando a correr por el pasadizo, seguido muy de cerca por Max.

CAPÍTULO 48

¿Todavía no tienes cobertura? —le preguntó Gerard caminando por la cuneta. Max arrastraba su maleta, que traqueteaba al atascarse sus ruedecillas en las piedras del arcén mientras sujetaba su teléfono móvil con una mano.

—Ya pronto. En cuanto tenga una barra de cobertura llamaré a mi amigo el taxista que me ha traído, y nos vendrá a recoger.

—No podemos ir los dos en mi moto, y menos con ese maletón que llevas. La otra opción es hacer autostop, pero con estas pintas los únicos que pararían a recogernos serían los del camión de la basura —dijo Gerard.

Unos veinticinco minutos después, descendían hacia Barcelona cómodamente sentados en el mismo taxi que trajo a Max. El taxista, que no salía de su asombro, había tenido que extender un plástico sobre los asientos traseros, al ver el lamentable estado en que se encontraban, mojados y manchados de barro

—Veo que ha encontrado a su amigo —le dijo el taxista a Max.

—Es usted muy observador.

—¿Ha disfrutado de su estancia en ese hotel? Lo digo porque si usted me lo recomienda, tal vez vaya con mi mujer a pasar un fin de semana romántico —le dijo el taxista con sorna, mirándole a través del retrovisor.

—Muy recomendable, sí, no deje de llevarla. Y asegúrese que le dan la habitación de la torre. Éxito asegurado. Es una

269

habitación con aromaterapia incluida en el precio. No hay lugar más romántico en todo Barcelona —dijo Max, y se volvió hacia Gerard, dando a entender al taxista que la conversación había terminado.

Finalmente el taxi se detuvo frente a la dirección que Gerard le había indicado.

—Pero esto es una comisaría de policía —exclamó el taxista.

—Sigue teniendo usted unas dotes de observación excepcionales —le dijo Max, arrojándole un billete por encima del respaldo del asiento.

—Debería usted cambiar de oficio y hacerse detective —añadió Max, con sorna.

—A ver si en este hotel se queda usted más tiempo que en el otro —le gritó el taxista a Max por la ventanilla, al ver que se dirigía hacia la puerta de la comisaría, arrastrando su maleta.

—¿Quiere acompañarme? —le respondió Max, dedicándole un grosero gesto levantando su antebrazo y llevando su mano al codo doblado, al que el taxista respondió mostrándole el dedo de la mano en que no se colocaba el anillo de boda.

Max se dio la vuelta y se detuvo frente a Gerard, antes de entrar en la comisaría.

—Gerard, no creo que sea buena idea hacer esto.

—¿Hacer qué?

—Meter a la policía en esto.

—Max, ha habido un asesinato.

—¿De quién? Ni siquiera hay un cuerpo. Además, aunque lo hubiera, piensa quién sería el principal sospechoso —dijo Max mirándole fijamente, y levantando las cejas en un gesto inquisitivo.

—Exacto, tú —exclamó Max con contundencia—. ¿Cómo explicas que estuvieras en aquellos túneles con una mujer a quien apenas conocías? ¿Cómo explicas que no te mantuvieras alejado del Casino, como el teniente te había pedido? ¿No te das cuenta que sólo vas a buscarte problemas? Y de paso me vas a arrastrar a mí también.

—Si quieres, puedo mantenerte al margen. No tienen porqué saber que tú también estabas allí conmigo, esto es sólo asunto mío —dijo Gerard.

—Si crees que así vas a hacerme sentir culpable, estás muy equivocado. ¿Cuándo he rehuido una pelea o me he escondido de alguien, especialmente de la policía? No voy a dejarte solo en este enredo, no si además hay una mujer guapa de por medio, aunque no la conozca —dijo Max, haciéndose a un lado y dejándole pasar. Gerard le sonrió y entró con paso firme en el vestíbulo de la comisaría.

—No sé porqué, pero algo me dice que me he dejado manipular una vez más y voy a meterme de cabeza en un nuevo lío —murmuró Max mientras entraba resignado en el edificio, siguiendo los pasos de su amigo.

—El teniente Botell está reunido en este momento —les informó el oficial que atendía el mostrador cuando preguntaron por él.

—Es muy importante que podamos verlo cuanto antes —insistió Gerard.

—¿Le ha dado usted nuestros nombres? —preguntó Max, como si se tratara de una celebridad, sorprendido de que los paparazzi no lo reconocieran.

—Sí, lo he hecho y es entonces cuando me ha dicho que no puede atenderlos en este momento —dijo el oficial—. Si quieren pasar a una sala de espera, un oficial de guardia les tomará declaración. El teniente Botell estará informado de todo, descuiden.

—Se trata de un asesinato —dejó caer Gerard.

—Posible asesinato —interrumpió Max.

—¿No están seguros? ¿Quién ha muerto? —preguntó el oficial.

—Una amiga mía. Bueno, yo creo que ha muerto, pero el cuerpo ha desaparecido —intentó explicar Gerard.

—¿Usted es testigo? —le preguntó a Max.

—Podría decirle que sí, pero le estaría mintiendo. La verdad es que me encantaría haber visto a la joven, pero cuando yo llegué al lugar ella ya se había ido —dijo Max.

—Entonces solo fue un intento de asesinato —afirmó el oficial, intentando aclarar el asunto.

271

—Un intento con final feliz —dijo Gerard, intentando rebajar la tensión.

—Eso no me lo habías contado. Vaya, vaya, así que hubo final feliz. Ahora lo entiendo todo —dijo Max haciendo muecas, abriendo mucho los ojos y sacudiendo las manos.

—Calla, imbécil, me refiero al final feliz del intento de asesinato, que sería el asesinato en sí, ¿no es cierto? —dijo Gerard, mirando al oficial.

—A mí no me mire, que bastante tengo con intentar no perder el hilo de esta historia. ¿Saben qué? Pasen a la salita número tres, por favor, y uno de mis compañeros enseguida estará con ustedes. Y ahora, si me disculpan, tengo otros ciudadanos que atender —les dijo el oficial, haciendo una seña a la siguiente persona en la cola para que avanzara hasta la ventanilla.

Dos horas más tarde, firmaban las dos copias en papel del texto de su denuncia. El oficial encargado de tomarles declaración, tuvo que salir dos veces a prepararse un café cargado, para poder resistir toda la sesión.

Para el oficial, aquel caso reunía todos los ingredientes de las historias que solían caer en la categoría de fantasía, aquellas denuncias que presentaban tantas inconsistencias y contradicciones que quedaban relegadas a un segundo o tercer nivel de interés y urgencia. Sin embargo, tenía suficientes elementos de gravedad, que de ser ciertos, requerirían que se pusiera en marcha una investigación.

El oficial les aseguró que informaría personalmente al teniente Botell, y que dedicarían al caso todos los recursos necesarios. A pesar de la insistencia de Gerard en ofrecerse a acompañarles y guiarles hasta el lugar del supuesto crimen, el oficial declinó su ofrecimiento pero le aseguró que requerirían su presencia de ser necesaria.

—No te han dicho aquello de que no puedes salir de la ciudad ni del país —le dijo Max a Gerard mientras salían de la comisaría y caminaban por la calle en dirección al metro.

—Se da por hecho de que no debo hacerlo. Tampoco me han preguntado en qué zoológico te encontré, y podían haberlo hecho —dijo Gerard, con expresión seria.

—Oye, sin faltar. No te pongas así, que es solo una chica más —dijo Max.

—No es la chica. Bueno, un poco sí, pero es todo. No creo que la policía vaya a hacer nada, no nos han tomado en serio —se lamentó Gerard.

—¿Y te sorprende? Si no hay implicado nadie de cierta enjundia no van a mover un dedo. Seguro que investigarán, pero lo harán muy por encima, y enviarán al novato de turno, lo justo para cubrir el expediente.

CAPÍTULO 49

El coche patrulla descendía por la carretera que pasaba frente a las ruinas del Casino. La joven oficial Iolanda Vehils jamás había trabajado en aquella zona, aunque no debiera ser extraño, pues llevaba tan solo tres meses de trabajo activo como oficial.

Desde que abandonó la academia de policía, uno de sus sueños había sido ser destinada a una comisaría moderna, en una buena zona de la ciudad, y eso lo había conseguido con creces.

Su comisaría estaba en la parte alta de Barcelona y el edificio había sido completamente renovado hacía menos de un año, con oficinas amplias, luz natural, equipos modernos, lo que siempre había soñado.

Otro de sus sueños había sido el de poder salir pronto a recorrer las calles en un coche patrulla, y también se había cumplido, y no solo eso, sino que además era la encargada habitual de sentarse al volante, lo cual añadía un aliciente más al trabajo.

El último de sus sueños había sido el de que se le asignaran casos apasionantes, formando pareja con un oficial experimentado, respetado y admirado por todos en el cuerpo, y que además se pareciera a George Clooney. Ese sueño también se había cumplido... a medias.

El bueno de George no debía estar disponible el día que distribuyeron los equipos, y ella acabó emparejada con Horacio Guzmán, un oficial experimentado, respetado y admirado por todos, pero con el que algunos estaban

274

dispuestos a renunciar hasta a sus pagas extras con tal de no tener que trabajar con él.

Iolanda conducía siempre el vehículo, pero no se debía a sus méritos sino a la voluntad de Horacio, que gustaba de presumir ante sus compañeros de que patrullaba con chófer privado.

Horacio también delegaba muchas tareas en ella, pero no porque valorara su capacidad de trabajo o su perspicacia, sino por pura vagancia, dejando en sus femeninas manos la siempre aburrida tarea de redactar todos los informes y el resumen de los preliminares de cada nuevo y apasionante caso que caía en sus manos.

Las ruinas del viejo Casino debían estar cerca de allí, pensó Iolanda, consultando las coordenadas que había introducido en el GPS del vehículo. Hasta hacía unas horas ni siquiera sabía que hubiera existido un Casino en Barcelona hacía cien años, y mucho menos dónde podían encontrarse sus restos.

Detuvo el vehículo en el punto exacto que le marcó el navegador y se volvió hacia su compañero.

—Es aquí.

El oficial se volvió y bajó la ventanilla.

—¿Estás segura? Aquí no hay nada, solo una pared llena de grafitis en medio de la montaña.

—Es lo que marca el GPS. ¿Qué esperaba encontrar? ¿Un templo romano con una columnata de mármol? ¿Un paseo lleno de palmeras y surtidores de agua? —dijo ella.

—No lo sé, pero un Casino tiene que tener una entrada para coches, digo yo, y tiene que estar en un lugar atractivo, que respire lujo y elegancia, no aquí en medio de esta carretera perdida en la montaña —afirmó Horacio, bajando del coche.

—Lo que buscamos son ruinas, restos de lo que fueron edificios lujosos. Esto son ruinas, ¿no? Sugiero que entremos a explorar. A eso hemos venido —insistió ella, cruzando bajo el arco vacío de la puerta del viejo hotel.

—Si no hay más remedio. Al fin y al cabo el informe lo vas a redactar tú —dijo el oficial, siguiéndola a regañadientes, mientras intentaba orientarse dentro de aquel espeso bosque.

Iolanda encontró el sendero que llevaba a la torre y avanzó por él, haciéndole una seña a su compañero para que la siguiera. Horacio había nacido cansado, y resoplaba con fuerza con cada paso que daba en aquel bosque que tanto le agobiaba.

—¿Eso es todo lo que queda del Casino? —gritó Horacio, al divisar a lo lejos los restos de la torre.

Iolanda se detuvo y esperó a que él le alcanzara.

—Baje la voz, podría haber alguien dentro. ¿Nos separamos aquí? —propuso ella.

Desde que habían comenzado a patrullar juntos ella le trataba de usted. No porque su compañero le intimidara, sino por su buena educación católica, por mantener las distancias entre ellos y por respeto a sus mayores, aunque ese último punto jamás se atrevería a mencionarlo frente a él.

—La entrada debe estar justo tras esa esquina del edificio —dijo ella en voz baja—. Uno de nosotros puede entrar por ahí y el otro podría rodear la torre por entre la maleza y aparecer por el otro lado.

Ambos se miraron y desenfundaron sus pistolas.

—Muy bien, nos vemos en la entrada —dijo Horacio, avanzando por el camino ancho y dejando a Iolanda el honor de rodear el edificio atravesando las zarzas y la maleza. Como siempre, Horacio había elegido por los dos.

Iolanda mantuvo la pistola levantada, mientras con la otra mano apartaba las ramas que le bloqueaban el paso mientras rodeaba la torre. El terreno descendía en pronunciada pendiente y luego volvía a subir, así que tenía que correr si quería llegar ante la puerta al mismo tiempo que su compañero, pues ella tenía mucho más trecho que recorrer.

Cuando consiguió salir de los zarzales y llegar a la entrada de la torre, Horacio estaba de pie ante la puerta, con la expresión de quién lleva tres horas aguardando. Iolanda le mostró los brazos y la palma de sus manos, intentando justificarse. Tenía el rostro llenos de arañazos y sangraba por varias heridas en brazos y cuello.

La puerta de madera estaba entreabierta, y Horacio le hizo una seña con las manos para indicarle que entraran juntos tras contar hasta tres. Los dedos aparecieron y tras la cuenta atrás ambos entraron en tromba, en una entrada más teatral que efectiva.

Iolanda encendió inmediatamente su linterna y recorrió todo el perímetro de la sala. Tuvo que llevarse la mano a la nariz, pues el hedor era insoportable.

—Yo no he sido, a mí no me mires —dijo Horacio, riendo él solo de su humor grosero, que solo provocaba auto hilaridad.

—Aquí no parece haber nadie —dijo ella, dando unos pasos hacia adelante.

—No creo que nadie pudiera aguantar esta peste, huele a perro muerto —exclamó Horacio.

—No sé qué barrios suele frecuentar usted, pero esta vez lo ha adivinado —dijo Iolanda, agachándose para recoger del suelo las varillas metálicas de un paraguas roto, con las que empujó un bulto que había junto a sus pies.

—Qué asco, es un animal muerto, un cuerpo de perro muy grande —dijo ella— y está bastante descompuesto; debe llevar aquí días.

Lo empujó con las varillas para darle la vuelta y la cabeza del perro se desprendió y cayó rodando hacia ella, que dio un salto hacia atrás y se apartó rápidamente.

—Mierda, casi me cae encima.

—A ver si resulta que el chucho aún está vivo y le gustas —dijo Horacio soltando una risotada.

Iolanda se agachó a examinar la cabeza del perro, que pertenecía a un ejemplar enorme, de pelo negro muy oscuro. Tenía los ojos colgando, y había comenzado a ser devorado por algún otro animal, probablemente ratas.

—Fíjese en su cuello —dijo Iolanda, acercándose a la cabeza y tocándola con la varilla metálica.

—Sí, un animal precioso. Si quieres llevarte la cabeza a casa, la puedes disecar y colgarla encima de tu chimenea, o mejor aún, en tu dormitorio —dijo Horacio, riendo sus gracias en solitario, una vez más.

—Es un comentario asqueroso, ¿sabe? Me refiero al corte del cuello; parece que la cabeza ha sido seccionada con algún objeto afilado, o tal vez de un hachazo. Le han cortado la cabeza.

—Tal vez haya alguna guillotina por aquí cerca, busquemos bien. Tal vez esta sea la torre de la Bastilla y aún siguen rodando las cabezas de los que osan entrar en ella —dijo Horacio, poniendo sus manos alrededor de su propio cuello y haciendo una desagradable mueca.

Por mucho que le asqueara tener que soportar los comentarios machistas, groseros y misóginos de su compañero de patrulla, Iolanda estaba sorprendida por esa espontánea alusión a la Bastilla, pues le creía con un nivel de ignorancia aún mayor.

—Olvida al perro y centrémonos en lo que hemos venido a comprobar. Quiero salir de aquí cuanto antes —dijo Horacio, dando media vuelta.

—Es evidente que el vagabundo que ese chalado de Gerard Bach y su compinche dicen haber visto vivir aquí, o se ha mudado recientemente, o debe tener la nariz atrofiada, pues no creo que nadie en su sano juicio pueda vivir en este antro y con este tufo infecto —replicó Horacio, no sin parte de razón.

—Deberíamos rastrear la sala y buscar evidencias —dijo Iolanda.

—¿De qué? ¿De que aquí ha vivido un mendigo? Ya lo sabemos, para eso no hacía falta venir. Todos los edificios abandonados de este país, o tienen un vagabundo viviendo dentro, o un okupa, o hasta un fantasma, y a veces los tienen a los tres juntos. Demos una vuelta por los alrededores para cubrir el expediente y larguémonos de aquí, que no aguanto este olor —dijo, y ambos salieron al exterior a inspirar el aire húmedo y fresco de la montaña.

—Busquemos al menos la entrada a los pasadizos donde dijeron haber encontrado el cadáver de la chica. Según ellos estaba en aquella dirección, a unos doscientos metros hacia el fondo del valle —propuso ella.

—Por favor, no habrás dado crédito a esa historia absurda. Parecía un serial radiofónico de los años cuarenta. Te diré lo que ha pasado aquí. Ese tal Bach y su amiguito han venido a la montaña a fumarse unos porros a escondidas, o

278

tal vez incluso a comprar droga a alguno de los camellos que deben pulular por estos bonitos parajes, como el que debe vivir en la lujosa torre que acabamos de visitar. Se pusieron hasta arriba de coca y entonces se les apareció la chica, vivita y coleando, luego muerta y después otra vez viva, igual que a mí se me podrían aparecer los mismísimos ángeles del Paraíso vestidos de mariachis y cantándome rancheras —dijo Horacio, echando a caminar por el sendero.

—Yo quiero comprobarlo, si no le importa —insistió Iolanda, sin desanimarse.

—Haz lo que quieras. Yo esperaré en el coche. No tardes mucho —dijo, y desapareció montaña arriba.

La agente descendió por el bosque, trazando una línea diagonal imaginaria desde donde se encontraba, en dirección al punto más bajo del valle y rastreó la zona delimitando el perímetro y estableciendo unos cuadrantes que recorrió minuciosamente en busca de los puntos de referencia que Gerard les había dado.

Habrían pasado más de treinta minutos, cuando divisó un árbol de tronco grueso y retorcido, junto al que se distinguía una pequeña estructura cuadrangular.

Se acercó corriendo y sonrió al ver que se trataba de un respiradero o una entrada en el suelo, cubierta por una trampilla de madera. La tierra alrededor estaba muy removida, y era evidente que había permanecido oculta y enterrada hasta hacía muy poco. Sin duda era el lugar que le habían descrito.

Puso en marcha el walkie-talkie para comunicar con el coche patrulla.

—Horacio, ¿me oye?

Un chisporroteo de interferencias acompañó la voz cansada de su compañero.

—Sí, ¿qué pasa?

—He localizado la entrada al pasadizo. Voy a descender e intentaré llegar hasta la cisterna para comprobar si la declaración de los testigos es plausible o si carece de veracidad —dijo Iolanda.

—Tradúcemelo a mi idioma, por favor —dijo Horacio.

—Que me meto en la cueva a ver si encuentro el fiambre.

279

—Oído cocina. Aquí te espero. Cambio y fuera —dijo Horacio, y la comunicación se cortó.

Iolanda lanzó un suspiro de resignación, retiró la tapa de madera y descendió por las escaleras de piedra.

CAPÍTULO 50

Gran Teatre del Liceu . Barcelona. 1912

Casi había tenido que empeñar la colección de pipas de espuma de mar que heredó de su padre, para pagar las entradas a la ópera del Liceo. Jamás hubiera pensado que pudieran ser tan caras.

Por aquel precio seguro que tenían que incluir cena con barbacoa y carne a la brasa como mínimo, además del espectáculo, pensó Morillo ingenuamente.

Había indagado discretamente sobre Gisbert y lo poco que averiguó lo confirmaba como un buen candidato a sospechoso.

Mauricio de Gisbert no provenía de una familia acomodada, más bien lo contrario, pero había hecho fortuna en la industria textil. Comenzó vendiendo telas en mercadillos populares, negocio que pronto expandió para abastecer a pequeños comercios en la ciudad. No tardó en dar el salto a la producción, ayudado por su buena presencia y su verbo fácil, con los que supo conquistar el corazón de más de una dama de la alta burguesía catalana y el bolsillo de sus adinerados maridos.

En sociedad con varios inversores, montó una fábrica textil y tuvo la visión de concentrarse en el desarrollo de tejidos resistentes para la confección de batas, delantales, pantalones de trabajo y demás prendas para equipar a la creciente masa laboral de las muchas fábricas que la revolución industrial iba repartiendo por toda la geografía del país.

A partir de ahí, la clásica historia de superación personal y visión empresarial se torcía y adquiría tonos más sombríos. Enemistado con la mayoría de sus socios, éstos fueron desapareciendo paulatinamente del mapa, tanto del industrial, como del terrenal, desvaneciéndose en circunstancias nunca aclaradas.

Una vez solo, Gisbert inició una etapa de vertiginoso crecimiento que le llevó a construir un imperio textil, con la connivencia de políticos poco éticos. Se decía que hasta el alcalde de la ciudad estaba en su nómina, así como multitud de políticos y oficiales locales y del gobierno central en Madrid, hasta donde también llegaban sus tentáculos.

Siempre manteniéndose en la sombra, su figura había adquirido tintes legendarios. Corrían todo tipo de rumores sobre su persona, desde los más prudentes y probablemente acertados que lo describían como un industrial codicioso que no dudaba en emplear prácticas ilegales para conseguir sus propósitos, a los más arriesgados, que lo veían como un delincuente de guante blanco o no tan blanco.

En el extremo más sensacionalista, no faltaban los que afirmaban que se trataba de un maníaco que llevaba a cabo prácticas vampíricas, y los que aseguraban que lideraba una red que secuestraba niños para ser dados en adopción a familias pudientes. Acusado públicamente de ello, los cargos se desvanecieron al chocar contra el muro de protección legal levantado por su ejército de abogados espléndidamente remunerados.

Al parecer, una de sus pocas aficiones era acudir al Gran Teatro del Liceo en las noches de estreno de las óperas más celebradas. Morillo sospechaba que esas apariciones no respondían a su melomanía ni a su extrema sensibilidad y amor por la lírica. Le permitían mantener cierta presencia pública pero en la oscuridad de una gran sala de conciertos, en la discreción de su palco privado, al abrigo de miradas indiscretas.

En muchas ocasiones abandonaba el teatro antes de que acabara la función, para no coincidir con el resto de

282

espectadores al final de la obra y desaparecía en su carruaje, que le esperaba en la puerta principal, que daba a las Ramblas.

Inés estaba radiante. Morillo no podía menos que admirar su serena belleza y su elegancia al verla bajar las escaleras y salir al portal de su casa, donde él la esperaba.

Por razones obvias, había tenido que descartar la bicicleta como medio de transporte, pero tampoco podía permitirse un carruaje, ni pagado de su bolsillo, ni con fondos del departamento, pues en aquella investigación todo corría de su cuenta.

Inés había conseguido encontrar un asiento libre en el tranvía y Morillo viajaba de pie junto a ella, descendiendo entre traqueteos y frenazos bruscos, hacia la Plaza Cataluña, para luego enfilar Ramblas abajo.

Abandonaron el tranvía dos manzanas antes de llegar a su destino, pues Morillo quería tener la oportunidad de caminar por las Ramblas llevando a Inés del brazo, y acercarse al Gran Teatro lentamente, disfrutando cada segundo de poder sentirse como burgueses por unas horas.

Morillo había engordado diez quilos de la satisfacción de poder ser visto con una joven tan hermosa como Inés del brazo. Se acercaron a la entrada del teatro, que a aquella hora ya era un hervidero de gente, y se mezclaron con los cientos de parejas engalanadas que entraban lentamente, dejándose ver, mientras una larga fila de carruajes de caballos aguardaban turno para descargar a sus pasajeros frente a la puerta principal.

A pesar de poder descender cómodamente de sus carruajes en las calles adyacentes o varias manzanas antes, casi nadie lo hacía. Lo importante era llegar hasta la puerta principal y dejarse ver, en una entrada triunfal haciendo ostentación las damas de sus espectaculares vestidos, faldas y sombreros, y los caballeros de sus capas, abrigos y sombreros de copa.

Entre la hilera de carruajes, algunos vehículos a motor aguardaban su turno, con sus choferes haciendo sonar las bocinas y ganándose las miradas de los cientos de curiosos que se agolpaban frente a las puertas. Todo formaba parte del ritual. Un estreno de ópera era siempre una ocasión perfecta para cotillear y dejarse ver.

Morillo se preguntaba cuántos de aquellos encopetados realmente entendían algo de música o podían debatir con conocimiento de causa sobre las obras que iban a presenciar.

Seguro que había un grupo que amaba la ópera y acudía allí para disfrutar de la música, pero sospechaba que una gran mayoría lo hacían solo por aparentar. Hubieran estado igualmente felices desfilando entre maizales, siempre y cuando hubiera público.

La fachada exterior del teatro le pareció anodina y vulgar, de una sobriedad que no hacía presagiar en absoluto la fastuosidad y lujo desbordante de la gran sala que les esperaba en el interior.

Pocas veces se había sentido así, tan feliz y orgulloso de sí mismo por haber conseguido llamar la atención de una mujer tan bella e inteligente como Inés. Estaba flotando en una nube, se sentía como uno más de aquel grupo de privilegiados, entrando por la puerta principal, caminando sobre la alfombra roja y ascendiendo por la gran escalinata hacia el tercer piso, donde se encontraban sus localidades.

Caminaron por un pasillo que les condujo a través de un hemiciclo hasta una gran puerta. Nada les había preparado para la sensación que tuvieron al cruzar el umbral y entrar en la gran sala principal.

La inmensidad de aquel espacio les sobrecogió. Debía haber cientos sino miles de bombillas encendidas en todos los pisos. Una gigantesca lámpara colgaba del techo y eran tan grande que parecía que tuviera que caer en cualquier momento arrancando parte de las molduras consigo.

El recinto en forma de herradura era una gigantesca colmena de color dorado, plagada de pequeñas celdas en las que se movían cientos de personas. El brillo de las joyas y de las lentes de los prismáticos delataba la presencia de aquellos seres y daba vida a aquella inmensa catedral de la lírica.

Un joven acomodador les acompañó hasta sus asientos, y Morillo hizo ver que no se percataba de su mano extendida, esperando una propina que nunca llegó.

—¿Te gusta, Inés?

284

—Es impresionante —fue lo único que acertó a responder.

—Jamás había visto tanto dorado, y fíjate en aquella cortina, es inmensa —dijo él, sin disimular su admiración.

—Es el telón, y pronto se levantará para que empiece la función. Primero sonará la obertura y cuando la orquesta acabe de tocar, el telón se levantará, aparecerán los cantantes y comenzarán a interpretar sus arias —explicó ella.

—¿Cómo sabes tanto? ¿Ya habías venido antes?

—Sí, acompañé a la Sra. Xamot en varias ocasiones, aunque entonces estábamos en uno de aquellos palcos —dijo ella, señalando hacia la derecha y a uno de los pisos inferiores.

—Me encantó, la música es maravillosa —añadió, cerrando los ojos y sonriendo.

Morillo estaba en el cielo. No podía dejar de admirar a Inés, con su cabello castaño recogido en un hermoso tocado, sus labios rojos, su delicada piel blanca, sus hombros desnudos envueltos en un precioso vestido de color azul marino profundo que acababa en una espectacular falda salpicada de delicados bordados.

Morillo se preguntaba cómo había sido capaz Inés de sentarse en aquellas butacas tan estrechas con semejante falda, pero las mujeres tenían recursos para todo, se dijo, mientras sostenía su delicada mano entre las suyas y se la apretaba cariñosamente.

—¿Qué obra hemos venido a ver? —preguntó Morillo.

—*Las Valquirias*, de Wagner.

Tras largos años de dominio absoluto de la ópera italiana en cuanto a preferencias del público, Barcelona se estaba convirtiendo en la capital mundial de la ópera wagneriana después de Bayreuth, especializándose en el compositor germano y atrayendo a los mejores directores y cantantes, que interpretaban en el Liceo las obras de Wagner en su versión original en alemán.

—Si es la primera vez que vienes a la ópera, hubiera sido preferible que fuera algo de Puccini, como *Tosca* o la fabulosa *La Bohème*, porque son más melódicas y asequibles al oído, y exigen menos del espectador —explicó Inés en tono académico.

—¿Qué insinúas, que soy un analfabeto musical? —dijo Morillo con el ceño fruncido, a lo que ella no le respondió, prefiriendo ignorarlo—. Pues si es así, estás en lo cierto, no distinguiría a Pagner de Puccino si me los cruzara por la calle.

Inés le miró con ternura y tomando su mano la llevó hasta sus los labios y depositó en ella un delicado beso.

Morillo casi había olvidado el motivo por el que estaban allí, y se sentía mal por habérselo ocultado a Inés.

Hubiera preferido disfrutar tranquilamente de la ópera con ella, sin tener que seguir la pista a ningún maldito psicópata, pero bien sabía que en la vida, al igual que en el teatro, los finales felices no suelen ser los más habituales.

CAPÍTULO 51

Morillo era consciente de que vivían una época de gran tensión social, y el Liceo no era ajeno a ello. Todavía resonaban entre aquellas majestuosas paredes los ecos de la bomba que lanzó un anarquista en 1893 y que causó una carnicería en la platea.

Morillo se alegraba de que sus localidades estuvieran varios pisos por encima de la platea, aunque la probabilidad de que un atentado como aquel pudiera repetirse era muy baja.

Mientras los espectadores iban ocupando sus localidades, los que ya estaban sentados se dedicaban a mirar alrededor y contemplarse entre sí. Todo tipo de monóculos y prismáticos de bolsillo hacían su aparición, y aunque su finalidad teórica era la de facilitar el seguimiento de la acción en el escenario, en esos momentos previos al inicio del espectáculo se convertían en el arma ideal para el cotilleo y el espionaje social.

La mayor parte de ellos solían apuntar hacia los palcos, siendo su objetivo principal el político de turno o el empresario de éxito, quienes en muchos casos llegaban acompañados por mujeres que no solían ser sus esposas, sino sus amantes oficiales, y cuyo avistamiento constituía un popular pasatiempo entre los asistentes.

Morillo tomó prestados los prismáticos de Inés y realizó un barrido sistemático de todos los palcos, comenzando por los del piso inferior y subiendo progresivamente. No tenía mucho tiempo, pronto apagarían las luces y sus posibilidades de encontrar a Gisbert se esfumarían en menos que se canta una aria.

Inició una segunda pasada más rápida, descartando aquellos palcos que estaban claramente vacíos o en los que podía distinguir bien a sus ocupantes. Y fue entonces cuando lo vio, tras pasar dos veces por el mismo lugar, en un palco del segundo piso, el más cercano al escenario por su lado derecho.

Creía que estaba vacío, cuando un brazo de mujer apareció y se apoyó en la barandilla de terciopelo. Volvió atrás con los prismáticos y se detuvo, esperando detectar algún otro movimiento y ya estaba a punto de abandonar, cuando sucedió.

Fue una visión fugaz, pero lo vio. Las luces de la sala comenzaban a apagarse, pero pudo ver con claridad como un hombre corpulento se acercaba hasta la barandilla, y daba un rápido vistazo en todas direcciones antes de sentarse y desaparecer, oculto tras la mampara de separación entre los palcos.

Tenía que ser él, su aparición justo en el último momento, su corpulencia, y sobre todo su cabello rojizo, que había podido distinguir perfectamente al encontrarse cerca de las luces que brillaban en el escenario.

Las notas de la majestuosa obertura comenzaron a sonar, y Morillo se sobresaltó como si estuviera en la calle frente a un tranvía. Enseguida se hizo el silencio entre el público y la oscuridad fue casi total.

Morillo no sabía qué hacer. Durante unos minutos estuvo embelesado, dejándose llevar por las notas de aquella majestuosa obra. No tenía cultura operística, pero sí tenía sensibilidad, y la combinación de la solemnidad de la música, la espectacularidad de la orquesta, la magnificencia del entorno, todo se había aliado para crear una magia de la que no quería escapar.

Cuando el telón comenzó a levantarse lentamente y las luces azuladas del escenario insuflaron vida al decorado de la primera escena, Morillo se sentía tan ilusionado como un niño ante un escaparate de dulces, ansioso por descubrir lo que iba a suceder y por disfrutarlo al máximo.

288

Sin embargo no podía olvidar su misión y su conciencia de policía le devolvió rápidamente a la realidad.

—¿Cuándo llega el primer descanso? —preguntó a Inés en voz baja, acercándose a su oído.

—¿La obra acaba de empezar y ya quieres que llegue el intermedio? —dijo Inés un tanto enojada.

—Es solo por curiosidad.

—Son tres actos, pero no sé dónde harán el descanso, tal vez entre el segundo y el tercero —dijo, llevándose el dedo a los labios y haciendo un gesto para que se callara.

La música le pareció espectacular. La obra formaba parte de la tetralogía de Wagner sobre la historia de Sigfrido y el Anillo del Nibelungo. Era una obra densa, que requería de una orquesta mayor de lo normal, y era de una gran complejidad técnica tanto para músicos como para cantantes.

Morillo quedó cautivado por aquella tempestad de emociones desatadas, atrapado en aquel mar embravecido de sensaciones musicales que le hacía elevarse a las alturas y descender a los abismos, cabalgando sobre oscuras y gigantescas olas al igual que hacían las valientes guerreras Valquirias, las protagonistas de la obra, cabalgando sobre sus poderosos corceles.

Incapaz de resistir, hacia el final del primer acto se levantó, con el pretexto de una urgencia fisiológica irreprimible, lo que le mereció una mirada fulminante por parte de Inés.

Volvió a la escalera principal y bajó al segundo piso, con la intención de acercarse lo máximo posible al palco de Gisbert. El acceso al pasillo semicircular que recorría todo el piso y al que daban las puertas de todos los palcos, estaba custodiado por varios empleados del Teatro.

Fingió ser un marido poco amante de la ópera estirando las piernas mientras su mujer seguía en la sala, y observó detenidamente las evoluciones de los empleados, que en ningún momento abandonaron su puesto.

La solución era esperar al intermedio, para mezclarse entre la muchedumbre que probablemente llenaría los pasillos en dirección a la cafetería o hacia los baños. Decidió preguntarle a un joven empleado que pasó por su lado.

—No, caballero, no hay ningún intermedio. En esta ocasión se interpreta toda la obra de una sola vez, para potenciar la experiencia del público —le dijo el muchacho.

El rostro de Morillo no podía disimular su sorpresa y decepción a la vez. Varias horas seguidas sin descanso, aquello era inconcebible. No disponía de tanto tiempo, ni podía esperar tanto.

Ante situaciones desesperadas, medidas desesperadas, pensó. Se acercó con decisión a los dos empleados que guardaban el acceso al pasillo, detrás de una barrera de grueso cordón de terciopelo rojo.

Pasó junto a ellos sin detenerse y se dirigió al pasillo de la derecha.

—Un momento, caballero, por favor. ¿Nos permite ver su localidad? —le preguntó uno de ellos, corriendo tras él.

Morillo levantó los ojos hacia el techo, en una expresión de cansancio, y extrajo lentamente su placa de policía del bolsillo.

—Soy subinspector de la policía secreta, y me encuentro aquí en misión oficial, por órdenes del Comisario Pizcueta —mintió, recordando vagamente que el Comisario solía frecuentar esos círculos, en los que con frecuencia se reunía con el alcalde y otros altos cargos de la ciudad. Era más que probable que incluso fuera dueño de un palco, así que Morillo decidió arriesgarse. La estratagema pareció funcionar.

—Discúlpenos, se lo ruego. No le habíamos visto entrar con el Comisario. Solo espero que no nos lo tenga en consideración y disculpe las molestias, pues solo estamos haciendo nuestro trabajo —se excusó el empleado.

—Por supuesto, joven, no tiene porqué disculparse. Al fin y al cabo, todos estamos trabajando aquí, ¿no es cierto? —dijo, y todos rieron, ya más relajados.

Morillo echó a caminar por el pasillo de la derecha.

—Subinspector, el palco del Comisario está en el pasillo de la izquierda, es el número 17 —le recordó el empleado, señalando con el dedo hacia el extremo opuesto. Morillo se detuvo contrariado y dio media vuelta.

—Sí, por supuesto. Siempre me pierdo en estos lugares. Todos los pasillos me parecen iguales —dijo, dirigiéndose hacia el pasillo izquierdo, alejándose de donde se encontraba el palco de Gisbert.

El pasillo describía una pronunciada curva y estaba cubierto con una gruesa alfombra granate que amortiguaba completamente todo sonido, dándole la sensación de estar caminando en el vacío más absoluto. Tan solo el estruendo de la orquesta en la distancia, escapándose a través de algunas puertas de palco entreabiertas le devolvía a la realidad.

Se cruzó con un caballero con sombrero de copa ladeado, que había homenajeado a las Valquirias con más de una copa de champagne y navegaba por el pasillo en dirección al baño, esquivando monstruos marinos imaginarios que le obligaban a caminar haciendo eses.

Cuando Morillo llegó al final del pasillo, calculó que aquellos palcos debían estar en el extremo diametralmente opuesto al que ocupaba el palco de Gisbert. Uno de ellos tenía la puerta entreabierta, y sin pensárselo dos veces se introdujo en él.

La pequeña antesala, elegantemente decorada, disponía de una mesita con varias botellas de licor y vasos, un mullido diván de terciopelo verde y una pequeña mesa de madera plegable sujeta a la pared.

No era preciso ser adivino para imaginar las increíbles historias que aquellas antesalas podían contar, los negocios que debían haberse sellado brindando con aquellas copas, los matrimonios que debían haberse roto o tal vez salvado en la oscuridad de las salas y la comodidad de aquellos divanes.

Frente a él, una cortina de color granate oscuro le bloqueaba completamente la visión. Alargó el brazo, la apartó muy lentamente, y se detuvo impresionado por el espectáculo que se ofrecía ante sus ojos.

El palco estaba inclinado, orientado en diagonal hacia el escenario, a tan solo pocos metros de distancia de donde se encontraba. Contó seis sillas de madera vacías, y más allá, se desplegaba la imponente majestuosidad de aquella magna sala. En aquel momento la oscuridad era considerable, pues en el escenario se estaba desarrollando una escena nocturna en un bosque, a la luz de una hoguera.

Al amparo de la oscuridad Morillo se deslizó pegado a la pared, se sentó en una de las sillas posteriores, y extrajo los prismáticos de Inés de su bolsillo para otear el horizonte hasta dar con el palco de Gisbert.

Un suave sonido le hizo volverse y se encontró cara a cara con un anciano que acababa de aparecer tras la cortina, medio oculto tras el exuberante peinado de su acompañante femenina, una hermosa joven con un más que generoso escote.

—¿Qué está haciendo usted aquí, si puede saberse? —preguntó el enojado caballero.

—Perdone, ¿no es este el palco 17? —preguntó Morillo, fingiendo una estupidez lo más convincente posible.

—¿El 17? Este es el 20. No anda usted muy lejos. ¿Acaso está usted ebrio? —dijo el hombre, muy enojado.

—Es posible que haya bebido un poco más de lo recomendable, sí —dijo Morillo, levantándose rápidamente y abandonando el palco. No podía llamar más la atención, y máxime sabiendo que el Comisario estaba en ese mismo piso, a pocos palcos de distancia.

Se dirigió al baño, pues necesitaba un lugar para pensar con tranquilidad. Entró en la lujosa estancia pero le incomodó encontrarse con un muchacho sentado en un taburete, ofreciéndole toallas y fragancias para asearse.

Fingió refrescarse la cara, y al ver que el muchacho seguía allí no tuvo más remedio que entrar en uno de los cubículos y sentarse sobre la tapa bajada del retrete.

Si ahora volviera junto a Inés, le iba a ser muy difícil justificar una nueva ausencia más tarde, sobre todo cuando ya iba a costarle mucho explicar la actual, pues una urgencia fisiológica de tanta duración tendría que haber sido necesariamente mortal.

No sabía cuanto tiempo debía haber transcurrido, pero probablemente debía estar acabando el segundo acto.

Inés le había explicado al entrar, que uno de los puntos culminantes de la obra era la introducción musical al principio del tercer acto, la famosa Cabalgata de las Valquirias, un fragmento que había alcanzado una enorme popularidad y que era esperado con gozoso deleite por todo el público.

Sabía que durante ese fragmento nadie en todo el teatro se movería de su asiento, y podría aprovechar el momento para acercarse y confrontar a Gisbert.

Salió del baño, haciendo correr el agua de la cisterna para dar mayor realismo a su actuación, y el muchacho le ofreció otra toallita, que él rechazó, lo que le valió una mirada de reproche en la que se leía lo que pensaba el muchacho acerca de su falta de higiene.

—¿Saben cuánto falta para el principio del tercer acto? —preguntó Morillo, acercándose de nuevo a los empleados que guardaban el acceso.

—Tan solo unos minutos, señor, y le recomiendo que no se lo pierda, porque esta representación es especial. Esta noche estrenamos un sistema de proyección de cinematógrafo que proyectará unas espectaculares imágenes de las valquirias cabalgando por la montaña sagrada de Montserrat. Será la primera vez que se hace en Europa y por primera vez en la historia, se apagarán todas las luces del teatro y habrá oscuridad total durante la proyección —explicó el empleado, con comprensible orgullo.

—Así pues, mejor será que me apresure —dijo Morillo sonriendo al saber que finalmente había encontrado el momento adecuado para sorprender a Gisbert.

Un supervisor apareció y llamó a los dos jóvenes para repasar con ellos su cometido una vez se apagaran las luces del recinto en tan solo unos minutos.

Morillo aprovechó para caminar con toda tranquilidad hacia el pasillo de la derecha, sin levantar ninguna sospecha por parte de los distraídos empleados.

Tan solo tenía que aguardar al momento en que se apagaran las luces, para forzar su entrada en el palco de Gisbert, que era el tercero comenzando desde el extremo final.

A pesar de que se jactaba de ser reflexivo y un buen estratega policial, la estupidez de su plan, o más bien la falta de él, le sorprendía sobremanera. Se había dejado llevar por sus impulsos, por sus emociones, por el horror que había presenciado a manos de aquel depravado, y ello había enturbiado su raciocinio.

¿Y si Gisbert no fuera el asesino? ¿Y si realmente resultara ser un empresario legítimo, con inmejorables contactos en las altas esferas, una gran fortuna e inmenso poder para hacer con un humilde subinspector lo que quisiera?

Intentó apartar de su mente aquella posibilidad. Sentía en su interior que aquel tipo era quien se había enfrentado a él en varias ocasiones, quien tanta maldad demostraba y tanto daño había causado.

Tan solo tenía que llegar hasta él y mirarle a los ojos para saberlo con seguridad.

CAPÍTULO 52

Las luces del pasillo parpadearon. La sala debía estar en silencio, pues ya no se oía el retumbar lejano de la poderosa orquesta. Morillo deseaba saber qué estaba sucediendo dentro de la sala, pero desde allí no podía verlo. Todas las puertas de los palcos estaban cerradas y no se arriesgó a abrir ninguna de ellas por temor a algún nuevo encuentro indeseado.

Las luces del pasillo parpadearon de nuevo, un aviso al público de lo que iba a suceder en breve. Y entonces lo oyó con claridad. Primero era tan solo un rumor perdido en lo más hondo de su conciencia, pero poco a poco fue ascendiendo a la superficie, dejándose oír con claridad.

Aquellas notas, aquellas trompetas lejanas, las había escuchado antes. No sabía dónde, no podía recordarlo, pero le eran muy familiares. Aquella melodía y su ritmo in crescendo enardecían el alma, elevaban el espíritu y lo acercaban a los dioses, al Olimpo de la belleza.

Las luces del pasillo parpadearon por tercera vez y se apagaron completamente. Era el momento. Afortunadamente no se encontraba lejos del palco, pues de otra manera no hubiera sido capaz de encontrar la puerta en la oscuridad.

Lo que iba a hacer iba en contra de toda lógica policial, por no mencionar la ética, pero para Morillo no había marcha atrás. Estaba convencido de lo que debía hacer, de cual era su misión, y de que lo estaba haciendo por todas las inocentes víctimas de aquel maníaco.

295

Rezando para que la distribución de todos los palcos fuese idéntica, sujetó el pomo de la puerta, y con un gesto enérgico entró y la cerró tras de sí.

La oscuridad era total, pero no tuvo que esperar más que un par de segundos para sentir como algo se movía junto a él. Se encontraba en la antesala del palco, y sabía que era un espacio rectangular y alargado hacia su izquierda.

Quienquiera que estuviera ahí solo podía atacarle por ese lado, así que se agachó instintivamente, notando como alguien le golpeaba en el costado al pasar junto a él y estrellarse contra la pared.

Morillo no perdió el tiempo y levantando la pierna, golpeó con su rodilla alguna parte del cuerpo de su asaltante, que dejó escapar un grito sordo tras el fuerte impacto.

Perdido el factor sorpresa, el desconocido se volvió hacia Morillo y tanteando a oscuras, le sujetó por la cintura hasta abrazarse bien a su cuerpo, intentando ahogarle.

Por la fuerza que empleaba pronto lo iba a conseguir, y aunque Morillo golpeaba con sus dos puños sobre la espalda de aquel tipo, éste no parecía inmutarse.

Intentó levantarse y desplazó su peso hacia adelante, balanceándose hasta poder estirar el brazo y localizar a tientas el mueble-bar y sus botellas de licor.

El ruido de cristales rotos le indicó que estaba cerca, y consiguió sujetar una de las botellas con la punta de sus dedos hasta levantarla y cogerla por el cuello. Parecía más bien un decantador de vino, pero lo levantó y lo dejó caer con toda su fuerza sobre la cabeza de aquel tipo, que se tambaleó levemente pero siguió asfixiándole.

La música en el interior del teatro era atronadora, pero probablemente no lo suficiente como para apagar el ruido de la pelea.

Morillo se estaba quedando rápidamente sin fuelle, tanto por el esfuerzo de la pelea como por el aplastamiento de su cavidad torácica a manos de aquel mastodonte. Su mano seguía palpando a su alrededor a la desesperada, pero sobre el mueble-bar ya no quedaban botellas ni vasos con vida.

Entonces tuvo una idea descabellada e hizo un esfuerzo sobrehumano para balancearse hacia adelante, lo suficiente como para desequilibrar a los dos con su peso y desplazarse unos pasos hacia la izquierda.

Alargó el brazo hasta que sus dedos reconocieron el borde de madera de la mesita plegable auxiliar. Con un último y desesperado esfuerzo, levantó la tabla de madera con la punta de sus dedos, y un clic le indicó que el soporte había encajado correctamente.

Bajó ambas manos y se sujetó con fuerza a la cabeza de aquella mole humana, tirando hacia arriba con la poca energía que le quedaba, hasta sentir que sostenía su cabeza en posición más o menos vertical.

Flexionó las piernas, y apoyó los pies contra la pared, propulsándose hacia adelante con toda la fuerza de sus muslos, como si quisiera despegar y atravesar el tabique.

Sorprendido por la fuerza con que Morillo le empujaba, la nuca del guardaespaldas golpeó salvajemente contra el ángulo afilado de la mesita, que penetró varios centímetros en la base de su cráneo.

Morillo sintió la calidez de la sangre corriendo por sus manos, pero mantuvo la presión sobre la cabeza ensartada, con la poca fuerza que sus cuádriceps podían ya ofrecerle. Cuando sintió las últimas convulsiones del sujeto y que se desplomaba, Morillo se dejó caer sobre él.

Sin tiempo a recuperarse, se puso en pie. Descorrió la cortina que lo separaba del palco, pero frente a él tan solo apareció el generoso escote de la mujer que acompañaba a Gisbert.

La cabalgata de las Valquirias estaba en pleno apogeo, y la única luz de la sala provenía del reflejo parpadeante de las toscas imágenes rodadas en blanco y negro que se estaban proyectando sobre el escenario, ante un público atónito frente aquel despliegue de alta tecnología.

¿Dónde estaba Gisbert? Probablemente oculto en la oscuridad de la parte más profunda del palco, aguardando a que Morillo diera el primer paso. La respuesta le llegó en forma de un terrible puñetazo en la mandíbula, que le hizo tambalearse y derribar varias de las sillas vacías a su alrededor.

Valoró acercarse a la joven y utilizarla como rehén, pero inmediatamente descartó la idea, no tanto por motivos éticos

297

como ante la certeza de que aquel cruel psicópata no dudaría en sacrificarla si fuera necesario.

Se colocó delante de ella, manteniéndose en el centro del palco para desde allí poder saltar hacia cualquiera de los lados, pero el recuerdo de la superioridad física que mostró aquel tipo en sus anteriores encuentros, le hicieron recurrir a su pistola como única forma de amedrentarlo.

Empuñó el revólver y lo apuntó hacia la sombra que se ocultaba en el fondo del palco.

—No se mueva y no dispararé —gritó Morillo, sin tener la certeza de haberse hecho escuchar sobre el estruendo de la música.

Como lanzada por un dragón acorralado escupiendo fuego, una silla salió volando desde las profundidades del palco y le golpeó en la sien, aún habiéndose agachado para esquivarla.

Morillo la vio continuar su vuelo sobre la barandilla, sumergiéndose en la oscura profundidad de la platea, a buen seguro golpeando a más de un espectador, pero le fue imposible oírlo debido al volumen de la música.

Apretó el gatillo y el resplandor del fogonazo atrajo algunas miradas desde la platea y los palcos de enfrente, pero había demasiada confusión como para que nadie prestara atención.

Morillo esquivó otra silla que salió escupida desde el fondo del palco, y golpeó a la joven en el rostro. Se llevó las manos a su nariz rota, que comenzó a sangrar abundantemente, tiñendo de rojo su vestido.

Morillo volvió a disparar, ajustando el tiro más hacia la derecha, de donde le parecía que había salido la última silla. Ante la falta de movimiento y de más objetos volantes, supuso que había herido a Gisbert y apartando sillas con el pie dio unos pasos hacia adelante.

Gisbert saltó hacia él como una pantera herida y ambos rodaron sobre el suelo del palco. Morillo quedó debajo, recibiendo una monumental paliza, pues cada golpe que recibía en su rostro se transformaba en otro de su nuca contra el suelo del palco y ya comenzaba a estar muy aturdido.

Recobrando brevemente la iniciativa, y en una acción desesperada, levantó el revólver y lo acercó al rostro colérico del aquel tipo. Podía ver sus ojos inyectados en sangre, los mismos que le miraron cuando le había atacado en el Hospital de Sant Pau, los mismos que tantas veces habían contemplado la vida escapando de sus víctimas inocentes.

Consiguió acercar el cañón de la pistola hasta rozar su mejilla y volvió a disparar.

Oyó como la bala impactaba contra el techo del palco, pero confiaba al menos haberle atravesado la mejilla. Gisbert le asestó un terrible puñetazo en la mandíbula y se incorporó rápidamente.

Gisbert lanzó a Morillo contra la joven, que gritaba aterrorizada, y el impacto la lanzó al vacío fuera del palco, quedando colgada de la barandilla.

Varios caballeros de la platea no perdían detalle de la visión del complicado entramado de enaguas, pliegues de ropa y varillas metálicas entre las que se sacudían espasmódicamente un par de hermosas y esbeltas piernas enfundadas en medias blancas.

Morillo se incorporó tambaleándose, pero apenas podía tenerse en pie. Gisbert había huido, podía ver la cortina moviéndose a su paso, y quiso correr tras él, pero allí tenía a una joven malherida a punto de caer al vacío. ¿Una joven estúpida? Tal vez. ¿Una joven inocente? Con toda seguridad.

Una vez más, su conciencia policial le dictó lo que tenía que hacer. Enfundó el revólver y se volcó sobre la barandilla para sujetarla por los brazos.

Para entonces, varias filas de la platea se habían puesto en pie y los asustados espectadores señalaban hacia el palco, las mujeres gritando aterradas, mientras algunos hombres se acercaban y estiraban los brazos y sus bastones, en un fútil intento por ayudar.

Morillo sujetaba a la joven por los antebrazos, pero la chica pesaba más de lo que su frágil complexión hacía pensar. Tal vez fuera el vestido, o el pesado corsé que llevaba, en el que debía haber más hierro que el empleado en la construcción de la Torre Eiffel. Las fuerzas le abandonaban, pues la pelea con Gisbert le había dejado exhausto, y no estaba seguro de que pudiera resistir mucho más.

Miró hacia abajo para valorar cuál sería la zona de caída si la soltaba, y le alegró comprobar que la altura no era considerable, y que había suficientes hombres esperándola como para garantizarle un cómodo aterrizaje.

Cerró los ojos, como si así fuera a ganarse el perdón divino.

—Sujétese fuerte, señorita —le gritó, reparando inmediatamente en lo absurdo de su comentario, mientras abría las manos y la dejaba caer. El chillido de la joven fue un digno competidor de cualquiera de los do de pecho con que la soprano solista los había deleitado durante toda la velada.

Los cantantes permanecían inmóviles en el centro del escenario, impávidos ante lo que estaba sucediendo, disfrutando de que por una vez el espectáculo tuviera lugar fuera del escenario y no en él.

Morillo se asomó para comprobar que la joven estuviera con vida, lo cual fue certificado por la sarta de manotazos con los que la mujer intentaba sacarse de encima las manos y atenciones de todos los hombres que la rodeaban.

Ya más tranquilo, Morillo salió disparado del palco y echó a correr por el pasillo hacia las escaleras principales.

Muchos espectadores habían comenzado a abandonar el Teatro, asustados por lo que pensaban podía ser una reedición del desgraciado atentado con bomba de unos años antes, y con aquel trágico precedente en su pensamiento corrían escaleras abajo entre gritos y atropellos.

Morillo se dirigió a los empleados que guardaban la entrada a los palcos.

—¿Han visto pasar al Sr. Gisbert? —preguntó, casi sin detenerse.

—No señor, no ha salido nadie —dijo el más locuaz de los dos, en lo que era evidente que se trataba de una mentira.

—¿Están seguros? Un tipo corpulento, con chaqueta oscura, bigotes y pelo rojo.

Los dos empleados se miraron antes de volver a responder lo mismo, lo que confirmó a Morillo que estaban sincronizando sus ensayadas respuestas, cubriendo las espaldas de Gisbert. Después de todo, Morillo no era quien les recompensaba generosamente tras cada representación ni quien les pagaba el aguinaldo en Navidad.

Salió a la gran escalinata principal y echó a correr escaleras abajo, dando codazos e intentando abrirse paso entre el tumulto.

—Subinspector Morillo, ¿es usted? —oyó una voz tras él. La voz provenía del piso superior, y aunque no se volvió a mirar, la curvatura de la escalera le permitió ver por el rabillo del ojo que se trataba del Comisario Pizcueta, que había abandonado su palco y se dirigía a la escalera principal.

Tan solo le faltaba eso. Morillo fingió no haberle escuchado y corrió hasta llegar a la puerta principal que daba a las Ramblas.

A la gran cantidad de curiosos habituales se habían sumado esta vez muchos más, atraídos por el griterío y la riada de gente que salía corriendo del interior del Teatro, en una marea humana desbordante, una especie de tsunami inverso que fluía del interior del edificio hacia el exterior.

CAPÍTULO 53

Morillo pasó entre la gran cantidad de carruajes y automóviles que aguardaban a sus dueños en la entrada, cruzó la calzada y se detuvo entre varios caballos que se mostraban muy inquietos por el griterío y a los que sus conductores intentaban en vano tranquilizar.

Entonces lo vio, a unos cincuenta metros de distancia al otro lado de la Rambla, en la calzada que ascendía en sentido inverso. Estaba subiendo a un automóvil, que Morillo reconoció como un enorme Cadillac modelo Treinta, el primer vehículo de su época en contar con motor de arranque eléctrico.

Morillo echó a correr tras él y atravesó la Rambla central, esquivando con mejor o peor suerte a los peatones que se acercaban al Teatro, hasta llegar a pocos metros del automóvil. Gisbert se volvió y sus ojos se encontraron, mientras Morillo se debatía entre lanzarse sobre el coche, o detenerse y sacar su arma para disparar.

Era un lugar público y había demasiada gente alrededor, por lo que decidió acelerar el paso e intentar alcanzar el auto. El chófer hizo sonar la bocina varias veces para que la gente se apartara, lo que Morillo aprovechó para saltar y sujetarse a la parte posterior del vehículo, de pie sobre las ballestas de la suspensión.

El coche aceleró y salió disparado, golpeando y derribando a varias mujeres que cruzaban la calle. Morillo dio varios puñetazos sobre el techo de tela del vehículo con la única mano que se atrevía a soltar, pero el coche no se detuvo, y siguió avanzando Ramblas arriba, ganando velocidad a medida que se alejaba del Teatro y la calzada estaba más despejada de transeúntes.

Tenía que meterse dentro del coche, pero para ello debía conseguir poner los pies sobre los guardabarros traseros, para desde allí subirse al techo. Era una solución desesperada, arriesgada y estúpida, pero sujetándose con fuerza al respaldo del asiento posterior levantó una de sus piernas hasta colocarla sobre la aleta del guardabarros y se dispuso a subir.

El conductor dio varios bandazos para desestabilizarlo, y Morillo tuvo que volver a colocar los pies sobre las ballestas traseras para evitar caer.

Volvió a intentarlo y esta vez consiguió apoyar el pie en la aleta e impulsarse hacia el techo hasta sujetarse en una de las barras horizontales que mantenían la capota tensa. Con gran esfuerzo consiguió quedar estirado de cintura para arriba sobre el techo, mientras su pies colgaban pataleando en el vacío.

Pronto sintió como varias balas atravesaban el techo de lona del vehículo, disparadas desde el interior. Sin soltar las manos, rodó hacia un lado, pero la lona no aguantó su peso y se rasgó longitudinalmente. En vez de caer dentro del coche, sintió como unas manos lo empujaban desde el interior y lo hacían caer hacia el lateral.

Morillo se vio colgando por el lado derecho del vehículo, sujetándose desesperadamente a un pedazo de lona que no tardaría en rasgarse. Sus pies ya arrastraban por el suelo y sentía los golpes de los adoquines de la calzada contra sus rodillas, una situación que no iba a poder soportar mucho tiempo.

Soltó una de sus manos para echar mano a su arma, mientras se sujetaba como podía con la otra. Las sacudidas del vehículo le impedían apuntar bien, así que alineó como pudo el cañón del revólver con la apertura que daba al asiento posterior y disparó.

El rostro del pelirrojo apareció fugazmente, contemplándole con una mirada de profundo desprecio antes de desvanecerse. Segundos después volvió a aparecer,

303

escondido tras el cañón de una pistola, que apuntaba directamente al pecho del policía.

Morillo no podía defenderse, le era imposible apuntar bien, y la única forma que tenía de evitar que le dispararan a bocajarro era soltarse y caer a la calzada. En una acción desesperada, bajó su arma, y disparó tres veces seguidas a los bajos del vehículo.

Dos de los disparos dieron en el blanco y el neumático anterior derecho estalló en pedazos, provocando que el vehículo diera fuertes bandazos, y se dirigiera directamente contra la acera, a la que la maltrecha rueda se subió varias veces, mientras el conductor intentaba mantener el coche bajo control.

La amenazante visión de varias farolas acercándose rápidamente hacia él fue suficiente para que Morillo soltara la lona, rodando por la calzada hasta quedar tendido junto una boca de alcantarilla, mientras el coche de aquel sanguinario traqueteaba sobre los adoquines, con una rueda menos, pero manteniendo su rumbo y desapareciendo Ramblas arriba.

Morillo se levantó, ayudado por varios transeúntes que se habían acercado a socorrerlo. Sin identificarse como policía, les agradeció el gesto y dio media vuelta para regresar al Teatro.

Su aspecto era lamentable. Tenía la chaqueta destrozada, había perdido una de las mangas y sus elegantes pantalones de traje habían pasado a convertirse directamente en harapientos pantalones cortos. De cintura para abajo sangraba por varios lugares, y mostraba grandes abrasiones y heridas abiertas en las rodillas y los tobillos.

Cojeando y arrastrando una de sus piernas, su prioridad inmediata era encontrar a Inés, aunque no sabía ni por donde empezar a hablar con ella.

Ella estaría furiosa, por haberle ocultado el verdadero motivo de su presencia en el Teatro, y por haberla abandonado a ella y a la obra. O se trataba de la urgencia fisiológica más larga de la historia o su excusa iba a resultar más falsa que los decorados de las Valquirias.

Una enorme riada humana seguía abandonando el Teatro, y sus aguas se separaban para dejar pasar a aquel harapiento ensangrentado como si se tratase de Moisés cruzando el Mar Rojo.

Morillo se preguntaba cómo iba a encontrar a Inés. No podía entrar en el Teatro con aquel aspecto, o mejor dicho, los porteros no le iban a permitir pasar de la puerta principal, así que optó por detenerse a unos cincuenta metros de la entrada y otear el horizonte, confiando en poder reconocer el elegante tocado de Inés entre la multitud que abandonaba el local a toda prisa.

Sintió que alguien se acercaba por detrás y tiraba suavemente de la única manga que quedaba intacta en su chaqueta. Menudo detective estaba hecho. Inés lo había encontrado antes de que él la encontrara a ella.

Morillo cerró los ojos antes de volverse, y se encomendó a todos los santos a los que tenía devoción, temiendo una monumental reprimenda por su parte.

Abrió los ojos, preparado para afrontar la furia de Inés y echar mano de su creatividad para dar todas las explicaciones pertinentes, pero se encontró frente al rostro de otra mujer, la prostituta con la que había compartido confidencias recientemente.

Todavía no repuesto de la sorpresa, en vez de hablar miró en todas direcciones, para asegurarse de que Inés no se encontraba cerca. Si ella lo sorprendía con aquella mujer, iba a resultarle aún más difícil explicar cómo la había conocido y la naturaleza no pecaminosa de su relación.

Morillo la tomó por el brazo y la arrastró hacia la acera, buscando ocultarse tras la inútil protección de una delgada farola, pero dando la espalda al Teatro, como si así fuese más difícil reconocerle.

—Por el amor de Dios, mujer, ¿qué estás haciendo aquí?

—He venido expresamente a buscarle —dijo ella, que parecía asustada.

—¿Cómo has sabido que podías encontrarme aquí?

—Fui yo quien le sugirió que viniera, ¿no lo recuerda?

Morillo la contempló unos segundos sin decir nada, y finalmente su expresión se relajó y se acercó a hablarle al oído.

305

—No conviene que nos vean en lugares públicos. Sabes quién soy y sabes lo que está en juego, ¿no?

—Sí, lo sé, y si le soy sincera, no quiero causarle ningún problema, ni ponerlo en un compromiso.

—¿Entonces?

—He venido a darle una información que creo que va a interesarle. Pero, ¿qué le ha sucedido? —preguntó ella, reparando por primera vez en su lamentable aspecto—. ¿Acaso se ha caído del caballo o algo parecido?

—Algo parecido —respondió Morillo escuetamente. Era evidente que se encontraba incómodo en compañía de aquella joven, y no dejaba de mirar por encima de su hombro y volverse hacia el Teatro, temiendo ser sorprendido por Inés en cualquier momento.

—Cuando usted se fue, hice algunas indagaciones en la casa, hablé con las otras chicas —explicó ella, captando la atención de Morillo—. Una de las más veteranas me dijo algo que le va a interesar.

—Bien, estoy esperando a que me lo cuentes —dijo Morillo, impacientándose.

—Yo también estoy esperando —añadió ella, incorporándose y reajustando aparatosamente sus pechos dentro de lo que a todas luces era un asfixiante corsé que debía estar exprimiendo todo el jugo a aquel joven cuerpo.

Morillo todavía estaba un tanto espeso y aturdido por su caída del vehículo, pero no lo suficiente como para no darse cuenta de que la muchacha esperaba una gratificación por su información.

—¿Y cómo sé yo que lo que me vas a contar me va a interesar?

—Yo sí lo sé. Pero si se lo cuento y no le interesa, para que vea que confío en usted, le devolveré su dinero —dijo ella.

—Pero si todavía no te he dado ningún dinero.

—Lo sé, pero va a hacerlo ahora mismo, ¿no es cierto? Piense en quién está buscando. Puedo ayudarle a encontrarlo —afirmó la joven, con gran aplomo.

—Está bien. Pero lo siento, no te puedo remunerar por adelantado.

306

La mirada de incredulidad de la joven, mezclada con una expresión insinuante y un nuevo reajuste pectoral, abochornaron tanto a Morillo que le ayudaron a decidirse con rapidez.

—Está bien, aguarda. Esto es todo lo que tengo —dijo él, echando mano de su billetera y extrayendo un único billete, que había estado guardando para pagar el tranvía de vuelta a casa con Inés.

—Suficiente, por el momento —dijo ella, cogiendo el billete al vuelo e introduciéndoselo rápidamente en el profundo valle de su generoso escote.

—Verá usted —dijo ella, invadiendo sin reparos la intimidad del espacio personal de Morillo—. Una de las chicas nuevas me comentó que el señor pelirrojo había solicitado expresamente estar con ella y que quería verla mañana por la noche en sus aposentos. Ya sabe usted lo que eso significa.

—Que quiere conocerla mejor, y probablemente más a fondo, ¿no?

—Más o menos, así es. Sobre todo lo de más a fondo —dijo la joven, asintiendo con la cabeza.

—¿Y dónde y cuándo tendrá lugar el encuentro?

—Mañana por la noche, sobre las once de la noche. Las habitaciones del señor están en la planta superior de la casa grande.

—¿Tú podrías facilitarme acceso al interior?

—Por supuesto. Yo podría mostrarle dónde se encuentra su habitación, y también puedo buscar un lugar donde ocultarle.

Morillo no respondió.

Una idea estaba dando vueltas dentro de su cabeza, e Inés no formaba parte de ella.

307

CAPÍTULO 54

Carretera de la Rabassada. Barcelona. 1912

Era el último tranvía que subía a la montaña aquella tarde. Morillo se apeó en cuanto el vehículo comenzaba su largo descenso hacia el Casino por la polvorienta carretera. Como siempre, prefería hacer a pie la parte final del camino, para no llamar la atención ni que pudieran recordarle fácilmente.

Aprovechó el paseo para psicoanalizarse a sí mismo, intentando buscar una justificación para sus actos, pues aquel caso se estaba volviendo una obsesión para él. Trabajaba al margen de las normas del departamento de policía, casi al margen de la ley, y había sido objeto de varios intentos de asesinato.

No podía recurrir a sus superiores, probablemente implicados en aquella turbia trama, apenas contaba con amigos y sospechaba que se enfrentaba a un grupo muy poderoso con ramificaciones en las más altas esferas del poder político y económico de la ciudad.

Sin embargo se sentía como un caballero andante luchando por el honor de una damisela en apuros, se veía a sí mismo como un adalid de las causas perdidas, un defensor de los que habían agotado toda esperanza y no podían recurrir al sistema.

Nada le impedía enfrentarse directamente a Gisbert y detenerlo oficialmente en su casa o en su despacho, pero con ello tan solo conseguiría ganarse las iras del capitán Botell. Dada la ausencia de pruebas concluyentes, echaría a perder el factor sorpresa y la limitada libertad de movimientos de que gozaba, al menos temporalmente, trabajando por su cuenta.

Lo que peor llevaba era ver cómo aquella cruzada a la que voluntariamente se había entregado, estaba afectando su relación con Inés con consecuencias difíciles de predecir. Conocer a Inés era lo mejor que le había sucedido nunca, y por primera vez se veía a sí mismo sentando cabeza y construyendo una familia, con ella en el centro de su vida.

Inés le aportaba paz, y ese toque de serena cordura con el que abordaba todas las cuestiones. Por ello sufría al pensar que si seguía adelante con aquella locura, se arriesgaba a arrojar por la borda cualquier posibilidad que pudiera tener con ella.

Su fanática obsesión por atrapar a aquel psicópata le había llevado a ignorar a Inés, a mentirle, incluso a utilizarla de un modo vergonzante, siendo el episodio del Teatro del Liceo el más reciente y sangrante ejemplo de tal obsesión. Atrapar a aquel tipo era su droga, y se había vuelto totalmente adicto a ella, por encima de todo, incluso de su relación con Inés.

Se dijo a sí mismo que aquella noche iba a ser la última. Se enfrentaría a él, y después le contaría todo a Inés. Necesitaba sentir que no había más secretos entre ellos, para que ella pudiera conocerle tal y como era verdaderamente.

Sus prioridades iban a cambiar, tenía que colocar a Inés por encima de todas las cosas. No había caso criminal ni injusticia que pudiera ser más importante que construir una vida en común basada en la confianza mutua y el amor.

Reforzado por aquel convencimiento, caminó durante veinte minutos en soledad, evitando a los peatones y adentrándose unos metros en el bosque cada vez que se encontraba con uno.

Desde la distancia ya podía ver el torreón elevándose sobre el tejado de la casa grande. Llegó a los grandes leones alados que guardaban la entrada principal, y tras recitar la contraseña que había pactado con la joven, minutos después estaba en la recepción del edificio pequeño, soportando la

309

aceitosa sonrisa de la gruesa madame, encantada de tener de vuelta a un cliente, a tan pocos días de su última visita.

Le ofreció la posibilidad de conocer a nuevas chicas, pero él insistió en requerir los servicios de la misma con la que había estado recientemente. La madame le ofreció la sonrisa cómplice y pícara de quien cree leer entre líneas, testigo discreto de una situación tantas veces vivida.

El sensual sonido de la seda deslizándose sobre la piel desnuda de las esbeltas piernas de la joven al descender la escalinata, le hizo volver la cabeza mucho antes de que su silueta se dibujara contra el descansillo, tal era su estado de nerviosa anticipación.

La madame sonrió abiertamente, leyendo erróneamente en aquella ansiedad el familiar e irreprimible deseo que tantos clientes mostraban en aquel momento. El descenso de la escalinata y la primera visión de la joven por parte del cliente era su momento predilecto, no se cansaba de admirar el efecto que las desbocadas hormonas provocaban en los hombres.

Era el encuentro entre dos mundos, la satisfacción de los deseos más básicos y universales de la humanidad, aderezados con la sal de lo prohibido y la pimienta de la infidelidad, condimentando juntos un plato que solía tener más de postre dulce y espectacular para paladares golosos, que de guiso consistente y alimenticio para el día a día.

La joven acompañó a Morillo escaleras arriba y pronto se vieron en el interior de la misma habitación que habían ocupado días atrás.

—¿Y bien? —preguntó Morillo, incapaz de disimular su ansiedad.

—¿Y bien qué? Relájese. Ha llegado usted muy temprano. Tenemos tiempo hasta para pasar un buen rato mientras esperamos —dijo ella, dejando que la bata de seda se entreabriera y mostrara una generosa ración de su cuerpo semidesnudo.

Morillo tragó saliva y para su sorpresa, tardó más de lo que hubiera deseado en responder. Cerró los ojos y pensó en su misión, en su reciente determinación con respecto a Inés, y apartó de su mente cualquier tentación.

—¿A qué hora esperas que llegue? —le preguntó, acercándose a la ventana para mirar al exterior, oculto tras la cortina.

—Todavía tardará una hora al menos, pero nunca se sabe. A veces se adelanta. La chica que le espera ya debe estar lista.

—¿Hay alguien más en la otra casa?

—No lo sé. Sé que hay varias personas de servicio, un cocinero, algún sirviente, tal vez algún vigilante, pero no suelen quedarse por la noche.

—Necesito que me lleves allí. Tengo que encontrar un buen lugar donde ocultarme —dijo Morillo, dirigiéndose hacia la puerta.

—¿Cuándo?

—Ahora —repitió él, con la mano en el picaporte.

La joven le condujo hasta una pequeña habitación de servicio que daba a unas estrechas escaleras, por las que descendieron hasta una salida en la parte trasera. Ella salió primero, para comprobar que no había nadie.

El espacio entre las dos casas estaba invadido por gran abundancia de plantas, como si se pretendiera mantener una barrera natural entre ambos edificios.

Incluso en la penumbra del anochecer, la casa posterior era un edificio imponente. Su tejado estaba coronado por un torreón desde el que a buen seguro se gozaba de una impresionante vista de los alrededores. La parte superior de la fachada frontal estaba adornada con unos sencillos mosaicos florales, muy del gusto modernista predominante en aquel momento.

Rodearon el edificio, manteniéndose al abrigo de las plantas y se dirigieron a un tramo de escaleras que descendía bajo un balcón, hasta una puerta de madera que daba a lo que parecía un cuarto para almacenar útiles de jardinería.

La joven se acercó a la puerta y dio varios golpes, en lo que evidentemente se trataba de un código acordado. La puerta se abrió y ella le hizo un gesto con la mano para invitarle a seguirla, desapareciendo en su interior.

Morillo miró a su alrededor por última vez. Se estaba metiendo en la boca del lobo, en la guarida de la fiera, y tan

311

solo esperaba salir con vida de allí y poder colgar la cabeza de aquel animal como trofeo sobre su chimenea.

En lo que Morillo no había reparado es que su casa no tenía chimenea.

CAPÍTULO 55

El oscuro y estrecho cuarto olía fuertemente a humedad. Sin saber de dónde, una vela encendida apareció en las manos de la joven, quien le hizo un gesto para que le siguiera.

Estaban en un antiguo lavadero de piedra, con dos grandes piletas excavadas en la roca, una de ellas rebosante de agua oscura. Manchas verdes de musgo salpicaban las paredes, pareciendo querer atravesarlas desde el exterior para invadir aquel opresivo espacio.

Caminaron unos metros adentrándose en lo que debían ser los cimientos del edificio, y llegaron a una encrucijada de pasillos idénticos, sin elemento alguno que permitiera distinguirlos.

—¿Seguro que conoces el camino? —preguntó Morillo en voz baja.

La joven no respondió, y se limitó a seguir a través de aquel laberinto, con tal decisión que Morillo supuso que no era la primera vez que visitaba aquel lugar, lo cual le sorprendió.

Tras varios quiebros, llegaron al final de un pasillo que se estrechaba progresivamente hasta casi obligarles a ponerse de lado. La joven desapareció tras el recodo y Morillo se encontró ante una escalera tan estrecha, que dudaba que fuera a ser capaz de subir por ella, a pesar de no haber sido nunca una persona claustrofóbica.

Poniendo su cuerpo de lado, se introdujo en la estrecha abertura y empujó hacia arriba, obligando a sus pies a

313

arrastrarse escalones arriba, mientras sus hombros y cabeza frotaban contra las paredes y techo de aquel restringido espacio.

Veía el resplandor de la vela frente a él, y avanzaba por instinto de supervivencia, rezando en su interior para que el camino se ensanchara pronto y no se quedara atascado para toda la eternidad en aquel lóbrego pasadizo.

Sus ruegos tuvieron respuesta y agradeció notar que las paredes a su alrededor se separaban y podía inspirar profundamente, cosa que hizo con fruición.

Se encontraban tras un enorme jarrón, al final de un oscuro pasillo, en la base de una escalinata de caracol que ascendía a los pisos superiores.

Sin decirle nada, la joven comenzó a subir lentamente los escalones de madera, que crujían bajo su peso. Morillo subió tras ella, y no pudo evitar que su mano se fuera inconscientemente hacia la pistola al oír el crujido de sus propios pasos en la escalera.

Llegaron a un descansillo en lo que debía ser el segundo piso, decorado con el mismo jarrón que parecía estar en todas las plantas y que disimulaba el acceso a aquella escalera de servicio.

El pasillo ante ellos estaba cubierto por una gruesa alfombra, y de las paredes colgaban cuadros a ambos lados, colocados simétricamente entre delicadas molduras modernistas.

La joven aguardó unos momentos, y como todo parecía en silencio, salió de su escondite tras el jarrón y caminó de puntillas sobre la alfombra hasta llegar frente a la puerta de una de las habitaciones. A pocos metros de allí se encontraba la escalera principal de la casa, que descendía hacia un gran salón en el primer piso.

Cuando Morillo llegó junto a la joven, ésta se llevó los dedos a los labios para pedirle silencio y se dispuso a abrir la puerta. A Morillo le extrañó que no comprobara antes si había alguien en su interior, pero supuso que sus contactos en la casa le habrían preparado el terreno. Morillo entró con ella y cerró la puerta tras de sí.

314

La habitación era parecida a las que ya conocía del otro edificio, aunque bastante más grande. En la decoración predominaba el color negro, que junto a las paredes forradas de tela granate le daban al conjunto un aire tétrico. La cama estaba cubierta por un gigantesco dosel de madera oscura, que recordaba los mejores momentos del reinado de Luis XIV y en la que el monarca francés se habría sentido más que a gusto.

—¿Es aquí dónde se supone que el hombre pelirrojo se va a reunir con tu amiga? —preguntó Morillo, un tanto inquieto.

La joven señaló hacia la cama.

—Allí es donde lo hace todo. Ya me entiende.

—¿Dónde puedo esconderme?

—Ahí —dijo ella, señalando hacia un gran armario negro de tres puertas que presidía una de las paredes más apartadas.

Morillo lo examinó con detenimiento, abriendo despacio la puerta central. En su interior, tan solo una barra de madera de la que colgaban varias chaquetas y camisas, pero el armario tenía suficiente profundidad como para ocultar a toda una familia.

Unos suaves golpes en la puerta de la habitación sobresaltaron a Morillo, que de un salto se introdujo en el armario y con la punta de sus dedos cerró la puerta desde el interior.

—Hola, adelante —oyó decir a la joven, en el tono dulce y sensual a que le tenía acostumbrado.

Intentó mantener la puerta entornada pero ardía en deseos de mirar a través de la rendija. Respiró aliviado al comprobar que no se trataba del hombre pelirrojo sino de otra muchacha vestida con un camisón de color violeta.

Era muy hermosa, con una melena ondulada que se desparramaba sobre sus hombros en una cascada de cabellos color azabache. Ambas jóvenes se abrazaron y cuchichearon sonrientes mientras Morillo no sabía si volver a salir o mantenerse oculto. ¿Sabía la recién llegada de su presencia allí? ¿Estaba al corriente de lo que iba a suceder?

315

Decidió que era mejor no desvelar su presencia, aunque la verdad es que tampoco le incomodaba demasiado estar contemplando a dos hermosas jóvenes tan ligeras de ropa.

Desde su escondite vio como la expresión en el rostro de las dos chicas mutaba a una de gran preocupación, a la vez que ambas se volvían hacia la entrada.

La puerta de la habitación se abrió con estruendo. Aunque Morillo no podía verla desde donde se encontraba, escuchó perfectamente el ruido que hizo al golpear contra una silla colocada tras la puerta.

Morillo se mantuvo inmóvil, intentando adivinar qué sucedía. La joven de cabello oscuro desapareció de su campo visual y solo podía ver a su amiga, que permanecía de pie en el centro de la habitación.

La tenue luz provenía de una única lámpara de gas en su mínima expresión, que tan solo le dejaba ver una danza de sombras en movimiento proyectadas sobre la cama y la pared adyacente.

Oía voces, incluso le parecía escuchar risas apagadas, y los ojos casi se le salían de sus órbitas por los grandes esfuerzos que tenía que hacer para poder espiar a través de la rendija sin tener que abrir más la puerta.

Poco a poco, los pies de un hombre fueron entrando en su campo visual, junto a los muslos desnudos de la joven, cuya inmaculada piel brillaba a la luz parpadeante de la lámpara de gas, desprendiendo chispas de seda.

El hombre llevaba la cabeza cubierta con un sombrero y se mantenía de espaldas, con lo que Morillo no podía ver de quién se trataba. Se despojó de su chaqueta y la arrojó al suelo, junto con el bastón, que hasta entonces había sostenido en sus manos.

Comenzó a acariciar lentamente a la joven e hizo una señal a la amiga de Morillo para que se acercara. Ésta se puso frente a él, y el hombre la abrazó, besándola en el cuello, mientras ella le quitaba el sombrero y lo arrojaba al suelo sobre la chaqueta.

Desde su posición, Morillo los contemplaba en total inmovilidad. Sudaba profusamente, tanto por los nervios como por lo confinado del espacio, y temía que se le escapara

316

la puerta, que tan solo conseguía sujetar con la punta de sus sudorosos dedos.

La prostituta levantó la vista y miró a Morillo directamente a los ojos, sonriéndole mientras dejaba que su bata y camisón resbalaran sobre su piel y cayeran por los suelos. Las manos del hombre desaparecieron tras la espalda desnuda de la joven, mientras su compañera lo abrazaba por el costado y se pegaba a él como una hoja al cristal húmedo de una ventana.

Morillo no sabía cómo comportarse, era una situación muy incómoda para él. Aquella escena estaba subiendo la temperatura dentro del armario por momentos y tampoco sabía con certeza si estaba ante la persona que buscaba.

Si salía del armario y se equivocaba, aquello empeoraría más su ya precaria situación profesional, pero si no actuaba, iba a perder una oportunidad de oro para saldar cuentas con su némesis.

El hombre empujó suavemente a las dos mujeres hacia la cama, y se acostaron sobre las sábanas, quedando parcialmente ocultas por los velos de tela que colgaban del dosel. Subió al lecho y se tendió entre ellas, dando comienzo un juego de caricias y besuqueos que Morillo solo podía entrever debido a la distancia y la pobre iluminación.

Tras varios minutos de juegos eróticos, el hombre se incorporó y saltó de la cama para dirigirse a una mesita auxiliar repleta de licores y servirse una copa.

Las dos jóvenes seguían retozando y acariciándose entre ellas como si el hombre aún estuviera allí, y se levantaron al unísono, situándose a los pies de la enorme cama, mostrándose completamente desnudas ante Morillo, cuyos dedos sudaban y temblaban sujetando la puerta, y no exclusivamente del esfuerzo necesario para sostenerla.

Morillo no supo cuanto tiempo había pasado; probablemente tan solo llevaba unos segundos babeando frente a aquellas dos ninfas, cuando tuvo un breve acceso de lucidez. Tenía la extraña sensación de que ahora aquellas dos hermosas mujeres estaban exhibiendo sus cuerpos desnudos en un espectáculo privado dirigido exclusivamente a él, y que ambas le estaban sonriendo.

317

Aunque inicialmente se sintió en el séptimo cielo, su instinto policial reaccionó inmediatamente. ¿Cómo podían estar las dos mirando hacia el armario, si se suponía que solo una de ellas conocía su escondite? ¿Cómo podían estar exhibiéndose ante él sin que aquel hombre lo encontrara extraño o hiciera nada para impedirlo?

La única explicación era que ambas tenían que estar trabajando conjuntamente en connivencia con aquel hombre. Y por cierto, ¿dónde estaba el hombre?

Al darse cuenta de lo que realmente estaba sucediendo, inmediatamente las puntas de sus dedos soltaron la puerta del armario, que comenzó a abrirse a cámara lenta mientras su mano descendía en busca de su revólver.

No tuvo tiempo de llegar a la cartuchera. Un estruendo formidable le desorientó por completo. El interior del armario pareció cobrar vida propia y revolverse sobre sí mismo. Perdió toda noción de tiempo y espacio y se encontró dando vueltas en una gigantesca batidora mientras sentía que caía al vacío y su cuerpo golpeaba con fuerza contra las paredes.

Finalmente un dolor lacerante le recorrió el cuerpo de la cabeza a los pies, como una descarga eléctrica de millones de voltios recorriendo su espina dorsal y recreándose en diversas partes de su anatomía.

No pudo soportarlo y cerró los ojos.

Creyó haber muerto.

CAPÍTULO 56

Cuando Morillo abrió los ojos la oscuridad era total. Si había muerto y aquello era el infierno, no era como lo había imaginado, pero uno nunca está preparado para eso.

Comenzó a recuperar la conciencia y a analizar la situación. Sentía dolor, tenía magulladuras y heridas en la cabeza y los brazos, y la espalda le dolía como si se la hubiese partido en varios pedazos.

Inspiró profundamente y una mezcla de aire húmedo y caliente llenó sus pulmones, provocándole un doloroso acceso de tos.

Estiró las manos y palpó a su alrededor. Estaba tendido sobre un suelo húmedo de piedra, probablemente bajo tierra. Podía reconocer el olor amargo de la tierra mojada y de las raíces. Se incorporó como pudo y buscó en vano su revólver. No estaba allí.

De repente, una luz amarillenta se encendió, cegándole momentáneamente. Se protegió los ojos con las manos y aprovechó para mirar a su alrededor. Se encontraba en un pequeño espacio de apenas dos metros de base, y metro y medio de altura, que parecía excavado directamente sobre una enorme piedra lisa que hacía las veces de pavimento.

Las paredes eran de tierra, con raíces de árboles protruyendo de ellas y acercándose amenazantes, como tentáculos de seres infrahumanos al acecho.

Frente a él tenía una pequeña puerta de madera, con una estrecha mirilla a través de la que distinguía la bombilla brillando insolentemente desde el otro lado.

Se escuchó movimiento, alguien se acercaba. Intentó sacar fuerzas de flaqueza para atacar, pero estaba exhausto, y no sabía dónde encontrar esa reserva de energía que claramente no tenía.

La puerta se entreabrió con un leve crujido, pero nadie apareció. Con gran dificultad, Morillo se incorporó y gateó para salir de aquella claustrofóbica prisión. Le dolían las rodillas, y notó que sangraba por sus manos y sus piernas, pero no se detuvo.

Ante él se extendía un largo túnel, toscamente excavado bajo tierra. Era estrecho, de apenas metro y medio de altura, y estaba iluminado por bombillas amarillentas espaciadas unos veinte metros entre sí.

Gateó por el túnel, ganando fuerza a medida que avanzaba sin toparse con nadie. Se dirigía hacia lo desconocido, hacia una posible emboscada, probablemente hacia el horror en su estado más puro, pero no tenía elección. Solo había un camino frente a él, y Morillo no dudó en seguirlo.

Sus manos parecían dos muñones, cubiertas de lodo y sangre, y decir que estaba completamente desorientado era quedarse muy corto.

El túnel se había ensanchado y ya tenía suficiente altura como para permitirle ponerse en pie. Tambaleándose y apoyándose en las paredes, siguió avanzando hasta llegar a una bifurcación.

Se agachó a examinar el suelo y observó que uno de los dos caminos mostraba señales de paso, mientras que en el otro la tierra parecía más compacta e inalterada.

Decidió seguir el que mostraba señales de paso, pero oyó un ruido y se detuvo. Alguien venía en dirección a él. Retrocedió y se ocultó en el otro pasadizo, quedándose inmóvil.

El ruido sonaba cada vez más cercano, era el sonido de pasos hundiéndose en la tierra blanda y fangosa del túnel.

Eran pasos ligeros, pero estaba seguro que no pertenecían a un animal sino que eran humanos.

—Hola, ¿está usted ahí? Contésteme.

Morillo se quedó helado al escucharlo. Era una voz de mujer y a pesar de la pésima acústica de aquellas catacumbas reconoció la voz de la prostituta. No sabía si salir a encontrarse con ella o permanecer oculto.

Decidió arriesgarse e intentar jugar las pocas cartas que le quedaban, saliendo de su escondite.

—Estoy aquí —dijo, dejándose ver en la encrucijada de caminos. La joven estaba a unos metros de distancia, dentro del otro túnel, semidesnuda, cubierta con una manta que colgaba de sus hombros. Morillo notó que caminaba descalza.

—¿Qué está sucediendo aquí? ¿Dónde estamos? —susurró Morillo.

—Sígame, no hay tiempo que perder —dijo ella, volviéndose y desapareciendo por donde había venido.

Morillo optó por ir tras ella, sin detenerse a pensar en los posibles escenarios que pudiera encontrar más allá. Era una situación desesperada y se dejaba guiar por sus impulsos.

Tras caminar durante lo que le pareció una eternidad, llegaron frente a un muro de ladrillos oscuros, en el que había una pequeña puerta de madera. Seguían bajo la montaña, pero aquí la humedad era menor y el ambiente menos irrespirable y supuso que tal vez estaban en el sótano de alguna de las mansiones de la zona.

La joven introdujo la mano en una concavidad de la piedra, de la que extrajo una gran llave de hierro, que hizo girar en la cerradura. La puerta se abrió, dejando escapar un hilo de luz que se dibujó sobre el suelo de piedra, y llegó casi hasta sus pies.

La joven desapareció y Morillo no tardó en seguirla. La puerta daba a un pasillo estrecho y mal iluminado. El suelo era de baldosas oscuras, con un dibujo que le era muy difícil de identificar. El pasadizo descendía y acababa en unas escaleras toscamente excavadas en la roca.

Morillo se acercó a la joven, que aguardaba inmóvil en el centro del pasadizo, y la sujetó por las muñecas.

321

—Dime qué demonios está pasando aquí. ¿Dónde estamos? —le preguntó en tono airado.

—No puedo hablar ahora, estamos en peligro. Suba por esas escaleras y espéreme en la sala que encontrará arriba. Volveré con ayuda. Confíe en mí —y soltándose, desapareció en la oscuridad del pasillo, dejando a Morillo en la más absoluta estupefacción.

—Confíe en mí —eran las últimas palabras que aquella mujer había pronunciado. Morillo se preguntaba si quedaba alguien en el mundo en quien pudiera confiar, exceptuando a Inés, por supuesto.

La imagen de Inés se materializó frente a sus ojos, y cuando Morillo estiró el brazo para acariciar sus delicadas facciones, se destruyó como un espejo hecho añicos.

Había llegado demasiado lejos para volver atrás ahora. Todo lo que hacía lo hacía por ella.

Decidió que era el momento de acabar con aquella obsesión que lo atormentaba y liberar al mundo de la presencia de aquel psicópata, para volver a los brazos de Inés y compartir el resto de su vida con ella, viviendo juntos, envejeciendo juntos y si fuera posible, muriendo juntos también.

Respiró hondo y encaró con decisión los escalones de piedra. El tramo era empinado y describía una curva pronunciada. Al llegar arriba se encontró ante una puerta de madera barnizada, marcada con una figurita ondulada de latón dorado.

Lentamente, Morillo acercó la mano al pomo de la puerta.

—Maldita sea —murmuró, tras llevarse instintivamente la mano al costado para buscar su revólver y encontrar una vez más la cartuchera vacía. Empuñó el pomo y lo hizo girar con decisión, abriendo la puerta muy despacio.

En el interior, una gruesa alfombra cubría gran parte del suelo dando un aspecto sorprendentemente confortable a la habitación. Una rápida inspección visual le mostró un sofá junto a un colgador para chaquetas y sombreros, y un mueble librería repleto de volúmenes.

Frente a él se dibujaba la silueta de una persona sentada ante un pequeño escritorio de madera, dándole la espalda. El escritorio estaba colocado contra una pared de baldosas oscuras que reflejaban la tenue luz de dos pequeñas lámparas de gas.

Morillo miró a su alrededor pero no encontró ningún objeto que pudiera utilizar como arma defensiva. Dio dos pasos hacia el centro de la habitación, sin apartar la vista de aquel hombre que parecía estar escribiendo. Estaba sentado en una silla giratoria, llevaba puesta una chaqueta oscura y un sombrero de ala ancha le cubría la cabeza.

—Perdone —dijo Morillo, alzando un tanto la voz.

La figura permaneció inmóvil, pero él siguió avanzando. Alargó el brazo y le golpeó suavemente en el hombro, sin obtener respuesta. Volvió a probar, esta vez sujetándole el hombro y moviéndolo ligeramente.

A pesar de la penumbra reinante, se dio cuenta de que los mechones de cabello que asomaban bajo el sombrero de aquel hombre tenían cierto reflejo rojizo.

La silla comenzó a girar lentamente y cuando el cuerpo del hombre fue haciéndose visible Morillo no pudo evitar dar un salto hacia atrás al encontrarse cara a cara con el rostro de Mauricio Gisbert.

En un movimiento reflejo, Morillo se agachó, queriendo defenderse de un ataque que nunca llegó. Volvió a levantarse y se acercó al cuerpo estático que tenía frente a él, y que había comenzado a inclinarse peligrosamente en la silla. Morillo lo sostuvo para evitar que cayera al suelo.

La mirada vidriosa de aquellos ojos abiertos parecía estar penetrando su alma, y le caló hasta lo más hondo. Su piel estaba amoratada y su rostro inerte mantenía una expresión de furia contenida mezclada con terror.

Morillo estaba paralizado por la sorpresa. Había llegado al final del camino, tenía ante él al psicópata que había estado persiguiendo sin descanso, el sanguinario asesino que había matado a la Sra. Xamot y probablemente a tantos otros, y ahora estaba allí muerto, o al menos eso parecía.

No podía ser tan sencillo, no podía acabar así. Alguien se le había adelantado y había hecho el trabajo por él.

A primera vista no veía ninguna señal que indicara la probable causa de la muerte, pero tendría que examinar el cuerpo con detenimiento antes de elaborar ninguna teoría.

Se preguntaba dónde estaban las prostitutas y cuál era su papel en todo aquello. ¿Habían sido asesinadas también? Su cerebro hervía con tantas preguntas sin respuesta pugnando por acaparar la atención de sus agotadas y exiguas neuronas.

Bajó la vista y cuando su mano entreabrió la chaqueta del cadáver de Gisbert, tuvo que controlarse para no gritar al ver un enorme agujero en el lugar en el que previamente habían estado sus vísceras abdominales.

¿Cómo podía alguien haberse ensañado de aquella manera con un cadáver? ¿Y si lo habían desollado cuando aún estaba vivo? Solo pensarlo le envió un escalofrío que recorrió varias veces su columna de arriba a abajo.

El asesino había encontrado por fin alguien que le había pagado con su misma moneda, pensó. Hasta entonces había estado convencido de que Gisbert era el sádico detrás de aquellos asesinatos, pero, ¿y si no fuera más que otra víctima? ¿Y si el verdadero asesino fuera otra persona?

Aquella nueva teoría comenzó a tomar cuerpo en su mente, y estaba tan absorto valorando esa posibilidad que no escuchó los pasos que se acercaban tras él.

Apenas tuvo tiempo de volverse al oírlos, pero fue demasiado tarde. Tuvo una visión fugaz de unas ropas vaporosas de mujer antes de que una enorme sombra se abalanzara sobre él y un insoportable dolor descendiera como una irrefrenable cascada desde su cabeza hasta la punta de sus pies. Después, silencio y oscuridad total.

Cuando volvió a abrir los ojos, le alegró comprobar que seguía en la habitación, señal de que su descenso al infierno aún no había tenido lugar, aunque el lacerante dolor de cabeza que sufría le hiciera pensar lo contrario.

A continuación notó que la visibilidad era casi nula, pues las llamas de las lámparas de gas estaban al borde de la extinción.

Estaba sentado frente al escritorio, y sentía el tacto frío y húmedo de la sangre corriendo por su rostro, goteando sobre la superficie de madera. Estaba sentado en la misma silla en la que antes encontró el cadáver de Gisbert, que había desaparecido.

Volvió la vista hacia su derecha, hacia el sofá situado junto al perchero y se sobresaltó al ver dos cuerpos sentados en él, que le contemplaban inmóviles.

Uno de ellos estaba seguro de que era Gisbert, o más bien su cadáver, que le seguía contemplando con sus tétricos ojos abiertos. A su lado había otro cuerpo, sentado junto a él, más pequeño, probablemente una mujer.

Por el color y textura de sus ropas entreabiertas dedujo que tenía que tratarse de la prostituta, y por su inmovilidad, supuso que debía estar en el mismo lugar que su compañero de sofá, es decir, en el más allá.

CAPÍTULO 57

Lamento que hayamos tenido que llegar a este extremo, pero no me ha dejado usted alternativa posible.

Las palabras habían sido pronunciadas por una voz grave, a sus espaldas. Morillo intentó darse la vuelta pero sus muñecas estaban esposadas a los brazos de la silla.

Forcejeó y al no conseguir soltarse, apoyó los pies en el suelo y se impulsó hacia arriba para dar saltos con la silla y volverse hacia la entrada.

—Estoy apuntando con un revólver directamente a su cabeza. Si no se tranquiliza usted, lo haré yo, pero me temo que será de forma permanente —volvió a decir la voz.

Morillo se detuvo al instante. —¿Quién es usted? ¿Qué es lo que pretende? Suélteme inmediatamente o aténgase a las consecuencias —protestó Morillo, hablándole a la pared frente a él.

—No está en situación de dar órdenes, y mucho menos de amenazar. Por lo que sé de usted, creo que es un hombre de honor, y como tal, sabrá hacer gala de ello en los momentos decisivos.

—¿De qué demonios está hablando? ¿Quién es usted? —insistió Morillo, forcejeando con suavidad para intentar aflojar las esposas.

—No hay tiempo para socializar. El objetivo final siempre debe tener prioridad y nada ni nadie se interpondrá en mi camino —dijo la voz, hablando lentamente.

326

—Soy policía, y mis compañeros de comisaría pronto estarán aquí. Libéreme y dialoguemos —intentó razonar Morillo.

—Si tuviera tiempo me reiría. Dicen que el tiempo no se detiene jamás, aunque las manetas del reloj lo hagan, aunque su maquinaria oxidada deje de funcionar. Escúcheme atentamente, porque mi voz es lo último que va a escuchar en este mundo.

Algo en el tono con el que se pronunciaron aquellas palabras le heló la sangre.

—Sé quien es usted, subinspector Morillo. Conozco su trayectoria, conozco lo que queda de su familia, su madre, sus tíos y primos. Conozco personalmente a su hermosa compañera, ¿cómo se llama? Sí, Inés. Podría pasar tan buenos ratos con ella, aunque supongo que ofrecería resistencia, pero eso forma parte del juego, es lo que me excita, es la esencia de la caza.

Al oír hablar de Inés en aquellos términos, Morillo se revolvió en la silla, tirando frenéticamente de las esposas, como si intentara dislocar sus muñecas para liberarse.

—No malgaste sus escasas fuerzas, pues las va a necesitar —dijo la voz, y Morillo reaccionó tranquilizándose por un instante.

—Todo carece de importancia cuando se trata de conseguir alcanzar el objetivo final. Yo también soy un hombre de honor, y siempre respetaré a los que se comportan de igual modo. Sé que usted es uno de ellos, y sé que quiere lo mejor para sus seres queridos.

Morillo sudaba profusamente. No le gustaba el cariz que el discurso de aquel lunático estaba tomando, pero quería escuchar más, saber a dónde quería llegar.

—Las cosas son siempre muy sencillas. Tiene usted plena capacidad para decidir por sí mismo. Delante suyo en la mesa encontrará una carta que le ruego lea detenidamente. Es una propuesta, o más bien, un acuerdo entre caballeros. Usted cumpla su parte del trato, yo cumpliré la mía. Sin recelos, sin desconfianza, con la total seguridad de que el honor es lo más sagrado con que contamos.

Morillo se dio cuenta por primera vez de que sobre el escritorio había un sobre abierto, dentro del que asomaba el papel de una carta.

—Voy a acercarme lentamente y liberaré una de sus manos para que pueda leer la carta. No intente nada, o si lo hace, tenga bien claro que será lo último que haga en este mundo. Después abandonaré la estancia y lo dejaré solo para que pueda meditar sobre lo que ha leído. Si intenta salir de la habitación, no pasará del umbral de la puerta y morirá acribillado como una vil rata de muelle.

Morillo escuchó pasos acercándose por detrás, amortiguados por la gruesa alfombra y tensó sus músculos a la espera del mejor momento para saltar sobre él en cuanto le aflojara las esposas.

Notó como una mano se acercaba por su derecha hacia el brazo de la silla, y se dispuso a atacar, pero en el mismo instante notó como la fría y afiladísima hoja de una daga se apoyaba en su yugular presionando con tanta fuerza sobre ella que temió que pudiera seccionarla.

Morillo permaneció inmóvil. Jamás había visto un cuchillo de tales dimensiones, y pensó que como mínimo debía utilizarse para cazar osos.

—Sí, supongo que está sorprendido. He cambiado de idea en el último momento. Los revólveres son demasiado modernos. Cuando se trata de asuntos de honor, nada como recurrir a la nobleza de los clásicos, de las armas milenarias que empuñaron nuestros antepasados desde el principio de los tiempos. Espero que no le incomode y que mi elección sea de su agrado. Al fin y al cabo se trata de un arma que ya han tenido ocasión de probar varios de sus amigos y conocidos, subinspector Morillo —dijo la voz, acercándose mucho a su oído a la vez que apretaba con fuerza la enorme hoja del cuchillo contra su cuello, cuya yugular estaba tan abultada por la tensión, que parecía que fuera a estallar espontáneamente en cualquier momento.

Con un chasquido, las esposas de la mano derecha se abrieron y cayeron al suelo con un ruido sordo, apagado por la alfombra. Morillo no se atrevió a moverse ni un milímetro de su posición.

—Ya vuelvo a tener el revólver en mi mano. Volvemos a los tiempos modernos —dijo la voz, aflojando la presión del enorme cuchillo sobre su cuello, y apartándose para desaparecer con rapidez.

—Lea la carta. Es breve, no le llevará mucho. Y a partir de ahí, la decisión es solo suya. Como le he dicho, la vida solo tiene sentido si la consideramos una cuestión de honor. Usted tiene siempre la última palabra.

Morillo oyó como la puerta se cerraba tras él, y rápidamente se volvió. Estaba solo en la habitación. Con su mano libre intentó soltarse la otra muñeca, pero era imposible. Se puso medio en pie y arrastró la silla dando saltitos, acercándose al sofá y en seguida comprobó que sus sospechas eran ciertas.

Los cadáveres de Gisbert y de su amiga prostituta le contemplaban, sentados amistosamente hombro con hombro, con una mirada tétrica, vacía, pero a la vez con un atisbo de simpatía, como si sonrieran ante la ironía de toda aquella situación demencial.

Arrastró la silla hacia el escritorio y se sentó ante él. Con su única mano libre tomó el sobre y extrajo la carta, un papel amarillento que llevaba el membrete del Casino. Aquello era una prueba de que sus sospechas no eran infundadas, de que la conexión con el Casino era un hecho.

Su mente de policía elucubraba sobre las diferentes opciones que se abrían ante él, sopesando probabilidades. Estaba sobre la pista correcta y aquello le excitaba sobremanera.

Sin embargo, algo le detuvo en seco, un sentimiento que surgía de lo más profundo de su ser, y que anteponía a cualquier actividad profesional.

Su vida estaba en juego, pero por encima de todo, aquel tipo había amenazado a Inés y a su familia, y ahora no podía mostrar ningún tipo de debilidad, tenía que seguir aquel juego hasta el final, estaba demasiado comprometido en él como para distraerse en otras disquisiciones.

Sin pensarlo más, desdobló el papel y leyó la carta.

329

—Distinguido señor,

La sencillez es una virtud encomiable, que junto al honor definen con perfección a la persona honesta. Afrontar la vida con entereza y honor es uno de los rasgos que definen al ser humano y lo distinguen del resto de animales.

Tiene usted la posibilidad de cerrar con dignidad el libro de su paso por la vida. En el cajón ante usted hallará un revólver, en cuyo tambor se aloja un único proyectil, una única oportunidad de abandonar con honor este mundo injusto.

Si malgasta el proyectil empleándolo para liberarse y escapar, no solo habrá desperdiciado su única oportunidad de morir honorablemente sino que habrá condenado al sufrimiento más atroz y a la muerte más despiadada a todos los miembros de su familia y seres queridos.

Escoja sabiamente y no desperdicie su oportunidad. Si decide abandonar la vida con honor, su familia no sufrirá daño alguno, y vivirán el resto de sus azarosas vidas ajenos a su decisión, ignorando el honroso sacrificio con el que usted habrá salvado sus vidas.

Sea esa su recompensa, la satisfacción de saber que su anónimo sacrificio les permitirá vivir su vida y morir de forma natural, cuando llegue su hora.

Jamás saldrá con vida de esta habitación. La cuestión estriba en si desea hacerlo de forma rápida y con honor, salvaguardando la vida de sus seres queridos, o si desea sufrir lo indecible y extender ese sufrimiento a su familia para compartir con ellos el suplicio que les acarreará su falta de honorabilidad.

Usted tiene la última palabra, la decisión es siempre suya.

Las lágrimas de Morillo comenzaban a caer sobre la carta, y la tinta, aún reciente, se corría desdibujando las palabras y haciendo que se desvanecieran como si todo aquello no fuera más que una pesadilla de la que despertaría enseguida.

Morillo intentó sobreponerse y mantener la esperanza hasta el final. Dejó el papel sobre la mesa, estiró el brazo y abrió los cajones del escritorio. De uno de ellos extrajo un pequeño revólver, y comprobó que estaba cargado con una única bala.

Apuntó hacia la cerradura de las esposas que sujetaban su otra mano y pensó en disparar y liberarse. Si lo hacía, aquel tipo estaría esperándole fuera para acabar con él, pero al menos tendría una oportunidad de luchar y abrirse paso, aunque fuera solo con los puños, que de poco le habían servido hasta entonces.

Los dos cadáveres seguían contemplándole como espectadores impávidos y se volvió hacia ellos, como si esperara que asintieran con la cabeza y le indicaran cómo debía proceder.

Apuntó de nuevo hacia las esposas y apoyó el dedo sobre el gatillo, aplicando más presión a la vez que cerraba los ojos.

Algo le hizo detenerse. Era una premonición, o tal vez algo que había visto pero de lo que no era consciente. Bajó el revólver y lo dejó sobre la mesa y volvió a abrir los dos cajones, pero esta vez los desencajó completamente. Uno de ellos estaba vacío, pero en el otro encontró un pequeño objeto, que sostuvo y acarició entre sus dedos.

Era un pequeño pañuelo de lino con un bordado alrededor. Lo desdobló lentamente y se lo acercó a la cara, cerrando los ojos e inspirando profundamente, como si quisiera absorber toda la esencia de aquella fragancia hasta que formara parte de su ser.

Con lágrimas en los ojos, depositó el pañuelo sobre el escritorio, lo aplanó con mano temblorosa y con la visión nublada por el llanto leyó las delicadas letras bordadas en una de las esquinas, —*Inés*—.

Sabía lo que aquello significaba. Era a la vez su sentencia de muerte y la constatación de que tenía la posibilidad de llevar a cabo el sacrificio máximo, el anónimo intercambio de vidas que acabaría con la suya pero protegería la de ella.

Inés jamás conocería la verdad, jamás sabría cuánto la había amado, jamás sabría que si seguía viva era precisamente gracias a su amor, que viviría para siempre en ella.

Morillo dejó correr las lágrimas hasta que sus ojos se anegaron y no pudo más. Tomó el pañuelo y con gran delicadeza se lo acercó a los ojos y lo mojó en sus lágrimas, que pronto invadieron el nombre de —*Inés*— y se extendieron por la tela como si quisieran conquistar toda su superficie.

Se lo llevó a los labios y lo besó delicadamente, intentando retener su fragancia, y dejando que el aroma de su piel dibujara por última vez el rostro de Inés frente a sus ojos.

Morillo la vio con claridad ante él, sonriéndole con una serenidad que le transmitía toda la paz del mundo, y supo lo que tenía que hacer.

Cerró los ojos para poder verla mejor, le devolvió la sonrisa y sus labios pronunciaron en silencio dos palabras: —Te quiero—.

Su mano volvió a coger el revólver y lo levantó lentamente.

Era verdad, la elección era suya y también la última palabra, y ya había tomado su decisión.

CAPÍTULO 58

Barcelona. Actualidad

Para Gerard, la respuesta de la policía a su denuncia había sido la esperada, mínimo interés e implicación en el caso. Cada vez que intentaba contactar con el teniente Botell, sus peticiones eran derivadas sistemáticamente a oficiales de menor rango y se encontraba siempre con la mismas evasivas.

Supo que habían enviado un coche patrulla a explorar las ruinas, y tras mucha insistencia consiguió averiguar el nombre de los agentes enviados al lugar.

Le sorprendió muy agradablemente la profesionalidad que transmitía la agente Vehils cuando le estrechó la mano y le invitó a sentarse en una pequeña sala de visitas de la comisaría. También contribuyó el hecho de que ella fuera joven y hermosa.

—¿Está segura de que llegó hasta el lugar que le indiqué? —preguntó Gerard, sin disimular su incredulidad.

—No creo que pueda haber otro lugar así en toda la ciudad. Tardé bastante en encontrar la entrada, y luego recorrí todo el pasadizo hasta llegar a la bifurcación, y una vez allí seguí el camino de la izquierda.

—Exacto. ¿Ve como yo no estaba mintiendo? —dijo Gerard muy excitado, dando un suave golpe sobre la mesa.

—Yo nunca he dicho que lo hiciera. De hecho, aunque no debería decírselo, soy de los pocos aquí dentro que da un poco de crédito a su historia —confesó la agente.

—¿Qué quiere decir? ¿Acaso creen que sería capaz de inventarme algo así?

—Dentro de la cisterna no había ningún cuerpo, usted mismo lo ha admitido.

—Pero lo había la primera vez que entré. No estaba soñando, se lo aseguro. Era Eva, y estaba muerta.

—¿Puede usted asegurarme que no había consumido ninguna sustancia ese día? —preguntó la agente intentando no ofenderle con la pregunta.

—Aparte de un bocadillo de jamón y un café con leche esa mañana, no.

—Bromee todo lo que quiera, pero sin pruebas, su historia no se sostiene, y hoy por hoy, soy la única persona que puede o quiere ayudarle.

Gerard respiró hondo y cruzó las manos sobre la mesa.

—¿Han inspeccionado la casa de Eva?

—Nadie de la familia ha denunciado su desaparición, tan solo usted, que ni siquiera es un familiar cercano o un amigo. Hemos interrogado a los vecinos de la presunta desaparecida y nos han contado que la chica se despidió de ellos diciéndoles que estaría de viaje varias semanas y les pidió que le recogieran la correspondencia. Como ve, no tenemos mucho a lo que sujetarnos —argumentó ella.

—Sé que quiere ayudarme, y se lo agradezco. Usted es la única que ha mostrado interés en este caso, a diferencia del teniente Botell, que parece más interesado en rehuirme que en hacer el trabajo por el que cobra un sueldo que pagamos todos los ciudadanos. Estamos en un país libre y puedo expresar mi opinión sin buscarme problemas, ¿no?

La agente Vehils asintió con un leve movimiento de cabeza y una tímida sonrisa, que Gerard inmediatamente interpretó como señal de que podía sentirse atraída hacia él, y decidió investigar la cuestión a poco que tuviera ocasión.

—Si hay alguna novedad, le mantendré al corriente, pero debe tener paciencia y dejarnos hacer nuestro trabajo, aunque dadas las circunstancias, pasará algún tiempo hasta que podamos dar a la chica oficialmente por desaparecida.

Gerard volvió a agradecerle su dedicación y abandonó la comisaría. No podía aceptar que en una época de grandes

334

avances científicos como la que estaban viviendo, la policía no empleara análisis de ADN, o perros, o cualquier otra técnica con la que pudieran confirmar que el cuerpo de Eva había estado en aquella cisterna.

Los días pasaron, sin ningún progreso en la investigación para su reportaje. Se sentía estancado, profesional y anímicamente.

Estaba convencido de que los cadáveres aparecidos en los bosques de Collserola correspondían a asesinatos cometidos en las cercanías del Casino o tal vez incluso en su interior, y que luego eran depositados en el bosque para despistar a la policía.

La cuestión era saber si aquellos asesinatos habían obedecido a acciones   aisladas cometidas por simples asaltadores de caminos, o si formaban parte de un plan organizado. De ser así, ahí estaría la verdadera noticia, y él debía descubrir la trama y sacar a la luz pública quién movía realmente los hilos.

La época modernista había sido extraordinariamente rica en lo cultural y artístico, pero extremadamente convulsa y traumática en lo político y social. Si podía descubrir un nexo de unión entre aquellos asesinatos, y los podía relacionar con el Casino y sus gestores, destaparía una trama que posiblemente obligaría a reescribir la historia oficial tal.

Ser su descubridor y contárselo al mundo era un reto demasiado atractivo como para que Gerard lo dejara pasar.

Estaba desayunando, sentado a la pequeña mesa de la cocina en su minúsculo apartamento cuando escuchó el repiqueteo de su teléfono móvil vibrando sobre la superficie de madera.

—¿Sí, quién es? —dijo, con una voz tan cargada de mucosidad matutina que ni su propia madre la reconocería.

Tan solo escuchaba ruidos de fondo, como si alguien estuviera manoseando el teléfono. Súbitamente, una voz de mujer chilló con tanta fuerza que Gerard tuvo que apartar su oreja del auricular del teléfono. Aunque distorsionada por el terror, era una voz familiar.

—Socorro, tienes que ayudarme. Ven cuanto antes —gritó la voz, transmitiéndole un histerismo tan contagioso

335

como un resfriado en el ascensor de un centro comercial el día de Navidad.

Gerard no dio crédito a sus oídos. Aquella voz que gritaba aterrorizada era la de Eva.

—Eva, ¿eres tú? Eva —gritó Gerard a su vez.

—Sí, por favor ven a ayudarme. Me va a matar —gritó ella entre sollozos.

—¿Cómo es posible? Te creía muerta. ¿Dónde estás? ¿Con quién estás? ¿Desde dónde me estás llamando? —dijo, dándose cuenta enseguida de que eran demasiadas preguntas.

—Cálmate y dime dónde estás, iré a buscarte enseguida —dijo Gerard, intentando transmitir una calma que estaba lejos de tener.

—No lo sé, pero creo que debo estar cerca de donde nos separamos. Estoy en una habitación, no tiene ventanas.

—Cálmate. ¿Qué es lo que recuerdas? ¿Cómo llegaste hasta allí? —le preguntó Gerard, pasando por alto el hecho de que estaba seguro de haber visto su cadáver en la cisterna. Ahora la prioridad era encontrarla, ya habría tiempo de elucubrar sobre lo que había podido pasar.

—Me golpearon. No sé cómo he llegado hasta aquí ni por dónde entramos a este lugar, pero les oí hablar de un acceso a través de los túneles. Tiene que haber alguna entrada que nos pasó por alto. Por favor, ven a buscarme —dijo, y su respiración se volvió entrecortada por el llanto.

—Tranquila. Iré a buscarte ahora mismo. ¿Estás herida?

—Tengo cortes y magulladuras, y me duele mucho la cabeza, pero creo que no me falta ninguna pieza vital.

Eva aún conservaba cierto sentido del humor, era una buena señal.

—¿Te están vigilando? ¿Puedes escapar de esa habitación o darme alguna referencia más concreta, algún detalle que recuerdes?

—No, me han dejado encerrada y no puedo derribar la puerta. Es la única entrada. Solo recuerdo que al venir hacia aquí escuché ruido de agua, como si hubiera una piscina o una balsa —dijo ella inmediatamente.

—Iré a buscar ayuda y encontraremos el acceso, te lo prometo.

336

—No tardes, por favor. Van a volver para llevarme a otro sitio, seguro que me matarán —gritó Eva, a la vez que la conversación terminaba abruptamente y se interrumpía la comunicación.

Gerard llamó al móvil de Eva varias veces pero no obtuvo respuesta. Se preguntó desde qué teléfono le podía estar llamando, pero decidió dejar para más tarde buscar la solución a aquel enigma.

Tenía que hacer algo inmediatamente, y sabía que involucrar a la policía no sería lo más inteligente, aunque nada le hubiera complacido más que desembarcar en las ruinas con un equipo de cincuenta agentes y peinar la zona hasta dar con el escondite y acabar con aquello de una vez por todas.

¿Dónde podía estar esa habitación? Carecía de datos fiables, nada que le permitiera saber dónde empezar a buscar.

Si lo hacía solo, iba a consumir un tiempo precioso con el que tal vez no contaba. Tendría que traer refuerzos, pero no se atrevía a llamar a la agente Vehils. Iba a tener que conformarse con Max.

—Veo que no has escarmentado con nuestras recientes experiencias en aquel maldito lugar, ¿verdad? Y ahora pretendes que hagamos de caza-fantasmas y volvamos en busca de una aparición fantasmal, una mujer que aparece y se desvanece con la misma facilidad que el saldo positivo en mi cuenta bancaria —dijo Max, mientras se dirigían en coche a la zona del Casino.

—Básicamente, sí. Dice que está encerrada en una habitación sin ventanas, tal vez un sótano de alguna casa de los alrededores. Es posible que haya un acceso a través de alguno de los túneles de la montaña rusa del antiguo parque de atracciones. La cuestión es saber cuál es el que buscamos.

—¿Has pensado que probablemente nos enfrentamos a peligrosos asesinos profesionales que deben estar armados, y que nosotros solo tenemos nuestros puños como única defensa? —dijo Max.

—Llevo un paquete de herramientas en el maletero del coche.

—Oh, qué gran alivio saberlo, ahora me siento mucho mejor —exclamó Max.

337

—Algo que no entiendo es cómo pudo llamarme por teléfono y desde dónde lo hizo. ¿Cómo es posible que no le quitaran su móvil? Tal vez lo llevaba oculto —se preguntaba Gerard.

—Hay otras cosas que deberían preocuparnos más en este preciso momento, como por ejemplo, qué va a decir la policía cuando se enteren de que hemos vuelto a husmear una vez más en las ruinas del Casino cuando nos lo han prohibido expresamente.

—Nos ocuparemos de eso cuando llegue el momento. Ahora concentrémonos en el problema que tenemos entre manos. Creo que solo quedan en pie tres de los viejos túneles de la montaña rusa. Dos de ellos los recorrimos a pie y estaban limpios, no recuerdo haber visto en ellos ningún pasadizo ni bifurcación. Pero había un tercero que no llegamos a examinar porque estaba tapiado —dijo Gerard.

—No podemos estar seguros de que sean los túneles de la montaña rusa, podría haber más túneles ocultos, como el que encontramos junto al árbol. Puede haber toda una red de pasadizos ocultos bajo tierra. Podría ser un maldito hormiguero gigante —exclamó Max.

—Cierto, pero por algún lugar hay que empezar. Tardaríamos demasiado en buscar accesos enterrados bajo tierra; bastante tardamos en encontrar el que encontramos, y fue casi por casualidad. Solo tenemos dos opciones, o seguir explorando el túnel junto a la cisterna, o inspeccionar el único túnel de la montaña rusa en el que no hemos estado, el que tiene la entrada tapiada —dijo Gerard.

—¿Nos repartimos el trabajo, o lo hacemos juntos? —preguntó Max—. Yo apostaría por explorar el túnel de la montaña rusa. Si encontramos problemas, dos es siempre mejor que uno, pero tendremos que emplearnos a fondo si queremos abrir un agujero en el muro de ladrillos a la entrada del túnel. Tengo una duda, ¿lo haremos con nuestras manos, o con los dientes?

—No hay problema. Traigo una maza especial entre las herramientas del maletero del coche —dijo Gerard.

CAPÍTULO 59

¿A esto llamas tú una maza? —dijo Max, levantando un pequeño martillo de mango estrecho, parecido al que empleaban los duendecillos zapateros en el cuento de Hans Christian Andersen.

—La fuerza la tiene que hacer el brazo, no la maza. Todo el secreto está en la técnica —dijo Gerard, cerrando el maletero del coche y echando a andar por la cuneta en dirección a la entrada a las ruinas del Casino.

—¿Crees que tu hermana resistirá la tentación de leer la carta? —dijo Max.

—No pondría la mano en el fuego. Mi hermana es más cotilla que tú, y eso es hablar de cotilleo de categoría olímpica, pero no he tenido tiempo de pensar en nadie mejor.

Antes de salir de casa, Gerard había redactado una nota dirigida a la agente Vehils. En ella le explicaba la llamada de Eva, a dónde se dirigían, y le adjuntaba una copia de un plano antiguo de los terrenos del Casino, en que había marcado el punto donde creía que podía encontrarse la entrada a los pasadizos, según lo que había podido deducir de las palabras de Eva y de su propia exploración previa de aquella zona. Le pedía disculpas por no haber involucrado antes a la policía y le pedía que acudiera al lugar a rescatarles, o bien a recoger lo que pudiera quedar de ellos.

Esa misma mañana, Gerard había dejado la nota en un sobre cerrado sobre la mesa de su cocina. Desde el coche llamó a su hermana mayor Pilar, para pedirle que recogiera el

339

sobre y se lo hiciera llegar a la agente Vehils tan solo en caso de que ellos no regresaran a casa antes de veinticuatro horas.

Su hermana le hizo infinidad de preguntas, que Gerard tuvo que cortar de raíz, aduciendo que se trataba de una investigación periodística confidencial.

—Será la primera vez que vienes a este lugar y no pasas por la vieja torre a visitar a tu amigo el vagabundo —bromeó Max, al ver que Gerard tomaba un camino en dirección opuesta a las ruinas del Casino.

—Ya he tenido bastante, ese placer te lo dejo a ti, que eres un poco masoquista —dijo, mientras descendía a través del bosque.

Tras dudar y retroceder sobre sus pasos en varias ocasiones, finalmente llegaron a su destino en el fondo del valle, deteniéndose frente a la entrada tapiada y cubierta de vegetación, de lo que había sido uno de los túneles de las montañas rusas.

Gerard golpeó con la punta de sus botas la parte baja del muro para comprobar su solidez.

—No parece muy grueso. Suena relativamente hueco. Esperemos que no hayan hecho un muro doble y que solo haya una hilera de ladrillos —dijo Gerard, abriendo la pequeña mochila que llevaba al hombro.

—¿Pretendes derribar el muro con ese martillito de juguete, o vas a hacerlo soplando, como el lobo de los tres cerditos? —bromeó Max, al ver como se acercaba a la pared con la pequeña maza.

—Si quieres probarlo tú a cabezazos, tal vez acabaremos antes —replicó Gerard, marcando un punto sobre el ladrillo y comenzando a picar.

—La clave está en concentrar toda la fuerza de los golpes en un único punto, para así ir abriéndonos paso a través del ladrillo.

Max se dio la vuelta y desapareció entre los árboles, mientras Gerard seguía golpeando pacientemente.

Unos minutos después, Max estaba a su lado, sosteniendo una enorme roca en sus brazos.

—Aparta, por favor, que se me cae —dijo Max, y dando dos pasos hacia atrás para coger impulso, corrió hacia la pared como un lanzador de pesos en las Olimpiadas, y lanzó la roca contra el muro de ladrillo, aproximadamente sobre el punto en que Gerard había estado picando.

Repitió la operación dos veces más, y dio varios tumbos y cayó al suelo quedando boca arriba, muy mareado.

Gerard se acercó a él.

—¿Cómo estás? ¿Te has hecho daño?

—No, pero todo el bosque me da vueltas. Páralo, por favor, antes de que me caigan los árboles encima —dijo Max, que probablemente estaba asistiendo a una proyección privada de planetas y constelaciones orbitando alrededor de su cabeza. Gerard sonrió y se sentó en el suelo, esperando que su amigo se recuperara.

—Fíjate, has hecho un agujero —exclamó Gerard al ver que el último lanzamiento había abierto un gran boquete en el muro, dejando a la vista la profunda oscuridad de un orificio tras el que podía esperarles una muerte incierta.

—He tenido que venir yo y acabar el trabajo, sino la semana que viene a estas horas todavía estaríamos aquí, usando ese martillito —exclamó Max, incorporándose y sonriendo satisfecho.

—Ten en cuenta quién te ha marcado el agujero y quién ha iniciado todo el trabajo. Tú solo has hecho la parte fácil —replicó Gerard, acercándose y golpeando con su bota los ladrillos expuestos, para hacer más grande y practicable el agujero.

El olor que salía del interior era intenso, una mezcla de humedad, moho, y el aroma indescriptible de lo desconocido, la fragancia del terror.

—Max, ¿has traído las linternas que te pedí?

Max rebuscó en sus bolsillos y le mostró una pequeña linterna con manivela, que era preciso accionar rápidamente para cargar un alternador y que diese luz durante unos minutos.

—¿De dónde has sacado esto? —preguntó Gerard, tomándola en sus manos y haciendo girar la manivela con gran escándalo.

341

—Las tenía en la cocina. Son útiles, no necesitan pila, así que siempre tenemos luz, nunca se gastan —dijo Max, sacando otra igual de la mochila.

—Espero que no tengamos que escondernos y guardar silencio, pues con esto nos oirán llegar desde al menos tres kilómetros —dijo Gerard, haciendo girar la manivela para encender su linterna y echando a caminar.

El túnel tenía más de dos metros de altura, y en su bóveda aún podían verse los restos del tendido eléctrico que antaño había iluminado el recorrido. Avanzaba en línea recta unos metros pero pronto se desviaba hacia la izquierda trazando una suave curva.

—Este túnel había sido utilizado como almacén después de la guerra, a saber lo que podemos encontrar aquí —dijo Gerard.

—Nadie deja nunca nada de valor al alcance de la mano, es una ley inmutable de la naturaleza humana. ¿Esperas encontrar el oro oculto de los nazis? —afirmó Max.

—¿Y aquellas cajas? —dijo Gerard, señalando hacia unas polvorientas cajas de madera apiladas contra la pared.

—Puede que después de todo, esto sea la cueva de Alí Babá y los cuarenta ladrones —dijo Max, corriendo hacia las cajas, cubiertas por una lona cuyo color era imposible de adivinar.

Gerard se acercó y miró bajo la lona, levantando una gran polvareda, a través de la que vio caer dos bultos a sus pies, los cuerpos resecos de dos ratas de gran tamaño que apartó alejándolas de una patada.

—Buen remate. Fíjate, ni las ratas pueden sobrevivir en este lugar, y acaban convertidas en momias. Aquí no encontraremos nada —dijo Max.

Las cajas contenían material de construcción, viejos sacos de cemento petrificados que habían solidificado hacía años y adoquines como los empleados antiguamente en las calles de la ciudad. Gerard se preguntaba para qué querrían ese material y porqué lo abandonaron en el interior de un túnel cerrado.

Siguieron avanzando, guiados por el débil haz de luz de sus famélicas linternas y con el acompañamiento musical de las manivelas girando para cargar las baterías cada pocos minutos. No tardaron en llegar al final del túnel, tapiado con un muro de ladrillo similar al que había en la entrada.

—Fin del camino y falsa alarma. Este no es el túnel que buscábamos. ¿Sabes de alguno más? —preguntó Max, viendo la expresión de frustración en el rostro de Gerard.

—No, este es el último. Es posible que haya alguno más, pero pueden tener la entrada enterrada. Encontrarlo nos va a llevar un tiempo que no tenemos, y además sin ninguna garantía de que exista. Eva morirá si no llegamos a ella pronto —dijo Gerard, claramente abatido.

—Tal vez deberíamos derribar este muro y ver a dónde conduce el túnel —sugirió Max.

—No, estos túneles eran solo para la montaña rusa, son trayectos cortos y seguro que sale de nuevo a la montaña. No merece la pena —dijo Gerard, señalando con el dedo el recorrido sobre una fotocopia del plano de las antiguas atracciones.

El túnel estaba tan vacío como su cabeza estaba falta de ideas, y el tiempo se agotaba.

CAPÍTULO 60

No sé qué decirte. Tú eres el que has investigado estos temas. A mí no se me ocurre nada —dijo Max, tan pronto salieron al exterior.

Gerard daba vueltas en su cabeza a toda la información que había acumulado sobre el Casino y sus alrededores, y repasaba incesantemente su conversación con Eva. Si quería verla con vida, tenía que encontrar alguna pista cuanto antes.

—Tal vez deberíamos llamar a tu amiga policía —sugirió Max.

—No tenemos tiempo, ni tiempo ni ganas de dar otra vez tantas explicaciones como nos van a pedir. Eva dijo que estaba en una habitación sin ventanas, probablemente el sótano de alguna de las mansiones antiguas que aún quedan por estas montañas —dijo Gerard, pensando en voz alta.

—No podemos presentarnos en todas la casas de la zona e ir entrando alegremente en ellas a inspeccionar sus sótanos. Aunque me duela decirlo, creo que esto es trabajo para la policía —insistió Max.

—Jamás pensé que llegara el día en que te oyera hablar así —dijo Gerard a su amigo—. Debe ser la edad.

—Eva te ha dicho que escuchaba ruido de agua, como un estanque o algo así, ¿no? —dijo Max.

—Sí, pero en esta zona no hay nada. Cerca de la torre del Casino está la gran cisterna donde aparecí tras mi primer encuentro con el maldito ermitaño y su perro, pero está en desuso desde que se cerró el Casino, y estaba más seca que tú.

Max se pasó las manos por la cintura, metiendo barriga y conteniendo la respiración.

—Hace cien años existía un lago artificial en la explanada de las atracciones, a donde llegaban las barquitas del Water Chute, pero no debía tener más de medio metro de profundidad, y además estaba al aire libre. Ya no queda nada de eso, como mucho tan solo la base de cemento del fondo del lago, cubierta por vegetación —dijo Gerard.

—Y en esta zona no hay ríos, ni lagos, ni corrientes de agua, solo pequeñas fuentes y merenderos para excursionistas —dijo Max.

—Tiene que haber algo que se nos está pasando por alto —dijo Gerard.

—¿No has encontrado nada en tantos libros que has leído sobre el Casino?¿Nada que nos pueda servir? ¿Ni siquiera en la carta de despedida del suicida? —preguntó Max.

Gerard sacó de su mochila una pequeña libreta y las páginas volaron rápidamente entre sus dedos. Repasó todas sus notas sobre las entrevistas que había realizado a los antiguos trabajadores el Casino, intentando dar con la chispa que encendiera la llama.

—*Al infierno se llega a través del agua, pues es la fuente de todo mal. La morena guarda la entrada* —recitó Gerard varias veces, lentamente, como si saborear cada palabra fuera a permitirle asimilar sus secretos.

—¿Qué es eso, un refrán que te recitaba tu abuelo?

—Son las últimas palabras de Agustín. Estoy convencido de que aquel viejo botones sabía algo y trataba de decírnoslo. Pronunció esa frase como un último acertijo antes de morir.

Entre las páginas de la libreta guardaba el papel con los dibujos que Agustín le había dejado. La casa, el grifo y el agua, el animal mitológico. Allí estaba el agua, un chorro de agua; no podía ser casualidad.

Max tomó el papel para examinar los dibujos y mientras lo sostenía, algo captó la atención de Gerard, que se lo quitó y lo puso ante sus ojos.

—Max, dale a la manivela y carga tu linterna al máximo.

345

—No sé a qué viene esto ahora. Si apenas iluminan nada cuando estamos a oscuras, aquí a plena luz del sol, ya me explicarás —exclamó un sorprendido Max, pero le obedeció.

—Enfoca el papel por detrás, justo aquí, acércate al máximo —dijo Gerard, señalando con el dedo a una de las esquinas inferiores del papel.

Max acercó la linterna e iluminó aquel punto, mientras Gerard se acercaba hasta casi rozar el papel con la nariz.

—Parece que había algo dibujado y lo han borrado, pero aún se distinguen los trazos —dijo Gerard.

—¿Qué es lo que ves?

—Es una especie de letra M, pero está como en relieve, tiene volumen. No sé qué puede significar.

—Tal vez era un borrador de lo que tu amigo el botones iba a dibujar. Mucha gente entretiene haciendo garabatos cuando están aburridos, y en realidad no tienen ningún significado —dijo Max, intentando aportar sensatez.

—Sí, pero esto está demasiado bien hecho como para ser un garabato, es una letra M muy gruesa, casi parece como si fuera una corona —dijo Gerard, sin apartar la vista de la hoja.

—Puede ser una inicial de un nombre, Mariano, Miguel, Matías, quién sabe.

—La clave tiene que estar en el agua. Agustín la mencionó, también aparece en sus dibujos, y Eva escuchó agua al ser secuestrada, no puede ser casualidad.

Pasaron varios minutos de respetuoso silencio, en que los dos compañeros se abstuvieron de decir nada que pudiera interrumpir el hilo de los pensamientos del otro. Cada uno de ellos esperaba a que fuera el otro el primero en abrir la boca para lanzar una teoría o sugerir cuál debía ser el próximo paso.

Gerard rompió el hielo dando un manotazo sobre su mochila a la vez que guardaba todos los papeles en su interior y echaba a correr montaña abajo.

—Sígueme. Tengo una corazonada —le gritó a Max sin volverse, saltando sobre troncos caídos. Se dirigió a una zona húmeda en que los árboles no eran los habituales pinos

346

mediterráneos, sino una variedad de tronco liso, recto y blanquecino, más propia de los cauces de ríos.

Gerard no recordaba haber estado en aquel lugar anteriormente. La vegetación era espesa, y las plantas eran de hoja ancha y abundante, como si estuvieran mejor alimentadas. La penumbra dominaba el ambiente, pues el sol tenía que sudar para que su luz llegara al fondo del valle a través de tantas manos verdes interponiéndose en su camino.

—Parece como si estuviéramos en otro bosque distinto, casi en otro país —exclamó Max, notando el gran cambio en el entorno.

—Sí, aquí hay mucha más humedad. Fíjate que los árboles, las plantas, toda la vegetación que vemos son especies completamente distintas a las de la parte alta del valle. Están acostumbradas a la humedad y al agua abundante. Es una señal. En algún lugar debe haber aguas freáticas, tal vez incluso ríos subterráneos —afirmó Gerard, con gran excitación.

Max caminaba en círculos por los alrededores, y súbitamente se detuvo ante una enorme mata de arbustos, y desapareció entre sus ramas.

—Gerard, ven a ver esto —gritó al cabo de unos segundos.

Gerard quedó asombrado al ver a Max de pie sobre un suelo de adoquines y ante una barandilla hecha con grandes bloques de cemento en forma de estilizados relojes de arena.

Max despejó un poco más el camino, arrancando ramas con las manos y los pies, y sin mediar palabra alguna, los dos echaron a andar lentamente por la estrecha calzada que se extendía a sus pies, oculta bajo gruesas capas de hierba y tierra.

La calzada discurría por el verdadero fondo del valle y describía una suave curva hacia la izquierda, limitando por un lado con el bosque y por el otro con una pared de roca que apenas se adivinaba entre la espesa maraña de ramas, raíces, lianas y musgo que crecía sobre ella, cubriéndola casi totalmente como una segunda piel.

A unos treinta metros la calzada se ensanchaba, delimitando un espacio que recordaba una pequeña plaza

347

circular. Entre la exuberante vegetación que cubría el suelo, descubrieron una estructura de piedra que sobresalía en el centro del círculo. Era una mesa redonda de piedra, rodeada de un banco circular también de piedra oscura, parcialmente destrozado.

—Esto es una maldita mesa de picnic —exclamó Max, casi con indignación.

—Eso parece. ¿Qué te ocurre?

—Es decepcionante. Esperaba encontrar algo con un poco más de misterio, algún objeto mágico o un templo construido por alguna civilización milenaria, y no una maldita y convencional mesa de picnic en un merendero, por el amor de Dios —exclamó Max, elevando los brazos al cielo.

Gerard sonrió y examinó de cerca la mesa de piedra.

—La mesa es una losa de piedra sobre una base de cemento resquebrajada. El banco está hecho igual —observó Gerard, y se alejó de la mesa hasta llegar la pared de roca. Apartó las ramas y el follaje que la cubrían para poder llegar hasta la roca. Cogió una piedra del suelo y golpeó la pared. Luego sacó del bolsillo una pequeña navaja y rascó la superficie de la roca.

—Esta pared es artificial, es del mismo material del que está hecha la mesa —afirmó Gerard con una sonrisa de triunfo, guardando la navaja.

—¿Y qué? Eso significa que no estamos en medio del bosque sino en un maldito decorado de película de Hollywood. Personalmente, me da igual que la pared sea más falsa y artificial que la mortadela. ¿En qué nos va a ayudar eso? —dijo Max con su habitual espontaneidad.

—Puede que en nada, pero al menos sabemos que esta zona probablemente quedaba dentro del recinto del Casino. Ayúdame a comprobar una cosa —dijo Gerard, haciéndole una seña a Max para que le ayudara a arrancar ramas y arbustos y despejar una buena parte de aquella pared de roca.

—No sé lo que pretendes con este ejercicio de jardinería pero, ¿vamos a tener que seguir mucho rato más talando medio bosque con nuestras propias manos? —preguntó Max al cabo de un rato.

—Ya casi estamos, sobre todo despejemos la parte superior un poco más — dijo Gerard, subido a un tronco desde el que seguía arrancando ramas como si estuviera buscando un tesoro.

Gerard saltó al suelo y se alejó unos metros de la zona de pared que habían despejado.

—Max, ¿qué es lo que ves desde aquí? —le preguntó Gerard, temiendo su respuesta. Max se reunió con él y contempló la pared en toda su extensión.

—No sé. Si esperas de mí una crítica de arte o una opinión experta de naturalista, puedes esperar sentado... en esa mesita de picnic. Aparte de un muro de cemento, no veo nada más, ni veo qué relación puede tener con lo que estamos buscando —respondió Max, resoplando.

Gerard se acercó a la pared y pasó la mano por su superficie.

—Esta pared está hecha con cemento, moldeando estas formas sobre la base de la roca natural que hay debajo. Está muy oscurecido por el paso del tiempo y la humedad, pero aún puede verse el efecto que pretendían conseguir, fíjate.

Max lo contemplaba pero no veía a dónde quería llegar.

—¿Ves estas ondulaciones verticales, como si fueran los pliegues de una cortina colgada?

Max asintió con la cabeza.

—¿No te recuerdan a algo, o mejor aún, a algún lugar muy típico de la geografía catalana? Es una imitación poco afortunada, tengo que admitirlo, pero estoy seguro de que estoy en lo cierto —dijo Gerard.

Max se reafirmó en su ignorancia con un doble gesto de cabeza y manos.

—Estas ondulaciones intentan representar la montaña de Montserrat —dijo Gerard, tan entusiasmado como si estuviera desvelando a un grupo de estudiantes el misterio del origen de la vida.

La montaña de Montserrat era uno de los principales destinos turísticos de la región. Una montaña única en el mundo, en la que durante millones de años los elementos habían erosionado sus formaciones rocosas, esculpiendo unas peculiares formas que recordaban el borde dentado de una sierra. En una de sus paredes rocosas se elevaba un monasterio milenario que era uno de los principales centros espirituales del catolicismo.

—Recuerdo que leí que en los terrenos del Casino había zonas habilitadas para el paseo. Esta debía ser una de las zonas de recreo del Casino y se construyeron caminos adoquinados como este para que los huéspedes pasearan por el bosque, que en aquel entonces no debía ser tan denso como ahora.

—Ahora que lo dices, sí que le veo un poco el parecido, aunque hasta yo mismo podría haberlo esculpido con algo más de gracia —dijo Max, en un alarde de sinceridad.

Gerard siguió con su razonamiento. —En todas las zonas de paseo, solían haber fuentes naturales donde beber agua mineral, que manaba directamente de la roca. Aquí tiene que haber alguna cerca.

—No te sigo al cien por cien —dijo Max, mientras Gerard fruncía el ceño—. Tal vez ni siquiera al cincuenta por ciento, o puede que incluso menos.

—Piensa en lo que dibujó Agustín. La M en relieve. No era una M, era una representación simbólica de la montaña de Montserrat, con sus picos que parecen mordidos a dentelladas. Nos estaba dirigiendo a este lugar —dijo Gerard, intentando convencerle.

—No sé, es una interpretación, pero la evidencia la veo un poco floja —dijo Max, moviendo la cabeza.

—No es solo el dibujo de la montaña, también dibujó una fuente con un chorro de agua, y si la buscamos, apuesto a que está por aquí cerca. Y no solo eso, recuerda lo que me dijo.

—*Al infierno se llega a través del agua, pues es la fuente de todo mal. La morena guarda la entrada* —recitó Max—. Tengo buena memoria.

—Exacto. Hablaba del agua, de la misma que escuchó Eva. Agustín incluso mencionó la fuente. La fuente tiene que ser la clave —dijo Gerard.

—Yo solo me fijo en la parte en que te dijo que eso era la fuente de todo mal, no olvides ese detalle. No tengo ningún interés en entrar a las fuentes del averno, te lo

350

aseguro. ¿Y quién es la morena esa que dice que guarda la entrada? Yo no veo a ninguna mulata caribeña de guardia por estos parajes —dijo Max.

Mientras Max hablaba, Gerard recorría la pared de piedra, metiendo las manos entre la gruesa capa de vegetación que la cubría.

— Aquí hay algo. Ven.

Gerard se agachó y apartó un grueso matojo de juncos que cubrían un agujero de menos de un metro de altura que se abría en la parte inferior de la pared de roca. Del interior del agujero fluía un pequeño riachuelo, casi invisible por la vegetación que lo cubría.

—Oh, es increíble, has encontrado un agujero y una fuente medio seca. ¿Y eso qué explica? —dijo Max con sorna.

Gerard colocó un pie a cada lado del riachuelo y apartó las ramas, despejando la parte superior del agujero. Se volvió hacia Max con una amplia sonrisa.

—Max, te presento a la morena, la guardiana de la entrada —dijo Gerard, señalando hacia una pequeña estatuilla tallada en la piedra, colocada directamente sobre el agujero de la fuente. La imagen representaba a la famosa virgen de la basílica de Montserrat, conocida popularmente como —la Moreneta— por ser de color totalmente negro.

Max se rascaba la cabeza, incapaz de dar crédito a lo que estaba viendo.

—Parece como si lo hubieras preparado todo a propósito para poder impresionarme con tus deducciones —exclamó Max, verdaderamente asombrado.

—Sin embargo todo encaja, las referencias al agua, el dibujo de Montserrat, el comentario sobre la virgen morena. Este tiene que ser el lugar —dijo Gerard entusiasmado.

Max seguía rascándose la cabeza.

—Tengo que admitir que tiene bastante sentido, pero lo único que demuestra es que el viejo botones había corrido por estos parajes cuando era niño y trabajaba en el Casino, y que conocía bien este lugar. Sigo sin entender cómo vamos a encontrar a tu amiga. Esto es un merendero y aquí solo hay una fuente.

Gerard se agachó a inspeccionar el agujero por donde brotaba el riachuelo, apartando las plantas y despejándolo por completo. El orificio era una fuente natural, de las conocidas como minas de agua, grietas en la roca a través de las que el agua subterránea de la montaña había logrado salir a la superficie, formando manantiales para disfrute de excursionistas y domingueros.

Gerard se metió dentro del riachuelo y se agachó para adentrarse en el agujero e intentar remontar el cauce. El agua que fluía apenas le cubría la suela de sus botas.

—¿Te vas a meter por ahí? Apenas hay espacio —exclamó Max, al verlo desaparecer en el interior. Gerard se volvió hacia él.

—Estos manantiales son grutas naturales. La única parte artificial es la exterior. Se solían canalizar tan solo los últimos metros del cauce, construyendo una pequeña fuente de cemento o piedra para que el público accediera al agua fácilmente. Si uno remonta la mina cauce arriba, pronto se llega a la parte natural, que suele ser una grieta, o una caverna, y a veces hasta puede haber enormes pozos naturales en su interior. Veamos hasta donde podemos llegar en esta —dijo Gerard, desapareciendo en el interior.

Max no tuvo opción. Dio varias enérgicas vueltas a la manivela de su linterna y se dispuso a seguir la estela de su amigo.

CAPÍTULO 61

El pasadizo era muy estrecho y de poca altura. Caminaban agachados por el agua, notando como el nivel del techo descendía lentamente. Los salientes y cantos afilados de las paredes de roca brillaban como cuchillos a la luz de las linternas.

—¿No decía Agustín que esto era la entrada al infierno, o algo así? ¿A qué crees que se refería? —dijo Max en voz alta.

—Son las exageraciones de un anciano con una gran afición por lo teatral. No hagas caso —dijo Gerard.

Llegaron a un punto en que el cauce del manantial se hacía mucho más profundo.

—Viendo el chorrito que sale al exterior, no pensé que pudiera haber tanta agua aquí dentro —exclamó Gerard tras meterse en él y comprobar que el agua le llegaba hasta la cintura.

—Al menos no tocaremos con la cabeza al techo y podremos caminar erguidos —añadió Max con alivio.

—Vayamos con cuidado, porque no se ve apenas nada y podría haber algún pozo oculto bajo el agua —dijo Gerard, que apuntaba con su linterna hacia el fondo del cauce, pero veía que ni la luz se atrevía a atravesar aquellas oscuras y frías aguas.

—La pared de roca es oscura y no puedo ver el fondo. Es como si el agua fuera negra —gritó Max.

353

Gerard se había detenido y enfocaba su linterna hacia el final del pasadizo, un gigantesco tubo digestivo que los estaba deglutiendo y que parecía extenderse por kilómetros.

—Solo veo agua, paredes de roca, y oscuridad. ¿Cuánto crees que habremos avanzado? —preguntó Gerard.

—Desde que tuviste la feliz idea de visitar estas grutas, tal vez un kilómetro, tal vez un poco menos. Llevamos más de cuarenta minutos aquí metidos en este agua helada, y tengo el culo tan mojado y frío que voy a estar cagando cubitos de hielo durante una semana —exclamó Max.

Gerard sabía que la resistencia de su amigo era muy superior a lo que su poca paciencia parecía sugerir, pero aún así no podían seguir mucho más tiempo metidos en el agua. Tenía que haber algún camino alternativo en aquel lugar, y se propuso encontrarlo antes de rendirse y tener que regresar.

—Avancemos diez minutos más y busquemos un lugar para salir del agua —le propuso a Max, que contestó con un gruñido afirmativo.

Caminaron durante más de veinte minutos, hasta que llegaron a un recodo en que las paredes de roca se ensanchaban y formaban unas repisas naturales sobre las que subieron a pulso para descansar fuera del agua. El cauce formaba un amplio remanso y parecía tener mayor profundidad en aquella zona.

—Por fin, un descanso. Me duelen las piernas de darme tantos golpes contra las piedras y me duele aún más la mano de tanto darle a la maldita manivela —protestó Max.

—Eres tú quién ha traído estas linternas, seguro que por ahorrar no gastando en pilas —dijo Gerard.

—¿Y porqué has escogido este lugar para pararte? ¿Qué tiene de especial? Creo que estás loco por arrastrarme a oscuras hasta las entrañas de la tierra, con el agua por encima del ombligo, ¿y para qué? Puede que estemos a varios kilómetros bajo tierra, tenemos toneladas de roca sobre nosotros y quién sabe qué bichos o monstruos pueden estar acechando bajo estas aguas.

Max pareció quedar descansado tras su perorata, y Gerard se abstuvo de responder hasta pasados unos minutos.

354

—Sé que estamos en el lugar correcto, pero esperaba encontrar algún desvío o algún otro pasadizo, pero esto parece una grieta interminable, con paredes de roca maciza. Tal vez tienes razón y deberíamos volver —dijo Gerard, iluminando el rostro de su amigo para ver su expresión.

—Estoy de acuerdo contigo. Esto podría seguir durante kilómetros y a lo mejor acabaríamos llegando hasta las fuentes del Nilo. Es mejor volver. Debemos ser los primeros seres humanos que llegan hasta aquí, pero esto no es más que una gigantesca grieta directa al infierno. El viejo tenía razón después de todo.

Gerard se incorporó y Max se dispuso a seguirlo y meterse en el agua, feliz por poder emprender el regreso, pero se detuvo al ver como Gerard saltaba al otro margen del cauce y se acercaba a un saliente en la roca por encima de su cabeza.

—¿Qué demonios pasa? ¿No volvemos?

Gerard acercó la linterna al borde del saliente, del que un fragmento de roca se había desprendido dejando a la vista un tono de piedra más claro que el del resto de la pared.

—Parece desgastado, el canto de este borde no es tan afilado como el del resto de rocas de la pared, ¿no te parece? —preguntó Gerard.

Max lo miró de lejos, con poco interés.

—Ni siquiera puedo ver tu mano desde aquí, mucho menos ese reborde.

Gerard se puso de puntillas, y estiró el brazo hasta que su mano palpó la superficie de la pequeña repisa, dando un grito que resonó por todo el pasadizo como si hubiera cuarenta personas más con ellos.

—¿Qué pasa? —dijo Max, que también se había puesto en pie.

—Que no creo que seamos los primeros seres humanos en llegar hasta aquí, después de todo. Mira qué he encontrado —dijo Gerard, mostrándole un objeto metálico muy brillante y de color rojo.

Max enfocó su linterna hacia la otra orilla, en la que Gerard sostenía entre sus dedos un moderno mosquetón de escalada, que había estado fijado a una anilla metálica oculta sobre el saliente de roca.

—Sí, realmente no creo que encontraran muchos de estos en las cuevas de Altamira —dijo Max. Era su peculiar modo de admitir que Gerard tenía razón.

—Déjame verlo —dijo Max, y saltó hacia el margen del río en que se encontraba Gerard, pero su pie resbaló en la superficie mojada y cayó al agua, golpeándose la pierna contra el canto de roca. Gerard se agachó pero no pudo sujetarlo a tiempo.

En aquel remanso el río tenía una profundidad de casi metro y medio. Gerard se acercó e iluminó con su linterna a Max, que tras estar sumergido unos segundos ahora chapoteaba en la superficie. Al ver que estaba bien le tendió la mano para ayudarle a subir a la roca, pero Max se resistía.

—¿Estás bien?

—Tengo frío, hambre, y me parece que me debo haber abierto un boquete en mi rodilla por el que se vaciará toda la sangre de mi cuerpo para alimentar a las pirañas salvajes que debe haber en estas aguas.

Gerard respiró aliviado al comprobar que su amigo había recuperado la normalidad.

—Gerard, ¿sabías que estas fabulosas linternas de alta tecnología que he traído funcionan bajo el agua?

La pregunta sorprendió a Gerard, que se encogió de hombros como única respuesta.

—Déjame la tuya, por favor —dijo Max.

—¿Qué le pasa a la tuya?

—Está en el fondo del río.

—Si te la dejo nos quedamos a oscuras, no podremos salir de aquí sin luz —dijo Gerard, con creciente preocupación.

—¿Tú confías en mí?

—Sé que voy a arrepentirme largamente por lo que voy a decir, pero sí, confío en ti —respondió Gerard alargando la mano y entregándole su linterna.

Desde dentro del agua, Max la tomó en sus manos, le dio con fuerza a la manivela para conseguir un potente haz de luz, y desapareció bajo el agua.

356

La cueva quedó sumida en total oscuridad. Aquel chalado había estropeado sus dos únicas linternas metiéndolas bajo el agua, y salir de allí a oscuras iba a ser una odisea.

Gerard aguardó lo que le parecieron varios minutos. Algo tenía que haberle sucedido a Max, e iba a lanzarse al agua cuando le pareció distinguir un débil resplandor en el fondo del agua.

Se acercó y pudo ver dos haces de luz danzando y refractando en todas direcciones bajo el agua. La cabeza sonriente de Max apareció a continuación y le deslumbró iluminándole en la cara con las dos linternas.

—Veo que sí que funcionan bajo el agua, pero apártalas de mi cara, que no veo nada —exclamó Gerard.

—De momento aguantan.

—Pensaba que no subías, ya iba a tirarme a por ti. ¿Desde cuándo aguantas tanto bajo el agua? —le preguntó Gerard.

—Si te dijera que aguanto bajo el agua más que Houdini en su Water Torture Cell, te estaría mintiendo. Pero al igual que hacía él, la clave está en saber controlar tus constantes vitales.

Gerard no veía a dónde quería llegar Max con aquello. —Me temo lo peor —pensó.

—Si quieres saber cómo lo hago, sígueme —y Max se sumergió de nuevo, desapareciendo bajo las aguas, pero manteniendo una de las linternas enfocada hacia la superficie.

Gerard no lo dudó y se lanzó al agua, inspiró profundamente y se sumergió siguiendo el haz de luz que bailaba delante suyo y se escabullía como un pez.

357

CAPÍTULO 62

Gerard buceó hasta el fondo de aquel remanso, cubierto de una fina capa de arena oscura y piedras, siguiendo la luz de la linterna de Max, que aparecía y desaparecía como si se tratara de un eclipse de luna, oculta tras la enorme masa de su cuerpo.

De pronto la luz y la silueta de Max desaparecieron. La oscuridad era total, y Gerard perdió la noción espacial, sin saber lo que era arriba o abajo. Dejó el cuerpo quieto, para flotar entre dos aguas y deducir hacia dónde se encontraba la superficie, cuando vio un débil haz de luz bajo un saliente rocoso.

Pronto tendría que salir a respirar, pero aún le quedaron energías para dar dos brazadas, bajar hasta el fondo de arena y mirar por debajo del saliente.

Bajo la roca encontró un pasaje, más allá del cual intuía el rostro borroso de Max y la luz de sus linternas mostrándole el camino.

En el cine, los protagonistas se sumergían en el mar sin gafas de buceo, realizando sin problemas todo tipo de actividades bajo el agua. Allí estaba él, buceando sin gafas en unas aguas cristalinas, y lo veía todo tan borroso como si estuviese borracho.

Con los pulmones a punto de reventar, como dos neumáticos frente a un clavo en la carretera, abrió la boca nada más sentir que su cabeza estaba fuera del agua. No podía ver nada, pero en aquel momento agradecía más el aire frío y húmedo de aquella caverna que encontrar un surtidor de refrescos en medio del desierto. Inspiró profundamente varias veces y cuando se repuso miró a su alrededor.

Max flotaba junto a él, sosteniendo sus linternas bajo el agua. Levantó las manos y le entregó una.

—Mira a tu alrededor. ¿Qué te parece lo que he descubierto? Creo que tendría que ponerle nombre, como hacían los antiguos conquistadores al llegar a un territorio virgen e inexplorado —dijo Max, henchido de orgullo.

—Siento desilusionarte, pero me parece que alguien se te ha adelantado. ¿Has olvidado el material de escalada que hemos encontrado fuera? —dijo Gerard.

—Es posible que se quedaran allí fuera, y que nadie haya descubierto este lugar —insistió Max.

Gerard no contestó. Intentaba infructuosamente que la luz de su linterna llegara más allá de los dos metros, pero tan solo veía oscuridad en el extremo de aquella varita de luz blanca.

—Estamos en una cueva inmensa, ni siquiera llego a ver el techo —dijo Max, enfocando su linterna hacia arriba—. Esto es un verdadero lago. A saber hasta dónde llegará —añadió, nadando hacia la pared.

—Con estas linternas no llegaremos muy lejos; además, nadar y darle a la manivela a la vez es poco práctico. Como no podemos ver donde está la otra orilla, mejor sigamos el contorno de la pared —propuso Gerard, avanzando cogido a la roca.

El agua estaba muy fría, y ambos deseaban salir cuanto antes, pero nadie se atrevía a ser el primero en proponerlo.

Gerard divisó una roca grande, a la que se subió a pulso. Sentados sobre ella, sus cuerpos recuperaron algo de temperatura y siguieron avanzando saltando de roca en roca, sin meterse de nuevo en el agua.

—Es posible que pueda haber alguna otra salida por este lado —dijo Gerard, intentando ser positivo.

—Sí, y cuando encontremos una salida, te apuesto lo que quieras a que estaremos tan lejos que escucharemos a la gente hablar como mínimo en alemán, o tal vez incluso en ruso —dijo Max.

Veinte minutos más tarde seguían avanzando lentamente sobre las rocas, lanzándose ocasionalmente al agua para superar algún tramo en el que no había paso.

Gerard se detuvo e iluminó un punto en la pared frente a ellos.

—Puede que no sea nada, pero yo diría que allí hay un pasadizo, o al menos lo parece —dijo Gerard, trepando por la pared.

Era una grieta natural, similar a la que habían utilizado para entrar a través de la mina.

—Fíjate en esas marcas —dijo Gerard, señalando hacia unos puntos en que la roca parecía haber sido rebajada con alguna herramienta.

—Aquí se desvanece mi sueño de poner mi nombre a un lago inexplorado.

—Sí, parece que alguien ha ensanchado un poco el paso en esos puntos. —dijo Gerard, llegando a la grieta y echando a andar por el pasadizo.

—La verdad es que ya me estaba cansando de tanta agua, me alegro de volver a tierra firme —dijo Max siguiéndole de cerca.

El pasadizo ganaba en altura a medida que avanzaban y pronto pudieron ponerse completamente en pie, y moverse con más rapidez.

Tras una curva muy cerrada, el pasadizo formaba un espacio del que nacían tres nuevos y estrechos pasajes.

—Ya estamos como siempre. O nos separamos, o nos toca escoger camino —dijo Max.

—Deberíamos separarnos para abarcar más terreno, pero en las presentes circunstancias, tal vez es mejor que sigamos juntos —propuso Gerard.

—Dicho en otras palabras, estás cagándote de miedo.

—Si esto conduce al lugar donde retienen a Eva, es más que probable que haya peligro, o que vayamos directos a una trampa. Nuestra fuerza está en nuestro número —dijo Gerard.

—Pero si solo somos dos. Vaya fuerza y vaya número. En fin, estoy de acuerdo. ¿Cuál de los tres caminos tomamos?

—Probemos por el más ancho —dijo Gerard.

Max se puso delante y abrió camino. El pasadizo era tortuoso y muy irregular, y tras caminar unos diez minutos llegaron a un punto en que se estrechaba tanto que era imposible continuar. Max metió la mano en la estrecha grieta e iluminó el resto del pasaje, que continuaba más allá del estrechamiento.

—No hay forma de seguir.

—Volvamos atrás y probemos con otro —dijo Gerard.

El segundo pasadizo era más ancho y pronto dejó de ser una grieta en una caverna para convertirse en un verdadero túnel excavado en la roca.

—Parece como si estuviéramos en el interior de una vieja mina, pero no recuerdo haber oído hablar de ninguna tan cerca de la ciudad —dijo Max.

—Barcelona fue fundada mucho antes de que llegaran los romanos, y ya había asentamientos iberos, fenicios, y de tantos otros pueblos. Pero esto parece una mina de construcción reciente. Fíjate en eso —dijo Gerard, señalando hacia una canalización para la que se habían empleado segmentos de tubo metálico, oscurecido por el paso de los años.

Max se detuvo bruscamente y señaló con su dedo hacia la parte alta de la pared.

—Una bombilla —gritó, tan excitado como si hubiera descubierto una veta de oro entre las rocas.

—Ya estamos cerca. Hay que extremar la precaución —dijo Gerard, haciéndole una señal para que bajara la voz.

A partir de ahí avanzaron en silencio. Las bombillas se sucedían cada diez metros, pero no encontraron ningún panel para activarlas. El suelo ya no era de roca natural sino que estaba cubierto por una fina capa de cemento, aunque muy deteriorada por el paso del tiempo.

Llegaron a un tramo recto y largo, que se perdía más allá de donde moría la luz de sus famélicas linternas. A ambos lados podían ver varias puertas, algunas de madera oscura, otras metálicas y con remaches.

Avanzaron en completo silencio hasta llegar a la primera puerta y se detuvieron ante ella. Gerard apoyó su oreja en la madera y escuchó atentamente. No se oía nada en el interior.

Apoyó la mano en el picaporte y lo accionó suavemente, pero no consiguió moverlo. Estaba cerrada.

Con un gesto le indicó a Max que siguiera avanzando, y se fueron deteniendo ante cada una de las puertas, repartiéndoselas para comprobar si se escuchaba movimiento en su interior. Para evitar hacer ruido al accionar la manivela de las linternas, las ocultaban en el interior de sus ropas.

Casi habían alcanzado el final del pasillo cuando Gerard le hizo una seña a Max para que acudiera junto a su puerta, de madera oscura cubierta por una gruesa capa de barniz.

No oía ruido dentro, pero el picaporte se podía mover. Estaba abierta.

CAPÍTULO 63

Apagaron las linternas para preservar sus últimas reservas lumínicas. Gerard habló al oído de Max y acordaron que lo mejor era entrar en tromba y una vez dentro encender las linternas a la vez.

En completa oscuridad, Gerard golpeó tres veces el hombro de Max en una cuenta atrás un tanto rudimentaria, pero el plan funcionó.

La puerta se abrió más fácilmente de lo que Gerard había esperado, lo que probaba que había sido utilizada con frecuencia. Entraron los dos a la vez, entorpeciéndose mutuamente y malgastaron unos preciosos segundos en conseguir accionar el interruptor de las linternas.

Su torpeza al entrar fue tanta, que Gerard sabía que allí no podía haber asesinos al acecho, pues de haber sido así habrían tenido tanto tiempo para dispararles a placer que podían haberles convertido en coladores andantes.

—Mierda, la mía ahora no se enciende —oyó decir a Max.

Gerard iluminó a su amigo para que pudiera accionar el pequeño interruptor de plástico y tras conseguirlo hicieron un barrido apresurado de la habitación.

Era un cuarto pequeño, excavado directamente en la roca al igual que el resto del pasadizo. El suelo era irregular y lo primero que vieron en él fue una gran lata metálica oxidada, llena de agua hasta media altura.

La segunda impresión que recibieron fue olfativa. Aquella habitación regalaba a sus visitantes una mezcla única

363

de pestilentes efluvios, olor a humedad con un fuerte componente de aroma a orines y heces, combinado con algo indescriptible pero igualmente repulsivo.

El cuerpo humano es capaz de adaptarse prácticamente a cualquier entorno, pero hasta que sus pituitarias se habituaron a aquel hedor transcurrieron unos interminables segundos.

Cuando sus fosas nasales parecían comenzar a reponerse del impacto sufrido, la tercera impresión que recibieron fue directa al centro neurálgico de su organismo, el corazón, que estuvo a punto de detenerse cuando enfocaron sus linternas hacia la pared opuesta.

Un gran muro de roca se alzaba hasta perderse en las alturas, y de su parte central surgían dos gruesas argollas de hierro ancladas profundamente en las entrañas de la piedra, y de las que colgaban dos enormes cadenas oxidadas, cuyos eslabones debían haber formado parte del ancla del Titanic.

Del extremo de aquellas cadenas pendía un cuerpo humano en estado de semidescomposición, pero dada la escasez de luz y su penoso estado, era imposible adivinar de quién podía tratarse.

Era el cadáver de un hombre, y colgaba sujeto por las muñecas, solo piel y huesos. Podían afirmarlo con certeza puesto que sus esqueléticos brazos estaban despellejados y los huesos eran visibles en varios puntos.

Su torso estaba cubierto con una capa de harapos, sangre seca y suciedad, pero al acercarse podían ver la pared del fondo a través del cuerpo, y no debido a la transparencia de sus carnes sino al hecho de que tenía un enorme agujero en el lugar que anteriormente habían ocupado sus pulmones.

No estaban en una habitación, aquello era una celda al estilo de las mazmorras de los grandes relatos clásicos. Si en aquel momento hubiera aparecido el mismísimo Conde de Montecristo planeando su fuga, no les hubiera extrañado lo más mínimo.

Gerard se preguntaba si por fin había encontrado la habitación de los suicidios, aquel horrible lugar de leyenda en que tantas vidas habían acabado. Sin embargo, la situación en que habían encontrado a aquel desdichado no hacía pensar precisamente en una muerte voluntaria. Aquello no era más que una mazmorra.

Max examinó de cerca el cadáver y con la punta de su linterna levantó la cabeza del muerto para intentar ver su rostro.

—Oh Dios mío, sé quién es este tipo —exclamó Gerard al verlo.

Max se volvió hacia él, pero la cabeza del cadáver basculó hacia atrás y se desprendió del cuerpo, rebotando sobre la roca hasta caer en el suelo y rodar hasta los pies de Gerard, que dio un salto hacia atrás.

—Parece que él también te ha reconocido y quiere estar contigo —dijo Max.

—Es el vagabundo que estaba en la torre, el que me atacó, el dueño del perro —exclamó Gerard.

—¿Estás seguro? En ese estado podría parecerse hasta a mi tía Paca.

Gerard movió la cabeza del cadáver con la punta de su bota y la enfocó con su linterna.

—No hay duda. Es él.

—Bueno, pues no parece que fuera él quién estaba detrás de todo esto, después de todo.

—No, no lo parece. Fíjate cómo se han ensañado con él, tiene el cuerpo destrozado, parece que le han arrancado las vísceras —dijo Gerard, señalando hacia los restos que colgaban de las cadenas.

—Me pregunto si todo eso se lo hicieron en vida o si solo han mutilado el cadáver —añadió Gerard.

—Es la diferencia entre tortura pura y dura y perversión patológica. No sé cuál de las dos escogería si me dieran a elegir.

—Esperemos que no tengamos que vernos en esa disyuntiva. Hay que salir de aquí y seguir buscando, aunque esta era la última puerta que nos quedaba por comprobar —dijo Gerard.

—Sí, pero las demás están cerradas. Tu amiga podría estar en cualquiera de ellas. No las podemos derribar todas. De hecho, no podemos derribar ninguna, no tenemos herramientas, no tenemos armas, casi no tenemos luz. No se puede ir así por el mundo —exclamó Max.

—Sigamos explorando este túnel, veamos hasta dónde conduce. Es posible que encontremos más puertas o que salgamos a la superficie.

El estruendo de la puerta de madera cerrándose a sus espaldas les hizo volverse al unísono. Apuntaron hacia la puerta con sus inofensivas linternas, como si hubieran desenfundado sus Colts en OK Corral. Aparentemente la gruesa puerta de madera se había cerrado sola.

Se miraron sin pronunciar palabra alguna. Allí no había corrientes de aire que pudieran explicar aquello, y sabían lo que significaba. La puerta se había cerrado de dentro hacia fuera, con lo que alguien tenía que haberse acercado mientras ellos estaban vueltos hacia el cadáver y había cerrado la puerta desde el exterior. No estaban solos, y habían sido descubiertos.

Se acercaron sigilosamente hasta la puerta y se hicieron a un lado, temiendo que pudiera haber alguien oculto tras ella. Gerard le hizo una señal a Max y sujetó con suavidad el picaporte, haciéndolo girar lentamente.

Para su sorpresa, la puerta se abrió con suavidad. Esperaron unos segundos, pero el silencio fue lo único que escucharon, así que se asomaron con cautela.

El pasadizo estaba vacío, no había nadie a la vista, así que se quedaron frente a la puerta, apuntando con sus linternas en todas direcciones y recargándolas a base de darle a la manivela como posesos.

Y en aquel momento se hizo la luz. Como si se tratara de una revelación divina, las viejas bombillas a lo largo de todo el recorrido parpadearon y se encendieron débilmente, volviendo a la vida, aunque fuera más bien media vida, ya que su filamento no llegaba a ponerse incandescente y desprendían una luz pobre y amarillenta.

—Alguien está jugando con nosotros —dijo Max.

—O bien quieren mostrarnos algo. Si hubieran querido matarnos lo habrían hecho cuando entraron en la celda a cerrar la puerta.

—Yo no me fío. Esto no me gusta nada.

366

Un agudo chillido de mujer recorrió los pasadizos y les provocó un escalofrío.

—¿Es tu amiga? —preguntó Max.

—No lo sé, no lo he podido distinguir bien —dijo Gerard, caminando hacia el recodo en el extremo del pasadizo. Se asomó y le hizo una seña a Max para que le siguiera.

Recorrieron varios tramos más de pasadizo. La luz de las bombillas les permitía avanzar mucho más rápido que antes y pronto alcanzaron un punto en que los pasadizos se multiplicaban, una especie de distribuidor del que partían nueve pasajes en diferentes direcciones.

El desgarrador chillido volvió a escucharse, esta vez acompañado del estampido de un disparo, que retumbó a lo largo de aquellas paredes y destrozó sus tímpanos.

—¿Hacia dónde? —preguntó Max.

—No lo sé. Ni tan solo estoy seguro de qué lado provenía el disparo.

—Entonces deberíamos separarnos. Escoger un túnel cada uno y encomendarnos a San Judas —dijo Max.

—¿A quién?

—San Judas, el santo patrón de los imposibles, de las causas perdidas.

—No es la mejor forma de dar ánimos, pero si el santo nos ha de ayudar, por mí que no quede —dijo Gerard, mientras cada uno caminaba hacia uno de los pasadizos. Antes de desaparecer por el suyo, Gerard se volvió hacia Max.

—Buena suerte. Si encuentras algo, o tienes problemas, haz lo que se te ocurra, grita, berrea, patalea, lo que sea con tal de hacérmelo saber. Ah, y una cosa más, sobre ese San Judas —dijo Gerard.

—¿Qué?

—Yo soy más de San Apapucio bendito —dijo Gerard.

—¿Y ese qué hizo de bueno?

—Algún día te lo contaré —dijo Gerard sonriente, y desapareció por su túnel.

Max se encogió de hombros y echó a andar por otro de los pasadizos.

CAPÍTULO 64

Gerard caminaba por un laberinto de grietas en la roca y pasajes naturales entrecruzados con otros que habían sido excavados o ensanchados por el hombre, pero que aparentemente no conducían a ninguna parte.

Los tramos más agrestes carecían de iluminación eléctrica, lo que le servía de referencia para volver sobre sus pasos y caminar solo por los que estaban iluminados, pues pensaba que así tendría más probabilidades de llegar a alguna parte habitada.

Tenía la impresión de haber pasado varias veces por el mismo lugar, y comenzaba a pensar seriamente que se había extraviado.

Aprovechó ese tiempo para repasar mentalmente toda la evidencia de que disponía hasta entonces. No podía apartar de su mente la carta de despedida del suicida, oculta en el libro prohibido de Apollinaire, y sobre todo sus últimas palabras.

—*Es la hora, no debo hacer esperar a la dueña de la casa, no conviene enfurecerla*—.

Aquella frase siempre le había sonado a epitafio, y estaba convencido de que su desdichado autor intentaba comunicar algo a través de ella, tal vez pistas acerca de la ubicación de la sanguinaria habitación.

Estaba claro que temía que su carta fuera interceptada, por ello no solo la ocultó dentro de la contracubierta del libro sino que encriptó su mensaje.

368

Era lo que él mismo hubiera hecho en su lugar. Había leído aquella carta cientos de veces, y sentía que de alguna manera podía identificarse con lo que aquel hombre sintió en sus últimos momentos, lo que podía haber pasado por su cabeza y la lógica que había guiado sus actos.

La —*dueña de la casa*—, ¿a quién podía referirse? Ni el Casino ni el hotel habían tenido nunca una mujer como dueña. El empresario Josep Sabadell había sido su impulsor, y habían sido gestionados por una sociedad anónima que se creó para explotarlos comercialmente. ¿A qué casa podía estar refiriéndose entonces?

Presentía que estaba sobre la pista, pero necesitaba desbloquear su mente. Se detuvo y se apoyó en la fría pared de roca mientras intentaba recuperar el hilo de sus razonamientos para tirar de él.

El suicida temía que la dueña de la casa se enfadara si él se retrasaba y no cumplía con su fatal cometido. ¿Qué mujer se enfadaría porque alguien tardara en dar su último paso hacia la muerte?

¿Quién sino la muerte misma? Excitado por la lógica de su razonamiento, Gerard dio un golpe de puño contra la pared, que le machacó los nudillos.

La muerte, esa figura siempre representada por una mujer vestida de negro, guadaña en mano, ella era a quien no convenía enfurecer ni hacer esperar. Pero en la carta se refería a ella como la dueña de la casa. ¿Podía estar hablando de una funeraria, tal vez? ¿O de un cementerio?

Si la muerte era la dueña de la casa, no podía referirse a ningún otro lugar. Tal vez la habitación estuviera situada dentro del recinto de un cementerio, o en un camposanto. Era una línea de investigación que se propuso seguir en cuanto lograra salir de aquel laberinto.

Estaba convencido de que la habitación de los suicidios existía realmente, y presentía que ahora estaba más cerca que nunca de encontrarla. Abrió su mochila y revisó por enésima vez el antiguo plano del Casino y de su entorno.

En la actualidad no quedaba en pie ninguno de aquellos edificios, tan solo la torre y parte de la terraza sobre ella, pero en ninguna de las muchas fuentes que había consultado se hablaba de instalaciones o pasadizos subterráneos bajo el Casino o el hotel.

Salvo que se tratara de estructuras secretas construidas al margen de los planos oficiales, debía estar ubicada fuera del recinto del Casino.

No sabía cuanta distancia había recorrido en aquel laberinto, pero teniendo en cuenta que la entrada a través de la mina de agua se encontraba en el fondo del valle, en este momento podía estar en cualquier punto de la montaña al oeste del Casino, o bien bajo el bosque o tal vez bajo alguna de las mansiones a lo largo de la carretera que llevaba a Barcelona.

Las bombillas parpadearon varias veces, y temiendo que pudieran apagarse definitivamente, Gerard guardó el plano en su bolsillo y aceleró el paso, aunque no sabía ni dónde estaba ni hacia dónde se dirigía.

Decidió seguir aquellos pasadizos que tuvieran inclinación ascendente. Al fin y al cabo estaba en la Sierra de Collserola, no en el Himalaya. El punto más alto de la montaña debía estar a tan solo unos pocos centenares de metros sobre el nivel del mar, así que si seguía subiendo tenía más posibilidades de encontrar una salida o acercarse a alguna de las casas de la zona.

La estrategia pareció funcionar, pues no tardó en llegar a una zona en que los pasadizos eran más anchos, el suelo y las paredes estaban revestidos de una capa de cemento y daba la impresión de que se encontraba en una red de pasadizos anexos al sótano de alguna casa.

El "look caverna" había dado paso al "look sótano", lo que le hacía sentirse más tranquilo por estar más cerca de una posible salida, pero a la vez inquieto por estar más cerca de unos posibles asesinos.

Me acerco a la civilización, pensó Gerard, excitado al vislumbrar a lo lejos una puerta de madera en una de las paredes laterales.

Gerard creyó escuchar voces apagadas que provenían del interior de la habitación. Se detuvo a escuchar y oyó como la puerta comenzaba a abrirse. Dio media vuelta y retrocedió hasta esconderse agachado tras la siguiente curva del camino, desde donde podía asomar la cabeza para ver lo que sucedía.

La puerta acabó de abrirse, y un hombre vestido con un impermeable verde salió de su interior y volvió a cerrarla con llave. Gerard esperó hasta escuchar como los pasos se alejaban en dirección opuesta. Aguardó un minuto más, por seguridad, y se aventuró a asomar la cabeza.

Su sorpresa no pudo ser mayor al encontrarse mirando directamente a dos ojos oscuros y amenazantes, los de una escopeta de cañones recortados que le apuntaba a la cara. Se incorporó lentamente, dejándose llevar y siguiendo religiosamente el movimiento de la escopeta, que le condujo hasta el centro del pasadizo.

No había visto nunca a aquel hombre. Debería tener unos cuarenta años, una barba descuidada, y tantas arrugas que su rostro parecía el mapa orográfico de la comarca. Le seguía apuntando con su arma, y no articulaba palabra.

—No dispare, por favor, se lo ruego —dijo Gerard, con creciente nerviosismo. El hombre parecía no inmutarse, y le hizo un gesto con el arma para que echara a caminar en dirección a la habitación de la que había salido.

Al llegar frente a la puerta la abrió y sin dejar de apuntarle le empujó con fuerza al interior. Gerard cayó al suelo y se golpeó las rodillas contra el cemento.

Se incorporó con dificultad, y tuvo el tiempo justo de volverse hacia la puerta, que ya se estaba cerrando. El sonido de la llave en la cerradura le devolvió a la realidad. Se había dejado atrapar y estaba encerrado en una habitación oscura, en algún lugar desconocido bajo tierra. Sus opciones eran más bien escasas, por no decir nulas.

Se volvió y miró a su alrededor, y a pesar de la oscuridad reinante pudo oír un gemido que provenía del fondo de la habitación. No estaba solo. Instintivamente dio un paso atrás y rebuscó en su bolsillo hasta que encontró la linterna e hizo girar la manivela con frenesí, apuntando el haz de luz en aquella dirección.

Un bulto se movía, sentado en una silla metálica. Era un cuerpo, y parecía atado al respaldo. Gerard corrió hacia él y le levantó la cabeza.

—Oh, Dios mío, Eva —exclamó al ver a la joven sujeta a la silla y en estado de semiinconsciencia. Tenía los ojos cerrados y su cabeza tendía a caer hacia abajo en cuanto la soltaba. Parecía muy débil.

Gerard se colocó tras ella y se dispuso a soltarle las ligaduras de las manos.

—¿Puedes oírme, Eva? Dime algo, por favor —le dijo, mientras soltaba los nudos que estrangulaban sus muñecas, pero la joven tan solo emitía suaves gemidos ininteligibles.

Cuando consiguió liberar sus manos, se arrodilló delante de ella e hizo lo propio con las ligaduras de los pies. Los nudos estaban en la parte posterior, a la altura de sus talones, y Gerard tiró de las cuerdas para llevarlos a la parte delantera y soltarlos con mayor facilidad.

Al hacerlo, le sorprendió comprobar que no le había supuesto ningún esfuerzo, pues la cuerda no estaba tensa. Tiró más de la cuerda, pero los nudos no aparecían. De hecho, parecía como si no hubiera ningún nudo, como si la cuerda ni siquiera estuviese atada.

Levantó la vista y los ojos brillantes y afilados de Eva, que sonreía maliciosamente mirándole fijamente, fueron lo penúltimo que pudo ver, ya que lo último fue la culata de un revólver dirigiéndose a gran velocidad a impactar contra su frente, haciéndole perder a la vez el equilibrio y la conciencia.

Cuando abrió los ojos de nuevo, las posiciones se habían intercambiado, y se encontró atado de pies y manos a la misma silla. La luz amarillenta de una vieja bombilla intentaba iluminar aquella estancia, pero se veía incapaz de traspasar la gruesa capa de porquería adherida a su cristal, que actuaba como filtro marrón.

—Eva, ¿qué demonios es esto? ¿Qué está pasando aquí? —exclamó Gerard muy contrariado.

—¿Crees que es necesaria una explicación? —dijo ella, con una sonrisa que helaba la sangre.

—¿Qué significa esto? Creí que habías muerto. Yo mismo te vi en aquella cisterna —dijo Gerard, mientras forcejeaba intentando soltarse las ligaduras.

—Viste solamente lo que yo quise que vieras, y entendiste lo que yo quise que entendieras. Date cuenta de

372

una vez por todas que tú no pintas nada aquí. Has estado hurgando en temas que te superan, que mejor deberías haber dejado descansar en paz, y ahora tienes que atenerte a las consecuencias.

—¿De qué estás hablando? ¿Qué es lo que pretendes? ¿Estás loca?

—La locura vista en los demás es tan solo la proyección subjetiva de nuestros propios temores y complejos. La locura vivida en uno mismo, eso es otra cosa, es una autoafirmación de independencia, de libertad, de ruptura con lo que el destino nos depara, es una liberación que....

—Basta de palabrerías y suéltame —le interrumpió Gerard— Lo que sea que estés tramando no tiene ningún sentido, y aún estás a tiempo de arreglar la situación, nadie ha resultado herido.

—No estés tan seguro —dijo ella, haciendo brillar la hoja de un cuchillo de grandes dimensiones que apareció de la nada. Se acercó a la silla, y sin ningún preámbulo grabó sobre la piel de los antebrazos de Gerard dos líneas rectas entrecruzadas, que comenzaron a sangrar inmediatamente.

—¿Qué estás haciendo?

Eva hacía movimientos en el aire con su mano, en una danza etérea en la que la hoja del cuchillo dibujaba figuras efímeras y esporádicamente descendía hasta los brazos de Gerard y se hundía ligeramente en su piel, hasta que la sangre brotaba, y limpiaba la hoja de acero sumergiéndola en el suero de la vida.

Gerard forcejeaba y movía la silla, intentando apartarse del camino del cuchillo, pero la hoja acababa siempre por dar con su objetivo. Comprobó aterrorizado como las estocadas, que habían comenzado por sus brazos, iban subiendo hasta su pecho y se acercaban peligrosamente a su cuello.

La joven murmuraba algo ininteligible mientras seguía moviendo la hoja con destreza y precisión fatales, y finalmente se detuvo, apoyándola en la yugular, en lo que a Gerard le recordó la clásica calma antes de la tormenta, que en este caso sería mortal para él, que ya veía escapar su vida a través de una cortina roja.

—Es una lástima que tengas que marcharte así, sin haber llegado a conocer la verdad, con la inexorable sensación de haber fracasado en la vida y de que tu paso por ella no va a dejar más huella que una mancha de sangre que la tierra pronto absorberá y hará desaparecer para siempre —dijo Eva, aplicando presión a la hoja del cuchillo, que comenzaba a moverse longitudinalmente, dibujando una fina línea roja en el cuello de Gerard, de la que pronto brotaría sangre.

—Gerard, ¿estás ahí?

Eva se detuvo al oír aquella voz que venía del pasillo. Gerard respiró aliviado pero sabía que aquello no era más que una breve pausa en su suplicio. Eva bajó el cuchillo y se acercó a escuchar tras la puerta.

Gerard aceleró sus movimientos, pero si quería cortar las bridas de plástico con tan solo el roce del canto redondeado de la silla, iba a tardar al menos cinco años conseguirlo.

Su única oportunidad era intentar escurrir una mano y sacarla. Para ello tendría que tirar con toda su fuerza y sabía que al hacerlo la brida iba a desgarrar gran parte de la piel de su muñeca, arriesgándose a acabar como la mano huesuda de un esqueleto.

—Gerard, si estás ahí dime algo —volvió a decir la voz, en voz baja y susurrante.

—Max, aquí —gritó Gerard, reconociendo al instante la voz de su amigo, pero no pudo continuar, pues hablar con la bola de pañuelo que Eva rápidamente metió dentro de su boca no era una de sus mayores habilidades.

Con aquello en la boca Gerard no podía ni siquiera gruñir, y vio aterrado como Eva rompía la bombilla con la hoja de su cuchillo y al apagarse la luz su silueta se disolvía en la oscuridad.

—Socorro, estamos aquí —dijo ella con voz trémula y Gerard comprendió enseguida lo que estaba intentando hacer.

—Tranquilos, ya estoy aquí. Voy a entrar. Apartaos —dijo Max, golpeando la puerta, sin tan siquiera probar antes si ya estaba abierta.

Gerard sabía que era ahora o nunca. En cuanto Max entrara por aquella puerta Eva lo acuchillaría sin piedad, así que se dijo que un injerto de piel era un precio bajo a pagar por la vida de su amigo.

Tras la segunda embestida contra la puerta, Max decidió probar el picaporte, que se abrió con facilidad. Al comprobar que la habitación estaba a oscuras y que la débil luz que entraba desde el pasadizo apenas iluminaba unos pasos por delante suyo, se quedó bajo el marco de la puerta, ocupado en hacer girar la manivela de su linterna.

Cuando consiguió encenderla, el haz de luz cayó directamente sobre la silueta de Gerard, contorsionándose frente a él en una silla, y haciendo esfuerzos sobrehumanos para ponerse en pie.

Sin dudarlo, Max dio un paso hacia adelante para dirigirse hacia él, y como si al hacerlo hubiera activado un mecanismo oculto, de las profundidades de la habitación surgió como un vendaval la silueta de una enorme y afilada hoja de acero que recorrió el corto espacio entre la oscuridad y la espalda de Max, que corría hacia Gerard.

Gerard empujó con sus piernas y consiguió levantarse arrastrando consigo la silla, a la vez que tiraba con fuerza hasta conseguir que una de sus manos pasara a través del lazo formado por la brida.

El descomunal esfuerzo hizo que consiguiera escupir el pañuelo que tenía atascado en la boca y el grito que dio fue tan brutal, que sintió como su mandíbula casi se desencajaba al hacerlo.

No podía verla, pero estaba seguro de que su mano derecha debía parecer una radiografía de sus huesos, pues había podido sentir como la brida le rebanaba la piel y el tejido subcutáneo a medida que la mano avanzaba hacia su libertad.

Con una mano liberada y la otra en camino de estarlo, Gerard se abalanzó sobre Max, intentando desviarlo de la trayectoria del cuchillo, que ya había encontrado su espalda y se estaba hundiendo en su zona lumbar.

Max dio un grito al sentir como la vida se le escapaba por sus riñones, en una de aquellas clarividentes premoniciones que brotan del más puro instinto de supervivencia animal ante una situación límite.

375

Gerard cayó sobre él, arrastrando tras de sí la silla a la que aún estaba atado por los pies. Eva se vio atrapada bajo el amasijo de miembros y tuvo que soltar el cuchillo para poder sacar el brazo y levantarse.

Gerard intentó incorporarse y alargó el brazo para sujetar a Eva por la cintura de su pantalón, pero ella le dio una fuerte patada en la cara y escapó.

Gerard acabó de incorporarse, se aflojó las botas y sacó los pies, para liberarlos más fácilmente. Una vez libre, se agachó sobre Max, que estaba tendido y sangraba abundantemente por la espalda. El cuchillo había caído al suelo, con lo que no taponaba la herida y la hemorragia era muy severa.

Gerard se sacó la camisa, la arrebujó y la apretó contra la zona lumbar de Max, presionando sobre la herida. Necesitaba algo para sujetarla. Se sacó los pantalones y los anudó con fuerza sobre el taponamiento, haciendo un rudimentario doble nudo con las perneras.

Acomodó el cuerpo de su amigo sobre el suelo y se acercó a su rostro. Max estaba muy pálido y respiraba con gran dificultad.

—Aguanta Max, aguanta, por favor —le gritó, mientras le golpeaba las mejillas para mantenerlo despierto.

Gerard sabía que si se quedaba allí no iba a poder hacer nada por su amigo, a muchos metros bajo tierra, y sin posibilidad de ir a buscar ayuda. La muerte de Max era más que segura, y muy probablemente la suya también.

Su única oportunidad era abandonarlo allí y correr a buscar ayuda. Iba en contra toda lógica o norma ética de humanidad y del principio de auxilio a los necesitados, especialmente tratándose de un amigo, pero no tenía elección.

Estaba completamente seguro de que los pasadizos comunicaban con alguna mansión de aquella zona y estaba decidido a encontrar la salida e ir a buscar ayuda, aunque fuera lo último que hiciera, cosa harto probable.

CAPÍTULO 65

Gerard se sentía como en una gigantesca tela de araña, un laberinto de pasadizos que recorría desesperado sin apenas tomar precauciones. Su prioridad era salir y buscar ayuda para salvar a Max, lo demás había pasado a un segundo plano.

Toda tela de araña tiene unos límites definidos, y aquella red de túneles no era infinita. No podía ser tan complicado salir de allí, pero se sentía abotargado, la cabeza cada vez le pesaba más y estaba cansado, muy cansado.

¿Era posible que Eva le hubiera administrado alguna droga mientras estaba inconsciente? Era la única explicación posible, así que hizo grandes esfuerzos para mantenerse alerta, aunque sentía que el sopor le iba atrapando.

Sabía que la araña estaba siempre al acecho, aguardando oculta en un extremo de la tela, esperando pacientemente a que su presa se agotara o quedara atrapada en sus pegajosos filamentos, para aparecer y devorarla.

Su única posibilidad de salvación estribaba en mantenerse despierto, alerta y estudiar bien las señales. La vida de Max podía depender de ello, así que luchó contra el avance de la somnífera neblina, y aprovechando sus últimos coletazos de lucidez se dirigió hacia una de las bombillas que iluminaban aquel tramo de pasadizo.

Con manos temblorosas, desenroscó la bombilla y la guardó cuidadosamente en su mochila, que luego depositó en el suelo a unos pasos de él. En la oscuridad, Gerard se llevó los dedos a la boca, y sintió el sabor agridulce de la sangre que goteaba por ellos.

Hacía rato que ya no sentía dolor alguno. Podía contar los huesos de sus falanges, expuestos y descarnados, pero su umbral de dolor había subido tanto que ni aplastándoselos con una apisonadora hubieran conseguido provocarle el más leve parpadeo.

Humedeció los dedos con su lengua y palpó la rugosa pared de roca, como si acariciara la suave piel de una mujer. Cuando encontró la base de madera sobre la que estaba atornillada la bombilla, inspiró profundamente, dio dos pasos atrás y saltó al aire, metiendo a la vez tres dedos en el interior del portalámparas de metal.

La descarga recorrió todo su maltrecho cuerpo, provocando convulsiones que sacudieron todas sus articulaciones.

Su idea era electrocutarse para cortocircuitar su sistema nervioso y liberarlo de la creciente oleada de narcolepsia.

Sabía que durante unos segundos sus músculos agarrotados no responderían a ninguna orden, pero tras el salto, el peso de su cuerpo le arrastrarían hacia el suelo, separando su mano del portalámparas antes de que fuera demasiado tarde, confiando en que la fuerza de la gravedad le salvaría, como así fue.

Cayó al suelo y permaneció estirado e inmóvil junto a la pared durante varios minutos, como una temblorosa estatua de sal caída.

Lentamente fue recuperando el control de sus miembros, y le alegró sentir una oleada de dolor indescriptible que recorrió su cuerpo como un tsunami, recordándole a la vez su propia mortalidad y el hecho de que aún estaba vivo y más despierto que nunca.

Se levantó e hizo una primera y rápida valoración de daños. Le dolía todo el cuerpo, y aún sufría alguna leve convulsión residual, pero se sentía más vivo que nunca.

Alcanzó su mochila, que seguía en el suelo junto a él, extrajo la bombilla y la volvió a enroscar en el portalámparas, cuidando de no electrocutarse de nuevo al tocarlo.

Cuando se hizo la luz, miró hacia abajo y comprobó que estaba descalzo y vestido tan solo con unos calzoncillos y una camiseta que en otra vida había sido blanca. Difícilmente iba a impresionar a nadie con aquella armadura.

Examinó el mapa del recinto del Casino bajo la luz de la bombilla. Había observado que los pasadizos que tenían paredes de roca natural eran los que estaban a mayor profundidad, lo cual confirmaba su lógica de que al ascender se acercaba más a lo que probablemente eran sótanos y túneles que conectaban diversos edificios.

La carta del suicida hablaba de la muerte como la dueña de una casa a la que no había que hacer esperar ni contrariar, los dibujos de Agustín evocaban seres mitológicos con garras y alas que recordaban sospechosamente a demonios. Todo tenía que estar necesariamente relacionado.

Su mente estaba más despierta, la descarga eléctrica había reiniciado sus sistemas cerebrales con una hiperestimulación brutal.

Siguió caminando por el pasadizo, cuando la iluminación le llegó como si un meteorito hubiera caído frente a él.

Sabía dónde había visto antes aquellos seres mitológicos, y no era en las terroríficas ilustraciones de un libro, ni en las amenazantes gárgolas de una catedral, ni en los atormentados personajes de un cuadro colgado en un museo.

Eran las estatuas que adornaban la entrada a una de las mansiones modernistas en las cercanías del Casino.

Recordaba que la primera vez que había visitado las ruinas del Casino pasó frente a los restos de una hermosa e inquietante mansión, cuya imponente verja de entrada estaba flanqueada por dos columnas.

Sobre ellas se erguían dos estatuas de unos seres alados que vigilaban la propiedad y que habían sobrevivido milagrosamente el paso del tiempo y el deterioro general de la finca.

La mansión estaba al Oeste de las ruinas del Casino, a poco más de un kilómetro de distancia siguiendo la carretera, aunque bajo tierra a través de los túneles aquella distancia podía representar muchas horas de dificultosa marcha. ¿Era posible que en aquella mansión se encontrara el origen de la

379

red de pasadizos? Era plausible, pero necesitaba comprobar algo más.

Sacó de su mochila un cuaderno de notas sujeto con una goma, en el que había ido anotando ideas y detalles durante sus cientos de horas de investigación. Pasó las páginas con rapidez hasta que llegó a sus notas sobre las mansiones situadas en los alrededores del Casino. Las pocas que todavía quedaban en pie y se conservaban en buen estado, habían sido restauradas y reconvertidas en restaurantes, sedes de fundaciones o viviendas particulares.

Releyó en sus notas que la casa en cuestión se había llamado Can Torres. En algunas de las escasas fotografías en blanco y negro tomadas durante los pocos años de existencia del Casino, la silueta de sus torreones siempre era visible a lo lejos.

Los orígenes de la mansión eran un gran misterio, así como la identidad de sus propietarios. A lo largo de los años el edificio había vivido varias vidas, siendo casa de huéspedes, albergue, e incluso habiendo acogido un discreto burdel. Tras la Guerra Civil, fue destinada a diversos usos militares y posteriormente incluso acogió niños durante períodos vacacionales como casa de colonias infantil.

A Gerard le fascinaba constatar el sorprendente paralelismo entre la vida de las casas y la de los seres humanos que las habitan. Al igual que las personas, mansiones como aquella habían nacido en algún momento, y habían forjado su propia historia, con sus ilusiones de infancia, el arrojo e insolencia de su adolescencia, los conflictos y contrastes de su etapa de madurez, su decadencia posterior y finalmente el abandono, la muerte y el olvido definitivo.

Qué fantástica ironía que en las mismas paredes que habían acogido a adinerados caballeros de la alta sociedad en busca de los placeres prohibidos de la carne, hubieran acabado resonando las risas inocentes de cientos de niños disfrutando de sus juegos y vacaciones veraniegas.

La vida y la muerte, siempre engarzadas en un ciclo sin principio ni final, alimentándose una de la otra, pero necesitándose a la vez. La muerte no era más que un parásito

380

que se nutre de la vida, pero la vida sin muerte no sería más que un permanente devenir, pues era la muerte la que daba valor a la vida, la que le daba sentido, la que hacía que mereciera ser vivida.

—¿Porqué perdía el tiempo divagando en reflexiones filosóficas cuando debería estar haciendo todo lo posible por conseguir ayuda? —se preguntó, y siguió por el pasadizo principal, ignorando todas las ramificaciones laterales que encontró a lo largo del camino.

Llegó a una zona en que los pasadizos atravesaban lo que parecían los cimientos de un edificio. Parte de los muros eran de ladrillo rojo y en otras partes eran gruesas paredes de cemento.

El pasadizo principal moría ante una gruesa puerta de hierro, que parecía no haber sido abierta en muchos años, oscurecida por el óxido, y salpicada con grandes remaches que reseguían todo su perímetro. Por un momento creyó estar ante la escotilla de acceso al Nautilus, el mítico submarino con el que el capitán Nemo surcaba las novelas de Julio Verne.

La puerta carecía de cerradura ni picaporte y daba la impresión de ser maciza. La golpeó con fuerza y escuchó el mismo sonido que si hubiera estado golpeando una pared de granito.

Si alguien había huido por allí, debía contar con ayuda desde el otro lado. De no ser así, tenía que haber alguna otra salida a través de alguno de los incontables pasadizos laterales que había dejado atrás, pero ya no tenía tiempo para explorarlos todos, y necesitaba pensar algo, y deprisa.

La idea de la muerte seguía persiguiéndole, y se encontró pensando de nuevo en la mujer de negro con la guadaña, la dueña de la casa. ¿Podía tratarse de la mansión de Can Torres? ¿Estaba ante la puerta del sótano de aquella mansión semiderruida? ¿O tal vez fuera la puerta de acceso a la habitación de los suicidios, el escenario de tanto horror?

Volvió de nuevo a su libreta de notas y entonces lo recordó. En un par de artículos que había leído, los periodistas se habían referido a aquella casa con su nombre popular, el que la ciudadanía le había otorgado en base a su tétrica fama. La conocían como —MM—, iniciales de su nombre en francés, —Maison de Morte—, o —Mansión de la Muerte—.

¿Dónde había oído antes aquel nombre? Le resultaba extrañamente familiar.

Rebuscó en sus notas hasta dar con la frase que había anotado tras leer el diario de Juana Caballero, la bisabuela de Eva, la empleada del Casino que había decidido abandonar su trabajo aterrorizada.

—*No puedo seguir aquí más tiempo, no pueden obligarme. Agus dice que en MM habita el mismo diablo y yo no quiero acabar como los demás*—.

La cita lo dejaba claro, aquella pobre mujer creía que en MM habitaba el mismo diablo. Es lo que el pequeño Agustín, el botones del Casino, le había contado, y aquello había aterrorizado a Juana hasta el punto de forzarla abandonar un trabajo bien pagado en aquella época de tanta penuria.

Al decir que no deseaba acabar como los demás, Juana hacía clara alusión a las muertes que habían tenido lugar en aquellos parajes.

Gerard estaba convencido de haber dado con la prueba de que la habitación maldita estaba cerca, probablemente en alguno de aquellos pasadizos, ¿pero en cuál?

CAPÍTULO 66

Abrir aquella puerta de hierro a golpes de hombro era como intentar entrar en la cámara acorazada de la Reserva Federal de Fort Knox a cabezazos. No le quedaba más remedio que explorar todos y cada uno de los pasadizos laterales que había visto al pasar. No podían ser más de seis o siete, así que decidió retroceder por donde había venido e intentarlo.

Apenas había dado unos pasos cuando la iluminación del túnel se apagó y todo volvió a quedar a oscuras. Gerard echó mano a su mochila para buscar la linterna pero un sonido metálico le hizo detenerse.

No veía nada, pero intuía que era la gran puerta de hierro abriéndose. Dio media vuelta y pegó su espalda a la pared, como si aquel movimiento instintivo fuera a protegerle mágicamente de algún peligro desconocido.

Era el sonido de pesados goznes girando, pero no era el chirrido que hubiera producido una puerta que no se habría desde hacía un siglo. Aquella puerta estaba bien engrasada y parecía que se utilizaba con frecuencia.

Se alejó del lugar ocultándose tras el primer recodo, pero no pudo resistir la tentación de asomarse y descubrir quién la había abierto. Rebuscó en el interior de la mochila y dio con la linterna, que blandió como si fuera un arma, con el dedo preparado para accionar el botón de encendido. Confiaba en que quedara suficiente carga en la batería, pues no quería tener que usar la manivela y delatar su posición.

Asomó primero la cabeza y poco a poco el resto del cuerpo. Podía ver la silueta de la puerta entreabierta a lo lejos, pues un suave resplandor rojizo emanaba de su interior, proyectando un triángulo de luz sobre el pavimento. Desde allí solo podía ver parte de lo que parecía el pasillo de una casa.

Había dado unos pequeños pasos hacia el triángulo de luz cuando sintió un fuerte golpe en su espalda que le derribó. Rodó por el suelo pero se incorporó con rapidez.

Si no era suficiente humillación andar por aquellos túneles descalzo y en calzoncillos, ahora tenía que sumar a ello el carecer de armas con que defenderse. Su única opción era sorprender a su atacante, fingiendo estar herido para que se acercara y lanzarse con toda su fuerza sobre él cuando lo hiciera.

Se agachó para simular que se retorcía de dolor, a la vez que sujetaba con fuerza la linterna entre los dedos, listo para lanzarla como una piedra.

Cuando la sombra del asaltante se aproximó, Gerard se incorporó de un salto e hizo rotar su brazo como si fuera un lanzador de disco olímpico, impactando con su mano cerrada contra el rostro de aquella fiera. La carcasa de plástico de la linterna crujió dentro de su mano, al igual que los huesos de sus dedos, al aplastarse contra el maxilar de su asaltante.

La sombra se vio sorprendida por la brutalidad del impacto y cayó hacia atrás, despareciendo en la oscuridad. Gerard dio varias vueltas intentando adivinar su posición.

Su atacante se movía con rapidez y pronto volvió a estar a su espalda, descargando otro fuerte golpe sobre sus riñones. Gerard se derrumbó de nuevo, y cayó con sus rodillas desnudas contra el suelo de cemento. Desde allí se cubrió la cara con las manos para protegerse del nuevo golpe que esperaba que cayera sobre él, pero éste no llegó.

Levantó la vista y no vio nada, pero sabía que estaba demasiado expuesto y que el próximo golpe podía ser el definitivo. No podía seguir en aquella tesitura, así que echó a correr hacia la luz, de un salto se coló por la puerta entreabierta, y apoyando la espalda contra ella, la empujó hasta cerrarla tras de sí.

La puerta tenía un cerrojo en el interior y Gerard se apresuró a correrlo para bloquearla. Respiró aliviado y vio que no estaba en una habitación sino en un pequeño corredor, iluminado por una bombilla encendida. Las paredes eran de cemento, sin ningún tipo de decoración y el suelo estaba cubierto con baldosas que dibujaban hermosos motivos geométricos, apenas visibles por la suciedad acumulada sobre ellas.

En el otro extremo vio una puerta de madera oscura, de unos dos metros de altura, y en su parte superior una mirilla de latón dorado de grandes dimensiones. Dos grandes cerrojos de hierro bloqueaban la puerta a media altura, y al igual que la de hierro, carecía de picaporte ni de cerradura.

Llegó hasta la puerta, se puso de puntillas y acercó su rostro a la mirilla. Había visto algunas como aquella en viejas casas modernistas en Barcelona y sabía cómo funcionaban. Accionó el mecanismo que hacía girar la hoja de latón y se destaparon unas hendiduras a través de las que podía verse el otro lado, que estaba oscuro.

Todavía sostenía la maltrecha linterna en su mano y accionó la manivela para volverla a la vida. Consiguió un haz de luz parpadeante y amarillento, e introdujo la punta de la linterna en una de las hendiduras de la mirilla.

Tan solo pudo ver lo que tenía justo delante de él. No parecía un sótano, sino más bien un pasillo de una casa antigua, con paredes forradas de tela y viejas alfombras sobre un suelo de madera. El resto eran sombras indefinidas, que sugerían más que confirmaban, la presencia de formas o bultos, imposibles de identificar con tan poca luz.

¿Podía tratarse de la Maison de Morte? ¿Estaba ante el pasillo de acceso a la habitación que llevaba tanto tiempo buscando?

Dudaba si descorrer los cerrojos y averiguarlo, pero temía encontrarse con alguna sorpresa indeseada en el otro lado. Se volvió, hacia la reconfortante vista de la puerta metálica con la barra del cerrojo echada.

Era más que probable que aquel fuera el único acceso y que allí estuviera a salvo, pero no había llegado hasta allí para quedarse eternamente atrapado entre dos puertas, tenía que seguir buscando una salida.

Además, el pasillo que veía a través de la mirilla no parecía amenazador, así que la cerró y descorrió los dos cerrojos.

Tal y como sucedía con los goznes de la puerta de hierro, los cerrojos se deslizaron con sorprendente facilidad, impropia de una puerta expuesta a la intemperie centenaria.

Con mucho cuidado entreabrió la puerta sin encontrar resistencia e introdujo la linterna por la abertura para iluminar el camino. Cuando pudo distinguir con claridad lo que tenía ante él se sintió inmediatamente transportado al siglo pasado.

Se encontraba en el pasillo de una vivienda modernista, con suelo de madera cubierto por unas alfombras tan raídas por la humedad y el paso del tiempo, que era imposible saber de qué color habían sido en su otra vida.

De las paredes colgaban varios cuadros de gran tamaño, también cubiertos por una pátina negruzca de naturaleza desconocida. En uno de ellos le pareció entrever a dos alegres mujeres abrazadas y fumando enormes cigarrillos.

El brazo oscuro de una lámpara de gas sobresalía de la pared como si ansiara alcanzar el aire puro del que había estado privada durante más de un siglo.

Gerard tuvo la muy inquietante sensación de estar viéndolo todo en blanco y negro, de hallarse en un lugar que había sido visitado por la muerte, como si la mujer de la guadaña hubiera hecho pasar su velo negro sobre aquel pasillo que antaño debía haber estado lleno de vida, desterrando el color y convirtiéndolo en un mausoleo funerario, un monumento a la putrefacción.

Había varias puertas en aquel pasillo, y Gerard se acercó a ellas con la secreta esperanza y temor de que tras una de ellas pudiera encontrarse la habitación que tanto ansiaba encontrar. Entró en cada una de ellas y las encontró todas completamente vacías, a excepción de un ejército de insectos y roedores, que huían de la penosa luz de su linterna cada vez que abría una puerta.

El hedor a humedad era insoportable, y las arañas habían creado un verdadero parque de atracciones en aquel lugar, tejiendo una tupida maraña de redes que atravesaban el pasillo de lado a lado. Era evidente que nadie había pasado por aquel lugar en décadas.

Apartó como pudo las telas de araña, que se adherían a su brazo, rodeándolo como si tuvieran vida propia, y avanzó hasta el extremo final del pasillo, que continuaba en otro tramo perpendicular.

Dio la vuelta a la esquina y llegó al final del pasillo, dándose de bruces con un muro de ladrillo que llegaba hasta el techo. Aquel acceso había sido tapiado, y por el aspecto de aquella construcción, parecía que había estado así desde al menos medio siglo atrás. Era inútil intentar derribar aquel muro con sus propias manos, y en aquellas habitaciones no había visto nada que le pudiera ayudar a hacerlo.

Si aquel pasillo comunicaba con las ruinas de la Maison de Morte, era imposible comprobarlo. Había llegado a un callejón sin salida, a una ratonera, y su única vía de escape era regresar a la puerta de hierro y explorar los pasadizos que le quedaban.

Pero si nadie había pasado por aquel pasillo, ¿cómo podía haber llegado hasta allí su atacante?

Volvió sobre sus pasos, deteniéndose ante uno de los enormes lienzos que colgaba de la pared del pasillo. Su grueso y ostentoso marco negro probablemente era en realidad dorado, pero era imposible saberlo con certeza. La superficie del cuadro también era totalmente negra.

Pasó la mano sobre la tela y se sorprendió al ver como sus dedos dejaban un trazo de color tras de sí, como la cola de un cometa que devolviera la vida a todo lo que encontraba a su paso, despertando los colores de su centenario letargo.

Enfocó la linterna hacia la parte superior del lienzo. Se adivinaba la figura erguida y altiva de una mujer aparatosamente vestida en el más puro estilo victoriano. Sostenía un libro abierto en su mano, pero Gerard no pudo leer el título de la obra. La mujer estaba de pie junto a un escritorio de madera, y tras ella podía verse un mueble librería.

Apuntó el haz de luz hacia el rostro de la mujer y lamentó no disponer de más potencia lumínica o de un

387

taburete para poder verlo más de cerca. La mujer tenía unos rasgos que le resultaban extrañamente familiares, había algo en ellos que no encajaba con la imagen de mujer del siglo pasado que solían transmitir las fotografías de época.

Había más cuadros colgados a lo largo del pasillo, pero solo dos eran de tamaño natural, el de la mujer con el libro y el cuadro que colgaba justo en la pared de enfrente. Se volvió hacia él y paseó el haz de su linterna por su superficie, acariciando los rasgos del caballero que le contemplaba desde el lienzo.

Se trataba de un hombre joven, vestido con un traje negro y parcialmente oculto tras una capa también negra. Llevaba puesto un sombrero de copa y sostenía un bastón en sus manos, sonriendo de un modo que llegaba a resultar insolente.

Le sorprendió que aquel caballero estuviera posando frente a lo que parecía la misma mesa escritorio, y frente a la misma librería que la mujer del otro cuadro. Los dos cuadros habían sido pintados con el mismo fondo, aunque visto desde dos ángulos ligeramente distintos.

Un sonido apagado interrumpió bruscamente su contemplación pictórica. Lo había oído perfectamente, y aunque lejano, sonaba como un golpe. Gerard se inquietó, pues en aquel oscuro pasillo, en aquella postal modernista, en aquel pedazo de historia arrancado al pasado, no había nadie ni nada que pudiera haberlo provocado, ni siquiera una rata.

Había entrado en todas las habitaciones y estaban todas vacías, sin muebles ni objetos que hubiesen podido provocar aquel sonido.

Caminó despacio por el pasillo, iluminando las paredes con su linterna, mientras el haz de luz hacía cabriolas imposibles para atravesar las telas de araña que brillaban como hilos de plata.

Uno tras otro, los cuadros que colgaban de las paredes fueron pasando junto a él, como ventanas negras hacia un mundo exterior en el que solo había vacío y oscuridad, y a los que la suciedad y el abandono habían cubierto de esa capa negruzca que lo uniformizaba todo, esa pátina que democratizaba el olvido.

388

Volvió a oírse un ruido seco, y Gerard se detuvo a escuchar. Había sonado aún más lejano, pero podía jurar que no eran imaginaciones suyas.

Regresó junto a la puerta de madera. Ya había perdido demasiado tiempo investigando aquel viejo sótano; necesitaba volver atrás y encontrar una salida al exterior cuanto antes, y la única vía era hacerlo a través de los túneles.

Empujó la puerta de madera pero al hacerlo se detuvo. Seguía dando vueltas a la imagen del cuadro de aquella mujer, y tuvo una súbita inspiración. Volvió sobre sus pasos y se colocó frente a él.

El rostro delicado pero a la vez enérgico, la nariz afilada, los pómulos elevados, el porte orgulloso y un tanto altivo.

Estaba viendo a Eva, le recordaba poderosamente los rasgos faciales de Eva, incluso las proporciones de su cuerpo podían encajar con las de ella.

Se fijó en la coincidencia de fondos entre los dos cuadros y se volvió a contemplar el cuadro en la pared opuesta, el del caballero sonriente. ¿Qué es lo que le llamaba la atención en aquel cuadro? No era el rostro del hombre, pues no lo reconocía, ni tampoco el fondo que compartía con el otro cuadro. Era el hecho de que este cuadro era más luminoso, parecía tener más vida.

¿Cómo era aquello posible? Entonces reparó en un detalle que le había pasado desapercibido hasta entonces. Todos los cuadros en aquel pasillo tenían una capa de suciedad tan gruesa que era imposible visualizar lo que había pintado en el lienzo sin pasar antes la mano por encima para remover esa capa.

El caballero le sonreía desde su cuadro sin que hubiera tenido necesidad de pasar la mano para despejarle la cara. Se acercó a examinarlo más de cerca. Tanto el lienzo como el marco estaban mucho más limpios que el resto de cuadros del pasillo, como si alguien hubiera pasado recientemente un plumero para quitarle el polvo. Tiró del marco e intentó desplazar el cuadro hacia un lado, pero éste no se movió un ápice.

Se acercó al cuadro de la mujer y comprobó que, a pesar de estar colgado por dos puntos, podía moverlo sin

389

problemas, mientras que el cuadro del caballero estaba firmemente anclado a la pared.

Volvió a escuchar un ruido sordo y apagado, pero esta vez lo escuchó mucho más cerca, y parecía provenir de... detrás del cuadro.

Asustado, dio varios pasos hacia atrás y apagó su linterna. Era evidente que algo se escondía tras aquel enorme lienzo. Escuchó un chasquido, seguido de varios sonidos casi inaudibles, pero que pudo distinguir bien en el silencio de aquel pasillo.

O se estaba volviendo loco o el marco del cuadro había comenzado a moverse lentamente. Gerard dio un salto y salió del pasillo, escondiéndose tras la puerta de madera, que entornó hasta dejarla casi cerrada, pues tras él brillaba la única bombilla encendida que había en todo el pasillo, y no quería que el resplandor lo delatara.

Dejó la mirilla entreabierta para poder espiar, y a pesar de la semioscuridad de aquel fantasmagórico pasillo, pudo ver como el cuadro se desplazaba hacia un lado, y de su interior surgían unas piernas, seguidas de un cuerpo oscuro, que salió de la pared y se colocó en el centro del pasillo.

Así que aquel cuadro ocultaba una vía de escape para salir de aquel lugar; era el camino que probablemente empleaban para entrar y salir con rapidez del laberinto. Tenía que intentar llegar hasta allí, pero la silueta negra se interponía en su camino.

La sombra se volvió, y descubrió los ojos de Gerard espiándole tras la mirilla. En una fracción de segundo un enorme cuchillo de caza apareció en sus manos y se hundió en la madera de la puerta, y su punta apareció a tan solo un escaso centímetro del rostro de Gerard, que seguía pegado a la mirilla.

La sombra se lanzó en dirección a él, pero Gerard actuó instintivamente y lo único que tuvo tiempo de hacer fue empujar la puerta de madera y acabar de cerrarla, corriendo los dos cerrojos y dando gracias porque estuvieran tan bien engrasados.

Pudo sentir como alguien chocaba contra la puerta y la golpeaba con fiereza. De momento había conseguido escapar.

Se volvió hacia el otro extremo de aquel tramo de pasillo. Estaba atrapado entre dos puertas cerradas por dentro, pero sin dudarlo se dirigió a la gran puerta de hierro, descorrió los cerrojos y blandiendo su linterna volvió al laberinto de túneles.

Cerró la puerta tras de sí y sin tomar ningún tipo de precaución echó a correr por el pasadizo principal, dirigiéndose a los pequeños túneles laterales abiertos en la roca.

CAPÍTULO 67

No sabía de cuánto tiempo iba a disponer hasta que su perseguidor le alcanzara, pero de momento les separaban dos gruesas puertas, y Gerard quería aprovechar su ventaja.

Estaba convencido de que a aquellas alturas Max no habría sobrevivido a sus heridas y ya debía correr por el cielo o el purgatorio, animándole desde allí en su huida. No obstante, la esperanza era lo único que jamás perdería, así que iba a dejarse la piel en intentar dar con otra salida, si la hubiera.

Exploró secuencialmente cada una de las ramificaciones laterales que encontró por el camino. La mayoría eran pasadizos que aprovechaban grietas naturales en la roca, y acababan en tramos sin salida. Algunos habían sido ensanchados con la finalidad de servir como almacén y en ellos encontró cajas de madera llenas de material de construcción, parecidas a las que habían hallado en el túnel de la montaña rusa.

No quedaban más ramificaciones que explorar. Se detuvo y dio media vuelta. O bien no había sido capaz de encontrar otra salida, o no había ninguna y su única opción era volver y enfrentarse a quienquiera que fuera el desconocido, para poder huir a través del cuadro.

Si quería enfrentarse a aquel tipo, necesitaba hacerse con un arma o con algo contundente que le diera alguna oportunidad de defenderse, pero no tenía nada. En todo aquel submundo claustrofóbico no había encontrado ningún objeto que pudiera utilizar, y su pequeña linterna solo le serviría como arma arrojadiza de un solo uso y de efectividad patéticamente irrisoria.

No era del todo cierto que estuviera indefenso. Recordó las cajas con material de construcción que había visto en dos de los túneles y se dirigió a ellas para hacerse con algún ladrillo o buscar alguna pala o herramienta contundente.

En el primero encontró dos cajas, y afortunadamente no le costó mucho levantar sus gruesas tapas de madera. Maldijo su suerte, pues ambas estaban llenas de sacos de cemento, tan endurecidos por la humedad que parecían bloques de granito de la pirámide de Keops. Fue incapaz de moverlos ni siquiera un centímetro.

Por el segundo túnel llegó a una estrecha cavidad en la roca en la que había amontonadas tres cajas de madera cubiertas por una gran lona verde.

Destapó la lona, cubriéndose la boca y los ojos para protegerse de la enorme polvareda que se levantó, que hubiera sorprendido hasta al mismo Lawrence de Arabia.

Sin esperar a que la ridícula luz de su linterna consiguiera atravesar aquella nube de polvo y tierra, se subió a las cajas y abrió la que estaba encima, encontrando en su interior tan solo adoquines.

Sospesó uno para valorar su potencial como arma mortífera pero prefirió seguir buscando en las dos cajas inferiores.

Apoyó su espalda contra la caja de adoquines y sus pies contra la pared, y empujó con fuerza. Tardó en moverse, pero fue ganando inercia hasta que la caja se desequilibró y se precipitó al suelo.

La esquina de la caja golpeó contra el suelo y las tablas de madera saltaron por los aires con gran estrépito, liberando una cascada de adoquines que se derramó por el suelo en una oleada pétrea que se extendió en todas direcciones.

Gerard se echó atrás para protegerse de la segunda tormenta de arena que se levantaba en aquel desierto subterráneo, confiando en que su espalda encontraría la pared de roca, pero no fue así, y cayó hacia atrás.

Su maltrecha cabeza asomó tras las dos cajas que quedaban en pie, y comprobó que había caído dentro de un pasadizo oculto tras la montaña de cajas. Esperó a que el polvo se dispersara, tosiendo sin parar y frotándose los ojos, que tenía tan irritados como si las cajas hubieran estado llenas de cebollas.

Supuso que aquellas cajas habían sido colocadas allí a propósito para ocultar el pasadizo y decidió explorarlo. Recargó la linterna y entró en el estrecho túnel, que le permitía ponerse en pie y ascendía describiendo una curva hacia la izquierda.

Al final del recorrido llegó a un espacio rectangular en cuyo extremo vio unos rudimentarios escalones tallados en la roca. Aquello era una novedad, pues en todo el laberinto no había encontrado ninguna construcción de aquel tipo.

Ascendió por los escalones y se detuvo impresionado al llegar ante una puerta de madera muy distinta a todas las que había encontrado hasta entonces.

La madera era muy oscura pero brillaba por estar cubierta de una gruesa capa de barniz. En su parte superior una figurita de latón llamó mucho su atención. La figura era de formas onduladas y parecía la silueta de una bailarina o una estilizada mujer con su velo al viento. Era de estilo claramente modernista, y podía proceder de cualquiera de las muchas mansiones modernistas de la ciudad.

Alargó el brazo y dejó que sus dedos acariciaran la fría superficie del latón. Aquella silueta le resultaba familiar, aunque no recordaba exactamente dónde la había podido ver. Tal vez en alguna fotografía de los muchos libros sobre arte modernista que había consultado. Estaba convencido de haberla visto antes, pues la figura era muy hermosa, y recordaba haber sentido esa misma impresión pocas semanas atrás.

Gerard tenía buena memoria, aunque poca retentiva para los nombres o las fechas. Si se cruzaba en la calle con algún viejo compañero de parvulario al que no había vuelto a ver desde hacía treinta años, reconocía su rostro inmediatamente sin ninguna posibilidad de error, pero muy probablemente no recordara su nombre.

Hizo un esfuerzo por recordar dónde había visto esa figura hasta que recordó un libro de antiguas fotografías del interior de la Casa Xamot, una magnífica mansión modernista que había pertenecido a la viuda de un industrial. La mansión fue famosa en su época pues en ella la viuda sufrió un intento de asesinato, y posteriormente acabó muriendo en trágicas circunstancias, a manos de un maníaco desconocido.

Recordaba haber leído que la mansión sobrevivió a la tragedia y pasó por varias manos hasta acabar siendo derruida en los años cincuenta como fruto de la especulación inmobiliaria llevada a cabo por Porcinoles, el que fuera nefasto alcalde de Barcelona, en connivencia con poderosos lobbies de la construcción. Una de tantas maravillas de la ciudad que sucumbió, como tantas otras, a la incultura y codicia de ciertas clases políticas y empresariales de la época.

Varias viejas fotografías mostraban aquella misma figura esculpida en una de las paredes exteriores de la mansión, cerca de la puerta de entrada, y también reproducida en unas elegantísimas vidrieras emplomadas multicolores que habían adornado la pared de uno de los grandes salones de aquella impresionante mansión.

Se preguntaba cómo había podido llegar aquella delicada figura desde la Casa Xamot hasta una puerta en unas húmedas y oscuras catacumbas como aquellas.

Apoyó la mano en el pomo de la puerta y lentamente lo hizo girar. La puerta era pesada, pero empujando con las dos manos logró abrirla.

Su primera impresión fue la de haber abierto un portal hacia el espacio interestelar, hacia el vacío y la oscuridad.

Aquella extraña impresión dio paso a una sensación de estar ante una fuerza invisible, como si un campo magnético se interpusiera entre él y el interior de la habitación y le impidiera avanzar.

¿Era un campo de fuerza lo que le impedía entrar o era su propio miedo a lo que pudiera encontrar en el interior?

395

CAPÍTULO 68

La oscuridad era impenetrable, así que apuntó su linterna hacia adelante e hizo un barrido de lado a lado antes de dar un paso. El olor a humedad era intenso, y le sorprendió no encontrar tantas telarañas como en el pasillo del sótano de la Maison de Morte.

Atravesó el umbral y se apoyó en el marco interior de la puerta. Sin albergar grandes esperanzas, hizo girar el antiquísimo interruptor de porcelana.

Segundos después la bombilla de la única lámpara que había en la estancia parpadeó, despertando de su letargo al recibir la corriente que aún viajaba por un grueso cable eléctrico forrado de tela, y soportado por pequeños topes de porcelana colocados a lo largo de su recorrido.

Guardó su fiel linterna en el bolsillo e inspeccionó la habitación con más detenimiento. Era una estancia sencilla y decorada con sobriedad, pero solo entrar en ella Gerard recibió una extraña mezcla de sensaciones opuestas.

Por un lado se sentía como si hubiera atravesado un portal que le permitiera viajar en el tiempo hasta principios del siglo pasado, pero a la vez aquella habitación le inquietaba enormemente.

A pesar del aroma modernista que desprendía, las paredes no estaban forradas de la omnipresente tela, sino alicatadas con baldosas negras, que reflejaban el parpadeo de la luz de la bombilla como si se tratara de un cielo negro estrellado.

Las cuatro paredes cubiertas de baldosas negras le daban un aspecto frío e industrial, como el vestuario de un gimnasio, las duchas comunitarias de unos baños públicos, o... un matadero municipal.

Sintió algo blando bajo sus pies y vio que el suelo estaba cubierto por una gruesa alfombra, que de ninguna manera podía tener cien años, pues estaba en relativo buen estado, lo que indicaba que había sido colocada allí recientemente.

Le llamó la atención un mueble librería apoyado contra la pared. Sus estanterías estaban vacías y desde donde se encontraba podía distinguir la capa de polvo y telarañas que la cubrían.

Junto a la librería, un pequeño sofá de estilo francés parecía esperar que alguien se recostara sobre él, pero debía llevar esperando más de un siglo pues su tela estaba raída y había perdido todo su dibujo.

Una silla de madera frente a una antigua mesa escritorio con secreter era el único mobiliario adicional que había en la habitación. Sobre la mesa vio un viejo teléfono de bakelita negro con dial rotatorio. Gerard corrió hacia él y levantó el auricular, pero no había señal. Lo dejó caer con rabia.

Examinó la superficie de la mesa. La madera estaba barnizada pero había perdido su brillo natural por efecto del tiempo y la humedad. No pudo evitar curiosear dentro de los pequeños cajones del secreter. Estaban todos vacíos excepto uno, del que extrajo varias hojas de papel amarillento con caprichosos motivos geométricos de color verde repartidos por su superficie, dibujados por el moho y los hongos que habían campado a sus anchas durante decenios.

Tomó una hoja, y tras frotar una de las esquinas con la punta de su dedo índice para retirar la capa de moho, encendió su linterna colocándola tras la hoja para contemplarla al trasluz.

No podía creer lo que estaba viendo. Las hojas llevaban grabado un membrete, y podía tratarse del logotipo del Casino de la Rabassada.

Si aquel papel de carta realmente pertenecía a la papelería oficial del Casino, podía ser la prueba que

397

demostrara que aquella era la habitación que estaba buscando, no podía ser casualidad.

¿Y si aquella fuera la habitación maldita, la habitación de los suicidios? Se resistía a creer que finalmente hubiera dado con ella, pero la evidencia así lo sugería.

¿Cuál sino podía ser el sentido de construir una habitación de aquellas características bajo tierra? ¿Cuál podía ser su finalidad? Era un sinsentido tan grande que no veía otra posible explicación que no fuera la de que hubiera sido construida para el mal, una finalidad tan oscura como sus paredes.

La habitación estaba desprovista de todo adorno o decoración, carecía de personalidad, con lo que transmitía una sensación depresiva, de abandono y muerte. Unos brazos de metal surgían de las paredes, en lo que debían haber sido lámparas de gas, caídas en desuso hacía muchos años. Se acercó al mueble librería, completamente vacío de libros, reforzando más la sensación de abandono y decadencia de aquel lugar.

Una librería sin libros era como un cuerpo sin alma, como una persona hueca y superficial, carente de interés. Pasó la mano por los estantes y dejó que sus dedos se impregnaran de la gruesa capa de polvo que los cubría. Alargó el brazo y al pasar la mano por el estante superior sus dedos se toparon con un papel, que no había podido ver anteriormente.

Era un pedazo de bordes irregulares, arrancado descuidadamente de una página de periódico. Por un lado tenía impreso texto que formaba parte de un artículo y por el otro mostraba parte de una fotografía en blanco y negro.

No pudo reconocer de qué se trataba ni a qué fecha podía corresponder el ejemplar del que procedía, pero abrió su mochila y guardó el recorte para examinarlo más tarde con calma, si lograba salir con vida de aquel lugar.

En aquel instante creyó oír un lamento en la distancia y se volvió a escuchar con detenimiento. Parecía el aullido del viento soplando entre las almenas de un castillo, pero ahora estaba en un laberinto de túneles bajo tierra y no había entradas de aire visibles. Sonaba como un grito, y aunque no

398

sabía si su origen era humano o animal, consiguió erizarle el vello en todo su cuerpo, incluso en aquellas partes en que no le crecía.

Imágenes del salvaje perro negro atacándole volvieron a cruzar por su mente, y se mortificó reviviendo aquellos sangrientos momentos hasta que su sentido común dijo basta.

Presentía que aquel podía ser el lugar que había estado buscando, pero su entusiasmo inicial pronto se vio diluido al no encontrar allí mucho más que examinar, al margen del austero mobiliario.

Dejándose vencer por su creciente decepción, decidió regresar al pasadizo principal y examinar mejor la zona en la que encontró las cajas.

Guardó en su mochila las hojas de papel con el membrete del Casino y se volvió para dirigirse hacia la puerta, pero un sexto, séptimo u octavo sentido le permitió captar un leve movimiento en la periferia de su visión e instintivamente se agachó.

Sintió una gran masa negra abalanzándose sobre él y notó la corriente de aire que desplazaba justo antes de recibir un brutal impacto que lo derribó. Gerard estaba aturdido, no había podido prepararse para el golpe y su coxis había golpeado directamente contra el suelo de baldosas.

Apoyó las manos en el suelo para levantarse, pero unas botas negras se apoyaron sobre sus hombros y le mantuvieron pegado al suelo. Sujetó con sus manos una de ellas, tirando con toda su fuerza hasta conseguir desplazarla. Tras liberarse, rodó por el suelo hacia un lado y se levantó de un salto.

Frente a él se alzaba una figura enorme, envuelta en una gran capa negra que llegaba hasta el suelo. Su rostro estaba cubierto con una máscara negra que se adaptaba su fisonomía como si estuviera hecha de malla elástica, a la vez que lo desfiguraba por completo. Un gran sombrero negro coronaba su cabeza y oscilaba como las alas de un enorme cóndor.

—¿Quién es usted? —gritó Gerard, intentando razonar con aquella bestia, en lugar de seguir peleando, a la vez que aprovechaba para respirar y reponerse del susto.

La única respuesta del corpulento individuo fue apartar su capa y liberar un enorme machete cuya hoja brillaba incluso bajo la débil luz de la bombilla.

—¿Qué pretende? ¿Qué va a hacer? —gritó Gerard de nuevo sin obtener respuesta, mientras la figura negra daba un paso hacia adelante, y acercaba el machete a su rostro asustado.

Al verlo avanzar miró en todas direcciones, sin encontrar ningún objeto con el que defenderse. Alargó el brazo y levantó la silla de madera por el respaldo, al más puro estilo clásico de los domadores de leones, con la vana intención de sorprenderlo.

El tipo no aguardó más y sin previo aviso saltó hacia adelante apuntando hacia el pecho de Gerard, quien inmediatamente descargó un golpe de silla sobre el brazo de su atacante, y si bien no consiguió hacerle soltar el machete, al menos lo desestabilizó.

Gerard aprovechó esos segundos para tomar la única decisión sensata que podía tomar en aquel momento, salir de allí corriendo. En dos zancadas llegó hasta a la puerta, pero se detuvo al encontrarse con un obstáculo bloqueando su salida, y apuntándole al estómago con un revólver.

Eva estaba frente a él, con el rostro ensangrentado y mostrando señales inequívocas de lucha.

—Eva, esa pistola… —fueron las últimas palabras que acertó a pronunciar antes de recibir un nuevo y definitivo golpe en la nuca que le hizo perder el conocimiento y desplomarse al suelo por segunda vez en poco tiempo.

Cuando volvió a levantar sus párpados, por un momento creyó seguir en una pesadilla de la que seguía sin despertar, pero al abrir bien los ojos y verse sentado en la silla frente al escritorio y comprobar que seguía en aquella tétrica habitación, se dio cuenta de que la realidad actual seguía siendo tan trágica como la que había dejado atrás antes de perder el conocimiento.

Tardó unos segundos en darse cuenta de que sus manos no estaban atadas, y nada más ser consciente de ello flexionó las piernas para prepararse a dar un salto e intentar llegar de nuevo a la puerta.

La fría y desagradable presión del filo del enorme machete contra su yugular hizo que sus músculos se relajaran casi más rápido de lo que habían tardado en contraerse.

—No quisiera tener que usarlo. No me obligue, por favor.

La voz sonaba detrás suyo, grave y profunda, dejando caer las palabras con lentitud y precisión casi litúrgicas.

Gerard sacudió la cabeza para despejar las telarañas mentales que aún ofuscaban su raciocinio.

—No me estoy moviendo, se lo aseguro, ni tengo intención de hacerlo —dijo, notando como la presión sobre su yugular disminuía lentamente.

—Si intenta volverse o mueve aunque sea un solo músculo, dejaré que el cuchillo haga su trabajo y lo despellejaré vivo, y estoy hablando en el sentido más literal —dijo la voz, en un tono que no dejaba lugar a malentendidos.

—¿Qué es lo que quiere de mí?

—No quiero nada. Estoy aquí para ayudarle.

—¿Ayudarme? Menuda ayuda. ¿Qué es lo que entiende usted como ayuda?

—Ayudarle a acabar con su sufrimiento, ayudarle a dar sentido a su vida. En definitiva, ayudarle a abandonar este mundo de forma rápida y definitiva.

—¿Qué le hace pensar que quiero dejar este mundo?

—No importa lo que yo piense, lo único que importa es que el equilibrio se restablezca, que el orden vuelva a regir.

—En eso estamos de acuerdo. No sé a qué se refiere, pero le aseguro que estoy de acuerdo con usted —afirmó Gerard.

—Seguramente pensará que estoy loco, que todo esto no es más que una absurda pesadilla. Nada más lejos de la realidad. Soy un facilitador, mi misión es ayudar a los que, como usted, han perdido el Norte y no han sabido establecer sus prioridades. Les ayudo a rectificar y encontrar su lugar en el universo.

—Yo no he perdido nada, sé perfectamente a dónde quiero llegar en la vida.

—Tonterías. Usted ha estado husmeando en mis asuntos demasiado tiempo, malgastando sus energías en

401

perseguir fantasmas y despertar bestias que ya dormían el sueño de los justos. Usted es una anomalía que debe ser eliminada, al igual que lo han sido todos los que le han precedido.

—¿Qué está diciendo? ¿A quién se refiere? —dijo Gerard volviéndose hacia él, pero la punta del cuchillo se clavó en su cuello obligándole a mirar al frente mientras un reguero de sangre brotaba y se deslizaba por su pecho desnudo.

—Poco importa ya que lo sepa, pues va a llevarse su conocimiento a la tumba. Desde hace muchos años he estado preparándome para desempeñar mi misión, del mismo modo que lo hizo anteriormente mi padre, siguiendo a su vez los pasos del suyo. Es una tradición que no puede salir del círculo familiar.

Gerard estaba confuso, pero tenía que conseguir que aquel tipo siguiera hablando.

—¿Cuál es su misión? —preguntó Gerard.

—Ha pasado más de un siglo, y ha ido evolucionado con el paso de los años, adaptándose a los tiempos modernos. Inicialmente se trataba de proteger a la sociedad, manteniéndola a salvo de sujetos indeseables, de políticos corruptos, de empresarios avariciosos que explotaban a las clases trabajadoras mientras dilapidaban sus fortunas en sexo, fastos y juegos de azar. Se cometían tantas injusticias en aquella época turbulenta, que no había escasez de candidatos. Sin embargo alguien decidió cruzar la línea roja y aquella misión se convirtió en un tema personal, en una cuestión de familia, que debía ser resuelta desde dentro.

—¿De qué demonios está hablando?

—He hablado demasiado, ya es hora de ir al grano —dijo la voz, alejándose de la espalda de Gerard.

402

CAPÍTULO 69

Tiene una carta delante suyo. Léala.

Gerard vio sobre el escritorio una hoja de papel amarillento y la desdobló lentamente.

—*Distinguido señor,*

La sencillez es una virtud encomiable, que junto al honor definen con perfección a la persona honesta. Afrontar la realidad de la vida con entereza y honor es uno de los rasgos que definen al ser humano y lo distinguen del resto de animales.

Tiene ante usted la posibilidad de cerrar con dignidad el libro de su paso por la vida. En el cajón que está ante usted encontrará un revólver, en cuyo tambor se aloja un único proyectil, una única oportunidad de abandonar con honor este mundo injusto...—.

Gerard siguió leyendo, la misma carta que habían leído decenas de desdichados antes que él, y que como él, se veían ante la terrible disyuntiva de tener que elegir entre su vida o la de sus seres queridos.

—*... sino que habrá condenado al sufrimiento más atroz y a la muerte más despiadada a todos los miembros de su familia y seres queridos...—.*

Gerard no podía creer lo que estaba leyendo, era tan surrealista que le parecía estar viviendo una obra de teatro contemporáneo en la que pronto sonarían los aplausos y se encenderían las luces de la sala.

—*Escoja sabiamente y no desperdicie su oportunidad ... su anónimo sacrificio les permitirá vivir su vida y morir cuando llegue su hora, de forma natural ...—.*

¿Era así como habían tenido lugar en realidad los suicidios? ¿Inducidos a la fuerza por la presión de un psicópata, o de toda una familia de desequilibrados?

—... *Jamás saldrá con vida de esta habitación. La cuestión es si desea hacerlo de forma rápida y con honor, salvaguardando la vida de sus seres queridos, o si desea sufrir lo indecible y extender ese sufrimiento a su familia para compartir con ellos el suplicio por su falta de honorabilidad...—.*

Gerard se resistía a creer que aquella obra tuviera un final trágico. Se dijo a sí mismo que no sería así, que iba a reescribir el final de la historia, aunque fuera lo último que hiciera, lo cual era en sí mismo una incongruencia, pero de cualquier modo estaba determinado a hacerlo.

—... *Usted tiene la última palabra, la decisión es siempre suya* —terminaba la carta y Gerard la depositó sobre la mesa lentamente.

—¿Ha comprendido lo que se espera de usted? —le preguntó la voz.

Gerard era perfectamente consciente de lo que la carta significaba, una amable invitación a cometer suicidio envuelta en un pretencioso discurso sobre el honor. Se resistía a dejarse vencer tan fácilmente.

—Muy interesante, pero, ¿qué le hace creer que voy a ser tan idiota como para hacer lo que dice la carta? —dijo Gerard sin volverse.

—En efecto, puede que usted sea idiota, pero no tanto como para poner en juego la vida de su hermana y su sobrina.

Gerard no pudo contenerse, y volviéndose se abalanzó sobre aquel individuo, que esquivó el embate con cierta dificultad y le asestó un golpe con el mango del machete en el costado.

Gerard cayó al suelo, pero de un manotazo apartó la silla volcada e intentó incorporarse, llevándose la mano al costado.

—Ni se le ocurra acercarse a mi hermana o a mi sobrina —gritó, apuntándole con el dedo.

—Ya es suficiente —dijo el agresor, y apartando su capa de un manotazo blandió el enorme machete y se lanzó sobre Gerard, que intentó impedirlo levantando un brazo, consiguiendo que se lo retorciera y se colocara encima suyo,

404

apoyando sus pesadas botas contra su espalda y aplastándole la cara contra el suelo.

—Se acabó la conversación, esto va en serio. No va a volver a ver a su familia con vida, eso es un hecho, pero la cuestión es si la vida que va a perderse es la suya o la de ellas. Usted tiene el poder de decidir. Si se sacrifica por ellas, no volverán a saber nada más de usted, pensarán que las abandonó, pero al menos podrán vivir sus miserables vidas hasta que la muerte las alcance cuando llegue su hora. Si decide hacerse el valiente y no ser un hombre de honor, prepárese para aceptar las consecuencias de su elección. Visitaré a su hermana y le haré rememorar el día que nació su sobrina. Le haré revivir los dolores del parto, solo que esta vez sin anestesia, y luego practicaré una cesárea in vivo usando este machete como único instrumental quirúrgico —dijo gritándole al oído, mientras con su pie le aplastaba la cara contra el suelo.

—A su sobrina le dedicaré un poco más de tiempo. Como es joven y aún no ha tenido hijos, le daré una clase magistral sobre como vienen los niños al mundo. Voy a forzarla tantas veces como sea necesario hasta que me suplique de rodillas y me ruegue que acabe con su vida. Después vendré a buscarle a usted y le mataré con mis propias manos, pero no sin antes explicarle con todo lujo de detalles lo que he hecho con sus dos seres queridos. ¿Nos vamos entendiendo? —y tras acabar la frase, levantó su bota de la cabeza de Gerard y se apartó de él, dirigiéndose hacia la puerta.

—Es totalmente imposible escapar de esta habitación, nadie sabe que usted está aquí, nadie puede oírle y a nadie le importa. Tiene veinte minutos para meditar y tomar su decisión; como ve, no soy un hombre desconsiderado. Cuando se haya cumplido el tiempo, haré una llamada a ese teléfono. Si nadie contesta, entenderé que ha tomado la decisión acertada, y como caballeros y hombres de honor que somos, honraré mi palabra y las mujeres en su familia jamás sabrán de mi existencia. Si por el contrario usted responde y aún sigue con vida, pondré en marcha el plan que le he esbozado, y le aseguro que cuando vuelva a verme va a

405

arrepentirse mil veces de no haber apretado ese gatillo, pero ya será demasiado tarde y va a sufrir lo indecible. El reloj ya se ha puesto en marcha, ¿no lo oye? —dijo, y abandonó la habitación cerrando la puerta tras de sí con un fuerte golpe, seguido del sonido de una cerradura.

Gerard se preguntaba cómo había podido llegar hasta aquella situación. Lo que menos hubiera esperado cuando inició su investigación era que alguien de su familia pudiera verse afectado. Ni en sus peores pesadillas hubiera podido imaginar que su hermana o su sobrina pudieran verse salpicadas por la sangre que destilaba aquel caso, y mucho menos que la sangre pudiera ser la de ellas.

Lo que aquel psicópata le pedía era algo de una crueldad inimaginable. Renunciar a su propia vida para salvaguardar la de su familia, evitando a sus seres queridos un sufrimiento físico indecible, a cambio de someterles a un sufrimiento psicológico aún mayor al no volver a verle jamás. Era una propuesta enfermiza y macabra, y Gerard no estaba dispuesto a aceptarla sin luchar.

No iba a dejar que aquel lunático se saliera con la suya. Iba a intentar salir de allí antes de que se agotara el plazo de veinte minutos, y cuando estuviera a punto de acabarse el tiempo... ya decidiría cómo obrar cuando llegara el momento.

Se incorporó, corrió hacia la puerta e intentó abrirla. Dio golpes con manos y pies pero la puerta sonaba maciza. Miró alrededor y lo único que podía utilizar como objeto contundente era la silla, pero era de madera delgada y se hubiera desmontado al segundo golpe.

Se acercó al escritorio y abrió todos los cajones del secreter, que en su primera inspección habían estado vacíos. En uno de ellos encontró el revólver que mencionaba la carta, y comprobó que en efecto contenía una única bala en el tambor. Valoró disparar a la puerta con ella, pero con un único proyectil era poco el daño que podía infligir, y además la puerta no tenía cerradura accesible desde el interior.

Sus ojos se detuvieron en las viejas lámparas de gas. Eran dos brazos metálicos de forma ondulada, simulando una rama de árbol con hojas. Gerard se colgó con las dos manos

406

de ellos y los arrancó de la pared. No eran muy gruesos, pero eran dos barras de hierro que podrían serle de utilidad.

Introdujo las barras en el marco de la puerta para hacer palanca, pero apenas hizo mella en la madera. Golpeó la puerta con las barras pero pronto se dio cuenta de que iba a tardar una eternidad en conseguir abrirse paso con aquel método. Según su reloj ya habían pasado más de cinco minutos, y estaba seguro de que aquel psicópata cumpliría su palabra.

Intentó mantener la calma y estudiar sus opciones, pero no podía evitar que los rostros de Max, de su hermana y su sobrina danzaran a su alrededor, rompiendo su concentración. Intentó apartarlos de su mente y concentrarse en resolver el problema que tenía entre manos, antes de que el reloj de arena se secara.

Se agachó, levantó la alfombra de una patada, y pisoteó el suelo como si estuviera en un tablao flamenco, buscando trampillas o pasadizos subterráneos, pero el suelo era sólido.

Corrió hacia el sofá, lo empujó a un lado y examinó la pared de baldosas, que parecía normal. Hizo lo mismo con la mesa escritorio, pero la pared tras ella también parecía sólida. Estaba en una habitación bajo tierra, y todas las paredes debían haber sido excavadas en la roca antes de cubrirlas con baldosas.

Solo le quedaba examinar el mueble librería. Miró su reloj. Habían pasado más de diez minutos. No le quedaba mucho tiempo, pero aún tenía opciones. Se acercó al mueble y lo empujó por un lado, pero no pudo moverlo, lo cual le sorprendió, ya que la librería estaba vacía.

Lo volvió a empujar, pero no se movió ni un milímetro. Supuso que debía estar fijado a la pared, pero no podía separarlo de ella para examinarlo por detrás.

Se agachó a examinar las estanterías inferiores, y golpeó los paneles de madera que formaban la pared posterior. En lugar de sonar a madera hueca, tenían un grosor inusual para aquel tipo de mobiliario. Cogió uno de los brazos metálicos de la lámpara de gas y golpeó con fuerza el panel posterior del armario, sin conseguir hacer mella en la madera.

407

Todo era muy extraño. ¿Porqué habrían fijado a la pared precisamente aquel mueble y no los otros? No tenía ningún sentido, salvo que el mueble estuviera allí por algún motivo, como por ejemplo, ocultar o proteger algo.

Miró de nuevo su reloj. Tan solo le quedaban seis minutos, pero intentó ser positivo y pensar que aquello era una eternidad. Estaba convencido de que el armario ocultaba algo, e intentó aislarse de todo para concentrarse en el análisis del problema reduciéndolo a sus partes más elementales.

Si asumía como cierto que el armario estaba allí para proteger algo, como si fuera una puerta, debía tener una cerradura o un mecanismo de apertura. Palpó rápidamente todas las caras del mueble, presionando las tablas en busca de alguna madera suelta, pero no la encontró.

Se subió a la silla y examinó la parte superior de la estantería, pero todo parecía sólido. Los estantes tampoco se movían, eran tablones sólidos encolados a las paredes laterales.

El mecanismo también podía estar lejos del mueble. Pasó sus manos por toda la pared contra la que el armario estaba apoyado, pero no encontró pulsadores ocultos ni trampillas ni cables. Estaba comenzando a ponerse muy nervioso y a manifestarlo externamente.

A falta de camisa, se frotaba con el dorso de su mano para apartar las gruesas gotas de sudor que resbalaban por su frente

Según el reloj, tan solo le quedaban tres minutos, que bien podían ser sus últimos tres minutos de vida, aunque Gerard aún se resistía a rendirse.

Si el mecanismo no estaba a la vista, iba a resultar imposible encontrarlo en tan solo unos minutos, a no ser que dispusiera de alguna pista, y tal vez la tuviera más cerca de lo que pensaba.

Una vez más, cerró los ojos por un momento y se dejó llevar por su intuición. Lanzó su mochila al suelo y rebuscó en su interior hasta dar con el papel en que Agustín había hecho sus dibujos.

Se colocó bajo la luz de la bombilla y observó una vez más el dibujo de la casa, el animal alado, el agua y la barca, y entonces reparó en unos débiles trazos dibujados en uno de los pies de página. Lo había visto anteriormente pero no le había dado importancia.

Un cuadrado con una llama dibujada en su interior. La llama se elevaba sobre una línea horizontal, como si se tratara de un cirio encendido y tumbado.

Una vela encendida podía representar una iglesia, una capilla, un cementerio, pero allí no había ninguna vela. Miró otra vez a su alrededor y tuvo un segundo de inspiración.

Tal vez el cuadrado representaba la habitación, y quizás no era una vela en posición horizontal sino que era un brazo metálico en cuyo extremo ardía una llama de gas.

Se levantó sin tan siquiera atreverse a mirar de nuevo el reloj. Iba a luchar hasta el final, pasara lo que pasara.

Fue directo a recoger uno de los brazos metálicos que había arrancado de la pared y arrastró la silla hasta colocarla junto a la pared. Se subió a ella e introdujo el brazo metálico en el agujero original en la pared.

La barra estaba suelta y la hizo girar hasta que encontró un punto en que quedaba sujeta. Soltó las manos y la barra se mantuvo en posición horizontal. Había encontrado un encaje.

Manteniendo la barra encajada, la movió en todas direcciones, de arriba a abajo primero y horizontalmente después, notando cierta resistencia. Al seguir empujando, pudo notar como la resistencia comenzaba a ceder, y siguió moviendo la barra en posición horizontal hasta que quedó pegada a la pared.

No sucedía nada, y todo iba a acabar en tan solo unos segundos. Desanimado, no pudo evitar dirigir la vista hacia su reloj.

La aguja desgranaba los treinta últimos segundos, que iban desapareciendo del dial y de la vida de Gerard a medida que avanzaba, borrando también toda esperanza para su familia.

Soltó la barra y se dejó caer sobre la silla. Respiró hondo y se dispuso a aguardar los acontecimientos con resignación y con la firme determinación de presentar batalla hasta su último suspiro.

Recogió el revólver de encima de la mesa y lo sujetó firmemente, esperando que la aguja del reloj completara el círculo.

Un chasquido le sobresaltó y le hizo volverse hacia la pared, apuntando su revólver hacia el armario, el lugar del que había procedido el sonido.

Todo parecía en orden, pero estaba seguro de haberlo oído bien. Se levantó y se acercó al mueble, y enseguida notó que algo había cambiado. El borde posterior del armario estaba ligeramente separado de la pared, cuando antes le había sido imposible desplazarlo ni un milímetro.

Apoyó sus manos en el lateral del mueble y empujó, y su corazón dio un vuelco al notar que el armario se desplazaba con facilidad hacia un lado, dejando a la vista una abertura en la pared, un hueco oscuro de apenas un metro de altura, pero por el que podía pasar una persona agachada.

Gerard no lo dudó ni un instante. Guardó el revólver en su mochila, se subió a la silla y tiró de la barra para llevársela, y de un salto bajó al suelo y desapareció arrastrándose a través del agujero.

Un segundo después, sus manos aparecieron y tiraron del mueble hasta volverlo a colocar en su lugar, en el que se encajó con un nuevo chasquido.

En el silencio de aquella lóbrega habitación, el timbre del teléfono comenzó a sonar con su lamento intermitente. Gerard pudo oírlo a través de la pared, como un eco lejano y se detuvo un segundo a escucharlo.

Era una llamada que nadie iba a responder, aunque aquello no significara precisamente lo que el siniestro psicópata estaba esperando que sucediera.

Gerard no sabía lo que le esperaba a partir de aquel punto, pero la vida le había dado una segunda oportunidad, y no iba a desaprovecharla.

410

CAPÍTULO 70

El pasadizo no era más que un respiradero natural, una grieta casi vertical en la roca, que había sido ensanchada manualmente para permitir apenas el paso de una persona. Gerard sacó su linterna, y tras cargarla a base de manivela, la sujetó con la boca mientras empleaba manos y pies para escalar por la grieta.

El ascenso se veía facilitado por hendiduras y pequeñas repisas en la roca, que habían sido aplanadas para permitir apoyar pies y manos durante el ascenso. Pronto llegó a la parte superior de la grieta, que desembocaba en un nuevo tramo de pasadizo artificial, cubierto de una fina capa de cemento y de techo más alto.

No sabía hacia qué lado seguir, así que lo escogió al azar. No había caminado más que unos minutos cuando le pareció oír el sonido de una puerta cerrándose. Se detuvo al instante, apagó la linterna y metió la mano en la mochila para buscar a tientas el revólver.

Jamás había disparado con uno de verdad, lo más cerca que había estado de hacerlo era con las escopetas de feria, aunque en aquel caso disparar no iba a ser lo más difícil, sino administrar sabiamente la única bala de que disponía y decidir cuándo usarla. No iba a tener una segunda oportunidad, y quería reservarla para el psicópata que había amenazado a su familia.

Una vez sus ojos se habituaron a la oscuridad, caminó hasta que al final del siguiente tramo vio una puerta cerrada,

411

cuyas rendijas dejaban escapar luz desde el interior. Confiado, abandonó la protección de la esquina desde la que espiaba y caminó hasta llegar junto a la puerta.

Podía escuchar claramente el ruido que alguien hacía al otro lado de la puerta. Parecía estar manipulando algún objeto pesado.

La puerta tenía picaporte, pero no sabía si iba a estar cerrada con llave. Si intentaba abrirla y estaba cerrada iba a delatar su presencia, pero era un riesgo que estaba dispuesto a correr. Sentir el revólver en su mano, aunque solo dispusiera de una ridícula bala, le daba una extraña sensación de tranquilidad.

El ruido había cesado, pero Gerard apoyó la mano en el pomo de la puerta, levantó el arma, contó mentalmente hasta tres y lo hizo girar con decisión.

Para su alivio, la puerta se abrió sin ofrecer ninguna resistencia, y Gerard dio un salto hacia el interior y se agachó, para esquivar la posible lluvia de balas que en toda película de acción siempre acompaña a ese gesto. Esperó agachado pero no sucedió nada, y al abrir los ojos se vio en un pequeño almacén lleno de cajas de madera.

Allí no había nadie. ¿Era posible que hubieran salido por alguna puerta en el otro extremo de la sala? Gerard caminó hasta allí para comprobarlo. Encontró otra puerta pequeña y se dispuso a abrirla siguiendo la misma técnica que ya había empleado con éxito al entrar. Levantó la pistola, apoyó la mano en el picaporte y contó mentalmente.

—*Uno, dos y tres.*

—No te muevas si quieres seguir vivo —oyó decir a una voz tras él, a la vez que sentía el contacto de un frío cañón de revólver contra su nuca.

Gerard soltó el pomo de la puerta, bajó las manos, y se volvió lentamente.

—Eva, ¿qué es lo que pretendes? —dijo, al verse frente a la joven, que le apuntaba con un revólver más grande que el suyo.

—Suelta tu arma y dale una patada.

Gerard dejó caer la pistola a sus pies y la apartó tan solo unos metros.

412

—Eva, baja la pistola y hablemos, por favor.

—No tenemos nada de lo que merezca la pena hablar.

—No es cierto. ¿Qué hay de tu bisabuela y de lo mucho que sufrió? ¿Y de poder averiguar lo que tanto la atormentaba en el Casino?

—Ya sé lo que la atormentaba, y te aseguro que el alma de mi bisabuela ya descansa en paz. Nos encargamos de eso hace mucho tiempo.

—¿Nos encargamos? ¿Porqué hablas en plural? ¿A quién te refieres?

—Me refiero a la sombra, al fantasma del Casino, al alma oscura que vaga por sus ruinas a la espera de vengar a tantos suicidas forzados.

—¿Un vengador, un fantasma? ¿Así es como llamas ahora al que no es más que un simple psicópata asesino?

Eva se rió abiertamente y pareció relajarse un poco.

—Es tanto lo que no sabes.

—¿Pues porqué no me lo explicas? Por ejemplo, ¿qué tienes que ver tú en todo esto? —dijo Gerard dando un paso hacia adelante, lo que hizo que ella levantara de nuevo su arma y se la apoyara contra el pecho.

—Vuelve atrás inmediatamente. No dudaré en vaciarte el cargador encima si vuelves a acercarte a mí. Aunque bien pensado, voy a tener que hacerlo igualmente aunque no te acerques, así que, ¿qué más da? Siéntate allí —dijo ella, señalando con la pistola hacia unas cajas.

Gerard retrocedió y se sentó sobre ellas.

—¿Qué hay aquí dentro? —preguntó, dando una palmada con su mano sobre la caja que tenía debajo.

—Nada que te importe. ¿Sabes que haces demasiadas preguntas? Ese es tu principal problema. Ese, y tu exagerada y malsana curiosidad. Aunque tampoco puede decirse que yo no sea curiosa también. Cuando viniste a verme a casa, te recibí por pura curiosidad. Sabía lo que pretendías, pero necesitaba confirmar mis sospechas y averiguar cuanto sabías, hasta dónde habías podido llegar en tu investigación.

—¿De qué me estás hablando? ¿Qué es lo que me ocultas? ¿Qué es lo que sucede aquí? ¿Puedes explicármelo? —exigió saber Gerard en voz alta.

413

—No estás en condiciones de exigir nada, y menos en ese tono. Pero dado que son tus últimos minutos de vida, que no se diga que no le concedo al reo su última petición. Pienses lo que pienses de mí, no soy una desalmada —dijo ella, levantando el pie y apoyándolo sobre una de las cajas.

—De pequeña crecí escuchando historias sobre mi bisabuela. No la historia oficial, sino la versión prohibida, la que contaban mi madre y mi abuela en confidencia y que compartieron conmigo cuando fui adulta. Una historia que fue pasando exclusivamente de madres a hijas y que solo podía ser explicada en el lecho de muerte.

Gerard escuchaba con atención, ignorando a dónde podía llegar Eva con su relato.

—Mi bisabuela Juana trabajó en el Casino, tuvo un cargo de responsabilidad como gobernanta y encargada del servicio de habitaciones y conoció a mucha de la gente más poderosa e influyente de la sociedad de su época. Era una mujer muy hermosa y pronto llamó la atención de muchos de aquellos hombres ociosos, que intentaron que sus servicios fueran mucho más allá de los que estipulaba su contrato. Digamos que llegó a conocer tantos secretos de alcoba que se convirtió en una persona potencialmente peligrosa para muchos de ellos.

Durante el tiempo que trabajó en el Casino llegó a descubrir uno de sus secretos mejor guardados, la existencia de una habitación prohibida, un templo del horror a dónde se acompañaba a todos aquellos que deseaban abandonar este mundo tras haberlo perdido todo en el juego, incapaces de superar la vergüenza de enfrentarse a sus familias y al escándalo público. Era la salida fácil para ellos, y sin juzgar si era moralmente reprobable o no, el Casino les facilitaba una vía de escape honorable.

—¿Ayudar a la gente a suicidarse te parece honorable? —exclamó Gerard.

—Te he dicho que yo no emito juicios morales, me limité a escuchar los hechos y a recoger toda la evidencia a mi alcance. Mi bisabuela hizo lo mismo, no juzgó a nadie y siguió con su trabajo y su rutina. Con el tiempo, llegó a descubrir que lo que parecía un discreto y macabro servicio ofrecido

414

por el Casino, iba mucho más allá. Encubría un siniestro entramado que se dedicaba a identificar a potenciales víctimas adineradas, a las que atraían al Casino por todos los medios de persuasión posibles, para luego separarles de su dinero en las mesas de juego.

—Posteriormente, se les ofrecía una salida a sus problemas económicos invitándoles a abandonar este mundo de forma rápida, honrosa y discreta, no sin antes extorsionarles, chantajearles, y conminarles a desprenderse de sus bienes y propiedades, bajo terribles amenazas de muerte, violación y todo tipo de atrocidades, dirigidos a los miembros de su familia, generalmente a las mujeres e hijos de las víctimas.

—Se les obligaba a transferir fondos y propiedades y ponerlos a nombre de personas afines a ese círculo. Se les forzaba a cambiar testamentos e introducir nuevos beneficiarios, a poner a la venta empresas y propiedades, que eran adquiridas a precios irrisorios por testaferros del grupo.

Gerard se había quedado sin habla. Sus sospechas se confirmaban; aquella increíble historia encajaba con la evidencia que había recopilado en su investigación. Sin ir más lejos, el trato que le habían ofrecido poco antes en la habitación, no debía distar mucho del que hace un siglo se les ponía sobre la mesa a los desdichados que acababan en aquella misma situación.

—Mi bisabuela no quiso saber más; aquella era una organización delictiva que había chantajeado a empresarios, políticos y aristócratas de todo tipo, pero cuando se negó a colaborar con ellos, comenzó a temer por su vida. Había pasado a convertirse en un peligro para aquella sociedad secreta, pero no podían hacerle nada porque ella conservaba contactos y amigos poderosos.

—Llegó un momento en que estaba tan aterrorizada por lo que había visto y todo lo que allí sucedía que abandonó su trabajo en el Casino, confiando en que podría alejarse de todo aquello, y durante un tiempo lo consiguió. Se casó con un buen hombre, un artesano del vidrio que cuidó de ella y fue el padre de sus dos hijas.

415

—Pasaron algunos años e imagino que varios de los importantes políticos y empresarios que la protegían fueron envejeciendo y muriendo, con lo que mis bisabuelos abandonaron la ciudad de Barcelona para alejarse de las muchas personas poderosas a quien todavía podía incomodar su presencia y que todavía podrían quererla muerta.

—Su mundo aparentemente se normalizó, y tras la Guerra Civil mi bisabuela reorientó su vida y se dedicó a ayudar a su marido en el negocio familiar, una tienda de artículos de vidrio que habían montado en un pequeño pueblo de la provincia de Girona.

—Sin embargo, en 1945, un triste día de Noviembre, mi bisabuelo llamó a la policía porque esa mañana ella no había acudido a abrir la tienda y no había aparecido en todo el día. La buscaron durante semanas, incluso había quien decía que tal vez había huido con alguno de sus antiguos amantes, pero todo fue en vano.

—Un año después, unos cazadores encontraron unos restos humanos descompuestos en un bosque cercano al pueblo donde residían. Todo parecía indicar que podía tratarse de los restos de mi bisabuela.

—El cuerpo estaba en muy mal estado y faltaban varios de sus miembros, lo que podía deberse a la acción de las alimañas del bosque, aunque yo siempre he creído que se trataba más bien de alimañas de dos patas. La autopsia desveló que se había empleado brutalidad extrema con ella y que su sufrimiento debió haber sido inimaginable.

—Algo que pasó por alto a todo el mundo durante la breve y ridícula investigación policial que se llevó a cabo, fue lo que encontraron en uno de los bolsillos de su falda. Una ficha de dos pesetas del Casino de la Rabassada.

—La policía zanjó el tema diciendo que debía tratarse de un recuerdo de la época en que trabajó allí, y que ella llevaba encima como amuleto de buena suerte. Yo sabía que aquello no le había traído mas que la peor de las suertes, y que no era sino una señal dejada por aquellos que finalmente habían conseguido dar con ella y silenciarla, un aviso para todo aquel que intentara seguir sus pasos.

—No difiere mucho del modo de actuar de los mafiosos hoy en día —dijo Gerard, aunque Eva ignoró su comentario y siguió con su relato.

—Mi bisabuela dejó escrito un diario, que escondió en un lugar seguro para que fuera descubierto solo por su hija, mi abuela, en el momento de su muerte. En el diario explicaba con detalle todo lo que sabía sobre las macabras actividades de aquel grupo de gente poderosa que operaba en el Casino, dando nombres, tanto de los personajes públicos que componían el grupo, como de las víctimas, muchas de las cuales jamás llegaron a ser oficialmente dadas por muertas, sino tan solo como desaparecidas.

—Aquel diario había sido la causa de que mi bisabuela fuera asesinada. Durante años fue su salvaguarda, su seguro de vida, pero a medida que sus protectores fueron muriendo, llegó un momento en que pasó a convertirse en su sentencia de muerte.

—De haberse hecho pública la información contenida en ese diario, hubiera acabado con la vida y la carrera de muchos ciudadanos modélicos y personas supuestamente honorables. En él aparecían políticos, empresarios, jueces, jefes de policía, aristócratas y grandes nombres de la vida pública y social del momento, todos ellos involucrados directa o indirectamente en los asesinatos y la red de extorsión, y todos ellos beneficiándose económicamente de todo aquel horror.

—¿Es el mismo diario que me mostraste el día que nos vimos por primera vez? Allí solo mencionaba temas personales y comentaba su intención de abandonar su trabajo en el Casino.

—¿Crees que te hubiera dejado leer el diario verdadero? Aquello era una transcripción que hice yo misma de las páginas más inofensivas. El diario original tiene páginas tan calientes que el papel arde con solo leerlo.

—¿Y tu bisabuelo nunca sospechó lo que sucedía?

—Como te he dicho, es algo que solo ha sido transmitido de madres a hijas. Somos una familia en la que afortunadamente predominan las mujeres. Los hombres sois débiles por naturaleza y no sois de fiar. Nosotras siempre

417

hemos sido fuertes, y la bisabuela Juana, con su ejemplo, nos mostró el camino a seguir. Lo hizo en vida, con su fortaleza y su valor al escribir su diario, y lo siguió haciendo tras su muerte, al mostrarnos cuál era la única forma de acabar con aquello y vengar todo el daño ocasionado a tantas familias como la nuestra.

—¿A qué camino te refieres? ¿De qué demonios estás hablando?

—Mi abuela encontró el diario de Juana, y quedó tan impresionada por lo que en él se relataba, que decidió dedicar lo que le quedaba de vida a combatir a todos aquellos que habían traído el infierno a la vida de mi bisabuela y la de tantas otras familias. Mi abuela tenía estudios universitarios, era historiadora y se dedicó a investigar en secreto sobre todo lo sucedido en el Casino y en la sociedad de aquellos convulsos años. Utilizando la valiosísima información contenida en el diario de Juana, siguió la pista a los nombres que allí aparecían, investigando el origen de sus fortunas y siguiendo el hilo de todas las transacciones y operaciones que llevaron a cabo en aquellos años.

—Descubrió que muchos de ellos se habían enriquecido espectacularmente en poco tiempo, mediante supuestas herencias, o especulando con recalificaciones de terrenos adquiridos a muy bajo precio, o gracias a supuestas donaciones de fincas y edificios modernistas de gran valor histórico, que luego eran derruidos sin contemplaciones, con la connivencia de políticos y constructores corruptos, para edificar en los solares horripilantes e impersonales edificios de pisos que posteriormente eran vendidos y les reportaban pingües beneficios.

—¿Y porqué no acudió a la policía con ese diario?

—¿No estás escuchando? He dicho que en la lista aparecían políticos, policías, jueces, era como estar leyendo una columna de ecos de sociedad en un periódico de la época; allí aparecían miembros de la flor y nata de la sociedad española. Acudir a la policía con aquello hubiera equivalido a un suicidio.

—Lo cual no hubiera desentonado con el tema que nos ocupa —bromeó Gerard.

—Encima te permites hacerte el gracioso. Solo te salva el que esta va a ser probablemente tu última broma en este mundo, y voy a ser yo precisamente la que ría la última — respondió Eva, mirándole fijamente a los ojos.

—Además de los apellidos ilustres implicados en aquel escándalo, mi abuela descubrió algo que cambiaría su vida y la de todas las mujeres de la familia que hemos venido detrás.

CAPÍTULO 71

Eva sonreía, administrando sus silencios con la maestría de quien controla a la perfección el arte de hablar en público manteniendo el interés y el suspense.

—Investigó a los asesinos, pero también indagó acerca de la vida de muchas de las víctimas, y descubrió que no todas eran adineradas, algunas eran personas de clase media que se habían convertido en una amenaza para la organización, y eran invitados a suicidarse.

—Se entrevistó con los descendientes de muchas de las víctimas, pero hubo uno con quien entabló una relación muy especial. Descubrió que, además de ser el hijo de uno de los desaparecidos en el Casino, estaba dedicando su vida, al igual que ella, a descubrir la verdad.

—Intimaron tanto que mi abuela le mostró el diario de Juana. Al leerlo y hallar el nombre de su padre entre la lista de víctimas, aquello despertó algo en su interior, alimentó una sed de venganza que lo convirtió en una fiera dispuesta a todo con tal de acabar con quienes habían provocado aquel horror, una fiera que contaba con el apoyo incondicional de su nueva pareja, mi abuela.

Gerard no se había movido desde que Eva comenzó a hablar. No sabía si lo que le explicaba era cierto, pero aunque resultara increíble, tenía sentido, y deseaba conocer el resto de la historia.

—A partir de ese momento trabajaron juntos, como pareja profesional y sentimental. Exploraron las ruinas del

Casino, y con la ayuda de las indicaciones del diario, encontraron la habitación maldita y la red de túneles subterráneos que parte de la Maison de Morte, proeza admirable que tú también lograste contando solo con tus propios medios, un triste desperdicio de talento.

Gerard hizo una mueca, sin saber si sentirse halagado por el cumplido o temeroso por la velada amenaza.

—Identificaron a algunos de los responsables que aparecían en el diario y que todavía estaban vivos, así como a los descendientes de los que ya habían muerto a causa de la edad, y planearon minuciosamente cómo acabar con ellos, haciéndoles pagar por sus actos o los de sus antepasados, haciéndolo exactamente de la misma forma.

—Su técnica consistía en secuestrarlos y encerrarlos en la habitación de los suicidios. Allí eran aterrorizados y finalmente se les conminaba a que se suicidaran a cambio de respetar la vida e integridad física de sus seres queridos, tal y como ellos habían hecho con tanta gente inocente.

—¿Y si no colaboraban y no aceptaban suicidarse?

—Debo admitir que sus argumentos debían resultar de lo más convincente, pues la mayoría acababan aceptando el trato. Los que no lo hacían, aparecían días más tarde en algún lugar de la montaña, descuartizados por algún supuesto animal salvaje del que nunca se podía llegar a tener constancia.

—¿No te parece enfermiza su hipocresía, eliminando a los hijos de aquellos asesinos, convirtiéndose ellos mismos en asesinos y extorsionadores, poniéndose exactamente al mismo nivel de los que tanto odiaban? —exclamó Gerard apasionadamente.

—No digas estupideces, no sabes nada de lo que sucedió. Los verdaderos hipócritas eran los que aparentaban ser miembros respetables de la sociedad, engañando a sus mujeres con amantes, estafando a sus socios, asesinando a inocentes y aprovechándose de las más bajas pulsiones de la condición humana para su beneficio personal. Mis abuelos jamás se aprovecharon económicamente de nadie, jamás tomaron un céntimo de ninguna de sus víctimas, tan solo buscaban justicia, y vengar la memoria de los que murieron —exclamó Eva muy airada.

—¿Cuántos hijos tuvieron?

—Como te he dicho, su relación fue más allá de lo profesional, y tuvieron una única hija, mi madre —dijo Eva.

—Dedicaron su vida a ir tachando nombres de la lista del diario de mi bisabuela. A veces tardaban años en identificar a sus presas, pero tenían la paciencia infinita del cazador profesional. Formaban un tándem perfecto, sin fisuras, y su forma de actuar era imposible de detectar por la policía, el crimen perfecto.

—¿Perfecto? Si yo he podido llegar hasta ellos, otros podrán, y desde luego la policía también —exclamó Gerard.

—¿Crees que has llegado hasta ellos? No seas iluso. En primer lugar, no te veo en disposición de dar lecciones ni de llegar hasta nadie, cuando vas a morir dentro de pocos minutos. Y en segundo lugar, ellos ya no están en activo, hace años que murieron, pero su secreto sigue vivo, le fue transmitido a mi madre por mi abuela en su lecho de muerte, y mi madre me lo transmitió a mí, que he seguido la tradición familiar.

—Entonces, ¿es tu madre la que comete los crímenes, la que anda por ahí disfrazada de negro? —dijo Gerard en tono desafiante.

—No. Ella nunca quiso intervenir, aunque comprendía nuestra misión y nos apoyaba. Fue ella quien me animó a que siguiera la obra de mis antepasadas. Fue una buena madre, jamás nos traicionó. Cuando murió, yo le prometí seguir hasta completar la misión que nos fue encomendada por mi abuela, y es un honor para mí estar ocupando su lugar.

—Entonces, ¿trabajas sola?

—No, alguien ha ocupado el lugar de mi abuelo. Si supieras quién es la persona que se oculta tras esa capa, te arrepentirías de no haber aceptado gustoso su oferta y apretado el gatillo cuando tuviste oportunidad de hacerlo. Ahora sufrirás las consecuencias, no solo para ti, sino para tu hermana y su hija.

Al oír la mención a su familia, Gerard no pudo contenerse y se abalanzó sobre Eva, que apretó el gatillo.

422

El sonido del disparo rebotó en las paredes de la pequeña sala y resultó ensordecedor. Gerard cayó de lado, habiendo recibido el impacto de bala en su hombro izquierdo.

Eva se levantó y se acercó a él, sin dejar de apuntarle.

—Eres patético, y sobre todo tan previsible. Si en lugar de perder el tiempo persiguiendo fantasmas hubieras aprovechado tu perspicacia para colaborar con nosotros, ya podríamos haber completado nuestra tarea y todo habría terminado. Ir tras nosotros ha sido un gravísimo error, que pagarás con tu vida, y con la de los tuyos.

Gerard se sujetaba el hombro, intentando taponar la herida, que comenzaba a sangrar.

—Yo solo quería llegar a la verdad, descubrir el porqué de aquellas muertes, conocer la verdadera historia de lo que sucedía en el Casino. Mi interés era tan solo periodístico —dijo Gerard, con expresión de dolor.

—Nada de lo que puedas decir me importa. Despídete de todo y da gracias que soy yo la que pone fin a tu vida y no él, que no sería tan considerado contigo. Creo que él prefiere reservarse para disfrutar de tu hermana y de su hija —dijo Eva, soltando una carcajada.

Gerard sintió el sabor dulce de la sangre en su boca, al morderse los labios con fuerza intentando reprimirse y no saltar sobre Eva. Sabía que si lo volvía a intentar ella le dispararía de nuevo y ya no tendría más opciones. Necesitaba encontrar la manera de entretenerla, quizás con una mentira piadosa.

—Eva, solo una pregunta más, por favor —le suplicó Gerard, levantando la mano desde el suelo, en señal de rendición.

—El último deseo de un condenado a muerte. No puedo negarme.

—¿Qué ha sido del diario de tu bisabuela? ¿Dónde está ahora?

—¿Esa es tu última pregunta? Realmente eres muy extraño, pero te lo diré. Lo tengo yo. Yo soy quien lo consulta y quien va tachando nombres en la lista a medida que van siendo ajusticiados. La verdad es que ya quedan

423

pocos, porque en algunos casos es difícil dar con sus descendientes después de tantos años, pero seguiremos hasta el final. Lo guardo en mi casa, en un lugar seguro. ¿Satisfecho?

—No es el único diario que existe —dijo Gerard.

—Tonterías, estás desvariando. Mi bisabuela solo escribió uno, de eso estoy segura, y lo tengo yo.

—No hablo de ella, sino de tu abuela.

—Mi abuela no escribió nada, no mientas.

—¿Porqué iba a mentirte cuando estoy a punto de morir? Tu abuela escribió una carta que encontré dentro de un viejo libro que procedía del Casino, muy probablemente de la misma librería que aún está en la habitación maldita —dijo Gerard.

Eva se acercó a él y se agachó cerca de su hombro.

—Me estás mintiendo, lo sé. Solo quieres ganar tiempo para retrasar lo inevitable, para añadir algunos minutos más a tu miserable vida, pero no te va a servir de nada.

Gerard se incorporó un poco y siguió hablando.

—Te digo la verdad. Es una carta que escribió hace años y en la que tu abuela menciona a una de las víctimas a las que obligaron a suicidarse. Las iniciales de la víctima eran V.P. y murió el 6 de enero de 1912, dejando esposa y una hija —dijo Gerard, elaborando una media verdad.

La fría mirada de Eva no dejaba entrever sus pensamientos, pero parecía sorprendida por aquella revelación.

—Tal vez desconocías la existencia de tal carta, pero si de verdad llevas años dedicada a esto, sabrás que los datos sobre la víctima son ciertos. ¿Me equivoco? ¿Conoces quién se esconde tras las siglas VP? Por una vez en tu vida, dime la verdad.

Eva mantuvo la mirada fija en Gerard, antes de cerrar los ojos, respirar hondo y comenzar a hablar.

—El empresario catalán Víctor Papiol fue obligado a suicidarse en esa fecha, dejando mujer e hija. Probablemente creyeron que las había abandonado para huir con otra mujer, a otro país, llevándose con él la fortuna y el patrimonio familiar, y condenándolas a un futuro de privaciones, que se vio agravado con la Guerra Civil, en la que pereció la madre. Su hija llevó una vida desgraciada hasta su muerte veinte años después, sola y sin descendencia —dijo Eva sin emocionarse, como si recitara un texto memorizado.

—¿Cómo llegaste a esas iniciales? Solo mi bisabuela conocía esos detalles. ¿Dónde tienes esa carta? ¿Dónde está? Necesito leerla —exclamó Eva.

—Está guardada en un lugar seguro, por si me pasa algo. Suéltame y te la dejaré leer.

—No puedo hacerlo, ya no puedo, es demasiado tarde —dijo Eva, moviendo la cabeza en señal de desesperación. Gerard intuía que si seguía por aquel camino tal vez podría llegar a romper su coraza.

—Tu abuela parecía estar sufriendo mucho, por el tono en que la escribió. Creo que se debatía en un mar de dudas acerca de su misión.

—Gerard, por favor, necesito leerla. Significa mucho para mí — dijo Eva, en lo que más parecía una súplica que una afirmación.

—Suéltame y te llevaré hasta ella.

Por un momento, Eva pareció considerar la propuesta de Gerard, pero su rostro pasó de la tensión a la soberbia en unos segundos, sonriendo de forma inquietante.

Gerard no estaba preparado para lo que vino a continuación.

—Debo admitir que has demostrado una gran habilidad llegando hasta VP y desenmarañando lo sucedido hasta su merecido final —dijo Eva— pero lamento decirte que te has quedado más que corto en tus deducciones, tanto que ni siquiera has arañado la superficie de lo que se esconde bajo este gigantesco iceberg.

—¿A dónde quieres llegar?

—A restregarte la verdad por la cara, para que sientas de una vez por todas en tus carnes lo que significa esto para nosotros. Es una verdadera cruzada, en la que nosotros somos los guerreros de la cristiandad. No se trata de venganza, se trata de hacer justicia.

425

—La venganza no es más que la búsqueda de un sucedáneo de justicia para desesperados como tú —dijo Gerard.

Eva había pasado a reírse abiertamente, lo que enervaba aún más a Gerard, que intentaba controlarse.

—Está bien, voy a ser franca contigo, porque en verdad será lo último que haga y ya da igual que lo sepas. ¿Estás seguro de que la carta que encontraste se mencionaba a Víctor Papiol?

—Te lo he dicho, encontré datos sobre su familia, y todo concuerda. La carta es auténtica —dijo Gerard.

—Lo sé, y su historia también, pero no me refiero a eso. ¿Estás seguro de que las iniciales eran esas, VP?

—La tinta está descolorida y el trazo es débil, pero te aseguro que se lee bien.

—¿Estás completamente seguro? En lugar de VP, ¿no podría haber sido VB? La diferencia es ínfima, tan solo una patita en una única letra —dijo Eva, volviendo a su semblante más serio.

—Y aún si fuera así, no cambiaría nada de lo sucedido, ni lo haría menos reprobable.

—¿Aún sabiendo que esas iniciales podrían corresponder a Valentín Bach? ¿Le suena el nombre, señor Gerard Bach?

Gerard no supo qué decir. Aquel nombre le era familiar, recordaba vagamente haberlo escuchado nombrar en casa, cuando sus padres aún vivían. Era un antepasado de su padre, tal vez su propio bisabuelo.

Si daba crédito a aquellos desvaríos, se abría ante él un escenario completamente distinto y aterrador, su familia implicada directamente en aquella trama monstruosa. No podía dar crédito, sin embargo, algo en su interior le impedía descartarlo como el simple desvarío de una mujer desquiciada.

—Si tú y yo hubiéramos trabajado juntos, hubiéramos llegado a reescribir la historia. Pero ya es demasiado tarde, jamás llegarás a saber lo cerca que has estado de descubrir el gran secreto, al que en parte merecerías tener acceso por derecho propio.

—¿Se puede saber a qué te refieres? Eva, por favor habla claro. ¿Qué tiene que ver mi familia en todo esto?

Eva ya no respondió. Tenía la mirada perdida, los ojos llorosos, y musitaba palabras en voz baja.

—Una lástima…, ya es tarde…, jamás llegarás a saberlo…

La puerta se abrió de un fuerte golpe y una figura negra quedó enmarcada bajo el dintel.

CAPÍTULO 72

Eva y Gerard se volvieron a la vez hacia la figura de negro y el sobresalto de ambos parecía ensayado, perfectamente sincronizados.

Esta vez Gerard pudo verlo mejor que antes. Llevaba el rostro cubierto con una malla negra y lo que le había parecido antes una capa era más bien una tela negra que le envolvía el cuerpo.

—Veo que no ha respondido a mi llamada telefónica después de todo —dijo con voz profunda.

—¿No ha dejado un mensaje en el contestador? Lo siento. Si lo ha hecho, no he tenido tiempo de escucharlo. He estado un tanto ocupado durante la última hora —dijo Gerard.

—Me alegra ver que aún conserva su sentido del humor. Es lo único que va a poder conservar, además de sus dientes, pero no por mucho tiempo. Siento haberles interrumpido, pues sé que la señorita estaba a punto de mostrarle el camino para salir de esta habitación, ¿no es cierto? Para verlo solo tiene que acercarse y mirar por el orificio del cañón de ese revólver con el que le está apuntando. Mire por él y enseguida verá la luz al final del túnel —dijo la figura enmascarada.

Eva se encontraba agachada junto a Gerard, y su cuerpo impedía que el asesino tuviera visión directa del rostro de Gerard, que intentaba que Eva le leyera los labios.

—Te daré la carta, pero tienes que ayudarme a escapar —le repetía una y otra vez, gesticulando despacio sin pronunciar palabra alguna, confiando que ella lo entendería.

428

Eva permanecía inmóvil, mirándole con ojos vidriosos, en los que las lágrimas comenzaban a acumularse.

—¿Eva? —dijo el asesino, impacientándose ante su pasividad.

Gerard sabía que eran sus últimos segundos. Pasara lo que pasara, no iba a tener más que una pequeña oportunidad, así que aprovechó la vacilación de Eva para alargar el brazo lentamente, hasta sujetar con delicadeza la mano con la que Eva sostenía su revólver, que no opuso resistencia.

Apoyándose en su otro brazo, se incorporó, y cogiendo las manos de Eva entre las suyas, volvió el revólver hacia la figura oscura, apoyó su dedo sobre el dedo que Eva tenía en el gatillo y apretó con fuerza.

El ruido del disparo volvió a ensordecerle por unos segundos, mientras el cuerpo de Eva caía sobre él y rodaban juntos por el suelo. Buscó el brazo de la joven para quitarle el revólver y poder disparar de nuevo, y lo consiguió con facilidad, con demasiada facilidad.

El cuerpo de Eva yacía inerte. Gerard tomó el revólver en sus manos y disparó dos veces más en dirección a la oscuridad de la puerta, que ya estaba vacía. El hombro le dolía cada vez más, no sabía si había perdido mucha sangre, pero sentía como la debilidad comenzaba a dominar sus movimientos.

Sujetó el cuerpo de Eva por los hombros mientras lo volteaba y vio una gran mancha de sangre extendiéndose por la tela de su blusa, como si alguien hubiese arrojado una piedra en un estanque.

Gerard se la abrió arrancando todos los botones y se quedó sin habla al ver la punta del enorme machete asomando su cabeza entre los pechos de Eva, mientras que por su espalda tan solo sobresalía el mango.

Eva entreabrió los ojos y de sus labios apenas pudieron escapar unas palabras, entretejidas con su último aliento de vida.

—Todo lo hice por la familia. Nunca abandones. No dejes que… —y sus ojos se cerraron a la vez que su cuerpo se desconectaba definitivamente de sus funciones vitales, y su cabeza se ladeaba.

Gerard la depositó con suavidad en el suelo, y se levantó con dificultad, sosteniendo el revólver en sus manos. El asesino podía volver en cualquier momento, y sus fuerzas le estaban abandonando con la misma rapidez que el agua al tirar de la cadena del inodoro.

No sabía porqué en un momento tan dramático como aquel, le había venido a la cabeza un símil escatológico, pero sospechaba que no era sino el preludio al desvarío por shock hipovolémico. Tenía que encontrar de una vez la salida si no quería acabar como Eva.

Se dirigió tambaleándose hacia la segunda puerta en el extremo opuesto de la sala, pero no pudo resistir la curiosidad de comprobar antes qué contenían aquellas cajas. Empleó el brazo metálico de la lámpara de gas e hizo palanca para levantar la tapa de madera de una de ellas.

Esperaba volver a encontrar ladrillos o sacos de cemento endurecido, pero le sorprendió ver que contenía unos pequeños paquetes de plástico. Alargó la mano, cogió dos de ellos, y se los guardó en la mochila. No había tiempo para más.

Llegó a la puerta, y la abrió sin tomar ninguna precaución. Se encontró en un pasadizo tortuoso, construido a partir de una cavidad natural pero reforzado con cemento. El olor a humedad era fuerte, y la iluminación escasa, como venía siendo la norma.

Caminó con la menguante agilidad con que sus piernas podían moverse, que no era mucha, hasta que llegó a un punto en que el pasadizo se ensanchaba hasta formar un pequeño vestíbulo. La pared que tenía enfrente estaba hecha de ladrillo rebozado con cemento y tendría unos tres metros de altura y en ella había una única puerta metálica.

Gerard se acercó a la puerta y escuchó atentamente, pero no captó ningún ruido en el otro lado. Apoyó una mano en el picaporte, sujetó el revólver con la otra, y empujó hasta abrirla unos centímetros. Esperó unos segundos, y se aventuró a penetrar en la oscuridad de aquella nueva sala.

No podía ver nada, pero por el eco y el modo en que resonaban sus pasos al caminar sobre el suelo de cemento tenía la sensación de que debía estar en un espacio grande.

Rebuscó en su mochila y sacó la pequeña linterna, pero ésta apenas podía iluminar más allá de un metro. Las paredes de aquel espacio eran curvas, y dada su forma y dimensiones, parecía una gigantesca cisterna, mucho mayor que la que había conocido días atrás cuando estuvo atrapado en ella.

Sus pies chapotearon sobre pequeños charcos de agua, lo que indicaba que aquella cisterna podía haber estado en activo recientemente.

Enfocó hacia el techo esperando ver alguna entrada de agua, pero no vio ninguna. Parecía una cisterna estanca sin más vía de acceso que la puerta, lo cual significaba que tampoco iba a tener ninguna otra vía de escape.

De repente el suelo pareció abrirse bajo sus pies y tragárselo a un abismo oscuro. Estaba tan concentrado mirando hacia arriba que no había visto un gran agujero en el suelo, justo en el centro de la cisterna. Gerard cayó en él pero se aferró al borde del enorme hueco, evitando una muerte más que segura.

Sus pies colgaban en el vacío, e intentaba apoyarlos en las resbaladizas paredes lisas. Con su hombro herido no podía recurrir a la fuerza de sus brazos para subir a pulso, con lo que tuvo que levantar un pie hasta llegar al borde y salir, cayendo exhausto en el suelo.

Permaneció tendido unos minutos, respirando profundamente e intentando reunir fuerzas, pero la única que le quedaba era la fuerza de voluntad.

Se incorporó y buscó la linterna, que por suerte no había desaparecido por el agujero y enfocó con ella la boca del orificio.

Era un enorme sumidero, un pozo circular de casi dos metros de diámetro, que probablemente servía para vaciar la cisterna. Asomó la cabeza por el borde y enfocó hacia abajo, pero no vio más que oscuridad absoluta. Registró su mochila en busca de algún pequeño objeto y escogió una moneda, que lanzó al centro del agujero.

Prestó atención al momento en que se escuchara el golpe de la moneda al llegar al fondo, contando los segundos mentalmente, pero el momento nunca llegó. No era posible, no podía ser un pozo sin fondo. Volvió a lanzar otra moneda y escuchó atentamente, pero obtuvo el mismo resultado.

Con la tercera moneda sucedió lo mismo, y en vista del elevado coste del experimento, a la cuarta decidió suspenderlo antes de arruinar sus finanzas. Tenía que haber otra explicación, pero en aquel momento no se le ocurría ninguna.

Si aquel pozo era el desagüe, en algún lugar tenía que haber una entrada de agua, pensó. Caminó hasta el extremo final de la cisterna y recorrió todo el perímetro apoyando la mano en la pared, hasta volver al punto de partida, la puerta de entrada metálica.

Decidió marcharse y explorar otro pasadizo, pero al intentar abrir la puerta la encontró cerrada.

Estaba seguro de que había dejado la puerta abierta al entrar, como medida de precaución. Era una puerta metálica que no tenía picaporte desde el interior, así que, aunque la golpeó con fuerza, todos sus intentos por abrirla fueron en vano.

No podía ser que hubiera quedado atrapado en una cisterna por segunda vez en pocos días. Si había un desagüe para el agua, tal vez pudiera utilizarlo él como vía de escape. Volvió hacia el centro de la sala para inspeccionar más de cerca el pozo.

—Ha resultado usted ser un engorro más grande de lo que había previsto. Tal vez lo subestimé un poco.

432

CAPÍTULO 73

La voz resonaba en el interior de la cisterna y parecía provenir de todas direcciones. Gerard apagó la linterna, y al ver como una pequeña trampilla se abría en una esquina del techo, corrió en aquella dirección hasta colocarse debajo.

Era un orificio cuadrangular por el que difícilmente pasaría una persona, pero había alguien observándole desde arriba. Sabía a quien pertenecía aquella voz.

—¿Qué es lo que quiere? ¿Porqué me ha encerrado? —gritó Gerard.

—Eva no podrá disfrutar de ver nuestra obra culminada, usted le ha privado de ese gran momento, y ahora va a pagar por ello.

—¿De qué está hablando? Yo no le hice nada. Solo soy un periodista en busca de la verdad.

—Dice usted que solo busca información, y yo voy a dársela. De hecho voy a darle una primicia, un titular para la prensa de mañana. "*Periodista entrometido muere ahogado en circunstancias extrañas*". O mejor este otro "*Periodista imprudente desaparece tras asesinar salvajemente a su hermana y su sobrina*". Aunque como siempre, tal vez la mejor solución sea una combinación entre ambos "*Periodista mediocre desaparece tras aparecer ahogadas su hermana y su sobrina*". ¿Qué le parece? ¿Cuál le gusta más? No es que le esté dando a elegir, pero me interesa su opinión —le gritó la voz desde las alturas.

—¿Qué le parece este? *"Psicópata asesino aparece muerto tras destaparse una organización centenaria dedicada a la extorsión de personalidades y empresarios"* —dijo Gerard.

—Me parece flojo, falto de gancho, y sobre todo, falto a la verdad pero, ¿qué otra cosa se puede esperar de una mierda de periodista como usted? Voy a darle toda la información, los hechos puros para que usted pueda escribir su reportaje. Lástima que nadie va a poder leerlo, a no ser que lo escriba para los peces, que son los únicos que van a poder leerle a partir de hoy.

Al oír aquellas palabras, Gerard temió que aquel psicópata comenzara a dejar caer agua a través de la trampilla y llenara la cisterna.

—No se le habrá escapado el detalle de que se encuentra en una de las viejas cisternas del Casino. Impresionante, ¿verdad? Tiene una capacidad de varios millones de litros de agua. Supongo que a pesar de su estupidez, estará pensando que voy a llenar la cisterna para que usted muera ahogado en ella. Si es así, ha acertado.

Viendo el tamaño de la pequeña trampilla, Gerard hizo un rápido cálculo mental y estimó que si un chorro de agua de aquel tamaño caía a través de ella, tardaría bastantes horas en poder llenar aquella enorme cisterna, tal vez más de un día entero. Tiempo más que suficiente para encontrar una salida.

—Cuando el nivel del agua llegue hasta donde estoy yo, usted habrá pasado a la historia. Lamentará no haberse atrevido a dejar que el revólver acabara con su vida de forma rápida y honrosa cuando tuvo la oportunidad. Ahora tendrá que hacerlo del modo tradicional, con sufrimiento y dolor, una lenta y angustiosa agonía.

La mención al revólver le hizo recordar a Gerard que también tenía uno, aunque lo había perdido al estar a punto de caer en el pozo.

Como la cisterna estaba en completa oscuridad, seguramente aquel individuo no podía verle desde allí arriba, solo podía escuchar su voz.

No se atrevía a encender la linterna para no desvelar su posición, pero siguió hablando, mientras se agachaba y palpaba el suelo a su alrededor buscando el revólver.

—¿Porqué me está haciendo esto? Déjeme salir y le prometo que contaré su versión de la historia, tendrá una oportunidad de que el mundo sepa lo que sucedió en el Casino —gritó Gerard.

—Es una interesante oferta, que le honra, pero llega demasiado tarde, tal vez unos cincuenta años tarde. Solo serviría para atraer a más curiosos como usted y me complicaría innecesariamente la existencia, sobre todo ahora que estamos tan cerca de conseguirlo. ¿Ve?, sigo hablando en plural, como si ella aún estuviera viva y trabajando a mi lado.

Gerard casi no pudo contener su excitación cuando sus dedos palparon el cañón del revólver y lo recogió rápidamente. No recordaba cuantas veces había disparado, así que no podía estar seguro de cuántas balas quedaban dentro, si es que aún quedaba alguna, pero no se atrevió a comprobarlo para evitar hacer ruido.

Avanzó hasta colocarse bajo la trampilla y siguió hablando, para poder guiarse por la voz del asesino, pues el eco desorientaba mucho y hacía muy difícil precisar de dónde provenía la voz original.

—Eva no quería seguir con usted, estaba cansada de todo esto y quería abandonar. Me lo confesó antes de morir —gritó Gerard, lo que enfureció al sujeto.

—No diga tonterías —gritó con voz encolerizada—. Ella jamás hubiera traicionado a su familia, al legado de su bisabuela, de sus antepasados, del mismo modo que yo me debo a los míos, a la tarea que inició mi bisabuelo, quien hizo tanto bien y a quien tanto debe esta ciudad.

—¿Chantajear y matar a inocentes es hacer el bien? ¿Qué hizo de bueno por ellos el loco de su bisabuelo? —dijo Gerard, intentando provocarlo para que siguiera hablando.

—¿Y toda la gente a la que salvó? Tantos pacientes que le deben la vida, tantas familias a quienes devolvió sus seres queridos. ¿Y cómo se lo pagaron? Echándole del hospital, arrastrando su nombre por el lodo. El gran profesor Papiol convertido en un proscrito, en un paria de la sociedad. Arruinaron su vida y ensuciaron su honor, pero su venganza ha sobrevivido el paso de los años, y aún no ha terminado. Yo voy a acabar con todo esto. Cada vez hay más gente

435

interesada en la historia del Casino, y es solo cuestión de tiempo que algún investigador acabe dando con nosotros, igual que hizo usted. Por eso ha llegado el momento de desaparecer. Voy a volar todo este lugar, destruiré cada pasadizo, cada sala, cada huella de nuestro paso y nadie encontrará jamás nada que pueda echar luz sobre nuestra sagrada labor.

—¿Qué está diciendo? ¿Qué es lo que va a volar?

—He colocado explosivos en los puntos clave de esta red de pasadizos y en las grandes reservas de agua subterránea que existen. Cuando estallen las cargas, los pocos pasadizos que no se hayan colapsado, quedarán completamente sumergidos, borrando todo rastro de lo que aquí pudo suceder en estos pasados cien años. Cuando el agua de la cisterna llegue hasta esta sala aquí arriba, se activará un sistema que hará detonar las cargas principales y pondrá en marcha la deflagración.

—Es posible que parte de la montaña acabe hundiéndose e incluso modifique la orografía de la zona. Caramba, desde mañana tendrán que modificar hasta los mapas de la provincia. Lástima que usted no va a poder verlo desde fuera como yo, aunque no puede quejarse, pues va a ser testigo de primera de una de las explosiones más grandes, una que lo va a hacer subir tan alto que su nariz va a poder acariciar las estrellas.

—No es usted más que un demente, no sabe lo que está diciendo.

—Después desapareceré, pero seguiré actuando bajo otra apariencia. Nadie me conoce, nadie sabe que existo, solo Eva conocía mi identidad. Le juro que volveré para acabar mi tarea, para poner fin a todo lo inacabado.

Gerard no podía esperar más. Al estar todo a oscuras, no tenía sentido mantener los ojos abiertos, así que los cerró. Intentó concentrarse en la voz que le hablaba desde arriba, para aislarla del eco que le llegaba rebotado y localizar su origen.

Cuando creyó haberlo conseguido, mantuvo los ojos cerrados, y conteniendo la respiración levantó los brazos. Sujetó el revólver con las dos manos y apuntó en la dirección

436

que sus sentidos le indicaban, confiando en que al revólver de Eva le quedara al menos una bala en la recámara.

El eco del disparo se multiplicó como si hubiera disparado una ametralladora, lo cual era señal de que había munición. Mantuvo los brazos firmes, y disparó una segunda vez, pero se detuvo antes de hacerlo una tercera. No podía malgastar munición disparando a ciegas.

Solo quedaba esperar. La voz ya no le hablaba, pero no podía estar seguro de haber dado en el blanco. Un ruido resonó por toda la cisterna, era el sonido de la trampilla cerrándose. Aquello significaba que había fallado en sus disparos y el tipo aún estaba con vida. Tenía que intentar abrir aquella maldita puerta como fuera.

Al pasar junto al pozo oyó un sonido lejano que aumentaba rápidamente de intensidad. Su frecuencia se hacía cada vez más aguda, hasta que llegó un punto en que se volvió inaudible.

Gerard se apartó y encendió la linterna. En ese momento, un enorme chorro de agua surgió del centro del pozo y subió por los aires como un géiser, como un volcán subterráneo que escupía agua en vez de lava.

El chorro de agua llegaba casi al techo y volvía caer como una gruesa lluvia que comenzó a llenar el fondo de la cisterna. Gerard corrió hacia la puerta metálica y la golpeó, pero parecía maciza. El nivel del agua había comenzado a subir y ya cubría el empeine de sus pies.

Lo que le había parecido un pozo de desagüe era en realidad una entrada de agua a presión. Ignoraba de dónde podía provenir, probablemente de alguna de las lagunas subterráneas que había descubierto con Max. De seguir a ese ritmo, el nivel no tardaría más que unas pocas horas en llegar hasta el techo.

Se preguntaba qué habría sido del pobre Max. Habían pasado varias horas desde que salió en busca de ayuda, y lo único que había conseguido era verse atrapado varias veces y acabar sus últimos minutos de vida ahogado como una rata en la bodega de un barco que se hunde. Valiente ayuda la que le había proporcionado a su amigo.

437

Tenía que seguir luchando para salir de allí. Es lo que Max hubiera querido, lo que hubiera esperado de él, así que no iba a defraudarle, aunque fuera lo último que hiciera.

Intentaría forzar la puerta con el brazo metálico de la lámpara. Cuando el agua sobrepasara la altura de la puerta, no le quedaría más opción que mantenerse flotando hasta que el ascenso del agua lo acercase al techo de la cisterna.

Entonces podría abrir la trampilla, confiando en que ofreciera menos resistencia que la puerta metálica, y así intentar desactivar las cargas explosivas.

Sobre el papel era un buen plan. Con muy pocas posibilidades de éxito al no tener ninguna herramienta a mano, pero era un buen plan.

CAPÍTULO 74

Dedicó unos interminables minutos a hacer palanca con la barra metálica intentando abrir la puerta, que parecía que cerraba herméticamente, pues a medida que el nivel subía, el agua no se escapaba por sus rendijas.

El nivel ya alcanzaba una altura de más de media puerta. Gerard se había quedado sin ideas. Decidió conservar energías y esperar que el agua lo elevara hasta el techo de la cisterna y probar suerte con la trampilla.

Se relajó, y se concentró en mantenerse a flote sujetándose a las paredes, moviendo las piernas como si estuviera en alta mar. La momentánea inactividad hizo que volviera a ser consciente del dolor en su hombro, y se preguntaba si sería capaz de resistir las horas que tardaría en llegar al techo de la cisterna.

El agua estaba helada, y sentía miles de alfileres clavándose en sus piernas. Se abrazó a su mochila y apoyó la cabeza en ella para descansar mientras esperaba. El rígido contenido de la mochila no le dejaba apoyar bien la mejilla sobre ella, y metió la mano dentro para recolocarlo.

Tomó uno de los paquetes que había guardado anteriormente, y sujetando la linterna con la boca lo examinó. Estaba envuelto en un plástico adhesivo que lo impermeabilizaba.

Estaba seguro de que tenía que ser un paquete de cocaína. Así debía ser como aquellos fanáticos financiaban sus operaciones de terror, traficando con droga que ocultaban en aquellos subterráneos inexplorados.

Era un montaje perfecto; nadie conocía aquel lugar, ni la historia del Casino, nadie los molestaba, y podían llevar a cabo sus planes sabiéndose intocables, disponiendo de los abundantes recursos que obtenían de la droga.

Con mucha dificultad por tener las manos mojadas, despegó parte del adhesivo protector y dejó al descubierto uno de los extremos del paquete. Para su sorpresa, el interior no contenía polvo, sino una masa de consistencia similar a la arcilla. Los números negros impresos en uno de los laterales, sugerían un posible número de serie o un lote de fabricación.

Si el agua no hubiera estado tan fría, hubiera podido notar el escalofrío que recorrió su espalda al darse cuenta de lo que aquello era en realidad. Llevaba en su mochila dos paquetes de explosivo plástico.

El miedo y el respeto a los explosivos pronto se tradujo en excitación al intuir que tenía en sus manos algo que podía permitirle salir de allí, si sabía cómo usarlo y no se volaba a sí mismo.

Intentó recordar lo que había leído acerca de cómo manipular aquellos materiales, pero lo cierto es que apenas había leído nada al respecto. Lo que sabía lo había aprendido en películas y novelas, y tal vez no fueran fuentes muy fiables.

Si conseguía volar la puerta metálica y vaciar la cisterna, aún en el supuesto de sobrevivir a la explosión, volvería al punto de partida, el pasadizo que llevaba a la sala almacén, donde el asesino seguramente le estaría esperando. Por allí no había salida posible.

Su otra opción era más arriesgada, seguir esperando a que el nivel del agua lo elevara y colocar el explosivo en la trampilla del techo de la cisterna. Una vez explosionado, podía huir a través de la trampilla e intentar anular el sistema de detonación antes de que el agua llegara hasta él y lo activara.

Optó por la segunda opción, aunque estaba entrando en territorio completamente desconocido para él.

Lo primero que necesitaba era un detonador para hacerla estallar a suficiente distancia como para no volar por los aires, y flotando a oscuras en el interior de una cisterna no era la situación ideal para pensar en ello.

El nivel del agua ya había superado la altura de la puerta. Gerard estimó que le quedaban menos de dos horas antes de alcanzar la trampilla para subir por ella. Tiempo suficiente, pero antes tenía que conseguir hacerla estallar sin morir en el intento.

No tenía mecha, ni cuerda, ni un miserable mechero para construir un detonador, y el entorno acuático en el que estaba tampoco le hubiera permitido usarlos. Solo había una cosa que pudiera hacer.

Sosteniendo la linterna con la boca, sacó el revólver de la mochila, para comprobar si quedaba alguna bala en la recámara, rogando a Dios para que así fuera.

Dio gracias a su ángel de la guarda por haberle escuchado, y acarició el único proyectil que quedaba en el arma, su única oportunidad de salir de allí. De aquella pequeña pieza de metal podía depender su vida y la de muchas personas.

Si colocaba el paquete de explosivos en la trampilla y le disparaba desde lejos, sumergiéndose inmediatamente, podía detonarlo y que la onda expansiva se transmitiera por el aire, minimizando su impacto bajo el agua.

No sabía si su razonamiento era el correcto, pero tenía que confiar en su cultura cinematográfica, que en aquel momento le dictaba que aquello era lo más sensato.

Por primera vez se soltó y se acercó nadando hasta quedar debajo de la trampilla y la iluminó con la linterna. Era una tapa metálica recubierta con una capa de ladrillos delgados para camuflarla con el resto del techo.

Podía ver la rendija entre la tapa y el marco, y allí era donde colocaría el explosivo, forzándolo para que se introdujera en ese espacio, siguiendo todo el perímetro de la tapa.

La lona impermeable de la mochila había mantenido el interior relativamente seco. Tenía dos paquetes de explosivo, pero desconocía cual era la cantidad que iba a necesitar.

Si usaba demasiada carga, se arriesgaba a provocar un hongo nuclear que le enviara a él y a lo que quedaba del

441

Casino a la estratosfera, pero si la carga resultaba insuficiente, iba a desperdiciar su única oportunidad de salir de allí con vida, y moriría ahogado.

Era mejor que sobrara que no quedarse corto. Abrió el segundo paquete y con sumo cuidado lo cortó por la mitad y lo juntó con el primero, aplastando delicadamente el material, como si estuviera amasando panecillos para merendar.

Ya casi podía tocar el techo, así que en unos pocos minutos ya podría colocar la carga. Con sumo cuidado insertó el explosivo alrededor de la trampilla, un esfuerzo mucho mayor de lo previsto, ya que tenía que mantenerse a flote con el pataleo constante de sus piernas bajo el agua, como un delfín en un espectáculo en el zoológico.

Cuando acabó de colocar toda la carga, se aseguró de que tuviera suficiente grosor como para que fuera visible desde lejos y le permitiera apuntar con el revólver.

Sin perder de vista la trampilla nadó de espaldas hacia la pared más alejada, manteniendo la linterna enfocada hacia aquel punto. Se sujetó a la pared y recuperó fuerzas durante unos minutos. El tiempo se le acababa, tenía que actuar ya.

Cerró el paquete de explosivo sobrante y lo soltó para que se hundiera como el Titanic y bajara al fondo de la cisterna.

Acarició el revólver, como si aquella muestra de afecto hacia un arma fuera a aumentar sus posibilidades de éxito o a ayudar a que el disparo alcanzara el blanco. Le dio fuerte a la manivela, cargó al máximo la linterna, y la sujetó a la parte superior del revólver, en el mejor estilo de las series policíacas americanas.

Era el momento de la verdad. Tantas cosas podían fallar, un proyectil mojado, un explosivo caducado, su pulso tembloroso, su mala puntería, una cantidad de carga insuficiente, y tantas otras, que prefirió no ser tan optimista y olvidarlo todo.

Una vez más, se encomendó a su instinto, que no solía fallarle. Se relajó, cerró los ojos, inspiró profundamente, apoyó la espalda contra la pared, y abrió los ojos lentamente, concentrándose exclusivamente en seguir el haz de luz y alinear la punta del cañón con la masa blanquecina del explosivo.

Se dejó llevar por el vaivén del agua, pero afianzó sus pies en la pared que tenía detrás, y en cuanto sintió que era el momento adecuado, tensó las piernas, se estabilizó todo lo que pudo, apuntó al explosivo y apretó el gatillo con suavidad.

A partir de ahí todo sucedió en fracciones de segundo. El disparo resonó en el interior, pero Gerard estaba concentrado esperando escuchar un estruendo aún mayor, el de la explosión.

Si quería tener posibilidades de sobrevivir no podía esperar a comprobar su puntería. Tan pronto sintió que el revólver había disparado, lo dejó caer al agua, sumergió su cabeza en ella y se dio un fuerte impulso hacia abajo con las dos piernas, lanzándose en una diagonal que le llevó hacia el fondo de la cisterna.

No sabía si había tenido éxito, pero se volvió hacia arriba cuando sintió un fortísimo temblor que se transmitió bajo el agua, acompañado de los tambores lejanos de una enorme explosión.

El fogonazo llegó hasta él a través del agua, confirmando que la carga había estallado, pero la onda expansiva le alcanzó a pesar de encontrarse a varios metros bajo el agua, y lo empujó hacia el potente chorro de agua que ascendía del pozo en el suelo de la cisterna.

Su cuerpo subía y bajaba dando vueltas como una hoja en un remolino submarino durante un interminable minuto.

Aturdido por la explosión y por la danza submarina y muy debilitado por el frío y la pérdida de sangre, Gerard tuvo que hacer un esfuerzo titánico para despertar, y hacer una autovaloración de daños.

Su cabeza iba a estallarle de dolor, como si la carga la hubiese colocado dentro de su cráneo, un pitido agudo había quedado atrapado dentro de sus tímpanos y parecía no querer salir, estaba mareado, desorientado y convencido de que había tragado más agua que la que podía haber dentro de la cisterna.

Inspiró varias veces, y el dolor que sintió al notar como el aire caliente y el humo penetraban en sus pulmones le hizo revivir. Al menos estaba flotando en la superficie.

Tosió varias veces, expulsando sangre por la boca y tal vez algún diente, pero miró hacia arriba. Había perdido la linterna, aquella ridícula pero imprescindible linterna que tanto le había ayudado, pero podía ver a lo lejos un leve resplandor que le llegaba a través del enorme orificio que se había abierto en el techo de la cisterna y nadó hacia allí.

La explosión había hecho saltar la trampilla y se había derrumbado parte del techo, pero allí arriba había luz eléctrica. No podía esperar a que el nivel del agua subiera más, tenía que alcanzar el borde del agujero cuanto antes. Estiró el brazo todo lo que pudo, pero al no poder apoyar los pies, no podía alcanzarlo.

Le faltaba apenas un palmo para llegar, así que nadó en círculos alrededor del chorro de agua que ascendía de las profundidades, calculando cual era su punto central, y sin pensarlo se introdujo en él.

La fuerza del agua lo envió contra la pared. Gerard se sumergió de nuevo y volvió a intentarlo. Se acercó buceando y en cuanto sintió la fuerza del agua, se introdujo en el chorro, que volvió a expulsarlo hacia fuera.

Con la práctica adquirida, lo intentó por tercera y cuarta vez, hasta que por fin consiguió mantenerse firme y en posición vertical en el centro del chorro, contrayendo todos los músculos de su cuerpo y adoptando la forma de misil humano.

La fuerza del agua lo impulsó hacia arriba y esta vez pudo mantener la trayectoria, y sintió como golpeaba contra el techo de la cisterna mientras las puntas de sus dedos se aferraron a los ladrillos del borde del agujero.

Era el momento definitivo, así que sacó fuerzas de donde apenas quedaba nada,   y subió a pulso hasta que pudo levantar una pierna, meterla por el agujero, y pudo pasar todo su cuerpo a través de él.

Sin saber dónde estaba se dejó caer y quedó tendido durante varios minutos, con los ojos cerrados, dedicándose solo a respirar y a dar gracias por haber podido escapar con vida de aquella trampa mortal.

Abrió los ojos y vio la borrosa silueta de una bombilla amarillenta colgando de un cable. Estaba en una cámara pequeña directamente sobre el techo de la cisterna.

CAPÍTULO 75

El estruendo del agua que burbujeaba bajo sus pies le devolvió a la vida. Miró hacia el ojo negro del enorme agujero y pudo sentir la turbulencia de las oscuras aguas que hervían furiosas, intentando alcanzarle.

Recordó dónde estaba y lo que estaba buscando. Se puso en pie y buscó el sistema de activación de la detonación, pero lo único que encajaba en esa descripción era una caja de plástico fijada a la pared.

La caja presentaba unos orificios laterales por los que salían manojos de cables, que desaparecían a través de un pequeño agujero que atravesaba la pared junto a una puerta.

En su interior vio un conjunto de láminas de metal de apenas un milímetro de grosor, conectadas a unos cables. Supuso que al llegar el agua hasta la caja, las placas entrarían en contacto y cerrarían un circuito activando la detonación de las cargas colocadas en los pasadizos.

El sistema era muy rudimentario, y Gerard supuso que el asesino no preveía tener compañía, por lo que no había incluido un temporizador. Si estaba en lo cierto, lo único que tenía que hacer era abrir la caja y arrancar aquellos cables y la detonación se desactivaría.

Necesitaba algún objeto punzante para abrir la caja sin que las láminas entrasen en contacto por la vibración. Rebuscó en su maltrecha mochila, y encontró una pequeña tarjeta de plástico, con la que pudo aflojar dos de los tornillos

446

que sujetaban la carcasa, levantándola lo suficiente como para dejar varias láminas al descubierto.

No quería tocarlas, pero necesitaba interponer algo entre ellas para que no entraran en contacto. Pensó en usar la misma tarjeta de plástico, pero las láminas eran muchas y solo tenía una tarjeta, con lo que no las podía aislar todas. Dio una vuelta a la sala y no encontró nada que le pudiera servir.

Se acercó al borde del agujero en el suelo, y vio que el agua comenzaba a extenderse por el suelo de la sala. Recogió varios pedazos de cascotes procedentes de la explosión, que tenían restos de cemento y yeso adheridos. Los sujetó justo sobre las láminas metálicas, y los frotó entre sí con fuerza.

Restos de arenilla cayeron sobre las láminas como una fina lluvia de polvo, interponiéndose entre la superficie de las láminas y aislándolas entre sí.

—Esto debería ser suficiente para evitar que entren en contacto accidentalmente —se dijo Gerard, que ya notaba el agua fría cubriéndole la planta de los pies.

Con las láminas aisladas, Gerard se atrevió a manipular los cables que salían de ellas. Con la punta de los dedos, los movió varias veces de un lado a otro, hasta que consiguió arrancarlos, dejando unos cuantos dentro del tubo que atravesaba el muro.

Cuando el agua llegara hasta ese nivel, no podría evitar que hicieran contacto, pero dado que estaban en la parte superior de la puerta, tal vez había ganado una hora.

Tenía que encontrar una salida de una vez por todas, y presentía que no podía estar muy lejos.

Un estruendoso crujido mezclado con el sonido regurgitante de miles de litros de agua en movimiento sacudió la sala. Gerard se sujetó al marco de la puerta, al notar con espanto que el suelo de la sala se derrumbaba. El techo de la cisterna se había colapsado y estaba viajando hacia el fondo.

Gerard apretaba su espalda contra el marco de la puerta, con la punta de los dedos de sus pies apoyados en la base del mismo, a pocos centímetros de la enorme masa de agua que rugía a sus pies.

Con pulso tembloroso, soltó su mano derecha y la pasó a la espalda, tanteando hasta dar con el picaporte. Confiaba

447

en que estuviera abierta, de lo contrario volvería a darse un baño, y esta vez sería el definitivo.

El pomo giró fácilmente y Gerard cayó de espaldas cuando la puerta se abrió. Una pequeña oleada de agua le acompañó y quedó parcialmente sumergido unos instantes hasta que se incorporó. Empujó la puerta con fuerza y consiguió cerrarla, aunque un reguero se colaba por su base.

Algo le llamó la atención en la puerta. Alrededor del picaporte exterior había manchas de sangre, y también pudo ver más en el suelo de cemento, alejándose en dirección a un pasadizo.

Le invadió una oleada de satisfacción. Al menos un disparo había dado en el blanco, el asesino estaba herido.

El pasadizo se alejaba en dos direcciones. Solo tenía dos opciones, seguir en la dirección del rastro de sangre o hacerlo en dirección opuesta.

Supuso que el asesino, confiado como estaba en su superioridad, debía haberse dirigido hacia el interior de la red de túneles, para hacer las últimas comprobaciones de los explosivos.

Si así fuera, era mejor tomar la dirección opuesta, que por lógica le llevaría hacia alguna salida. No tenía armas, no podía defenderse ni atacar, así que dejó que la prudencia le marcara el camino a seguir, y echó a correr en aquella dirección.

De nada le serviría a la sociedad un héroe muerto y desconocido, si no podía compartir todo el horror que allí se estaba viviendo.

El pasadizo seguía una pendiente ascendente, y no tardó en ramificarse de nuevo. Gerard se dejó guiar por su instinto y tomó el desvío que tuviera la pendiente más pronunciada, confiando en que le llevara antes a la superficie.

Sin embargo, su lógica pareció estrellarse ante la pared de roca que Gerard encontró al final del camino. Estaba decidido a volver atrás y tomar el otro desvío, cuando se dio cuenta de que había llegado hasta allí sin luz artificial, sin que hubiera ninguna bombilla a la vista.

Recorrió el pasadizo de arriba a abajo intentando encontrar la filtración de luz. Finalmente, descubrió una abertura en el techo oculta tras una roca puntiaguda. Era un orificio natural, una chimenea en la roca que ascendía varios metros hasta un hueco en el que podía ver el resplandor de lo que tenía que ser la luz del sol.

Sin dudarlo, se subió a la roca y sujetándose con las manos a los salientes, comenzó su ascensión por aquella chimenea natural. Sus pies descalzos y sus dedos sangraban al entrar en contacto con los bordes afilados de las aristas de roca, pero sus ansias de libertad le hacían insensible al dolor.

Cuando había superado más de la mitad del recorrido, sintió como uno de sus pies perdía su apoyo. Sacudió la pierna pero no consiguió encontrar ningún saliente.

Entonces notó un dolor agudo en el pie, como si se hubiera golpeado con fuerza contra una roca. Miró hacia abajo y comprobó horrorizado como una enorme figura negra había entrado en la chimenea y estaba ascendiendo tras él.

Sentía como la planta de su pie sangraba y el dolor lacerante era señal de que el machete de aquel psicópata había seccionado parte de su musculatura. Atrapado en aquella ratonera, ahora iba a acabar ensartado como una brocheta.

—No vas a poder huir —gritó el tipo.

—He desactivado los explosivos, no vas a conseguir nada, maldito seas —dijo Gerard, dando patadas a ciegas y tirando con fuerza de sus brazos para subir más deprisa.

Volvió a notar otro pinchazo, y esta vez el dolor provenía de su tobillo. Aquel tipo iba a destrozarle las piernas con aquel machete, pronto no iban a quedarle más que muñones. Consiguió liberarse momentáneamente y subió a pulso el último tramo.

Levantó la vista y vio que a menos de un metro de distancia el paso se ensanchaba y daba directamente al exterior, pero comprobó horrorizado que estaba cerrado con una reja de hierro con barrotes, cubierta por vegetación.

Gerard consiguió subir hasta la parte ancha y se sujetó a los barrotes empujando hacia arriba con toda su alma. La reja no cedió, estaba muy oxidada y probablemente no había sido levantada en décadas.

449

Parecía un desagüe para aguas pluviales, un tipo de rejas que no solían estar ancladas ni soldadas, manteniéndose en su sitio por su propio peso.

El machete volvió a aparecer junto a su pie, pero esta vez Gerard lo vio venir y lo apartó de una patada. Cogió una roca suelta que tenía a mano y golpeó la hoja del machete, arrojándola después contra la cabeza de su perseguidor, que retrocedió por la chimenea.

Gerard aprovechó el respiro para estirarse bajo la reja. Apoyó sus maltrechos pies en ella, empujó hacia arriba y le alegró ver que la reja se movió.

Redobló sus esfuerzos, pero era muy pesada y se balanceaba peligrosamente. Como un equilibrista del circo sosteniendo a su compañero en una tabla sobre sus pies, Gerard hacía lo propio con aquella pesada reja, que oscilaba de forma amenazante.

Gerard temía que las fuerzas le abandonaran y que sus piernas cedieran, dejando caer la reja sobre su cara, aplastándole sin remedio. Una vez la tuvo en el aire, fue moviendo la espalda hacia un lado para apartar la reja de su encaje y poder depositarla en el suelo y poder salir por el agujero.

Estaba a punto de conseguirlo, cuando sintió como la hoja de acero del machete se acercaba a su cuello y le seccionaba parte de la base de la oreja. Gritó e hizo un enorme esfuerzo para no soltar la reja, mientras daba manotazos para alejar el machete de su cuello.

Estaba estirado boca arriba, sosteniendo con los pies una reja de hierro de al menos cincuenta kilos y tenía un psicópata acuchillándole por la espalda. No hubiera podido imaginar una mejor forma de comenzar el día, o de acabarlo, todo era cuestión de perspectiva.

El machete volvió a acercarse a su cuello, y esta vez Gerard ya no tenía fuerzas para seguir defendiéndose con las manos, así que, siguió moviendo la espalda hasta que la reja quedó atravesada.

Dio un último empujón hacia arriba con las piernas, pero Gerard levantó la pierna exterior y contrajo la interior, con lo que la pesada reja se inclinó hacia el orificio de la chimenea, y entonces le dio el toque final.

Un leve golpe de pierna, y la reja se deslizó sobre sus pies dirigiéndose agujero abajo y cayendo por su parte estrecha a gran velocidad y con gran estruendo.

El asesino solo tuvo tiempo de mirar hacia arriba y ver aquella pesada masa de hierro dirigiéndose directamente a su rostro. Gerard no miró hacia abajo pero pudo oír el ruido húmedo y sordo del hierro golpeando contra partes blandas, antes de chocar contra el fondo de roca.

Gerard se levantó, y salió al exterior, tambaleándose mientras atravesaba los espesos matorrales que habían cubierto aquel desagüe durante años. Le pareció ver los restos de un muro o de una vieja construcción, pero su cerebro ya no registraba nada de lo que veía.

Caminó sin rumbo bajo una luz cegadora, golpeándose con troncos de árbol y tropezando con ramas y piedras, pero siguió caminando montaña arriba, siempre arriba. Sabía que la salvación estaba en seguir siempre hacia arriba.

En ese momento, un terremoto sacudió la tierra, que tembló bajo sus pies. Los árboles se doblegaban ante la fuerza de la naturaleza, que moldeaba el terreno a su antojo, creando nuevos promontorios y depresiones, haciendo desaparecer en sus entrañas lo que hasta entonces había sido la realidad, creando una realidad nueva y distinta, un nuevo escenario, y borrando de un plumazo lo que el tiempo había construido con paciencia.

Ya no sentía la tierra bajo sus pies, estaba volando, estaba deslizándose por un terreno nuevo y maravilloso, donde no existía dolor, ni obstáculos, ni perseguidores, donde podía finalmente descansar, a salvo, en paz.

CAPÍTULO 76

La música sonaba con insistencia. Gerard odiaba esas melodías que de tan repetitivas se meten en la cabeza y no la abandonan ni sumergiéndola bajo el agua. Quería cambiar de canal, sintonizar otra emisora, pero no podía encontrar la fuente, no daba con el aparato.

¿Sería el despertador lo que le estaba molestando tanto? Alargó el brazo y palpó la superficie de la mesita de noche pero no lo encontró. No iba a tener más remedio que abrir los ojos y buscarlo.

Se sobresaltó al notar como una mano le sujetaba por la muñeca y le obligaba a permanecer en la cama. Abrió los ojos e intentó incorporarse, pero alguien se lo impedía sujetándole por los hombros.

—¿Qué pasa aquí? —gritó Gerard, que consiguió soltarse de un brazo y forcejear dando manotazos a diestro y siniestro. Todo fue en vano, y pronto volvió a estar inmovilizado contra la cama.

Aquella no era su cama, no era su dormitorio, no estaba en su casa. Una joven vestida con una blusa ligera de color azul le sujetaba por las muñecas manteniéndolo aplastado contra la cama, agachada sobre él, lo que dejaba su amplio escote perfectamente alineado con su campo de visión.

Como hubiera dicho Max, la contemplación de las maravillas de la naturaleza es uno de los grandes placeres que nos depara la vida. Extasiarse ante la belleza del escote de la enfermera probablemente hizo más para tranquilizarle que

452

cualquier calmante que le hubieran administrado por vía endovenosa.

Gerard fue tomando conciencia de que se encontraba en una habitación de hospital, y al volver la cabeza vio que estaba conectado a un monitor que emitía el molesto pitido intermitente que intentaba silenciar minutos antes.

A partir de ese momento las preguntas se acumularon hasta desbordarse como una presa al máximo de su capacidad.

—¿Dónde estoy? ¿Cómo he llegado hasta aquí? ¿Cuánto tiempo he estado inconsciente? —preguntó dirigiéndose a la enfermera, que todavía no se atrevía a soltarle las muñecas.

—Si se tranquiliza un poco, llamaré el médico para que venga a hablar con usted —dijo ella, en un tono que le dio a entender que era mejor obedecer y no buscarse más problemas.

—Está bien, perdone. Puede usted soltarme, no soy una amenaza para nadie.

La enfermera pareció convencida y aflojó su tenaza.

—¿Saben algo de Max, de mi amigo? Estaba conmigo en la cueva, está muy malherido, tienen que ir a buscarle.

—Como le he dicho, el doctor hablará con usted enseguida —dijo ella, haciendo una señal con la mano a su compañera en el mostrador del control de enfermería.

A los pocos minutos, apareció un doctor que encajaba a la perfección con el estereotipo de médico joven con necesidad de autoafirmarse en público. Bata blanca, estetoscopio alrededor del cuello colgando sobre los hombros, sonrisa artificial y una expresión que quería transmitir la sensación de estar muy atareado y tener muy poco tiempo que perder.

El médico le saludó con el tono condescendiente con el que muchos de ellos tratan habitualmente a los pacientes, dirigiéndose a él como si hablara con un niño pequeño, lo que a Gerard siempre le molestaba.

—¿Tengo algún problema médico de gravedad? —le interrumpió Gerard—porque si no es así, necesito salir de aquí y enviar ayuda a mi amigo. Es una emergencia. ¿Cuánto tiempo llevo aquí?

—Tranquilícese, por favor, todo a su momento. Lleva aquí casi un día entero. Lo trajeron ayer por la tarde y ahora estamos casi a mediodía.

—Maldita sea, un día entero. Max no habrá podido resistir. Escúcheme, por favor. Lo que me pase a mí ahora no importa, pero mi amigo Max está malherido y necesita asistencia médica inmediata. ¿Puede enviarle una ambulancia, y de paso llamar a la policía?

El médico pareció molesto ante la insistencia de Gerard.

—Llamaremos a la policía si hay evidencia de que usted ha sufrido un ataque o ha sido asaltado, pero de momento lo que parece es que usted se vio arrastrado por el terremoto que se produjo ayer en Collserola. Es increíble que en este país, que no está en una zona de actividad sísmica, se pueda producir un terremoto de esa magnitud y encima que haya víctimas entre los excursionistas que estaban en la montaña —dijo el médico.

—Yo no soy un excursionista, y le aseguro que no hubo ningún terremoto. Fue una explosión provocada. Mi amigo está muy malherido, tiene una herida de arma blanca en la zona lumbar, o sea, una cuchillada en los riñones, y necesita ayuda urgente.

—Si no se tranquiliza, vamos a tener que sedarle —dijo el médico, haciendo una señal a la enfermera para que estuviera preparada.

—¿Pueden llamar a la policía, a la agente Iolanda Vehils, por favor? Es una verdadera urgencia.

El médico asintió y la enfermera salió a buscar el teléfono.

—Doctor, ¿cuáles son las posibilidades de sobrevivir con una puñalada en los riñones?

—Es difícil de precisar sin conocer el alcance de la lesión, ni saber si se han visto afectados otros órganos vitales, o si ha habido hemorragia masiva.

—Yo intenté taponarle la herida, que comenzaba a sangrar, aunque no sé valorar si era mucho o poco. Decidí salir en busca de ayuda. Quedarme allí hubiera sido suicidarme —dijo Gerard.

—En vista de su lamentable estado se diría que lo ha estado intentando usted activamente —añadió el médico.

—Hay que enviarle ayuda, y solo yo sé cómo llegar hasta él —insistió Gerard.

—Esperemos a que llegue la policía y que ellos decidan. Usted no está en condiciones de acompañar a nadie a ningún sitio. Tiene varias costillas rotas, una puñalada en la planta del pie y tantas heridas y contusiones que parece usted un nazareno de la procesión de Semana Santa.

Gerard intentó reír, pero el dolor en el costado se lo impidió.

—Ahora será mejor que descanse, ha perdido usted mucha sangre, y su cuerpo necesita descanso más que ninguna otra cosa. Si precisa analgésicos para el dolor, le he prescrito algunos y la enfermera se los administrará según necesidad —dijo el médico, disponiéndose a abandonar la habitación.

—¿Dónde me encontraron? —preguntó Gerard.

—Lo encontraron unos excursionistas en el bosque de Collserola, cerca de la carretera que va a Sant Cugat, medio desnudo y desvariando. Si no fuera por la cantidad de heridas que presentaba, hubiera dicho que volvía usted borracho y resacoso después una fiesta loca —dijo el médico.

—¿Una fiesta loca en medio de la montaña? No me haga reír, doctor —dijo Gerard.

—Le avisaremos en cuanto llegue la policía —dijo el médico, y abandonó la habitación.

Gerard cerró los ojos. Ahora que había recobrado la conciencia, estaba asistiendo a la proyección en su cabeza de varias películas a la vez. Todo lo sucedido en los túneles, el descubrimiento del lago, el apuñalamiento de Max, los encuentros con Eva, su versión de la historia, los ataques del psicópata vestido de negro, su huida de la cisterna, y sobre todo, el hallazgo macabro de la habitación de los suicidios.

Lamentaba no haber tenido ocasión de explorarla más a fondo, pero al menos había podido comprobar su existencia, verla de cerca, y haber podido escapar de ella con vida.

455

No era una leyenda urbana, ni un mito creado por la prensa, era una realidad que él había podido comprobar personalmente.

Si la habitación existía, era más que probable que gran parte de lo que Eva le había confesado también fuera cierto, y que la siniestra organización creada por su familia y sus colaboradores para seguir matando durante décadas también lo fuera.

Aquella certeza abría una nueva y apasionante línea de trabajo para él, la posibilidad de investigar directamente no solo las desapariciones sucedidas a principios del siglo pasado, sino también todas las que se sucedieron durante las décadas siguientes hasta el presente.

Los crímenes se habían seguido cometiendo, aunque de forma totalmente anónima para la sociedad, al amparo del desconocimiento casi total que se tenía sobre los acontecimientos relacionados con el Casino.

Aquella iba a ser la investigación de su vida, el proyecto al que dedicaría los próximos años, hasta conseguir la completa aclaración de los hechos, o hasta el fin de sus días, lo que llegara primero.

Se lo debía a Max, y también a las víctimas, familias y descendientes de tantos desdichados que se vieron forzados a suicidarse y permanecer en el anonimato.

Sabía que en algunas culturas el suicidio era visto como un acto de honor, mientras que en la cultura occidental era un acto socialmente reprobable y generalmente asociado con cobardía.

Ahora podía afirmar personalmente que, sin lugar a duda, entre las cuatro paredes de la habitación del horror, el suicidio había dejado de ser un acto reprobable para pasar a convertirse en la máxima expresión de amor y entrega de tantos hombres en defensa de sus seres queridos.

Cuando todo aquello saliera a la luz, el debate moral e ideológico estaba servido.

Su respiración fue haciéndose cada vez más lenta y sus ronquidos no tardaron en competir con el pitido de los monitores, en una competición sin sentido.

—¿Está usted despierto? —preguntó una voz familiar, interrumpiendo su sueño.

CAPÍTULO 77

Gerard abrió los ojos. No sabía cuánto tiempo había estado durmiendo.

Una enfermera le colocó dos almohadas bajo la espalda para ayudarle a incorporarse, y salió de la habitación, cerrando la puerta. La agente Vehils se acercó a los pies de la cama.

—Ya ve lo que le ha pasado por no hacerme caso y querer jugar a detectives —dijo ella, aunque Gerard ignoró su comentario.

—Menos mal que ha llegado. Tenemos que ir a buscar a Max. Está atrapado en los túneles y muy malherido. Solo yo puedo guiarles, no hay tiempo que perder —dijo Gerard, sacando los pies bajo la sábana e intentando levantarse.

La agente rodeó la cama y lo detuvo.

—No tan deprisa, antes tenemos que hablar.

—No hay tiempo, la vida de Max depende de nosotros.

—Por lo que me ha dicho el doctor, la vida de su amigo ya no debería ser motivo de preocupación, y siento tener que hablarle así.

—¿Cómo puede decir eso? He pedido que la llamaran a usted porque no puedo confiar en nadie más. No puede decirme esto ahora.

La agente acercó una silla y se sentó junto a él.

—Le agradezco la confianza, pero hay un protocolo que debemos seguir. Por mucho que quiera ayudarle, y créame que es así, necesito que me explique todo lo que ha sucedido.

Deme pruebas, y le prometo que haré todo lo que pueda para ayudarle.

Gerard no tuvo más remedio que calmarse y pasó a relatarle todos los acontecimientos desde el principio, sin dejarse prácticamente ningún detalle, a excepción de la existencia del diario de Juana, que prefirió no compartir con ella todavía.

La agente escuchó con atención, interrumpiéndole con alguna pregunta y tomando notas en una pequeña libreta. Cuando el relato de Gerard llegó a la parte en que lo encontraron en el bosque, la agente no pudo reprimir una sonrisa.

—¿Qué ocurre? —preguntó Gerard.

—Estoy tratando de imaginar lo que pensarían los excursionistas que le encontraron desnudo y desvariando por el bosque. Me ha dicho el doctor que todavía los están atendiendo en urgencias por la impresión que han sufrido al verlo de esa guisa.

—Es usted muy graciosa, mucho. ¿Vamos a ir a buscar a Max o no?

—Piense un poco en lo que me acaba de contar. Si intentásemos acceder a los túneles desde la mina de agua, el equipo de rescate tendría que superar varios pasajes bajo el agua, hasta llegar a su amigo. Por no mencionar el tener que hacer el camino inverso buceando y cargando con su cuerpo en una camilla. Por lo que usted relata, a duras penas podían pasar ustedes solos. ¿Cómo iba a hacerlo una camilla?

Gerard no dijo nada, estaba intentando encontrar otra forma de convencerla.

—Podríamos intentar acceder desde el exterior, desde el bosque. Solo tendríamos que seguir los pasos que di al escapar. Entrar por la rejilla en el suelo, descender por el túnel, llegar a la cisterna, bucear en ella y reventar la puerta para vaciarla, y seguir por los pasadizos hasta llegar al lugar. Creo que sería capaz de recordar el trayecto que seguí —dijo Gerard, muy excitado.

—Piense un poco. Lo que propone supondría varios días de trabajo, y sin ninguna garantía de éxito. Además, no olvide que ha habido una enorme explosión que debe haber

459

derrumbado la mayor parte de los túneles, y un incendio ha arrasado parte del bosque. Los bomberos aún están trabajando en la zona y no podemos acercarnos hasta que lo declaren oficialmente extinguido. Y aún si pudiéramos acceder, ¿cree usted que sería capaz de encontrar el acceso? ¿Recuerda exactamente por dónde salió al exterior?

Gerard siguió en silencio. No lo recordaba. En su mente solo veía la rejilla de barrotes de hierro y la luz del sol en el exterior, pero a partir de ahí no recordaba nada más, tan solo haber visto un pequeño muro, como si fuera parte de unas ruinas. No podía estar seguro de nada.

—Siga confiando en mí. Tenemos acordonada toda la zona, pero por lo que me ha explicado sobre los explosivos que vio almacenados, podría tratarse de un acto de terrorismo, y estamos obligados a informar al Presidente, que activará el protocolo de defensa antiterrorista.

—Pero no tiene nada que ver con eso, no es un grupo terrorista, sino un grupo de psicópatas —le interrumpió Gerard.

—¿Y qué diferencia hay? Le prometo que en cuanto podamos acceder a la zona, yo personalmente visitaré el lugar y enviaremos inmediatamente un equipo de rescate para buscar a su amigo, pero ahora tiene que ser fuerte y afrontar la realidad. Tanto su amigo como su misterioso atacante probablemente están muertos y enterrados bajo los escombros. Mientras tanto, investigaré sobre esa Eva y los demás nombres que me ha dado —dijo la agente, levantándose para salir.

—Gracias por su ayuda. ¿Usted me cree, verdad? —preguntó Gerard, sujetándole la mano.

—Sí, aunque sé que debería encerrarlo por desobediencia a la autoridad, destrucción de propiedad privada, y por no sé cuántas infracciones más. Pero hay algo en todo este asunto que no me gusta nada, y no voy a descansar hasta averiguar de qué se trata. Descanse, pronto voy a necesitarle —dijo la agente, y salió de la habitación.

Gerard cerró los ojos e intentó descansar, pero no podía apartar de su mente la imagen de aquel tipo persiguiéndole, y también veía a Max, estirado sobre un charco de sangre,

460

mirándole a los ojos con su eterna sonrisa, sin reproches, resignado a morir.

No podía quedarse sin hacer nada. Puso los pies en el suelo y se apoyó en ellos para levantarse, pero su pie herido le dolía mucho y las piernas apenas le sostenían. Le había ido bien dormir un día entero, pero aún estaba muy débil.

La puerta se abrió y entró una enfermera con unas pastillas en la mano. Al verlo de pie, corrió hacia él y lo metió de nuevo en la cama.

—No debe levantarse todavía. El doctor no lo ha autorizado. Le he traído unos calmantes para el dolor del hombro. Tómeselos y podrá dormir bien —dijo la enfermera, mostrándole las pastillas que llevaba dentro de un vasito de plástico.

—Con su permiso, tengo la vejiga a punto de reventar, y si no la vacío voy a poner esto perdido. Démelas, que voy al baño y me las tomaré allí con el agua del grifo —dijo Gerard, extendiendo la mano.

La enfermera le dio las pastillas y le ayudó a levantarse, esperando en la habitación mientras él se dirigía hacia el pequeño cuarto de baño y se encerraba dentro.

No podía confiar en nadie. Dejó correr el agua del grifo, mientras arrojaba las pastillas al inodoro y tiraba de la cadena. Se mojó un poco la boca y un par de minutos después salió del baño, mostrando en su rostro la más convincente expresión de relajación que pudo fingir.

—Gracias, ya me las he tomado y ahora...—pero se interrumpió al ver que la habitación estaba vacía. La enfermera se había marchado.

Se sentó en la cama y puso las piernas sobre el colchón para descansar unos minutos. Se preguntaba si Max habría sobrevivido, pero solo podría saberlo visitando el lugar, algo que no le iban a dejar hacer durante un buen tiempo.

La puerta se abrió y entró la enfermera que le había atendido al despertarse.

—Veo que se encuentra mejor, pero no intente levantarse hasta que el doctor se lo autorice. Si tiene hambre, dígamelo y pronto le traeremos la comida, una dieta ligera.

461

—Muchas gracias, me vendrá bien comer algo y reponer fuerzas.

—Muy bien, iré a buscar la bandeja. Si necesita los analgésicos que le ha ofrecido el doctor, pídamelos y le traeré las pastillas —dijo ella, dando media vuelta.

—No, gracias, ya me los he tomado.

—¿Ya los ha tomado? Pero si aún no se los he traído —dijo ella, deteniéndose en la puerta.

Gerard estaba confuso pero enseguida comprendió lo sucedido.

—No se preocupe, todavía estoy un poco aturdido por el golpe. Si los necesito se los pediré, descuide —le dijo, con una sonrisa en los labios. La enfermera le devolvió la sonrisa y salió de la habitación,

Gerard se levantó inmediatamente. Sabía lo que aquello significaba. Afortunadamente las pastillas que le había traído la falsa enfermera viajaban felizmente en estos momentos hacia la desembocadura de las cloacas en el mar Mediterráneo.

Fue hacia el armario pero lo encontró vacío. Olvidaba que había pasado la mayor parte de las últimas veinticuatro horas vistiendo solo con unos calzoncillos, que ahora ni tan siquiera conservaba. Vestido con la bata del hospital y el culo al aire no iba a llegar muy lejos.

Tenía que salir de allí, temía por su seguridad, y lo que era peor, no sabía quién estaba detrás de aquello.

Escuchó el ruido del carro de las bandejas y corrió a meterse en la cama, cubriéndose con la sábana justo en el momento en que la puerta se abría. La enfermera entró con un suculento menú a base de coles hervidas y sopa de pescado con una única rodaja de merluza.

—Si llego a saber que se come así de bien, hubiera hecho que me ingresaran antes. La próxima vez vendré con amigos, esto merece ser compartido —dijo Gerard sorbiendo una cucharada de aquella sopa de color gris.

—Su buen humor es muy buena señal —dijo la enfermera— el doctor estará contento. Si tanto le gusta la sopa puede repetir. Si quiere le traeré otro plato.

462

—No, no es necesario, no quiero privar a otros pacientes de este suculento manjar. Tiene que haber suficiente para el disfrute de todos. Muchas gracias —dijo Gerard, sorbiendo la sopa ruidosamente, para provocar el disgusto de la enfermera y conseguir que se marchara.

Cuando estuvo solo, apartó la bandeja y levantó las sábanas, sacando de debajo de su trasero una hoja de papel doblado que había descubierto sobre su cama al entrar la enfermera. Se leía un mensaje anónimo muy breve:

"*La oferta sigue en pie, el reloj aún está en marcha. Pronto recibirá la llamada. La elección es suya.*"

No estaba firmada, pero no hacía falta que lo estuviera. El psicópata o alguno de sus colaboradores había colocado allí la carta. Aquello no había acabado todavía, de hecho, no había hecho más que empezar.

Descolgó el teléfono e intentó acceder a una línea exterior pero no pudo. Enseguida respondió una voz desde enfermería. Gerard pidió que avisaran urgentemente a la agente Vehils llamándola a su número directo y la enfermera le aseguró que así lo harían.

Colgó el teléfono y se sentó en la cama a esperar. No habían pasado ni cinco minutos cuando la puerta se abrió de golpe y entró una mujer rubia, vestida con bata blanca y leyendo una historia clínica.

Gerard se inquietó al ver una cara nueva. Podía tratarse de una nueva doctora o bien alguien que pretendiera ayudarle a bajar a la morgue por la vía rápida. Deslizó una de sus piernas bajo las sábanas y la apoyó en el suelo, listo para saltar y salir corriendo si fuera necesario.

—¿Quién es usted? —preguntó Gerard.

La mujer bajó la carpeta del historial médico, se llevó la mano a la cabeza y se arrancó el cuero cabelludo de un tirón. Gerard dio un respingo pero no dijo nada.

Bajo aquella peluca, una melena corta de cabello castaño tieso brilló bajo la luz fluorescente y unos ojos pequeños y traviesos le observaron risueños.

—No puedo creerlo, agente Vehils. Esto sí que es eficacia policial. A esto le llamo yo hacer una entrada triunfal. Me honra que haya acudido a mi llamada con tanta presteza.

463

—¿Qué llamada? Nadie me ha llamado. He intentado subir hasta aquí sin llamar demasiado la atención. Póngase esto —le dijo, arrojándole un paquete de ropa en una bolsa de plástico.

—¿Qué ocurre? ¿Porqué las prisas?

—¿Es que le ha cogido gusto a ir desnudo por el mundo, como Tarzán? —dijo ella.

—No me refiero a eso, le pregunto por el disfraz. Me gustan las rubias, pero su color de pelo natural le favorece mucho más.

—Vístase rápido, se lo explicaré por el camino.

Gerard dejó caer la bata al suelo, pero inmediatamente la recogió y se tapó sus partes, haciéndole un gesto con la mano para que ella se diera la vuelta.

—Por favor, tengo tres hermanos. No tiene usted nada que yo no haya visto mil veces antes —replicó ella.

—Podría darle mil respuestas ingeniosas, me lo ha puesto usted en bandeja, pero mejor me muerdo la lengua —dijo Gerard, intentando meterse en un pantalón varias tallas más pequeño de lo necesario.

—¿De dónde ha sacado usted este pantalón? ¿Se lo ha pedido prestado a su hermano pequeño? —dijo Gerard, haciendo grandes esfuerzos para cerrar la cremallera de la bragueta.

—La verdad, pensé que había calculado bien su talla, pero me equivoqué —confesó Iolanda.

—Una vez más, me abstendré de hacer chistes fáciles, pero por favor, no siga por ese camino o no podré contenerme.

La agente Vehils se colocó de nuevo la peluca y aguardó tras la puerta.

—Voy a salir y armar un poco de lío ahí fuera. Cuente hasta sesenta, y salga de la habitación sin detenerse ante nada ni nadie. Camine hasta el final del pasillo, y salga por la puerta que lleva a la escalera interior. Baje hasta el primer sótano y espéreme en el rellano.

La agente se ajustó la peluca y salió, dejando la puerta entreabierta tras de sí. Gerard comenzó a contar pero perdió la cuenta al oír cómo comenzaban a sonar las alarmas de los monitores en varias de las habitaciones al otro extremo del pasillo. El barullo de pasos de enfermeras a la carrera se alejaba en dirección contraria.

Gerard no sabía si había llegado a sesenta o si se había pasado, pero no lo dudó y salió con decisión embutido en aquel uniforme de alumno de instituto y se dirigió hacia la salida de emergencia.

CAPÍTULO 78

Gerard oyó como alguien bajaba las escaleras detrás suyo a toda prisa.

Había llegado al rellano del sótano hacía una eternidad y no sabía qué hacer ni a dónde dirigirse. Se asomó al hueco de la escalera y pudo ver como una mano descendía apoyada en la barandilla. Confiaba en que fuera la de la agente Vehils, pero mantuvo la puerta entreabierta por si no lo fuera y tuviera que salir con prisa.

—Adelante, salga y siga por el pasillo —gritó Iolanda, saltando los escalones de tres en tres. Corrieron por un pasillo pintado de gris, y llegaron a un vestíbulo con dos puertas metálicas, una de las cuales comunicaba con el parking.

—Por ahí —le indicó ella y accedieron al primer nivel del parking—. Ahora camine despacio. Tengo un vehículo en aquel lado, junto a las columnas —dijo, señalando hacia la parte más alejada.

Gerard apenas podía moverse en aquel pantalón que interrumpía la circulación a partes vitales de su organismo, y se alegró de estar llegando al coche.

—¿Cuál de los dos? —dijo él, señalando a dos modernos Mercedes Benz aparcados junto a las columnas.

—Aquel —respondió ella, apuntando hacia un pequeño Seat 850, modelo que había triunfado en la España de los años sesenta y setenta, y que ahora era una pieza de coleccionismo.

—¿Esto? Pero si mi padre tenía uno de estos cuando yo nací hace más de treinta años, y ya entonces era una

466

antigualla. ¿De dónde lo ha sacado? —preguntó Gerard, sin saber si entusiasmarse o alarmarse.

—Es de mi padre. Lo conserva así desde que se lo compró. Está impecable. Suba —respondió ella, abriendo la puerta y arrojando la peluca al asiento trasero.

—¿Porqué no ha traído un coche patrulla? ¿Porqué el disfraz?

—Se lo contaré por el camino —dijo ella, poniendo en marcha el vehículo y dirigiéndose hacia la salida—. Espere aquí, voy a pagar el ticket del parking.

Gerard la esperó sentado en el asiento del copiloto, rememorando aquellos viajes de verano de su niñez durante las vacaciones familiares, con el coche cargado como si fuera un camión de diez toneladas, el portaequipajes sobre el techo abarrotado de paquetes, formando una pirámide mayor que la de Keops, todo sujeto tan solo con una lona y unas gomas elásticas con ganchos, popularmente llamados *pulpos*.

Dentro de aquel coche siempre cabía toda la familia, independientemente de cuántos miembros viajaran, no había límite de capacidad. Tampoco existían los cinturones de seguridad, probablemente porque en caso de accidente nadie hubiera salido despedido al estar todos embutidos a presión como salchichas.

Iolanda regresó con el ticket y se sentó al volante. Una vez lejos del hospital, se dirigió a la parte alta de la ciudad. Llegaron al famoso parque Güell, obra del arquitecto Antonio Gaudí y Iolanda dio varias vueltas hasta que consiguió encontrar un lugar donde aparcar.

Se acercaron a la entrada del Parque y ella mostró su placa de policía para que les permitieran acceder sin pasar por la taquilla.

Una vez dentro, se mezclaron con los numerosos grupos de turistas y finalmente se sentaron en unos de los inmortales bancos de piedra cubiertos de fragmentos de cerámica rota, el famoso "*trencadís*" de Gaudí, desde los que podía admirarse una espectacular vista de la ciudad de Barcelona.

—Tenía usted razón —le dijo ella, mirándole a los ojos.

—Por favor, háblame de tú —dijo Gerard.

467

—Tenías razón. Sé que es cierto todo lo que me contaste.

—¿Acaso lo dudabas? Tengo el cuerpo molido, me han disparado, apuñalado, perseguido, ahogado, hecho volar por los aires, y probablemente han asesinado a mi mejor amigo, y todo en tan solo unas horas. ¿Crees que podría inventarme algo así? —dijo Gerard.

—Lo siento, soy policía. Tengo que sospechar de todo y de todos, no puedo evitarlo. Pero sé que lo que cuentas es cierto. Cuando te dejé en el hospital acudí a la comisaría para poner en marcha una operación de rescate, pero no he encontrado más que trabas. Algunos de mis superiores incluso quieren que me olvide del caso, que no investigue más.

—Pero te asignaron el caso, ¿no?

—No. Recuerda que fuiste tú quién pidió que me llamaran a mí. En cuanto se enteraron de lo sucedido, el teniente Botell puso al Cromagnon de Guzmán a llevar el caso y quieren apartarme de él.

—Eso no demuestra nada, puede que sea parte de la política interna del departamento, ¿no?

—No. Guzmán es el inútil más grande que jamás he conocido, además de ser un fascista reprimido. Su misión es obstaculizar mi trabajo, y no cooperar.

—¿Cuándo crees que podremos acceder a la zona del incendio? —preguntó Gerard.

—No vamos a poder.

—¿Qué? ¿Y el rescate de Max?

—No va a haber ningún rescate. Es lo que intento decirte. Están a punto de dar el incendio por extinguido, pero han enviado unidades de los Cuerpos Especiales a investigar la zona, que ya está fuera de la jurisdicción de la policía. Y han nombrado a Guzmán como enlace policial con ellos. Estoy oficialmente apartada del caso.

—¿Hay alguna forma de que podamos llegar hasta allí de noche? Tú estuviste en los túneles, llegaste hasta el lago, sabes que todo aquello existe —exclamó Gerard.

—Sé que es muy duro, quizás incluso cruel, pero hazte a la idea de que Max ha muerto. Ayer estuve en la zona. Media

468

montaña ha desaparecido tras la explosión y el fuego. No debe quedar ni rastro de todo lo que había allí abajo. Si los forenses encuentran algún tipo de evidencia de la presencia de restos humanos, nos avisarán.

—¿Y qué pinto yo en todo esto?

—Les resultas incómodo. Para la policía no eres más que un periodista fisgón que metió las narices en sus asuntos y ha acabado por quemárselas, pero nadie se plantea llegar más lejos, excepto aquellos que tienen intereses ocultos. Tengo la impresión de que hay gente muy importante implicada en esto, incluso dentro de la propia policía. Creen que apartándome del caso pueden neutralizarme, pero me subestiman. Lo bueno es que ahora no sospechan que pueda estar sobre ninguna pista, y a nosotros nos interesa que sigan pensando eso.

—¿A nosotros?

—¿No quieres que averigüemos porqué ha muerto Max? ¿No quieres saber quién se esconde detrás de toda esta trama? ¿Hasta dónde llega la podredumbre?

—Por supuesto, aunque si te soy sincero, estoy más interesado en tirar de la manta y averiguar lo que ocurrió en los últimos cien años, que en desenmascarar a quienes puedan estar hoy moviendo los hilos, excepto al demente que acabó con Eva y con Max. A ese lo quiero interrogar yo solo —dijo Gerard.

—Pues así nos repartimos el trabajo. Yo me encargo del presente y tú indagas en el pasado, pero en cualquier caso, acabaremos por sacarlo todo a la luz. Yo puedo averiguar muchas cosas desde el interior, sobre todo si se olvidan de mí y no llamo mucho la atención —dijo ella.

—¿Pero yo cómo voy a pasar desapercibido? Han intentado matarme en el hospital, y mira lo que he encontrado en la cama —dijo Gerard, mostrándole la nota.

Iolanda la leyó y la guardó en una bolsa de plástico.

—Déjame analizarla, tal vez pueda encontrar huellas. ¿Crees que la escribió el mismo tipo que te dejó encerrado en la habitación?

—Estoy seguro. Por lo visto sigue esperando que me suicide. Lo grave es que amenazó con violar y matar a mi

469

hermana y a su hija. ¿Puedes ofrecerles protección policial? Están en peligro.

—No sé cómo podría justificarlo internamente sin tener que desvelar todos los detalles sobre la habitación de los suicidios y todo lo que sucedió allí. No estoy segura de si puedo confiar en alguien dentro del departamento. Sin embargo, si hubieran querido matarlas, ya lo habrían hecho. Tenemos una gran baza; ellos desconocen cuánto sabemos, y no harán daño a tu familia arriesgándose a que tú hagas pública la información que tengas —dijo Iolanda.

—Lo fácil sería acabar conmigo también, eliminarnos a todos.

—Confía en mí. No se atreverán a tocaros.

—¿Quieres decir que no atacarán a mi familia, y que tampoco les intereso muerto?

—Quiero pensar que sí, que te necesitan vivo, para averiguar lo que sabes. Esa es tu gran baza.

—Menuda baza, qué afortunado que soy. Por eso envían enfermeras asesinas a visitarme.

—Tal vez esa mujer trabaja por libre y no está relacionada con el psicópata que te atacó. Déjame que lo investigue. Mientras tanto, si conoces a alguien que viva fuera de la ciudad, en la montaña, ahora sería un buen momento para desaparecer durante un tiempo. Puedes seguir tu investigación a distancia, tan solo necesitas una buena conexión a internet. Yo seré tu enlace con la ciudad y te ayudaré en todo.

—Pero, ¿y la policía? Es decir, ¿qué vais a hacer conmigo? ¿Vais a perseguirme, a hacerme declarar, a presentar cargos?

—Nadie ha presentado cargos, nadie ha denunciado nada, ni siquiera tú has acudido oficialmente a la policía. Me llamaste a mí directamente, nadie te está buscando, nadie te ha incriminado, y además la investigación la comencé a llevar yo, por lo que es mi informe el que va a leer Guzmán cuando se haga cargo del tema, y en ese informe, creo que se me van a olvidar algunas cosas —dijo ella sonriendo.

—Lo que dices tiene sentido e intuyo que es la mejor solución, pero no puedo dejar de pensar en Max, en que le he fallado, en que lo he abandonado.

—Al contrario, lo estás haciendo por él. Él querría que acabaras lo que habíais comenzado juntos, que llevaras la investigación hasta el final, que descubrieras la verdad y llevaras a juicio a todos esos bastardos. Estás haciendo lo correcto —le dijo Iolanda, apoyando su mano sobre las suyas.

—Está bien. Pero mantenme informado si hay novedades o sobre cualquier cosa que aparezca en el Casino.

—No te preocupes, yo seré tus ojos sobre el terreno y tú serás mi cerebro desde las montañas —dijo ella.

—Es una imagen que me cuesta visualizar, pero sé a qué te refieres. Bien, es hora de irme. Cambiaré de teléfono móvil y te haré llegar el número nuevo. Contactaremos por internet a través de un servidor seguro al que me conectaré pronto. Nos podremos ver cuando convenga, pero ya te explicaré cómo y dónde. Y muchas gracias por todo, de verdad —dijo Gerard levantándose del banco.

—¿Sabes a dónde vas a ir?

—Tengo una idea aproximada. Tendrás noticias mías pronto. Gracias de nuevo —dijo mientras comenzaba a alejarse, pero se detuvo y sonrió.

—¿Sabes?, si no fueras policía, ahora te daría un beso. Por eso que tendrás que conformarte solo con un abrazo —le dijo sonriente, y se acercó a ella para abrazarla con fuerza.

Iolanda se dejó abrazar, y cuando los brazos de él comenzaban a separarse, le retuvo un instante, acercó los labios a su mejilla y le dio un beso, cálido y húmedo, y los mantuvo allí varios segundos más de lo que hubiera sido preceptivo, lo cual no pasó desapercibido a Gerard.

Nadie podría borrar jamás la sensación de culpa que lo atormentaba por haber abandonado a su mejor amigo a su suerte Pero al mismo tiempo sentía que estaba haciendo lo correcto, para llegar al fin de aquella investigación y recuperar la memoria de tantas familias destrozadas por una organización tan oscura como infame.

Había puesto en peligro su propia vida, provocado la muerte de su mejor amigo, y amenazado la integridad de su

471

hermana y su sobrina, pero la lucha no había hecho más que empezar.

En el fondo de su corazón le reconfortaba sentir que estaba haciendo lo que su conciencia le exigía. Sabía que iba a dedicar lo que le quedara de vida a lograrlo, por fin había dado sentido y propósito a su vida.

Y no estaba solo, a su lado tenía a una mujer de recursos, una mujer excepcional.

Juntos iban a lograr lo que nadie había logrado en cien años, desenmascarar a los que se escondían tras la máscara del terror, a los que se aprovechaban de su poder y posición social para jugar con la vida y el destino de familias inocentes, enriqueciéndose por el camino sin ningún tipo de escrúpulos.

Había conseguido encontrar la mítica habitación de los suicidios, y aunque probablemente habría desaparecido en la explosión, ahora era consciente de que lo que simbolizaba aquella estancia no podía solo confinarse entre aquellas cuatro paredes.

El horror que simbolizaba aquella habitación, el nivel más bajo a que puede caer la raza humana, no iba a desaparecer porque sus paredes se hubieran derruido.

La maldad que aquella habitación representaba, podía encontrarse cada día en cualquier parte del mundo, en cualquier país en el que gente inocente se veía obligada a actuar en contra de su voluntad, a prostituirse, a renunciar a sus principios y a su dignidad, forzados a llegar al límite para defender a sus seres queridos.

Para Gerard no había sentimiento más universal que la fuerza del amor, la entrega sin reservas, y no podía pensar en un sacrificio mayor que dar nuestro bien más preciado, nuestra vida, por aquellos a quienes amábamos.

Había sido así desde el principio de los tiempos y así continuaría siendo, mientras la raza humana siguiera existiendo, pues en el fondo, es lo que nos definía, lo que nos identificaba, lo que nos hacía lo que somos, lo que nos hacía humanos.

EPÍLOGO

Sant Julià de Cerdanyola. Seis meses después.

La tranquilidad del pueblo solo se veía rota algunos fines de semana y los meses de verano, cuando desembarcaban los turistas que llegaban principalmente de Barcelona, pero durante el resto del año el pueblo contaba apenas con unos cientos de habitantes estables.

Oculto en la cumbre de una remota montaña, sus casas se esparcían sobre un hermoso valle, como si las hubieran espolvoreado desde los cielos con un gigantesco salero.

Desde hacía seis meses el pueblo había sumado un nuevo habitante fijo a su censo de residentes habituales. Gerard había encontrado allí la tranquilidad, y sobre todo la discreción necesarias para llevar a cabo su trabajo.

Suficientemente cerca de Barcelona como para poder viajar a la ciudad cuando fuera preciso, pero con la suficiente lejanía como para estar a salvo de miradas indiscretas.

Se había convertido en uno más del pueblo, el escritor, como le llamaban sus vecinos, que lo habían aceptado sin suspicacias.

La ansiedad que experimentó Gerard durante las semanas posteriores a la explosión en las ruinas del Casino fue desapareciendo a medida que pasaban los días y nadie le molestaba.

Como Iolanda le había avanzado, la investigación policial no fue muy prolija. En el informe rutinario que le pasó al inspector Guzmán, hacía aparecer a Gerard como un mero testigo accidental, con lo que la investigación no fue más allá, ni fue necesaria su presencia.

Los Cuerpos Especiales mantuvieron la zona del Casino como área restringida durante meses, y se rumoreaba que, o bien se convertiría en zona militar de acceso restringido o sería abierta al público de nuevo, en cuyo caso Gerard y Iolanda serían los primeros en acudir a investigar sobre el terreno.

Max fue declarado oficialmente como desaparecido, pues su cuerpo nunca llegó a encontrarse, aunque Gerard estaba seguro de tampoco lo buscaron con mucho ahínco.

En la tranquilidad de aquel pueblo del pre-Pirineo, Gerard avanzó mucho en su investigación, y con la ayuda de Iolanda y los recursos policiales que discretamente manejaba, consiguió poner nombre a algunas de las personas desaparecidas a principios de siglo, así como a algunos de los muchos cadáveres que habían ido apareciendo en la sierra de Collserola.

Uno de sus principales objetivos era la identificación del firmante que se ocultaba tras las iniciales V.P. en la carta de suicidio que halló en el libro.

Tal y como Eva le confesó antes de morir, podía tratarse del empresario catalán Víctor Papiol, desaparecido en 1912, dejando una mujer y una hija, que no pudieron mantener su vida acomodada y tuvieron un trágico final.

Lo que más le sorprendió fue descubrir que Víctor había tenido un hermano mayor médico, el Dr.Oleguer Papiol, que en aquella época era jefe de servicio de Cirugía Digestiva del Hospital de Sant Pau de Barcelona.

El doctor Papiol, que hasta entonces había gozado de cierta fama como especialista, cayó en desgracia y fue expulsado del Colegio de Médicos y perdió su cargo en el hospital por denuncias acerca de la supuesta práctica de asesinatos terapéuticos sobre algunos pacientes, una primitiva forma de eutanasia que nunca pudo demostrarse con certeza.

Las tribulaciones del doctor acabaron cuando introdujo en su boca el cañón de una pistola y su cuerpo apareció junto a una nota de suicidio en la que confesaba sus actos y decía arrepentirse de ellos.

Gerard descubrió que el doctor Papiol había intervenido como médico en diversos casos famosos en su época, como el ataque que sufrió la señora Xamot, la rica viuda de la parte alta de Barcelona que permaneció ingresada en el mismo Hospital de Sant Pau, y donde fue víctima de un segundo ataque, que acabó con su vida.

Gerard estaba convencido de que aquel era el mismo doctor Papiol al que se había referido el psicópata cuando le hablaba en la cisterna sobre su bisabuelo. Era muy plausible que la sed de venganza se hubiera transmitido en macabra herencia de padres a hijos hasta llegar al biznieto, que decidió tomar cartas en el asunto y llevarla a la práctica.

¿Era posible que aquella familia hubiera estado asesinando durante generaciones a los descendientes de quienes habían denunciado al patriarca, al insigne doctor caído en desgracia? ¿Formaban parte de una trama organizada en la que podía haber implicadas figuras de relevancia social de la época, con oscuros intereses económicos?

Gerard intuía que en aquella historia había demasiadas sospechosas coincidencias. Además de la implicación del doctor Papiol, el responsable de la investigación había sido un tal capitán Casimiro Botell, que según descubrió Iolanda resultó ser el abuelo del actual teniente Botell, su superior directo.

Ello no hacía sino reforzar la necesidad de mantener la máxima discreción durante sus pesquisas, pues era imposible saber hasta donde podía llegar la red de influencias y el alcance real de aquella organización.

Las palabras póstumas de Eva habían hecho mella en Gerard. La posibilidad de que las iniciales en la carta fueran VB.

Descubrir todo lo posible sobre su posible antepasado, Valentín Bach, se había convertido en una nueva obsesión para él. Desgraciadamente Gerard ya no podía recurrir a sus padres para recabar información sobre su pasado, con lo que trepar por las ramas de su árbol genealógico familiar iba a resultarle mucho más difícil sin ellos.

475

¿Era posible que alguien de su familia pudiera estar implicado en aquella espantosa trama? La mera posibilidad le quitaba el sueño y hacía que todo su trabajo se convirtiera en un tema personal.

¿Y cuál podía ser el papel que había jugado Eva en todo aquello? Dedicaron muchos esfuerzos a investigar sobre ella y su entorno. Un registro policial ordenado por Iolanda en casa de la joven no arrojó ninguna luz sobre el caso, ni aportó ninguna prueba. Era como si en la casa no hubiese vivido nadie desde hacía un siglo. No se descubrió ningún diario ni documentación alguna.

Era como si jamás hubiera existido. Una partida de nacimiento y un certificado de defunción a su nombre de cuando solo tenía tres años de edad, eran los únicos documentos Iolanda pudo encontrar.

Sin embargo, Gerard sabía que no solo había existido, sino que había jugado un papel crucial en aquella historia. Estaba convencido de que la participación de Eva en aquellos asesinatos no se debía a una psicopatía sino que obedecía a algo mucho más profundo.

Su intuición le decía que las motivaciones de Eva respondían a un irracional deseo de venganza, que solo podía obedecer a razones o bien del corazón, o bien de la sangre, es decir, a una venganza familiar.

Su tarea iba a ser averiguar qué acontecimiento de su pasado podía haber provocado en ella aquel irrefrenable odio, como para que ella quisiera borrar ese pasado bañándolo en sangre.

La clave para poder desentrañar lo sucedido radicaba en aquel misterioso diario en el que su bisabuela había recogido tanto los nombres de los desaparecidos como los de los que podían estar al frente de la trama, y que había servido de hoja de ruta para los psicópatas asesinos durante el siglo pasado, llegando hasta la actualidad.

Hasta que Gerard no lo tuviera en su poder no podía estar seguro de nada.

Tenía que encontrar un viejo diario de principios de siglo, cuya existencia nadie conocía, y que en la actualidad

476

había estado en posesión de una mujer que supuestamente había muerto en su infancia.

Y todo para intentar desenmascarar a los que hoy estaban detrás de una conspiración monumental, en la que habían estado involucrados políticos y gente relevante durante más de un siglo.

Un tiempo durante el que tanto empresarios, personalidades públicas y sus descendientes, habían sido sistemática y secretamente acosados y asesinados por un grupo de vengadores que parecía recrear el macabro modus operandi de la supuesta organización que actuaba a principios de siglo en el Casino, teniendo como centro de operaciones una misteriosa y legendaria habitación de cuya existencia todo el mundo dudaba.

El reto era mayúsculo, pero Gerard lo afrontaba con la pasión y determinación que le daba el saber que aquello iba a ser la obra de su vida.

La desaparición de Max, tantas muertes injustificadas, tanto horror, la posible implicación de algún miembro desconocido de su familia, era imprescindible que alguien lo aclarase todo y sacase la verdad a la luz.

Y ese alguien iba a ser él, con la inestimable ayuda de Iolanda, trabajando de incógnito desde el interior del cuerpo de policía.

La venganza era lo que había alimentado todo el horror en ambos bandos durante más de un siglo, y Gerard era consciente de que en su caso también la venganza iba a seguir alimentando su investigación y su compromiso con la verdad.

No era su única motivación, pero no podía negar que se sentía a gusto dejándose llevar por ella.

La naturaleza humana no había evolucionado en milenios, y no iba a cambiar ahora por mucho que él lo pretendiese. Si había logrado descubrir y probar la existencia de la verdadera habitación de los suicidios, también sería capaz de desentrañar todo lo sucedido en el Casino y sus alrededores durante aquellos últimos cien años.

Y en cuanto a aquella llamada telefónica que estaba esperando, tal vez fueran ellos los que iban a tener que esperar.

Con todo lo que había en juego y su nueva misión en la vida, hubiera sido un suicidio pensar en suicidarse.